《扬泰文库》编辑委员会

主　任　范　明

副主任　姚文放(常务)　谢寿光

委　员　(以姓氏笔画为序)

　　　　　王　绯　田汉云　刘　诚　范　明
　　　　　杨家栋　佴荣本　周新国　陈　耀
　　　　　姚文放　蒋乃华　谢寿光

江苏省重点高校建设项目
"扬泰文化与两个率先"重点学科课题成果

陆永峰 车锡伦 ◇ 著

靖江宝卷研究

扬泰文库
审美文化系列

社会科学文献出版社
SOCIAL SCIENCES ACADEMIC PRESS(CHINA)

图书在版编目（CIP）数据

靖江宝卷研究/陆永峰，车锡伦著．—北京：社会科学文献出版社，2008.9

（扬泰文库·审美文化系列）

ISBN 978 - 7 - 5097 - 0244 - 4

Ⅰ．靖… Ⅱ．①陆…②车… Ⅲ．宝卷（文学） - 文学研究 - 靖江市 Ⅳ．I207.62

中国版本图书馆 CIP 数据核字（2008）第 088834 号

《扬泰文库》总序

　　在历史上,扬州、泰州地区曾是蜚声遐迩的东南重镇,具有襟带淮泗、控引江南的地理优势,利尽四海、民生所系的经济地位,磅礴郁积、精光勃发的文化积淀。以扬州、泰州为中心的苏中、江淮地区,也是全国的经济、文化发展的要津。山川形胜,人文氤氲,孕育了灿烂的古代文化,在商业文化、政治文化、管理文化、伦理文化、宗教文化、法制文化、学术文化、审美文化、语言文化、科技文化等方面都有辉煌的建树,对于当地及周边的经济活动和社会生活产生了深刻的影响,这种影响力赓续至今而经久不衰。

　　今天,在全面建设小康社会和基本实现现代化的伟大进程中,江苏省肩负着"两个率先"的神圣使命。在2003年全国"两会"期间,胡锦涛总书记和江泽民同志先后到江苏代表团作了重要讲话,要求江苏"率先全面建成小康社会,率先基本实现现代化",为全国的发展做出更大的贡献。"两个率先",这是党中央从贯彻"三个代表"重要思想和十六大战略部署的高度对江苏作出的明确要求,也是根据科学发展观和建立和谐社会的构想对江苏提出的殷切希望。而扬州、泰州地区的经济建设、社会发展在江苏全省实现"两个率先"的整体目标中起着纽带和传导的关键作用。

　　经济建设、社会发展终究需要上升到文化的层面,同时也必须得到文化的凝聚和引领，才能进入良性循环；需要在开发物质资源、经济资源之外开发本地区的文化资源，借助文化的巨大凝聚力和吸引力来获得经济社会发展的后劲和潜力。经济强省最终必须建成文化强省，经济发达地区最终势必成为文化发达地区。在这一点上，正如江泽民同志题词"把扬州建设成为古代文化与现代文明交相辉映的名城"，扬州、泰州地区的优秀文化传统得以发扬光大，无疑是促进本地区经济社会发展的强大动力，也是提升本地区文化品位必不可少的前提和背景，这种促进和提升的作用和意义甚至超出了本区域的范围而具有更为广阔的辐射空间，从而成为江苏省实现"两个率先"这一宏伟目标的重要方面。

扬州大学作为扬州、泰州地区惟一的省属重点综合性大学，借全国高校体制改革之东风，逐步形成了学科门类齐全、多学科交叉融合的显著特点，深感有责任也有义务集中人文社科多学科的精干力量，发挥融通互补、协同作战的优势，对底蕴深厚、内涵丰富的扬、泰文化进行综合研究，挖掘、整理其丰厚资源并赋予新的时代精神，阐扬其独特蕴涵并寻找与当前经济建设、社会发展、文化变革相结合的生长点，对于地方乃至全省的经济社会发展做出积极的贡献。

江苏省人民政府在"九五"对扬州大学进行重点投资建设的基础上，于"十五"期间继续予以重点资助，主要培植能够充分体现学科交融、具有明显生长性且预期产生良好经济、社会效益的五大重点学科，其中从人文社科诸学科中凝练而成的就是酝酿已久的《扬、泰文化与"两个率先"》重点学科。这一重点学科的凝成体现了将扬、泰地区优秀的古代文化与灿烂的现代文明有机交融，相得益彰，交相辉映，发扬光大的理念，也符合扬州大学人文社科诸学科以往的专业背景、研究基础和今后的学术追求、学科发展。该重点学科包括了扬州、泰州地区审美文化研究，扬州学派研究，扬、泰及苏中区域经济社会文化的协调发展研究，扬、泰社会文化形态研究等4个研究方向。

《扬、泰文化与"两个率先"》重点学科建设的一个标志性成果就是形成一套《扬泰文库》，其中包括4个系列80种学术专著，共计2000万字。这是一项规模宏大、影响深远，功在当代、利在千秋的大型文化工程，它汇集了众多学者的智慧和学识，体现了社会各方面的关心和支持。可以期待，这套文库的出版，将对当前物质文明、精神文明、政治文明"三个文明"建设以及和谐社会的构建起到积极有力的推动作用。

在《扬泰文库》出版之际，我们要向始终支持和关心《扬、泰文化与"两个率先"》重点学科建设的各位领导和专家表示衷心的感谢，要向负责审定书稿的中国社会科学院各位专家学者致以崇高的敬意，向筹划编辑出版的社会科学文献出版社的领导和编辑表示诚挚的谢意！他们所给予的指导和帮助，付出的智虑和辛劳，是这套文库得以问世不可或缺的前提和保证。

《扬泰文库》编辑委员会
2005年4月18日

目 录

前 言 ……………………………………………………… 1

第一章　靖江宝卷的地理、文化背景……………………… 1
　　第一节　靖江的沿革与人口 …………………………… 2
　　第二节　靖江与吴文化 ………………………………… 9

第二章　宝卷发展概述 ……………………………………… 13
　　第一节　宝卷之诞生：早期佛教宝卷 ………………… 13
　　第二节　民间教派宝卷 ………………………………… 18
　　第三节　世俗宝卷 ……………………………………… 22

第三章　靖江讲经的历史发展 ……………………………… 25
　　第一节　靖江讲经的诞生 ……………………………… 25
　　第二节　靖江讲经的发展 ……………………………… 35
　　第三节　靖江讲经的研究和保护 ……………………… 40

第四章　靖江宝卷的类型 …………………………………… 45
　　第一节　圣卷 …………………………………………… 45
　　第二节　草卷 …………………………………………… 87
　　第三节　仪式卷 ………………………………………… 108

第五章　靖江宝卷的宣演 120
第一节　做会讲经的执事和艺人——佛头 120
第二节　靖江讲经的基本程式 124

第六章　靖江宝卷的口头文学特征（一） 135
第一节　套化倾向 136
第二节　口语化特征 195

第七章　靖江宝卷的口头文学特征（二） 212
第一节　说唱口吻 212
第二节　书面语的使用 228
第三节　其他 247

第八章　靖江宝卷的叙事艺术 274
第一节　叙事结构 274
第二节　叙事时间与叙事角度 278
第三节　个性化的人物形象 286

第九章　靖江宝卷的民间世界 342
第一节　生活风俗 342
第二节　精神世界——劝善文 376
第三节　冥府信仰 400
第四节　其他 419

参考文献 426

后　记 431

前　言

本书的研究对象是靖江宝卷。靖江宝卷依存于江苏靖江地区的"做会讲经"。靖江地区的讲经（按：即宣卷）活动有其独具的特征，保存了较多的宗教信仰成分。对它的研究，既可以充实、丰富对中国俗文学，特别是宝卷的探讨，也可以进一步完善对中国古代及近代民间社会的研讨工作。因而，自上世纪80年代以来，靖江宝卷已经引起了学术界连续的关注。相关的研究著作不断出现，其宝卷作品也获得了大量的刊布。这对于深入探究靖江宝卷的历史发展、存在价值等问题，都有着重要的促进作用。

本书的撰著即是在前贤今仁的相关研究著作的基础上，对靖江宝卷作一个全面的研讨。其意图在于初步揭示靖江宝卷发展的历史渊源、文化背景，描述靖江宝卷的发展过程与基本类别；并对主要的作品做初步的叙录，以使读者更为方便、清晰地了解靖江宝卷的实际；书中也对靖江宝卷的宣演及其文本特征作了说明，力图从文学的角度阐明其意义所在。

以上只是对靖江宝卷研究的一个初步描述，其重点在对其发展历史与文本形式的探讨。自然，研究靖江宝卷应该包含两个方面：一是文本的研究，一是宣演、仪式的研究。这两方面应该一视同仁，不应有所偏废。由于主观与客观诸多因素的限制，本书的撰著主要是完成了前一部分的工作。后一部分的工作，只能寄希望于在未来的几年中完成，以最终与本书配合，使靖江宝卷的研究能达致圆满。

本书是我和车锡伦老师合作完成的。车老师是这一方面研究的专家，其卓著的学术成就已是学界共睹，无须我赘言，而其提携后学的热切与无私，更是令人感慨、感动。从提供相关宝卷作品，到指正我论述中的缺失，车老师都展现出了前辈学者特有的风范。合作撰著此书的过程，其实也是我在治学与为人两方面不断向车老师请益的过程，其中的收获自是良多。

从2005年接受此课题，到现在完成，迁延的时间可谓不短，主要还是我拖拉的缘故，自己也深感惭愧。这里，在对主其事者的关照表示感谢的同时，更需要说声"对不起"了。三年多的撰著过程中，我的爱人艾萍一如既往地承担了主要的家务，支持着我。在此，要对她说声"感谢"。还要感谢王绯女士、李兰生编辑，他们为此书的顺利出版付出了不少的辛劳。

靖江宝卷犹如一丰富的民间宝库，有着很多的研究工作可以去展开。本书的撰著属于抛砖之举，不足之处，尚请方家哂正。

陆永峰

2007年12月

第一章　靖江宝卷的地理、
　　　　文化背景

　　宝卷的宣演流行于明清两代的市井与乡野。作为深受民间欢迎的一种演艺形式，宝卷的演出和当时许许多多的民间戏曲一样，在娱乐听众，令其哀乐与共的同时，也以其独特的方式对民众的道德、信仰产生着潜移默化的影响与改造。时至今日，我们仍能从这些经历了历史的风雨，日渐发黄、黯淡，但似乎依旧散发着墨香的宝卷文本中，窥见我们的先祖陌生而又熟悉的面容，了解他们的日常的欢乐与哀愁，感受他们心灵的苦闷与吁求。民间的生存状态和精神世界，正是由许多像宝卷这样的"粗糙"、通俗，而不乏生动、感人的文本，集中并真实地展示、保存了下来。在这一方面，文人士大夫的吟风弄月式的作品是远远赶不上它们的。这也正是我们关注宝卷这类俗文学作品的意义所在。

　　因为时代与社会的演变，宝卷的演出在当代已是越来越快地离我们远去。宝卷的宣演经历了不断的演变。从清代、民国时期的盛行北方、江南，到现在的只零星表演于甘肃、山西、江苏、上海、浙江等少数乡村小镇，它最终也躲不过这种似乎是众多民间戏曲、曲艺的"宿命"。而今日各地的宝卷宣演，其中最具地方特色和自成系统的，当推江苏靖江地区。当地称之为"做会讲经"。

第一节 靖江的沿革与人口

靖江讲经的诞生、发展与靖江一地的悠久的历史文化有着紧密的联系。正是靖江地区独特的历史文化孕育了靖江讲经,并规定了它的众多特征。

一 沿革

靖江,古称马驮沙,又名骥沙、骥江、骥渚、马洲、牧城、阴沙,地处江苏省苏中平原的南端。全境处于长江下游北岸,属冲积平原。地势平坦,只有孤山耸立其中。东南西三面临江,隔江与张家港、江阴、武进等市相望,东北至西北与如皋、泰兴两市毗连。

历史上的靖江最初是长江中涌出的沙洲,为海潮逆冲,泥沙沿孤山脚堆聚而成。清叶滋森等修、褚翔等纂,光绪十年刊本《靖江县志》卷三《舆地址·沿革》言,"靖邑两沙,本以海潮逆江,依孤山之麓渟聚成壤"[1]。其成陆在三国吴赤乌年间(238~250)。该地初名"马驮沙"[2]。其得名之由,光绪十年(1884)刊本《靖江县志》言之甚详:

> 《广陵志》谓,三国赤乌年间,有白马负土入江而起此洲。明嘉靖三年(1524),知县易干循行至西山焦沙港(今东兴镇)坍处,得断碣,其文不续。中云此沙为吴大帝牧

---

[1] 清·叶滋森等修、褚翔等纂《靖江县志》,台北,成文出版社有限公司,1993年,第58页上。
[2] 清·叶滋森等修、褚翔等纂《靖江县志》,台北,成文出版社有限公司,1993年,第58页下。

马大沙,隔江一洲为牧马小沙。则此土之来远矣。白马负土之说恐未可以信。或方言呼"大"为"驮",讹"牧"为"白",遂相传白马驮沙。①

白马负土入江之说,自不可信。光绪十年刊本《靖江县志》中的这一段文字,或本自于明代郑若曾的《江南经略》。此书卷五下《靖江县境考》言:

靖江县在常州府东北一百一十里。本扬子江中一洲,旧名为马驮沙。其地中分为二,曰马驮东沙、马驮西沙。汉以前无考。嘉靖三年,县令易干得断碣于西沙焦山港。其文曰:此沙乃吴大帝牧马大沙,隔江一洲为牧马小沙。俗盖呼"大"为"驮",讹"牧"为"白"云。②

依两者所言,靖江的历史汉以前无可考知。其有人群居住往来则始于吴大帝时。所谓吴大帝者,是指三国时吴国国君孙权,公元222年,孙权在京口(今江苏省镇江市)称帝,史称吴大帝。当时此处长江中有两处沙洲,中为长江的一段江面相隔。大概因为水草茂盛,两处沙洲遂成为吴国的牧马之所,故有牧马大沙、牧马小沙之名。而靖江所属之吴方言中,"大"与"驮","牧"与"白",发音相近,遂讹传为"白马驮沙",最终演变出"马驮沙"之名。而靖江也因其中间有水相隔,遂以之为界,俗称西边之沙地为"西沙",东边为"东沙"。

---

① 清·叶滋森等修、褚翔等纂《靖江县志》,台北,成文出版社有限公司,1993,第58页上。
② 明·郑若曾:《江南经略》,《文渊阁四库全书》第七二八册,上海古籍出版社,1987,第344页。

三国时期，牧马大沙、牧马小沙隶属于吴国毗陵典农校尉所辖的毗陵县暨阳乡。晋太康二年（281），建毗陵郡。是年又分吴县沙中及无锡县部分地与暨阳乡置暨阳县（今江苏省江阴市）。隋唐时期马驮沙先后隶属泰州海陵（吴陵）县。从南北朝至明初，马驮沙一地两附，南部牧马小沙隶江阴，北部牧马大沙先隶海陵，后隶泰兴。宋代马驮沙隶泰兴县，易名"阴沙"，这应当是因为它地处江阴之北的缘故。《宋史·岳飞传》言，建炎四年（1130）岳飞任江淮镇抚使时：

> 诏飞还守通、泰。有旨可守即守，如不可，但于沙洲保护百姓，伺便掩击。飞以泰无险可恃，退保柴墟，战于南霸桥，金大败。渡百姓于沙上。①

则岳飞率军与进犯中原的金兵先在泰州一带作战，后因泰州无险可守，率部退到泰兴口岸，而后又退到了阴沙。大批江淮难民与岳飞一同来到阴沙，定居了下来。靖江当地的讲经者，当地称为"佛头"，多言其宝卷宣演正是由这些难民传入。元代阴沙大部隶泰兴县，小部隶江阴州。明洪武二年（1369）全隶江阴。

马驮沙成陆的一千多年间，仍属长江中的一个孤岛。后因长江主流南移，明天顺年间（1457～1464），北面江流淤塞，牧马大沙遂与泰兴、如皋接壤。明弘治元年（1488）之后，继续延伸，终于与泰兴、如皋接壤。对于这块陆地，靖江人称之为"老岸"。至清道光十四年（1834），原来从东向西围绕在牧马大沙之南的十个小沙洲中的最西面的一个逐渐延伸，最终与老岸连片接壤，靖江人称之为"沙上"。老岸、沙上之间隔一道横港。

---

① 元·脱脱等撰《宋史》第三十三册，中华书局，1977，第11379页。

明成化七年（1471），马驮沙从江阴县分离出来，单独设县，隶常州府。光绪十年刊的《靖江县志》卷三《舆地志·沿革》载：

> 成化七年，应天巡抚滕昭奏分江阴之马驮沙，置靖江县，隶常州府。先是成化三年，巡抚高公明以江盗不靖，奏设县丞一员，署其地。至是，滕公昭始奏立为县，隶常州府。以其地属金陵下流，又抗江海门户，捍卫全吴，屹然重镇；且以江海多警乃立，故名靖江。扼其冲也。①

靖江之设县，主要在于军事的需要。清《江南通志》卷九十五《武备志·江防·大江北岸》对此言之甚详：

> 常州之有靖江，跨江而北，若赘疣然，以弹丸之地当江海之冲。然东则狼山控其下，西则圌山扼其上，皆险而可据。靖居其间，故不为敌之所利。明初尝屯重兵以断淮徐南侵之路焉，邑本名马驮沙，在江之中流。天启间沙渚涨塞，遂北属泰兴。其接壤之西北，有永定营、阴沙等处，为丛杂之地。防上流者，当守永兴团、太平等港。防下流者，当守永庆团、青龙等港，邑中诸墩台，旧在内地。②

靖江突出于长江北岸，河道至此而变窄，军事上正可以扼守长江上下游的船只来往，控制、安定整个江苏境内的长江航运。

---

① 清·叶滋森等修、褚翔等纂《靖江县志》，台北，成文出版社有限公司，1993，第57页下至第58页上。
② 清《江南通志》，《文渊阁四库全书》第五零九册，上海古籍出版社，1987，第631页。

靖江之名，也正源于此。

靖江设县后的首任知县为张汝华，张氏就任之后修建了靖江县城。清《江南通志》卷二十《舆地志·城池·常州府》谓"靖江县：元末张士诚将徐太二始筑土堡。明成化十三年，知县张汝华修筑为城"①。

清代的靖江仍隶属常州府。但咸丰十年（1860）起一度隶通州，同治三年（1864），仍隶常州府。

民国2年（1913）国民政府令各省行省、道、县三级制，靖江隶属苏常道。民国16年（1927）废道以后，又直接隶属江苏省公署。民国22年（1933）靖江隶第八行政督察区（区署设于泰州），民国23年（1934）改隶第五行政督察区（区署设于南通）。

1937年12月8日，日军占领靖江。1938年2月至1945年8月，靖江县伪政权隶伪省政府。1940年8月，建立靖江县抗日民主政府；11月，隶苏北临时行政委员会。1941年4月，县抗日民主政府隶苏中三专区。1945年12月，隶苏皖边区一专区。1946年1月，国民党县政府隶省第四行政督察区。1947年8月~1949年5月，苏皖边区一专区将泰兴县之广陵、曲霞、蒋华3个区与靖江合并建靖泰县。

1949年1月28日，靖江解放。同年5月，撤销靖泰县，恢复靖江县原建制。中华人民共和国成立后，靖江先后隶泰州、扬州两专署。1983年3月实行市管县体制，由扬州市代管。1993年7月14日，靖江撤县建市。1996年7月19日，地级泰州市设立，由泰州市代管迄今。

现在的靖江全市土地总面积为664.76平方公里。下辖12个

---

① 清《江南通志》，《文渊阁四库全书》第五零七册，上海古籍出版社，1987，第615页。

镇,一个省级经济技术开发区。全市共有342个行政村,3723个村民小组。全市总人口66.6万。①

二 人口

见于记载的最早的靖江居民应该是三国时期至此牧马的孙吴的士兵。他们的到来,拉开了移民进入靖江的序幕。靖江地区人口的第一次大增长是在南宋建炎年间,即前述随岳飞之部来到阴沙的江淮移民。传说靖江的朱、刘、陈、范、马、陆、郑、祁八大姓氏,就来自于那批移民。随着马驮沙成陆的速度加快,相近的长江南北的农民应该不断迁入,但惜无记载。

靖江地区的确切的人口记载始于明成化八年(1472)。按光绪十年刊本《靖江县志》卷四《赋役·户口》载,靖江的人口变化如下:

明成化八年(1472),靖江共7989户,36951人。成化十八年(1482),8621户,39931人。弘治五年(1492),8190户,39883人。弘治十五年(1502),8321户,39360人。嘉靖元年(1522),8787户,40401人。嘉靖十一年(1532),8779户,40841人。嘉靖二十一年(1542),9099户,41755人。嘉靖四十一年(1562),9542户,47777人。隆庆六年(1572),9514户,47771人。万历四十一年(1613),9629户,33465人。

清顺治年间(1644~1661),28481人。康熙三十年(1691),29849人。乾隆三十年(1765),120214人。乾隆五十五年(1790),150604人。同治四年(1865),244310人。②

---

① 以上有关靖江地区民国以来的建置区划主要依据靖江县地方志编纂委员会编《靖江县志》第一篇《建置区划》,江苏人民出版社,1992,第54~56页。
② 清·叶滋森等修、褚翔等纂《靖江县志》,台北,成文出版社有限公司,1993,第92~93页下。

清代之后，靖江地区的人口也屡有变化。民国元年（1912），334272人。民国8年（1919），356691人，其中男193360人，女163331人。民国20年（1931），345249人，其中男179817人，女165432人。民国21年（1932），347832人。其中男189688人，女58144人。民国23年（1934），全县69652户，344969人。民国36年（1947），全县86307户，381615人，其中男191361人，女190254人。

1949年后，靖江人口逐年增长。至1987年，总人口达623592人。其中男314962人，女308630人。①

从以上数据可以看出，靖江立县之初，人口规模较小。从成化八年（1472）至万历四十一年（1613），一百四十多年间，人口最多之时也只有47777人。而清初因为战乱，靖江人口锐减到了28481人。靖江人口大增始于乾隆年间，从2万多增长到了12万多。这一方面缘于乾隆盛世时期的社会安定富庶，另外也是由于此时沙洲的不断扩大，其他地方的农民涌入当地垦殖。咸丰年间，太平军进军江南，江南百姓不少人逃到了靖江。至同治四年（1865），靖江人口增至244310人。

民国时期的靖江，人口虽有增长，但因为连年战乱的原因，其总量一直在40万以下。新中国成立后，靖江的人口才又一次有了飞速的增长，增加到了60多万。

人口的增长历史，其实也是靖江一地的经济、文化的发展历史。与靖江的沿革史结合，从中可以知晓，历史上靖江一地的发展繁荣是与移民的涌入密切相关的。而靖江独特的地理特征也是其能够于成化七年独立成县，并在之后的历史时期中能持续发展的重要原因。而这两者又对靖江地区形成独特的文化个性，并进

---

① 以上据靖江县地方志编纂委员会编《靖江县志》第三篇《人口》，江苏人民出版社，1992，第109页。

而衍生、涵养其地方色彩极浓的讲经,无疑有着重要的推动、促进作用。

第二节 靖江与吴文化

在地理位置上,靖江属于长江以北。但在文化归属上,古代的靖江主体上可以划入吴文化圈。这是与其历史沿革和地理特征密切相关的。

一 区划

靖江成陆之初,吴帝孙权曾在此牧马,牧马的军士是当地最初的居民。他们应该大多来自于江东。靖江一开始就是属于吴文化圈。之后,马驮沙在行政区划上,或隶属江北,或隶属江南,但以隶属江南的时间为多。这有利于当地文化的吴文化特色的形成。而长期孤悬江中,相对封闭与独立的地理特征,也使得其文化一旦成型,就具有特殊的延续性和稳固性。洪武年间,马驮沙全隶江阴。以江北之地而隶属江南之县,原因就在于其风俗土产类江南。故明郑若曾撰《江南经略》卷五下《靖江县境考》言,"(靖江)国朝洪武初全隶江阴,盖以土产类江南,田赋独重于扬州诸县故也"[①]。从此开始,马驮沙被完全纳入江南文化圈,其文化也一如江南。光绪十年刊本《靖江县志》卷五《风俗》言,"靖隶吴,礼节俗尚与江南诸郡邑大略相似"[②]。时至今日,靖江地区的百姓情感上还是倾向于归属苏南吴文化圈。

[①] 明郑若曾:《江南经略》,《文渊阁四库全书》第七二八册,上海古籍出版社,1987,第345页。

[②] 清·叶滋森等修、褚翔等纂《靖江县志》,台北,成文出版社有限公司,1993,第104页下。

二　方言

靖江的吴文化特征突出地表现在它的方言上。靖江境内主要有两种方言：一为老岸话，一为沙上话。靖江以横港为界，北面称为"老岸"，南部临江地区称"沙上"。老岸地区讲吴语方言，称"老岸话"，是江苏北部（长江以北）的吴方言孤岛。沙上地区成陆较迟，且沿江塌长无常，为后来移民居住之地，方言混杂。其主要方言称为"沙上话"。靖江另有几种小方言：泰兴话、如皋话、崇明话，以及沙上话与老岸话合流的夹沙话。

老岸话、崇明话、夹沙话属吴语，沙上话、泰兴话、如皋话属江淮方言。老岸话是靖江市代表方言，使用人口占全市人口的71%。通常所谓"靖江话"，就是指"老岸话"。光绪十年刊本《靖江县志》卷五《方言》记载了很多靖江方言语词，其中的大部分还存在于现在的吴方言中。如其中载靖江方言，谓针曰引线，谓乱谈曰瞎嚼，谓以盐渍物曰腌，谓有事曰事体，谓俭不中礼曰小器等等。①

靖江的做会讲经主要流传于老岸地区，用老岸话讲唱。这直接说明着它与吴文化之间的血脉联系。

三　宗教信仰

作为宗教信仰色彩极浓的演艺活动，靖江讲经的产生与流行自然和当地的宗教信仰文化有着密切的联系。

因为靖江在明代才得以设县，加上其独特的地理特征，自然造成了文献对于明以前的当地的相关历史文化记载失于简略的事实。因此，与靖江讲经密切相关的佛教在何时进入靖江地区，现

---

① 清·叶滋森等修、褚翔等纂《靖江县志》，台北，成文出版社有限公司，1993，第107页上。

在已经无法知晓。按光绪十年刊的《靖江县志》卷二《营建·寺观》所载,靖江的佛教寺庙最早的当属崇圣寺,此寺在成化七年靖江设县以前已经存在,至成化十年,靖江城首任知县张汝华迁建于城东。① 显然佛教在靖江的流传要远早于成化年间。

吴地从三国孙吴时期开始,佛教已经日趋流行。马驮沙既处其侧,佛教的传入似乎也不应该太晚。同卷记载靖江有总观音寺,旧志载为"三国吴赤乌年间牛郎建"②。汉土最早有关观世音信仰的译经,为三国吴五凤二年(255)支疆梁接译《法华三昧经》六卷(已佚),赤乌年间(238~250)要早于此时。总观音寺见于其时之说不可信。自设县以后,靖江地区的佛教寺庙代有兴建,据光绪十年刊本《靖江县志》卷二《营建·寺观》统计,到清乾隆年间为止,当地兴建的各类佛教寺庙已达55座之多。同卷附《光绪二年裁撤尼庵示》中即云,其时靖江一境尼庵一项已达34所之多,③ 至于僧寺之数目应当也不会低于此数目。故同书卷五《风俗》中言靖江"佞佛成风,愚夫妇比屋而是"④。至民国11年(1922),靖江一地尚存有僧寺108座,僧侣626人。⑤ 以佛教寺庙的兴建为表征之一的佛教在靖江的发展、繁盛,为做会讲经在当地的诞生、流行,提供着丰厚的土壤和有力的保障。

旧时的靖江除了佛教寺庙以外,还存在着大量的道教寺观,

---

① 清·叶滋森等修、褚翔等纂《靖江县志》,台北,成文出版社有限公司,1993,第45页下。
② 清·叶滋森等修、褚翔等纂《靖江县志》,台北,成文出版社有限公司,1993,第51页下。
③ 清·叶滋森等修、褚翔等纂《靖江县志》,台北,成文出版社有限公司,1993,第53页下。
④ 清·叶滋森等修、褚翔等纂《靖江县志》,台北,成文出版社有限公司,1993,第104页上。
⑤ 靖江县志编纂委员会编《靖江县志》,江苏人民出版社,1992,第762页。

以及供奉俗神的庙宇。如土地庙者，在靖江几乎村村都有。这些大大小小、各教各神的庙宇，每年中都有固定的香期，其中供奉的神佛，靖江民间统呼之为"菩萨"，香期通常为"菩萨"的诞辰或成道日。当地每逢香期，常由地方乡绅或庙中僧道出面主持，组织僧俗参与的庙会。其主要的内容除了敬神祭拜以外，还有就是延请佛头讲经，其所宣宝卷多为关乎庙会所敬主神的圣卷。如农历二月二专祀土地之日的土地会，佛头宣讲《土地宝卷》；二月十九、六月十九、九月十九"观音会"，宣讲《香山观世音宝卷》；七月三十"地藏会"，宣讲《地藏宝卷》。讲经在此与宗教信仰活动融于一处。

靖江在大部分时间内归属江南的历史，决定了它在文化上主要受吴文化影响；而长期四面环江的地理形势与方言孤岛的文化背景，一方面保证了这种影响的稳固和持续，另一方面也使得其文化一旦成型，便相对较少地受到外来文化的刺激和改变。做会讲经在来到靖江地区之后，也因此能够一直获得延续，并保存、具备着强烈的地域特色。当地佛教的兴盛，也在很大程度上支持着做会讲经在民间的发展。靖江讲经就是在这样一个独特的地理文化背景下产生，并一直流传了下来。

第二章　宝卷发展概述

靖江地区的宝卷宣唱活动（讲经）与历史上曾经流行于各地的宝卷宣唱活动（南方称宣卷，北方称念卷）有着密切的联系。作为宣卷活动的地方性存在，靖江讲经的很多特征正是源于后者，是为宝卷宣唱的共性。在宝卷发展的过程中，靖江讲经的很多特征也得以形成。因而，我们有必要对宝卷发展的历史，作一个简单的描述。

第一节　宝卷之诞生：早期佛教宝卷

学术界关于宝卷的诞生众说纷纭，并无定论。这当然与历史上关于此类演艺形式的记载一向简略直接相关。这里，只能是斟酌众说而略言之。

一　变文与宝卷

作为一种流行于民间的说唱形式，宝卷的产生问题缺乏确实可信的材料来予以说明。现在保存下来的已知最早的宝卷为宣光三年脱脱氏施舍的《目连救母出离地狱生天宝卷》[①]。宣光为北

[①] 车锡伦：《中国最早的宝卷》，收入车锡伦《中国宝卷研究论集》，台北，学海出版社，1997。

元昭宗年号，宣光三年即明太祖洪武六年（1373），可知此卷为元末明初的抄本，则宝卷至迟在这一时期已经产生。但依据这一宝卷在各方面的成熟程度来看，在此抄本之前，宝卷应当已经有一相当的发展时期。

与宝卷关联甚大的变文最后出现于文献中，是在南宋释志磐编成于咸淳五年（1269）的《佛祖统纪》中。其第三十九卷引良渚沙门宗鉴《释门正统》言及北宋末兴起的摩尼教的一支的食菜事魔：

> 良渚曰：准国朝法令，诸以二宗经及非藏经所载不根经文，传习惑众者，以不道论罪。二宗者，谓男女不嫁娶，互持不语，病不服药，死则裸葬等。不根经文者，谓《佛佛吐恋师》、《佛说啼泪》、《大小明王出世经》、《开元括地变文》、《齐天论》、《五来子曲》之类。①

宗鉴《释门正统》撰成于嘉熙初（1237），引文出自其卷四《斥伪志》。以宗鉴所记为标准，关于变文的最后记载的时间与可确定的宝卷的最早的抄写年代两者之间相隔不过136年。

而对宝卷的内容、形式、仪式等，产生重要影响的是《销释金刚科仪》。日本学者吉冈义丰依据《销释金刚科仪会要注解》卷二所云"自佛说经（按：指《金刚般若波罗蜜多经》）之后，至大宋第十四帝理宗淳祐二年立此科仪"②，及其他材料，考证此书为宗镜禅师作于南宋理宗赵昀淳祐二年（1242）。③

---

① 《大正新修大藏经》第四十九卷，第370页上。
② 宋·释宗镜述、明·释觉莲重集：《销释金刚科仪会要注解》，《卍续藏经》第九十二册，台北，新文丰出版公司，1995，第281页上。
③ 参见《金刚科仪的成书》，载《小笠原宫崎两博士华甲纪念史学论集》，日本龙谷大学史学会，1966。

进入宋代以后，变文，特别是佛寺中的变文的演出，其形式与内容多被其他说唱技艺汲取，后者青出于蓝。随着说唱技艺的丰富化和专业化，变文受到了强烈的冲击，原来具有的优势丧失殆尽。由于其宗教性身份的限制，变文在其宣演的生动性、曲折性等方面，已落后于同时代的其他说唱文学样式，失去了继续生存下去的基础。

因为其宗教性，变文在淡出世俗娱乐生活的同时，仍保存于宗教生活中。但由于正统宗教界及朝廷、文士的共同反对或限制，[①]渐渐主要在民间秘密宗教中流传，成为民间教派家布道传法的工具。而民间教派家宣讲变文无疑是对佛教宣讲变文的仿袭。而食菜事魔屡遭朝廷打击[②]，变文遂有池鱼之灾。其宣演在朝廷禁止民间教派的前提下，自然受到了更多的限制，演出的空间更为逼仄，其衰亡因而也在情理之中。

朝廷对民间教派的打击是变文衰亡的重要原因，同时也是宝卷产生的一大契机。这一契机，随着《销释金刚科仪》的诞生而变得越来越明显。宗鉴《释门正统》的撰成（嘉熙初，1237）与《销释金刚科仪》的撰著（淳祐二年，1242），相差只在前后之间。可以推想，随着变文对世俗吸引力的降低，佛教界有必要创造出一种新的布道形式，以重新恢复对世俗的宣道说法活动，维持其传播佛法与获得布施的切身需要。另外一方面，面对正统势力的指责和朝廷的禁止，新的布道形式在保持适当娱乐性的同时，似乎更应该回归其庄严、神圣的宗教传统，在这样的前提下，保留变文中的一些合理因素，并通过对以《销释金刚科仪》为代表的佛教科仪中的那些宗教属性分明的成分（主要是仪式

---

① 参见陆永峰《敦煌变文研究》第四章《变文的式微》，巴蜀书社，2000。
② 参见日本竺沙雅章《关于吃菜事魔》，收入《日本学者研究中国史论著选译》第七卷《思想宗教》，中华书局，1993。

上）的结合，创造出一种宗教色彩浓烈，仪式庄严肃穆，内容神圣经典的新的佛教说唱形式，应该是必要而且可能的。

宝卷可以说是应运而生。它是佛教界在旧的对俗布道形式逐渐衰亡的情况下，适应时代变迁的需要做出的一种自我调适。其强烈的宗教属性可以认为是对变文过分的娱乐属性的一种"拨乱反正"。其具体的产生时间，虽然不能确定，但大致当在《销释金刚科仪》撰成之后到《目连救母出离地狱生天宝卷》抄写之前，也即南宋理宗赵昀淳祐二年（1242）至宣光三年即明太祖洪武六年（1373）之间。而佛教之宝卷诞生以后，便为民间秘密宗教所取法，由此产生了大量的民间教派宝卷。

二 早期佛教宝卷

最早的宝卷类型为佛教宝卷。以明代武宗正德四年（1509）罗教教祖罗清刊行"五部六册"为分界线，作为宝卷发展的第一个历史时期的早期佛教宝卷主要产生于明代武宗正德四年之前。早期佛教宝卷在内容方面自然都关乎佛教。现存早期佛教宝卷，除演释《金刚经》者外，均不分品，如《目连救母出离地狱生天宝卷》、《阿弥陀经宝卷》。在宣演方面，唱白间行，其唱诵部分多为①诗偈＋②七言长诗＋③偈文＋④短诗结构的韵文，并表现出强烈的宗教属性，大都具有固定的、复杂的宗教仪式。如《大乘金刚宝卷》的仪式：

散叙赞佛——奉请诸佛菩萨现坐道场——信礼常住三宝——阐述听受《大乘金刚宝卷》的妙用——奉请八金刚、四菩萨，一切神佛降临道场——代大众发愿——请经：念"金刚经启请"、"净口业真言"、"安土地真言"、"虚空藏菩萨普供养真言"；再奉请八金刚、四菩萨护佑道场——唱诵发愿文、"云何梵"——唱诵"开经偈"——正讲（按照《金刚经》三十二分，引录原经，散韵相间，宣讲佛理）——结经。

以《目连救母出离地狱生天宝卷》、《大乘金刚宝卷》为代表的佛教宝卷，作为宝卷发展第一期的产物，在很多方面规定了后来宝卷的发展方向与基本特征。《目连救母出离地狱生天宝卷》为现存最早以"说故事"为主的佛教宝卷，《大乘金刚宝卷》为现存最早以宣说经义为主的佛教宝卷之一。两者的存在首先在内容上代表了宝卷发展的两大方向：说经义与说故事。前期佛教宝卷中，前一方向的作品还有《法华卷》、《心经卷》、《圆觉经》（即《圆觉卷》）等；后一方向的作品有《睒子卷》、《香山卷》、《目连卷》、《王文卷》、《黄氏卷》等（根据罗清《巍巍不动泰山深根结果宝卷》第二十四品、明嘉靖刊《销释金刚科仪》题记）。早期佛教宝卷兴盛的局面从中也可以得窥一斑。

后世的宝卷大致沿着《大乘金刚宝卷》与《目连救母出离地狱生天宝卷》宣示的方向向前发展，而其仪式方面的内容，一方面体现着宝卷与变文、佛教科忏之间的密切联系，另外一方面则奠定了宝卷突出的宗教属性，使之在第二个发展时期主要成为民间教派家布道传教的工具。佛教宝卷所强调的庄严意识也多延续于民间教派宝卷之中。而佛教宝卷中的弥陀信仰、禅学思想、劫变观念等内容，也被民间教派汲取。通过与其他思想的结合，改造成为民间教派教义的核心内容。

形式上的基本特征多被后世宝卷所沿用。虽然这种沿用，随着时间的推移，程度越来越轻，但其中的脉络是清晰可见的。大致来说，后世的佛教内容的宝卷与民间教派宝卷保留早期佛教宝卷形式上的特征比较明显，而世俗宝卷则比较淡薄。这是与宝卷宗教属性的强弱程度成正比的。民间教派宝卷多沿袭早期佛教宝卷讲经义的一类，分"品"或者"分"，逐一演说。后来宝卷在形式上与早期佛教宝卷较大的不同是攒十字句与小曲的大量使用，其原因是多受同时代戏曲曲艺的影响，扩大了早期佛教宝卷中小曲的使用频率。

第二节　民间教派宝卷

明武宗正德四年后，宝卷开始进入它的第二个发展时期：民间教派宝卷时期。这一时期终结于清康熙年间，以世俗宝卷《猛将宝卷》的出现为分界（有关宝卷发展的历史分期，此处采纳车锡伦先生的观点①）。这一时期的宝卷以民间教派宝卷为主，其他类型的宝卷也存在，但只占较少的部分。两者间有着主流和支流之分。

一　罗祖《五部六册》

罗祖《五部六册》，是现在已知，且可见的最早的民间教派宝卷。它包含五部宝卷：《苦功悟道卷》、《叹世无为卷》、《破邪显证钥匙卷》（上下两册）、《正信除疑自在卷》、《巍巍不动泰山深根结果宝卷》。因为其中的《破邪显证钥匙卷》为上下两册，故称五部六册。罗祖《五部六册》的创作者为明代无为教（也称罗教）的创始人罗清（1442~1527），罗清被信徒尊奉为"罗祖"。故此组宝卷也被称为"罗祖五部经"、罗祖《五部六册》"，或"罗教五部经"、"罗教五部六册"。

罗祖《五部六册》创成之后，获得了皇宫中太监与贵族官僚的信奉，并由他们出资于正德四年（1509）刊行天下。② 罗清

---

① 参见车锡伦《中国宝卷概论》，收入《中国宝卷研究论集》，台北，学海出版社，1997，第6～8页。
② 参见马西沙、韩秉方《中国民间宗教史》第五章《罗教与五部经典》，上海人民出版社，1992。

与其所创罗教,在民间教派的发展历史中地位至关重要,为后来众多民间教派家与教派的滥觞,具有典范的意义与鼻祖的地位。这一点已为历来研究民间教派者所常言之,不再赘言。而这种地位的存在,与罗祖《五部六册》具有莫大的联系。因为罗教影响后来民间教派的教义、仪式等内容,主要就是体现、留存于这一组宝卷之中。在民间教派宝卷的发展过程中,罗祖《五部六册》扮演着开山祖的角色,对后来的民间教派宝卷发生着深远的影响。

在形式上,罗祖《五部六册》与《大乘金刚宝卷》为代表的早期佛教宝卷接近,仍然是仿照佛经来分品宣说,以义理为主要内容。其仪式成分仍比较突出。以《苦功悟道卷》为例,宝卷之宣讲开端仪式省略了《大乘金刚宝卷》仪式中从"金刚经启请"到"请四菩萨"的部分,而为:设案入坛坐定——讽《心经》毕——举香赞——诵佛,众和三声——信礼常住三宝——发愿祈福(下转入正说)。其结束部分也有发愿与回向。其中的举香赞、信礼常住三宝之辞与《大乘金刚宝卷》相同。与《大乘金刚宝卷》同样的开经偈则见于《叹世无为卷》中。《大乘金刚宝卷》宣讲的仪式大部分在罗祖《五部六册》中获得了保留。后来民间教派宝卷的仪式成分更近于罗祖《五部六册》。

罗祖《五部六册》的基本形式还是散韵相间。但其韵文部分开始以攒十字句,或以七言诗,演成散叙以后整体的一段。其中又以攒十字句为最多。两者间或组合成一段散叙之后的韵文,基本上已没有早期佛教宝卷繁复的韵文结构。这种韵文形式为后来民间教派宝卷所共有。罗祖《五部六册》行文的一大特点是大量引用禅籍、禅典或其他宝卷,[①] 以及民间传说故事、戏曲小

---

① 郑志明《无生老母信仰溯源》(台北,文史哲出版社,1985)第七章有列表说明。

说中的人物,这影响着后来世俗宝卷直接改编戏曲、小说以成宝卷。

综上所述,罗祖《五部六册》的撰成与刊行,标志着中国宝卷进入民间教派宝卷的发展时期。

二 民间教派宝卷的发展与特征

嘉靖、万历至明末,为民间教派最为繁盛时期,同时也是民间教派宝卷最为兴盛的时期。这应该是与当时社会形势的急剧变化相一致:朝政紊乱,大厦将倾,人心不安,异说蜂起,而官府无暇也无确实的能力来打击这些蜂拥而出的异端。这一时期创教的有黄天道、东大乘教、西大乘教、还源教、红阳教、大乘天真圆顿教等,各个教派的创立都相应伴随着宣扬其教义的宝卷的撰成与刊行。如红阳教创始人韩太湖仿罗祖五部经,作"红阳五部经";黄天道创始人李宾有《普明如来无为了义宝卷》。清人黄育楩刊于道光十四年(1834)的《破邪详辨》中也多言及民间教派宝卷于万历前后最盛的事实。其卷三有言:"噫,余辩(按:原文作"辩")邪经共二十种,皆刊自明万历、崇祯等年,实为近世邪教之祖。"[①] 黄氏所谓"邪经"者,即民间教派宝卷。其所见者都刊于万历、崇祯间,并为后世民间教派宝卷效法。

明末民间教派宝卷开始沿两个方向发展:一是如之前的宝卷,继续仿照佛经形式,按品(分)宣说义理与修持之道。这些宝卷多无文学性可言,因而也不能作为文学作品来对待。各个民间教派的主要经典大多如此,如归圆创作的"大乘教五部经"、黄天道之《普静如来钥匙宝卷》。其中即或有叙事之文,但都记创教人或教主的所谓参悟行迹与神通显现,大多质木无文。这类宝卷以宗教性为主,文学成分处于萌芽状态。另一类,

---

① 《清史资料》第三辑,中华书局,1982,第46页。

是民间教派家利用民众信仰的神道，创作了一些以神道故事为外在形式，以其教义和修持方式的宣扬为真正内涵的宝卷。如《护国佑民伏魔宝卷》、《灵应泰山娘娘宝卷》、《福国镇宅灵应灶王宝卷》等，神道在这些宝卷中是用来阐教的工具。这类宝卷因为世俗信仰、故事的加入，其故事性、文学性相对明显，为后来世俗宝卷的出现提供了借鉴。

在形式上，民间教派宝卷仍强调其宗教属性，注重宣讲的仪式性，有较为严格的程序。仍仿照佛经分品，分别宣说。其韵文部分除攒十字句外，又增加了当时流行的小曲，以加强其感染力。清人黄育楩《破邪详辨》卷三已指出此现象，文中言：

> 尝观民间演戏，有昆腔班戏，多用《清江引》、《驻云飞》、《黄莺儿》、《白莲词》等种种曲名，今邪经亦用此等曲名，按拍和版，便于歌唱，全与昆腔班戏文相似。……阅邪经之腔调，观邪经之人才，即知捏造邪经者，乃明末妖人，先会演戏，而后习邪教之人也。①

民间教派宝卷多用小曲入文，在当时应该是非常流行的做法，以至于黄育楩断言，其创作者是"先会演戏，而后习邪教"。其断言虽未必确凿，但可见民间教派宝卷汲取世俗流行文艺的变通性、灵活性。借助时兴的、耳熟能详的曲调，一方面可以拉近与听卷者的距离，另一方面可以增强宣卷的感染力，引发心灵的共鸣。

民间教派宝卷入清以后的逐渐消歇，预示着宝卷这一说唱样式的重大转变。出于对朝廷禁忌的避讳，原来以民间教派教义为主要内容的宝卷，不得不对此有所改变。减少其本身的宗教属

---

① 《清史资料》第三辑，中华书局，1982，第59页。

性,而加强其世俗内容;改变其原来的宗教身份为世俗身份,消退其宗教性,而转变成为劝世性与文学性,从而催生了宝卷发展的第三个阶段——世俗宝卷时期。

第三节　世俗宝卷

清初,宝卷因为朝廷对民间教派的打击而城门失火,殃及池鱼。宝卷需要摆脱其"邪经"的身份,改变其在主流意识中祸乱之源的形象,以获得继续发展的机会与新生的能力。宝卷因而开始其世俗化历程,一方面改变其原来的宗教性内容,而以世俗故事入文,突出其文学性、娱乐性;另一方面,则走出了民间教派的狭小的流传圈子,开始与普通民众广泛接触,获得了更为宽广的生存空间。

一　世俗宝卷的成立

世俗宝卷的成立,车锡伦先生曾断在清康熙年间。其主要的依据在于现存最早的世俗宝卷正是康熙二年(1663)黄友梅抄本《猛将宝卷》。[①] 按:猛将,全称刘猛将,原型为南宋抗金名将刘琦(或其弟刘锐),为太湖地区民间信仰的神灵,有驱蝗之能。宝卷叙其原为玉皇的插香童子,于宋真宗年间下凡,为刘家儿郎佛寿,历尽磨难,为民间驱蝗。考察其主人公与前言民间教派宝卷的一类相同,都为民间信奉的神道。但两种宝卷已大有不同。民间教派宝卷是取其名义来阐扬教义,而作为民间宝卷的《猛将宝卷》则为叙述一故事,表现民间的风俗信仰与喜怒哀乐,与民间教派并无关涉。而其情节的曲折、故事的生动、语言

---

① 参见车锡伦《中国宝卷概论》,《中国宝卷研究论集》,台北,学海出版社,1997,第8页。

的活泼、叙写的传神，都远非民间教派宝卷所能比。《猛将宝卷》的出现，已经展示并且确立了世俗宝卷与民间教派宝卷间故事与义理、世俗与宗教、文学与宣教、娱乐与信仰的分野。因而，确乎可以作为宝卷发展第三个时期世俗宝卷开始的一个标志。

二 世俗宝卷的发展

世俗宝卷的发展接受了佛教宝卷与民间教派宝卷的影响。主要体现在两个方面：一是开讲仪式上，仍有讽《心经》、举香赞、信礼常住三宝等内容，结尾仍作发愿、回向；二是宝卷中布道劝善的成分仍时时可见，佛教的果报理论也影响着世俗宝卷大团圆结局的形成。但世俗宝卷越到后来，特别是到了近代，其劝善书的意味越加淡薄，而文艺娱乐的功用越加强化，已经从原来宗教的布道工具转变为娱乐赏心的说唱文艺。宝卷的戏曲化与宝卷案头化——脱离表演，纯粹提供阅读，都是这一倾向的重要标志。

清代世俗宝卷的宣演、流传，在南方主要在江苏与浙江两省的吴方言区，基本上以太湖地区为中心，向周围辐射。这里的宝卷宣演成为"宣卷"。北方的宝卷宣演与流传则在河北、山东、山西，以及甘肃河西地区，其表演成为"念卷"。但"宣卷"、"念卷"不过是通行的说法，宝卷表演各地还可以有自己的称谓，如江苏靖江地区称之为"讲经"。世俗宝卷在形式上已不再如宗教宝卷仿照佛经来分品，一般只分上下册，个别还设有回目，这应当是受到了章回小说的影响。其韵文部分仍以攒十字句或七言句式为主，但早期佛教宝卷的韵文结构基本上已经看不到。一般也无小曲存在，间或有之，也多不标其名。形式上更为通俗、自由。

世俗宝卷在清末民初达致全盛。民间出现了大量宣卷班社，宣卷活动进入了苏州、上海等大城市，获得了更为广阔的表演舞台。其流传也从最初大部分为手抄，进而由善书局与印书局作整理、刊刻，流布各地。吴方言区的宣卷更接受了戏曲曲艺形式的影响，出现了"丝弦宣卷"、"化妆宣卷"等新形式，其表演性与艺术性更为突出。但总体而言，世俗宝卷的宣演仍具有一定的信仰成分，特别是在乡村集镇中，其宣演仍多与民间信仰活动，如斋会相联系。其仪式性与信仰成分比之于同时代的其他说唱形式，仍为突出。这一点，即使是到了现在，仍有所保留。①

上个世纪50年代以后，随着社会的变迁，宝卷的生存空间越来越狭窄，逐渐退出历史舞台。但在个别地方，因为文化环境的相对独立（封闭），仍有其进行。主要是在北方的甘肃河西地区，南方的江苏靖江、吴江、昆山、张家港、常熟，浙江嘉善等地。

---

① 参见车锡伦《江苏靖江的做会讲经》，收入《中国宝卷研究论集》，台北，学海出版社，1997。

第三章　靖江讲经的历史发展

讲经在靖江历史上，可以说是占主导地位的民间说唱形式。即使到了今天，在民间仍有着不少的讲经爱好者和表演者。讲经在靖江地区一直拥有强盛的生命力，这与其在历史上的发展是分不开的。

第一节　靖江讲经的诞生

和大多数的民间说唱形式一样，靖江讲经的创立者和最早的宣演时间已经无法确切考知。这应该是缘于几大原因：一是在中国古代社会，士大夫文人控制下的主流文化对诞生、流行于民间的文艺形式，一向关注甚少，更缺乏对其作追根溯源式的记录的热情。对于宝卷的宣演（包括靖江讲经）也是如此。第二，靖江的历史相对于吴文化圈的其他城市，属于比较短的那种。其独立设县要到明成化七年。这对于一个城市的历史的记录与保存来说，在客观上必然会造成很大的延误和阻碍。第三，作为说唱形式，靖江讲经的口头文化特征在历史上应该是比较突出的。其流传过程中的散佚和口传的不确定性，都不利于当时以及后来的人了解其发展历史。这几大因素结合在一起，使现在的我们无法通过文献记载或讲经本身，来探究靖江讲经兴起之初的情形。也许在新的材料被发现之前，这只能是一个谜了。

一　最早的记载与传说

文献中，最早明确记载靖江讲经的是在清代光绪年间。清光绪十年刊本《靖江县志》卷二《寺观》附录《光绪二年裁撤僧尼庵示》中云：

> 更有非僧非道之流，借名讲经，自称善卷，俚歌村语，杂凑成词，引诱乡愚，男妇混杂，尤为可恶。由县随时查禁，以端风俗，以正人心。[①]

所谓"讲经"、"善卷"者，即靖江讲经及其文本。这是文献中最早言及靖江讲经。讲经在这时显然已演成风俗，流行于靖江地区。正因为其受欢迎，影响大，才会引起当时官府的注意，要申令禁止。讲经之人为"非僧非道之流"，则靖江地区的宝卷宣唱者已从最初的宗教人士，发展为专职的讲经艺人。这些都说明靖江讲经已经达到了较为成熟的地步，在此之前它应该有一段相当长时间的发展过程。因而将靖江讲经的成立时间定在清光绪年间，显然是不正确的。

靖江本地有传说认为，讲经传入当地与岳飞相关。即前言南宋建炎四年（1130），岳飞任江淮镇抚使时，兵退阴沙。大批江淮难民与岳飞一同来到阴沙，定居了下来。这些难民中可能有来自于中原地区的民间艺人，他们将北宋汴梁瓦舍中的讲唱技艺带到了阴沙，推动了说唱艺术在古代靖江地区的兴盛。但这一说法一则缺乏具体的材料来予以证明，难民中即使真有来自于中原的民间艺人，带来的也未必是宝卷；一则与宝卷发展的历史并不相

[①] 清·叶滋森等修、褚翔等纂《靖江县志》，台北，成文出版社有限公司，1993，第54页下。

符。靖江当地的佛头也有传说讲经为唐僧玄奘取经之时,从西方佛国带来。自然也是不可信。如前章所述,对宝卷的产生有重要影响的《销释金刚科仪》,撰成于南宋理宗赵昀淳祐二年(1242),其时间在建炎之后。而现存最早的以"宝卷"命名的《目连救母出离地狱生天宝卷》也抄写于宣光三年即明太祖洪武六年(1373)间。在淳祐二年之前,宝卷即已诞生的说法似乎并不可靠。至于有人认为讲经是在元末明初传入靖江的,一样也是缺乏必要的证据,无法确证。

二 推断

我们现在只能依据流传下来的靖江讲经的作品,即宝卷本身,来寻找其诞生的一些蛛丝马迹。靖江宝卷分为三类:圣卷、草卷(也称小卷)与仪式卷。圣卷讲唱神佛出身故事,草卷讲唱一般性的文学故事,仪式卷则主要用于做会。靖江讲经的三类宝卷和历史上宝卷的各个发展阶段形成了奇妙的对应。圣卷可以从早期佛教宝卷和民间教派宝卷宣扬神佛神通变化的一类中找到渊源,而仪式卷也可以从这类宗教宝卷的注中佛教经义的一类中找到渊源,草卷则显然属于后起的世俗宝卷的范畴。靖江宝卷中的"圣卷",最主要的有两部,"三茅卷"是道教题材,"大圣卷"是佛教题材,"大圣菩萨"(泗州大圣)则是苏北地区的"地产"。由此推断,靖江宝卷不能与早期佛教宝卷同步,或早于明代。估计,产生在明代中叶。明代民间教派都是用佛教资料"包装"的。靖江"做会"的那些佛教仪式化因素,在明代教派宝卷中都存在。罗祖便被信徒推为临济宗第二十七代。他自己也以佛教正宗自居,而斥早期的某些佛教宝卷为"外道"。如果说靖江讲经是诞生于世俗宝卷产生之后,就很难解释靖江宝卷为何能具备这样的特征。很有可能,宝卷在诞生后不久,流传至江淮一带,处于其中的靖江也引入了这一说唱形式,并在后来的发展过程中，也接受宝卷发展的主潮流的影响而有所变化。因而才能在一地的宝卷之中具备宝卷发展不同阶段的形态。

按照宝卷发展的一般规律，圣卷应该是靖江宝卷中历史最悠久的一种，圣卷也是靖江做会宣唱最多的一种。已知的圣卷约有二十多种，如《三茅宝卷》、《大圣宝卷》、《观音宝卷》、《地藏宝卷》、《血湖宝卷》（即《目连救母卷》）、《雷祖宝卷》、《东厨宝卷》、《城隍宝卷》、《地母宝卷》等。同时，圣卷也是所有的靖江宝卷中宗教色彩最强烈的一种。这种宗教色彩表现为两个方面：一是讲经中的佛教成分，一是民间教派的因素。前者在靖江讲经中随处可见其表现。靖江做会之人称为"佛头"，其主要道具有木鱼、铃鱼和"佛尺"。做会一开始，佛头要唱"请佛偈"，"报愿请佛"，之后才是正式的讲经。讲经的过程中有和佛，其具体的内容也时时渗透着佛教因果报应的观念。在讲经仪式上，更是可见佛教（宝卷）的影响。如《观音卷》开讲：

> 三柱（按：原文如此，当作"炷"，下同）香，大会场。同赴会，赐受香。
>
> 佛前焚起三柱香，设立延生大会场。诸佛菩萨同赴会，西池王母赐受香。三友四恩不必讲，开宣宝卷劝善人。观音宝卷初展开，拜请慈航道人降临来。两旁善人帮贺佛，能消八难免三灾。①

《地藏宝卷》之开讲：

> 三柱（按：原文如此，当作"炷"，下同）香，大会

---

① 据靖江讲经艺人陆爱华演唱本摘录。

场。同聚会,赐寿延。

单:佛前焚起三柱香,设立延生大会场。三老星君同聚会,西池王母赐延寿。天留甘露佛留经,人留男女草留根。天留甘露生万物,地留五谷渡(按:原文如此,当作"度")凡人。人留男女防身老,草留枯根等逢春。

单:孔圣人留下仁义礼智信,地藏能仁留下一部经典劝善人。

地藏宝卷初卷(按:原文如此,当为"展",下同)开,拜请六押道人降临来。二傍善人帮念佛,能消八难免三灾。

挂:宝卷初卷开,诸圣降临来。金炉焚香烛,弟子请经开。

宝卷初开黄,香烟透佛堂。大众端然坐,礼拜法中王。

挂:宝卷初开起,香烟透大地。宣讲因果法,众等尽皈依。

平:开开卷来降降香,老少福寿广无边。

该卷之结篇为:

平:又造一部地藏卷,讲经和佛了愿心。
地藏宝卷讲到头,功劳交把主人收。
单:经到头来卷到稍,老少和佛有功劳。
单:有地藏能仁在诚心,斋主千花莲台上端然坐。
拍手当胸呵呵笑,个个和佛有功劳。
挂:宣卷宣完成,礼拜佛世尊。老少同念佛,个个注长生。
单:圆满师菩萨摩呵萨,宝卷圆满注长生。[①]

[①] 据靖江讲经艺人赵松群演唱本摘录。赵松群为已故讲经艺人张巧生的传人。

其开端一如佛教宝卷，有开卷偈和举香赞，并有众人和佛，结尾则如回向发愿。地藏菩萨属佛教神灵。讲述非佛教神灵故事的圣卷的情形也与之类似。《东厨宝卷》之开端：

三柱（按：原文如此，当作"炷"，下同）香，大会场。同聚会，赐寿延。

单：佛前焚起三柱香，设立延生大会场。三老星君同聚会，西池王母赐延寿。天留甘露佛留经，人留男女草留根。天留甘露生万物，地留五谷渡（按：原文如此，当作"度"）凡人。人留男女防身老，草留枯根等逢春。君留六部江山稳，臣留六房管良民。

孔圣人留下仁义礼智信，东厨老母留下经典劝善人。

单：东厨宝卷初卷（按：原文如此，当为"展"，下同）开，拜请玉顶仙女降临来。两傍善人都念佛，能消八难免三灾。

挂：宝卷初卷开，诸圣降临来。金炉焚香烛，弟子来请经开。

阿弥佛礼拜如来，珊瑚琥珀结成宝盖。珍珠八宝一朵莲台，佛祖端坐八宝莲台。

平：开宣一部东厨卷，老少名下免三灾。开开卷来降降香，老少福寿广无边。

该卷之结篇云：

平：又造一部东厨卷，讲经和佛了愿心。经到头来卷到稍，老少和佛有功劳。

单：圆满师菩萨摩呵萨，宝卷圆满注长生。

白：诸圣保延生，难为众善人。阿弥陀佛，对不起众人。①

东厨即东厨司命，也即灶神。宝卷讲唱其神通事迹。此宝卷之开端虽不如佛教宝卷那样标示分明，但基本上还是可以分为两段：举香赞——开卷偈，并且进行中也还有众人一起和佛。其结篇也以回向发愿为主要内容。基本上与《地藏宝卷》一致。这在圣卷中可谓常态。像这样的带有强烈的佛教色彩的仪式成分，在后期的佛教宝卷中并不多见，主要保存于早期的佛教宝卷中。因此，很有可能，像靖江宝卷中的圣卷作品是受到了早期佛教宝卷的影响。或者说很有可能，靖江宝卷中的圣卷是早期佛教宝卷传入当地以后的产物。

另一方面，如车锡伦指出的那样，靖江宝卷与明清民间教派有着密切的关联。②靖江做会讲经的仪式中通常有一段是讲"报三友四恩"的。这在《大圣宝卷》中言说分明。其开篇云：

三柱（按：原文如此，当作"炷"，下同）香，大会场。同赴会，赐寿延。

单：斋主到佛前焚起三柱香，设立延生大会场。福禄寿三老星君同赴会，西池王母赐寿延。天留甘露佛留经，人留男女草留根。天留甘露生万物，佛留经典劝善人。人留男女防身老，草留枯根等逢春。昔年山东孔圣人留下仁义礼智信，大圣祖师留下一部经典劝善人。

白：诚心斋主（同会友）一心要到通州狼山，烧香了愿。怎耐山遥路远，跋涉艰难。有心敬神，何必远求？此地

---

① 赵松群演唱本，封面题"继善堂赵记"。
② 车锡伦：《江苏靖江的做会讲经》，收入《中国宝卷研究论集》，台北，学海出版社，1997，第132页。

即是灵山。所以诚心斋主择定节日，打扫经房一间，设立古佛经堂，把小弟子呼唤回来对圣宣言。

平：讲间一部大圣卷，胜于道（按：原文如此，当作"到"）狼山了愿心。

白：斋主要说，未成到狼山面敬，在家敬他，香要多烧点，头要多叩点，功劳就大（间）点。众位，这就错了。烧多为烧草，烧了烟搞搞，大圣菩萨反而要见恼。烧香只要三友，叩头只要四个。一柱香插在香炉上手，求到父母双全；二柱香插香炉中心，求到夫妻白头到老，永结同心；三柱香插香炉下手，求到儿孙满堂。

平：三柱真香求三友，叩头四个报四恩。

白：何为三友？释迦佛，李老君，孔圣人，三人下凡治世，为三友。释迦佛留下天平称，李老君留下斗共升，孔圣人留下丈和尺。世上农民三不争。释迦佛留下生老病死苦，李老君留下金木水火土（按：此处应漏"孔圣人留下仁义礼智信"一句），万古流传到如今。

宝卷接下来分别叙说三友神通。下要言分别阐明"四恩"之义，劝人信持。

白：何为四恩？

平：斋主道（按：原文如此，当作"到"）佛前叩到第一个头，报报天地盖载恩。报天地自盘古生罗万象，立阴阳长五谷普度凡人。

……

平：诚心斋主到佛前叩到第二个头，报报日月照临恩。报日月，不留停，东出西归。东天出，西天入，昼夜行程。

……

平：诚心斋主到佛前叩到第三个头，报报皇皇水土恩。报皇皇水土恩民安国泰，文安邦武定国执掌乾坤。

......

平：诚心斋主到佛前叩到第四个头，报报父母养育恩。报父母生男女千辛万苦，冷受冻，暖受热，哺乳之春。①

四恩者，佛教也有此说，指父母恩、众生恩、国王恩、三宝恩。靖江宝卷中的四恩不同于佛教，它最早源自刊行于正德四年（1509）罗祖《五部六册》中。其中的《叹世无为卷》、《破邪显证钥匙卷》、《正信除疑无修证自在宝卷》等，卷末都有此说。但以《叹世无为卷》最为完整，为"十报恩"。其《报恩还原品第十七》中言：

一报天地盖载恩，二报日月照临恩。
三报皇王水土恩，四报爷娘养育恩。
五报祖师传法恩，六报护法护持恩。
七报檀那多陈供，八报八方施主情。
九报九祖生净土，十类孤魂早超生。②

后世的民间教派宝卷结篇部分多有沿用此"十报恩"者，并取其前面的四者，为"四恩"。《血湖宝卷》开篇有言"开经

---

① 此处《大圣宝卷》为陆爱华演唱本。1989年扬州市民间文艺家协会和靖江县民间文学集成办公室曾编印《大圣宝卷》单行本。吴根元、姚富培主编《靖江宝卷·圣卷选本》（内部资料，2002年）收有此宝卷，为陆满祥演唱，吴根元、姚富培搜集整理，后收入尤红主编《中国靖江宝卷》，江苏文艺出版社，2007。此本开篇未见"报三友四恩"。
② 清雍正七年合校本《叹世无为卷》，收入王见川、林万传主编《明清民间宗教经卷文献》第1册，台北，新文丰出版公司，1999，第196页。

开卷开无生，开天开地开佛门。开开罗老祖家两扇门，大乘经典涌上来"①，《灶君宝卷》中言"我佛下凡尘，五部六册经。生老病死苦，普度众凡人"②，都表明着靖江讲经与罗教等民间教派之间的密切联系。而一些年老的佛头则言说，靖江地区在近代做会时仍宣讲罗祖《五部六册》。靖江讲经在此应该是受到了民间教派宝卷的影响。

　　靖江地区有专为老年妇女消罪的"破血湖"，仪式由两部分构成：先"请佛"，后宣讲《血湖宝卷》（即《目连救母宝卷》）。车锡伦在《江苏靖江做会讲经的"破血湖"仪式（调查报告）》一文中指出，"靖江的血湖会和破血湖，同道教的'血湖道场'、佛教'放焰口'和'血盆斋'不同，它是为在世的人预修的消罪仪式。从这个角度看，它同明代弘阳教的'血湖圣会'相同；其血湖信仰的表述，也同弘阳教《血湖宝忏》的解释相似"③。这可以说是靖江讲经与民间教派宝卷相关的又一证据。

　　因此，我们有理由相信，宝卷进入靖江，催生出富有地方特色的靖江讲经，其时间应该不会太晚。可能在宝卷诞生后不久，靖江因为其特殊的地理位置，南来北往的旅客或移民即将这种说唱形式带到了当地。而宝卷在靖江的发展过程中又深受早期民间教派宝卷的影响，因而才在现在的靖江讲经中留下了相应的痕迹，并使后者有着完整的门类和严格的宣演仪式。在

---

① 王国良搜集整理《血湖宝卷》，收入尤红主编《中国靖江宝卷》，江苏文艺出版社，2007，上册，第407页。

② 陆修收藏、朱国泰抄录《灶君宝卷》，收入尤红主编《中国靖江宝卷》，江苏文艺出版社，2007，上册，第708页。赵松群演唱本《东厨宝卷》中无此文字。

③ 车锡伦：《信仰教化娱乐——中国宝卷研究及其他》，台北，学生书局，2002，第86页。

清末江南宣卷摆脱宗教影响，充分商业化的大潮下，靖江又因为其相对封闭的地理环境，在讲经上保持了相对的稳定，继续与做会结合在一起。但这仍然属于合理的推断，确凿的证据还有待于发现。

第二节　靖江讲经的发展

靖江讲经诞生之后，一直到清代光绪年间，期间它的发展，由于缺乏文献记载，仍然是个谜，难以确知。

一　清代

靖江以外的宝卷先后经历了从早期佛教宝卷到民间教派宝卷，再到世俗宝卷的发展。如前节所述，这种变化在靖江宝卷中都有所反映。靖江讲经的发展应该大致与此相似。但民间教派宝卷在当今的靖江宝卷中已难觅踪影，这或许和历史上，特别是清代查禁民间教派相关，靖江既属江南，又处南北要冲，受关注的程度也自然要多一些。这从光绪十年刊本《靖江县志》卷二《寺观》附录《光绪二年裁撤僧尼庵示》中，也可以知晓。

《光绪二年裁撤僧尼庵示》是文献中最早言及靖江讲经的。这条记载中透露了很多当时靖江讲经的讯息。其文有言：

> 更有非僧非道之流，借名讲经，自称善卷，俚歌村语，杂凑成词，引诱乡愚，男女混杂，尤为可恶。由县随时查禁，以端风俗，以正人心。①

---

① 清·叶滋森等修、褚翔等纂《靖江县志》，台北，成文出版社有限公司，1993，第54页。

这条材料，文字虽然简短，但从中可以知晓以下关于其时靖江讲经的讯息：

1. 讲经作为靖江地区宝卷宣演之名，最迟在光绪二年已经确立。

2. 光绪年间，靖江地区的宝卷宣演者已为专职的艺人。告示中言其"非僧非道"，当指其借名"讲经"，服饰、做派或同僧道，但又非真正出家之人。宣卷者之所以依傍佛道，一是因为宝卷确实与宗教，特别是佛教关联甚大；同时这也是为了其便于游走各乡，宣演宝卷。

3. 称"善卷"者，言其时宝卷宣演标榜劝善化俗，这与现在靖江宝卷中的劝化内容是一致的。

4. 讲经的语言为"俚歌村语"，即方言俗语，因而其演出自然具有地域性与世俗性两大特色。

5. 讲经的听众，为"乡愚"，"男妇混杂"。主要的听众为乡野之民，所以不拘礼俗，可以男女混杂。同时也说明讲经在民间的受欢迎程度。

6. 官府对讲经的禁止，出于两大原因：一是讲经冒用僧道之名，而无其实；二是讲经文鄙词俗，又大受乡民欢迎，有扰乱民风，鼓动民情之虞。

综合起来看，讲经在当时的靖江地区已属于相当流行的说唱形式，所以才会引起官府的注意与禁止。但官府的禁止显然并没有对其发展产生多大的阻碍，要不然，靖江讲经不可能在今天很多地方的宣卷都消亡了以后，还保持着顽强的生命力。

二 近代以来

近代与民国初年，吴方言区的宣卷进入繁盛时期，靖江地区既处其中，自然要受其影响，其讲经活动应该也有着迅速的发展。据靖江当地从事宝卷挖掘、整理工作数十年的吴根元介绍，在讲经发展的全盛时期（约在民国初年），靖江有佛头一百多人。也有学者调查认为，其总数在七八十人。① 这里，我们根据孔庆茂、吴根元、姚富培《靖江讲经宝卷的传承》② 一文中的靖江讲经谱系表作一个大致的统计，靖江讲经有名有姓的，至《中国靖江宝卷》一书编纂之时，共有152人。其中在1900年之前开始讲经的为11人，1900年至1949年之间开始学艺的则有65人之多。其中1912年至1919年间学艺的有12人。另外，陈松堂（1892～?）、陈友堂（1895～?）两人的学艺时间不得而知，但应当也在1910年前后。加上1900年至1912年之间学艺的7人，则1919年之前靖江地区讲经的人数在32人之上，1949年以前靖江地区开始讲经的有78人。

1949年至1976年"文化大革命"结束之前的有20人；1977年至1979年间的只有2人；1980年至1989年的则有21人；1990年至1999年的有23人。2000年至《中国靖江宝卷》编纂之时，则为8人。③ 则1949年以来开始讲经的佛头有74人。但以上讲经谱系，限于历史与现实的因素，只是现在确知其姓名者的记录，那些未被记录的讲经者的数目当也不在少数，实际上靖江历代的讲经者应该是远多于此数目的。

现在已知最早的佛头为生于1845年的何祥大，他于1858年开始学艺，师承则不得而知。④ 其传承已经历了五代。最年轻的佛头则为陈松堂、陈友堂系的第四代传人孙宗建，他于1983年

---

① 参见车锡伦《江苏靖江的做会讲经》，《中国宝卷研究论集》，台北，学海出版社，1997，第137页。
② 收入尤红主编《中国靖江宝卷》下册，江苏文艺出版社，2007。
③ 以上统计据孔庆茂、吴根元、姚富培《靖江讲经宝卷的传承》，附录于《中国靖江宝卷》下册，江苏文艺出版社，2007。
④ 此文附录于《中国靖江宝卷》下册，江苏文艺出版社，2007，第1657页。

出生，2001 年开始学艺。① 现在已知的靖江讲经的传承有 14 个支系，为陈良生系、宋扣松系、季汉生系、何祥大系、缪维新系、卢筛林系、吴秀堂系、刘清毅系、陈松堂与陈友堂系、吴林生系、顾汉郎系、丁祖德系、施裕春系、丁汉庆系。其中缪维新一支已有五代，19 人，为传人最多者。

靖江讲经在传承问题上也存在着很大的难题。其 14 个支系最近一代的传人，人数最多的属顾汉郎一支，其第四代有 7 人；而其他支系有五支都只传 1 人，六支各传 2 人，两支各传 3 人。靖江讲经各家最近一代的传人合起来，只有 20 人。这对于靖江讲经的发展应该说是一个比较严峻的现实。

上个世纪 50 年代以前，做会讲经是靖江农村地区收入较高的职业，因而吸引了不少学艺者。新中国成立初期，靖江讲经人保持着活跃，靖江农村中做会讲经十分流行。当地政府和文艺工作者对之也比较重视，在讲经的改良上做了一些探索性工作。如 1956 年苏北地区曲艺会演，靖江县的文艺工作者新编了讲经曲目《藏五姐》，又名《王海郎杀媳》，参加演出。在演出中，去掉了和佛。因为使用靖江方言宣演，靖江以外的听众多听不懂，在当时并未引起多大反响，该曲目也没有保留下来。

1958 年以后，靖江当地县委提出在讲经的基础上，发展"靖江说唱"或"靖江评书"，曾指定文化工作者吴根元、夏雨农、王国良等人，将《大圣宝卷》中"张员外逼租"一节整理成文，由佛头钱如山讲经，将和佛改成了帮唱"莲花落"，唱词用"莲花落于落莲花"、"春梅花，夏荷花，秋海棠，冬雪花，十二月四季香花开"。先是召集各公社书记、社长在县委礼堂试听，随后区里开三级干部会议时，县委安排与会者看戏、看电影，在礼堂边同时让佛头讲经。结果，大部分人都去听讲经了。

---

① 此文附录于《中国靖江宝卷》下册，江苏文艺出版社，2007，第 1659 页。

后来这段讲经录音后,在县广播站作了广播,结果路上、桥上都站满了人,以至有的地方交通堵塞。① 同时,县里组织佛头集训,要求他们不再进行封建迷信活动,对其讲经作了一系列的限制。加上政府在民间也大力提倡破除封建迷信,当时请佛头做会讲经的人越来越少。

在十年"文化大革命"中,佛头大多受到冲击,靖江讲经本身也屡遭批判,因而,基本上消停了下来,但仍有零星的宣讲。

进入上个世纪80年代以后,随着社会的开放,学者的研究呼吁,靖江讲经作为地方文化遗产得到了应有的重视。一方面是民间有了讲经的自由和空间,在农村讲经重新又引起了大家的兴趣和关注;另一方面,政府部门也采取了一定的措施,来扶植讲经的复兴和发展。因而,讲经在当今的靖江地区又重新焕发了生命力,盛行开来,并有了新的发展。之前,针对靖江讲经所进行的一系列改良对当前靖江农村的讲经并没有多大的影响,佛头们基本上还是按照传统的方式做会讲经。

据1997年的统计,靖江地区的佛头登记在案的有108人。②当然,实际从事讲经的人数要超出这个数目。讲经者中年纪大的已有八九十岁,而年轻的才二十多岁。与之前的讲经相比,当前的讲经有以下几点新的发展:

一是,近几年在讲经者中出现了女"佛头"。目前靖江有近十名女"佛头",年龄大多在四五十岁。女佛头的出现,可以增强整个讲经活动的生动性和娱乐性,同时也便于和女性听众作交流,对于讲经的进一步流行,有一定的促进作用。

---

① 参见段宝林、吴根元、缪柄林《活着的宝卷》,《汉声》1991年8期。
② 参见车锡伦《江苏靖江做会讲经的"破血湖"仪式(调查报告)》,《信仰 教化 娱乐——中国宝卷研究及其他》,台北,学生书局,2002,第171页。

二是，新编了大量的讲经作品，包括现代的革命故事被编为讲经作品。据2006年7月28日《靖江日报》载《渡江战斗故事编入靖江讲经》报道，当地79岁的老人王国良在上世纪80年代退休以后，改编创作经书13部、40多万字，有《关公宝卷》、《岳飞卷》、《龙王宝卷》、《连环案》和《江阴要塞起义记》等等。其中《江阴要塞起义记》属于草卷，讲述的是1949年靖江人送解放军十兵团里的一位地下工作者到江阴和部队联系的故事。此卷历经一个月编成，在讲经时受到群众的广泛欢迎，已收入《靖江宝卷·草卷选本》[①]。

三是，讲经开始借助现代传媒来进行更为广泛的传播。从本世纪初开始，在相关政府部门的组织下，靖江当地的广播台、电视台就开始录制讲经节目，并定期播出。如靖江人民广播电台曾经将《大圣卷》、《三茅卷》录制完毕，并以长篇连播的形式在晚上播出。广播、电视可以扩大讲经的流传范围，增加其影响；同时也有利于对讲经的抢救、挖掘，保存了重要的影像资料。但其中听众的缺席引起的讲听双方互动的消失，以及讲经过程中的宗教信仰性内容和临场发挥成分的削弱，对行之于广播、电视中的靖江讲经而言，显然也是一个需要思考和改良的地方。

第三节　靖江讲经的研究和保护

作为一种古老的说唱形式，靖江讲经尽管从上世纪80年代以来又进入了复兴时期，但是随着佛头人数的日渐减少，在现代娱乐的冲击下，其发展和未来的命运仍是一个需要密切关注和解决的问题。

---

① 吴根元、姚富培主编《靖江宝卷·草卷选本》，内部刊物，2003。

一 学者的工作

靖江讲经受到广泛的注意,始于上个世纪 80 年代。1984年,北京大学中文系段宝林教授带领该系学生到江苏扬州调查民间文学,在靖江地区(按:当时靖江属于扬州管辖)的孤山乡发现当地仍存在着讲经宣卷。此后,他连续三年来扬州地区采风,都到靖江调查讲经,与当地文艺工作者合作,撰写了相关介绍,在该校《北大民俗》(内刊)上发表,并在多个场合向学者介绍靖江讲经,引起了学界广泛的注意。海内外学者纷至沓来,对靖江讲经作了考察。如前苏联科学院东方学院研究所高级研究员司徒诺娃、美国汉学家马克·本德尔、日本东京学艺大学教授铃木健之、东海大学教授浅井纪以及东京外国语大学博士生大部理惠等,都先后来靖江考察过讲经。车锡伦更是自 1987 年以来,对靖江讲经一直保持着关注和研究。

较早对靖江讲经做系统论述的是车锡伦。他亲自到靖江做田野调查,写出调查报告《江苏靖江的做会讲经》。此文最初于 1987 年在江苏省民间文艺家协会的学术年会上发表,修改后刊发于上海的 1988 年第 3 期《民间文艺季刊》。论文从靖江讲经的起源、宣讲、文本,以及发展方向等方面,第一次对其作了全面的论述,对于相关研究的深入开展,无疑具有重要的指导意义。稍后,段宝林、吴根元、缪柄林三人合著的《活着的宝卷》一文,在台湾的民俗刊物《汉声》1991 年 8 期发表。此文主要是对靖江讲经的宣讲程式作了细致的描述和探究。车锡伦后来又发表《江苏靖江做会讲经的"醮殿"仪式(调查报告)》,刊于《民俗研究》1999 年第 3 期;《江苏靖江做会讲经的"破血湖"仪式(调查报告)》,刊于《民间宗教》(台北)第 4 辑(1998年 12 月)。两文在之前系统研究的基础上,从实际调查与理论研究相结合的角度，对靖江讲经中的某些重要仪式作了进一步的探讨，标志着靖江讲经研究的深入。

二 系统保护

系统地挖掘、整理宝卷也是从上个世纪80年代开始的。学者对靖江讲经的关注，引起了当地政府的重视，将靖江讲经纳入了文化保护、发展的行列之中。

上世纪80年代，恰逢江苏省各级文化部门组织搜集整理、编辑民间故事、歌谣、谚语。靖江的文化工作者在政府部门的组织、支持下，开始将几部主要宝卷整理出版成书。在靖江县委宣传部、文联、文教等部门的大力支持下，吴根元等人克服重重困难，召集八位佛头在孤山镇大会堂唱了三天三夜，录了16盘磁带，然后花费半年时间归类、整理，夜以继日，听磁带、作笔录、删减、润色。在此基础上，1988年江苏省民间文学集成办公室和靖江县民间文学集成办公室一起编印出版了《三茅宝卷》的单行本（苏准印［88］264号），全卷有20余万字。1991年，扬州市民间文艺家协会和靖江县民间文学集成办公室又编印出版了《大圣宝卷》的单行本（苏扬出准字［91］—009号），有10余万字。

进入21世纪，靖江宝卷的整理出版工作又有了新的发展，开始按照其类别来编刊。2001年，在靖江市文化局的支持下，吴根元、姚富培编辑《靖江宝卷·圣卷选本》一书，作为内部资料刊行，公布了圣卷中的《三茅宝卷》、《大圣宝卷》、《香山观世音宝卷》、《花灯缘》等四个卷子，达40余万字，并附录了车锡伦《江苏靖江的做会讲经》、朱锡桐《靖江讲经曲调》两篇文章。2003年，两人又编刊了《靖江宝卷·草卷选本》，收罗了《张四姐大闹东京》、《血汗衫记》、《九殿卖药》、《十八穿金扇》、《江阴要塞起义记》等五部草卷，37万余字。至2007年7

月，又在前面两书的基础上增扩而成《中国靖江宝卷》[①]一书。该书共收录靖江宝卷作品54种，含圣卷25种，草卷18种，科仪卷11种，字数达270万之多。这是迄今公开刊行、收录靖江宝卷最广最全的著作。对讲经作品的刊布，有利于对靖江讲经的进一步研究和保护、开发。

另外，如前所述，靖江当地的文化部门借助现代媒体，对讲经作了记录，并定时地在广播和电视中播放。2004年，靖江市文联、文化局即制作了介绍靖江讲经宝卷的VCD音像资料《俗文学的活化石》。2005年7月，靖江电视台开始定时播出靖江讲经，受到了听众的欢迎。同年10月，靖江市广播电视局又组织、遴选佛头，进行讲经，在广电演播厅开展了持续一年的影音录制工作。经过四轮的集中录制，总共记录、整理并编辑了多达28卷、长达200小时的靖江讲经。次年2月，靖江电视台专设了"靖江讲经"栏目，播放有关录像。至2006年12月，《靖江讲经》DVD[②]发行，共收《三茅宝卷》、《梓潼卷》、《和合记》、《牙痕记》四种宝卷的影音录像，达20片之多。这些对讲经的流传和扩大影响都有积极的意义，也为以后的研究工作保存了原始的资料。但进一步的全面的、实地的音像记录，还有待于开展。如何更为充分、可靠地记录、展示靖江讲经的面貌，是一个迫在眉睫、需要解决的问题。

在政府部门的支持、引导下，靖江当地对讲经的研究、保护也逐步得到了有组织、有系统的开展。2006年底，当地成立了靖江讲经研究会。2006年11月，靖江讲经宝卷入选江苏省首批非物质文化遗产名录，靖江市也于次年元月被中国民间文艺家协会命名为"中国宝卷传承文化之乡"。

[①] 尤红主编《中国靖江宝卷》，江苏文艺出版社，2007。
[②] 刘振宇主编《靖江讲经》（DVD），中国国际广播音像出版社，2006。

需要注意的是，靖江讲经从本质上而言，是属于民间的信仰活动。它一直流传于靖江农村这样一个相对封闭、独立的文化空间之中，并与做会这一信仰活动结合在一起。对于当地的农村听众而言，讲经首先满足的是其信仰的要求，其次才是娱乐的需要。靖江讲经可以说是寄生于做会之中，脱离了做会这一生存的土壤，讲经的发展将会变得十分艰难。上个世纪50年代至70年代，靖江讲经的衰落已经证明了这一点。因而在保护、改良靖江讲经的过程中，如何在保持其信仰属性的同时，引导其内容、仪式向健康、积极的方向发展，并进一步突出其娱乐功能，是靖江讲经维持其旺盛生命力的关键所在。

靖江讲经积淀着丰富的文化、历史内涵。而传承队伍缩小和讲经文本的损毁缺失使得靖江讲经的未来不容乐观。它的保护应该是一项意义极大、任重道远的工程，需要从政府到宣讲者，从地方文化工作者到专家学者的共同努力，才能得以顺利、有效地进行。

第四章　靖江宝卷的类型

宝卷按照其出现的时间和内容特点，大致可以分为佛教宝卷、民间教派宝卷和世俗宝卷三类。靖江宝卷则自成系统，可分为"圣卷"（又称"正卷"）、"草卷"（又称"小卷"）和"仪式卷"三类。其状况与传统宝卷相比，既有联系，又有区别。下面分别论述之，并择要介绍各个门类中的重要作品。

第一节　圣卷

靖江讲经中的圣卷，主要讲的是神佛的凡间身世及其得道成仙的故事。圣卷是靖江宝卷最富特色的一种，也是其中从内容到仪式，宗教信仰色彩最强烈的一种。圣卷中处处贯串着因果轮回、赏善罚恶的观念。它也是靖江讲经中宣讲最多、最为庄重的宝卷。

圣卷作品已知的约有二十余种，如《三茅宝卷》、《大圣宝卷》、《梓潼宝卷》（又名《花灯卷》）、《真武宝卷》、《观音宝卷》、《地藏宝卷》、《血湖宝卷》（即《目连救母卷》）、《药王宝卷》、《十王宝卷》、《玉皇宝卷》、《雷祖宝卷》、《寿星宝卷》、《眼光宝卷》、《关帝宝卷》、《龙王宝卷》、《东厨宝卷》、《东岳宝卷》、《地母宝卷》、《财神宝卷》、《城隍宝卷》、《土地宝卷》（又名《血汗衫记》）、《月宫宝卷》（又名《张四姐大闹东京》）、

《延寿宝卷》等。它们都是讲唱神佛的出身、修道故事。其中涉及的神灵有的属于佛教,如《观音宝卷》中的观音菩萨、《地藏宝卷》中的地藏菩萨、《血湖宝卷》中的目连尊者;有的则属于道教,如《三茅宝卷》中的三茅真君、《真武宝卷》中的真武大帝;大多则为民间的俗神,如《寿星宝卷》中的寿星、《财神宝卷》中的财神、《土地宝卷》中的土地等。相关宝卷大多有着鲜明的地方特色,与靖江地区的历史、文化交融在一起。

在靖江地区较为流行的是《三茅宝卷》、《大圣宝卷》、《梓潼宝卷》几种。其中《大圣宝卷》、《三茅宝卷》两种,被认为是属于靖江特有的宝卷,[①] 也是当地做会宣讲最多的宝卷。除这两种之外的其他圣卷,都是靖江之外的地区的宝卷中已有的题材,到了靖江宝卷中往往是主题相似,而在情节上多有变动。其中如《血湖宝卷》宣讲目连救母故事,《观音宝卷》演妙庄王三公主妙善的身世传奇,两者分别源于早期佛教宝卷中的《目连救母出离地狱生天宝卷》和《香山宝卷》。另外,《土地宝卷》(又名《血汗衫记》)、《月宫宝卷》(又名《张四姐大闹东京》)两种宝卷,如车锡伦《靖江宝卷·草卷选本·序》指出的那样,清代前期北方念卷中也有这两种宝卷,前者名为《佛说张世登宝卷》,今存康熙刻本。后者一般名《张四姐大闹东京》,或《摇钱树》,据鼓词改编。它们的存在说明,作为吴方言区宣卷一支的靖江讲经还受到了北方地区念卷活动的影响。虽然大部分圣卷的故事在其他地区的宝卷已获宣演,但靖江讲经将相关故事敷演得更为复杂和生动。下择其要,略加论述。

---

① 参见车锡伦《靖江宝卷·草卷选本·序》,初刊于吴根元、姚富培主编《靖江宝卷·草卷选本》,内部资料,2003。后收入尤红主编《中国靖江宝卷》下册,江苏文艺出版社,2007,第1651页。

一 《三茅宝卷》

《三茅宝卷》为靖江讲经所特有,是圣卷中篇幅最大的一部,也是宣讲时间最长的作品。宣讲于"三茅会"中,可以持续三天三夜。

靖江讲经与传统宣卷不一样。后者多为照本宣科,靖江讲经则为口头讲唱。《三茅宝卷》的文本,在1986年由靖江当地的文化工作者吴根元等人,根据陆满祥、朱明春、陈子轩、王国芳等佛头的演唱录音整理,并由靖江县民间文学集成办公室于1988年内部刊行于世。整理者将宝卷分为《三茅降生》、《寺庙得经》、《家书进京》、《逼上终南》、《上告御状》、《总兵失阵》、《捉拿驸马》、《登山显圣》等八卷,其字数在20万字左右。到了后来的《靖江宝卷·圣卷选本》中,再次选录了《三茅宝卷》。两者都属内部资料,在流传上有所限制。这一版本的《三茅宝卷》后来收录在2007年出版的《中国靖江宝卷》一书中。除了刊行本外,民间的佛头也有《三茅宝卷》的手抄本。笔者所见的为赵松群演唱本,赵松群是已故佛头张巧生的徒弟。此本《三茅宝卷》共有10册,文字约为30万字。篇幅上比刊行本多了不少。赵松群演唱本中的仪式性成分和宗教性较浓的内容,在刊本中多不见存在。

此宝卷述三茅真君故事。三茅真君是道教尊奉的三位仙人——茅盈、茅固、茅衷。其生平传说见于汉代纬书《尚书帝验期》、晋葛洪《神仙传》卷九及后人所编《历代神仙通鉴》卷八、《三教源流搜神大全》卷一、《列仙全传》卷五等。《尚书帝验期》云:

王母之国在西荒,凡得道受书者,皆朝王母于昆仑之阙。……茅盈从西城王君，诣白玉龟台，朝谒王母，求长生之道。王母授以玄真之经，又授宝书。①

至葛洪《神仙传》卷九中，则言茅君者，名盈，字叔申，咸阳人。"茅君十八岁入恒山学道，积二十年，道成而归"。父母责其不孝，以杖击之，杖碎为几截。茅君并令死人复生，以证学道之效。后乃入江南句曲山（即今江苏茅山）华阳洞隐居修道。山下之人，为立庙而奉事之。远近之人，赖君之德，无水旱疾疠螟蝗之灾，时人因呼此山为茅山。茅君弟名固，字季伟，次弟名衷，字思和，仕汉位至二千石。后年衰，各七八十岁，弃官依兄，修炼四十余年，亦得成仙。"太上老君命五帝使者持节……加九锡之命，拜君为太元真人东岳上卿司命真君，主吴越生死之籍。……又使使者以紫素策文拜固为定录君，衷为保命君，皆列上真，故号三茅君焉。"② 约于唐代成书的《集仙传·大茅君》称，茅盈受封在汉元寿二年八月己酉。③ 南朝梁时陶弘景在茅山筑馆修道，尊三茅真君为祖师，是为道教茅山派。茅山遂成为道教中心之一。每年春天，多有朝山进香者。旧时江苏靖江农民也从之，无法前往者便在家中或当地三茅宫作"三茅会"，以祈福消灾。《三茅宝卷》即宣唱于三茅会中。

宣说三茅真君故事的宝卷其实并非靖江讲经所特有。吴方言区的宝卷中另有一种《三茅真君宝卷》（或称《三茅应化真君宝卷》、《三茅真君宣化度世宝卷》），都为刊本。其最早者为同治十二年（1873）上海翼化堂善书局刊本，从光绪年间至民国时

---

① 〔日本〕安居香山、中村璋八编《重修纬书集成》，日本明德出版社。
② 《文渊阁四库全书》第一零五一册，上海古籍出版社，1987，第280~282页。
③ 宋李昉等：《太平广记》第一册，中华书局，1961，第78~79页。

期，江浙一带曾广为刊行之。此宝卷分为上下卷，上卷述三茅真君家世与大茅君金福的修行故事。中言汉帝时，邠州金宝官居宰相，有三子：长子金乾官拜御史大夫，次子金坤官拜边外总兵元帅，唯小儿子金福矢志修佛学道，无意功名，虽经众人劝阻而不听。金宝告官还乡，怒而将之用枷锁囚禁于马坊。赐福天官感其志坚，予金丹一粒，助其脱困往终南山修道。先后经女青真人、金蝉子作法试探，道心坚固，终为后者授记，道号元阳。后至蓬莱洞中参见王母，职受第八洞真仙。而金宝怀疑三儿媳王慈真帮助丈夫逃脱，将其囚禁于马坊。金福见慈真在马坊三年坚心修道，乃度其至巫山修行。金宝惶恐亲家怪罪，遂诬称两人因过潜逃。终败露获罪，降为平民。金乾、金坤也相继获罪，身处牢狱。

下卷言，金乾、金坤因以往功大，被削职为民。经此劫难，金府上下方悟金福修道之意，众人遂一心修行，发愿重修东林寺。金乾、金坤历尽艰难，从刘驸马、公主处化得银两，在金福的帮助下，成就其事。金福并度二兄成道，三人同返蓬莱。玉帝封之为三茅应化真君，封刘驸马、公主为茅山土地。金府众人也为成仙之慈真引入茅山修行。

此卷虽演道教神仙故事，但多掺杂佛教之修行观念，体现着民间教派信仰佛道杂糅的特点，并多有道德劝化内容。卷下"江左再生人"所言之《三茅宫三十六戒》中言诸戒如"父母逆不得、邪色犯不得、坟墓荒不得、棺木烧不得"等等，多为民间普遍遵守。此宝卷可以视为民间教派信仰、伦理道德观念的一次综合展示。

上述《三茅真君宝卷》篇幅约在 4 万字左右，在宝卷中也属长篇。但与靖江讲经中的《三茅宝卷》相比，只有后者的八分之一左右。《三茅宝卷》之宏大，确属少见。《三茅宝卷》中的故事框架与前之《三茅真君宝卷》大致相似，但增加了很多曲折的情节。更主要的是其故事的敷演已经脱离了宗教的束缚，与原来的三茅真君的传说已无关联。只是借用其名，而演变成对一段民间的悲欢离合故事的叙述，因而完全可以视为一次崭新的创作，是为靖江地区特有的一种宝卷。下依据赵松群演唱本，对这一宝卷作简单描述。①

宝卷言汉高祖时，广西施恩府宾州安乐村金宝官至丞相，原为山大王，姓姬。后归顺朝廷，为朝廷收服二龙山大王钱毛龙，并娶其妹为妻。后天下饥荒，万岁赐其改姓金。文曲星、武曲星、应化童子下世，托生为金宝的三子：金乾、金坤、金福。金乾娶妻熊氏，金坤娶桂氏。三公子金福娶宾州极乐村进士王乾的女儿慈贞。金宝保本王乾为广南太守。

金福在家攻读，玉帝恐其误了修道，令玉清真人下凡，托梦言其修成正果，当为三茅祖师、应化真君。金福生病，出门游春，至三清寺，获《三官经》，于是誓言弃妻持斋以修真道。慈贞与家人百般劝阻皆无果。

钱氏修书进京报知金宝，金宝告病还乡，劝说金福。后者不改初衷，金宝怒将金福枷起。金福仍带枷念经，不悔改。金宝怒打其至死。三官大帝命玉清真人度金福到终南山，拜虚无老祖为师修行。金宝诬王氏小姐放走丈夫，将其枷起。慈贞不作辩解，抄来《观音经》，也念经修道。

金福在终南山修道三年，观音老母同文殊、普贤菩萨一起度脱之，玉清真人为之起法名元阳。玉帝封其为应化真君。王母娘娘又封他八洞飞仙，赐他钻天帽、腾云鞋、袈裟、聚风带和慧眼一副。元阳戴上慧眼，见慈贞在马房披枷带锁，王母令其下凡度慈贞到北海浮山修道。

金府四处张贴告示寻找慈贞。王乾在广南为官六年回家，发

---

① 下文言及《三茅宝卷》者，如无特别说明，皆为赵松群演唱本。

现其事，进京告金宝杀死女儿、女婿。金宝被削去官职，罚银二千两。金宝回家，与妻钱氏抄写《三官经》、《观音经》修道。王乾回家，请僧道超度女儿、女婿。元阳与慈贞梦中交给岳父母《三官经》、《观音经》。王乾夫妇散尽家财，改庭院为佛厅，一心修道。

元阳奉三官大帝之命劝金乾、金坤修道。他命狐狸精变成美女，迷惑高祖。金乾上本劝阻，被下狱，定下六十天后杀罪。元阳真人又化作终南山无名大王侵汉，金坤领兵来战，战败后被迫写了卖国文书。获罪下狱，也判了六十天后杀罪。元阳真人托梦高祖，让他赦免两人。二人回家，与妻子、父母一道修行。金乾、金坤各剁一手，到街市募化，以重修东灵寺。元阳下凡认父，为二位哥哥接了手臂。

元阳至刘驸马门前募化，为驸马、公主展示三生相。驸马不信，将其封入夹墙。元阳招来大哥、二哥，为之脱去凡胎，起法名凡阳、回阳。又去地府向阎君要了勾魂标，勾了刘驸马之魂到地府。最终令之同意还魂后出资修东灵寺。

东灵寺修成后，元阳真人超度了父母、岳父母及妻子、嫂嫂等人。兄弟三人上天，玉帝封之为大茅、二茅、三茅祖师。三人到丹阳句容山修炼。建庙立祀，享百姓香火。

与《三茅真君宝卷》相比较，靖江的《三茅宝卷》在情节上更加复杂多变，同时也增加了很多情节主线以外的内容，如王慈贞嫁与金福之前，说媒与送亲的场景，王乾在广南作太守断案的故事。将听众感兴趣的故事尽可能地拢入宝卷中，其用意自然在增加宝卷的曲折性与趣味性。这使得此宝卷涵盖的内容五花八门，可以看成是一幅社会生活的长卷。其中包括婚丧嫁娶、官场往来、诉讼审案、节日庆典、吟诗作赋、战争外交、经商贸易等等。很多地方可谓对民间风俗的真实记录，如卷中对金福与王慈贞的婚礼过程的描绘，罗列叙述了排八字、请媒人、拿帖子、议婚、送定亲礼、哭送新娘、发送嫁妆、迎亲送亲等环节。如王慈贞母亲陆氏哭送女儿,教导女儿"你到人家为媳妇,里里外外要照顾,堂前敬重你公婆,香房里敬重你丈夫","说话要轻声,穿衣要齐整,吃饭要斯文,跑路要稳沉。坐凳要端正,堂前有外客,厨房莫高声"等等,①正见民间要求女子的行为道德标准。其中有些细节,正是靖江当地风俗的真实反映,如王慈贞为独生女,没有"抱轿"人,只好由其父抱上轿;上轿后先打"喜圈郎"(在门前转几圈),目的是"转的小姐头发晕,把娘撂到脚后跟",让新娘以后忘掉娘家;王老爷端出小姐上头梳妆的洗脸水,泼在轿跟上,意谓"嫁出去的女儿如泼出去的水,你离开双亲要自做人"②;到了金家,"高厅上摆开八仙红桌,设供天地纸马,掌起通宵蜡烛。小夫妻俩手搀手,八拜天,八拜地,八拜虚空过往神,再拜夫妻同到老,又拜父母养育恩"③,这些都是见于旧时靖江地区的民间婚礼之中的场景。在实际的宣演中,这样的内容可以拉近与听众的距离,引发其共鸣,进而增强讲经的艺术感染力。同时,它无疑也是我们作民俗研究的重要资料。

二 《大圣宝卷》

《大圣宝卷》与《三茅宝卷》一样,都为靖江讲经特有,并且是靖江讲经宣讲最多、最重要的两部宝卷之一。《大圣宝卷》为佛头演唱于"大圣会"中。1960年后,当地曾整理改编该宝卷的一部分为《张员外逼租》,刊行于世。其较为完整的刊本,则为吴根元等人的整理本,演唱者为赵松群、朱明春、陆满祥

---

① 《中国靖江宝卷》上册,江苏文艺出版社,2007,第21页。以上文句,大多也见于赵松群演唱本中,但未如刊本详细,故此处言婚礼经过的文字引自刊本。
② 《中国靖江宝卷》上册,江苏文艺出版社,2007,第22页。
③ 《中国靖江宝卷》上册,江苏文艺出版社,2007,第22页。

等，由扬州市民间文艺家协会、靖江县民间文学集成办公室于1991年刊行。收入《靖江宝卷·圣卷选本》本，则为陆满祥演唱，吴根元、姚富培搜集整理。此本后又收入《中国靖江宝卷》一书中。此本的整理者将宝卷分为《韦林县灾民求贷　恶财主趁机坑人》、《张举山逼债受窘　宦氏女巧舌争辩》至《揭皇榜降妖伏怪　裕缘僧讨封显圣》共十回，10余万字。与笔者所见陆爱华演唱本（部分）比较，整理本省略了很多内容。特别是宝卷的开始部分，陆爱华演唱本为：

三柱（按：原文如此，当作"炷"，下同）香，大会场。同赴会，赐寿延。

单：斋主到佛前焚起三柱香，设立延生大会场。福禄寿三老星君同赴会，西池王母赐寿延。天留甘露佛留经，人留男女草留根。天留甘露生万物，佛留经典劝善人。人留男女防身老，草留枯根等逢春。昔年山东孔圣人留下仁义礼智信，大圣祖师留下一部经典劝善人。

白：诚心斋主（同会友）一心要到通州狼山，烧香了愿。怎耐山遥路远，跋涉艰难。有心敬神，何必远求？此地即是灵山。所以诚心斋主择定节日，打扫经房一间，设立古佛经堂，把小弟子呼唤回来对圣宣言。

平：讲间一部大圣卷，胜于道（按：原文如此，当作"到"）狼山了愿心。

白：斋主要说，未成到狼山面敬，在家敬他，香要多烧点，头要多叩点，功劳就大（间）点。众位，这就错了。烧多为烧草，烧了烟搞搞，大圣菩萨反而要见恼。烧香只要三友，叩头只要四个。一柱香插在香炉上手，求到父母双全；二柱香插香炉中心，求到夫妻白头到老，永结同心；三柱香插香炉下手，求到儿孙满堂。

>　　平：三柱真香求三友，叩头四个报四恩。
>
>　　白：何为三友？释迦佛，李老君，孔圣人，三人下凡治世，为三友。释迦佛留下天平称，李老君留下斗共升，孔圣人留下丈和尺。世上农民三不争。释迦佛留下生老病死苦，李老君留下金木水火土（按：此处应漏"孔圣人留下仁义礼智信"一句），万古流传到如今。
>
>　　平：四月初八生文佛，二月十五生老君。十月初四生孔子，三个圣诞到如今。
>
>　　磨耶夫人生文佛，妙真女子生老君，杨氏夫人生孔子，三母所生三圣人。
>
>　　耶念国里生文佛，沙洲城里生老君，山东鲁国生孔子，三处所生三圣人。

宝卷接下来分别叙说三友身世神通。如李老君，宝卷中言其在娘胎八十多年，降生之时已是"胡子拖到半胸"，其母惊吓而死。老君看到天有残缺，抛石以补，"东南上是个石补天，东南风起起暖洋洋"，"西北上是个冻补天，西北风起起印心凉"。宣完了"三友"之后，再宣"四恩"。分别阐明"四恩"之义，劝人信持。

>　　白：何为四恩？
>
>　　平：斋主道（按：原文如此，当作"到"）佛前叩到第一个头，报报天地盖载恩。报天地自盘古生罗万象，立阴阳长五谷普度凡人。
>
>　　……
>
>　　平：诚心斋主到佛前叩到第二个头，报报日月照临恩。报日月，不留停，东出西归。东天出，西天入，昼夜行程。
>
>　　……

平：诚心斋主到佛前叩到第三个头，报报皇皇水土恩。报皇皇水土恩民安国泰，文安邦武定国执掌乾坤。
……
平：诚心斋主到佛前叩到第四个头，报报父母养育恩。报父母生男女千辛万苦，冷受冻，暖受热，哺乳之春。

在宣"四恩"的过程中，与前宣"三友"一样，穿插了很多民间的传说、故事。如宣"日月照临恩"时，穿插了后羿射日的神话，以及最后一个太阳躲在马齿兰下，两者关系最好，所以马齿兰耐晒耐旱的民间传说。宣完"三友思恩"之后，才是正讲：

白：众位，三友四恩缠啊缠，难以讲到正卷。
平：三友四恩，小学生才疏学浅讲不尽，开宣宝卷劝善人。
平：大圣宝卷初展开，拜请国师王菩萨降临来。两旁善人帮贺佛，能消八难免三灾。
挂：宝卷初展开，礼拜如来佛。经堂里焚香烛，贺佛请经开。
宝卷初发黄，香烛透佛堂。经堂齐肃静，听经莫心慌。光阴如箭，日月如梭。
人生百岁，能有几个？良田万顷，要他如何？满库金银，难买阎罗。
空手来，空手走，不如及早念弥陀。
阿弥陀佛常常念，只要功夫不要钞。请问八仙何方去，龙花会上赴蟠桃。
平：开开经来陈陈香，老少福寿广无边。
白：是茶解渴，是饭充饥，是忏消灾，是经典灭罪，是宝卷必有皇皇登位。

　　平：大众啊，先讲那朝皇登位，那洲（按：原文如此，当作"州"）那府出贤人。

以上内容，从"天留甘露佛留经"到"三友四恩"，除了其中"诚心斋主（同会友）一心要到通州狼山"一段以外，整理本中都未见存在。其篇幅近3000字。而省略的部分所包含的民间信仰、伦理道德，包括民间传说，也因此而丧失。民间文艺的整理者或有将作品中宗教色彩较浓的、比较朴野的部分删去。其实这一部分的内容往往最能体现作品的民间属性和地方特色，也最能从中了解民间社会的真实状况。

《大圣宝卷》的这种开讲程式在圣卷宣讲中已成为格套，在小卷中则不存在。其他圣卷大致如此，其中的中心环节当属宣"三友四恩"。其存在有着多重的意义。它进一步突出了靖江讲经的宗教信仰的色彩，表明靖江讲经与宗教的密切联系。"三友四恩"的源头可指向明代的民间教派宝卷，其宣讲又体现出强烈的三教融合的色彩。同时，在宣讲"三友四恩"的过程中，又融入了很多的民间传说与故事。这些内容代表着底层民众对自然界、社会的朴素的认识与解说，如其中关于东南风暖和、西北风寒冷的"记录"。再有，其中又蕴含着民间普遍的伦理道德观念，包括行为禁忌。如"报报日月照临恩"部分，言太阳小名为日头，愚蠢妇女呼其小名，惹得太阳不满，到昆仑山修道不出云云。这里交待了民间关于太阳的禁忌。最后之"报报父母养育恩"，则拿夫妻之爱与父母待子女之爱作对比，劝人孝顺自己的双亲。因而，在正式开讲之前，这一大段的宣讲，可以说既有安定听众、延缓进入正题的作用，同时也可以对听众起到劝善修道的作用。"三友四恩"一节，有着丰富的历史文化内涵，是值得我们深入探究的。

《大圣宝卷》的主角"大圣",即泗州大圣,即唐代来自西域的高僧僧伽(628~710),何国人,一说碎叶人,俗姓何。唐龙朔(661~663)初年至汉地,先住楚州龙兴寺,后遍游诸方,于泗州建临淮寺,景仰者接踵而来。中宗景龙二年(708),诏入别殿,深受礼遇,移居长安荐福寺。后祈雨得验,蒙赐额"普光王寺"于临淮寺。景龙四年,圆寂于荐福寺。中宗敕送其遗骸还普光王寺。

　　僧伽一生灵验神异事迹颇多,世人有以之为观音之化身者。师先后曾被赐以证圣大师、普照明觉大师、泗州大圣、大圣僧伽和尚、僧伽大师等号。唐代以来,泗州以外之地,亦广建僧伽大师堂。至北宋,天下精庐多立僧伽画像。世人遇灾难、祸乱者,多向之祷祝。其生平、传说见唐李邕撰《大唐泗州临淮县普光王寺碑》(收于《全唐文》卷二六三)、《宋高僧传》卷十八、《太平广记》卷九十六等。

　　《大圣宝卷》与前面的《三茅宝卷》一样,虽然说的是泗州大圣的神通故事,但其实只是借用其身份,所述故事与历史上的泗州大圣全无关联,而是将大量的民间降妖伏怪的民间故事和地方风物传说,累加到泗州大圣一人身上,使得泗州大圣成为民间故事中的典型的"箭垛式"的人物,这一宝卷也成为民间传说、故事的"汇编"。宝卷说的是:

　　元成宗时,泗州单州府韦林县魏岳村张举山、妻水氏,两人本是天上仓皇星、积玉星下凡。因为富不仁,同庚三十六,未有子女。

　　韦林县人糟蹋五谷,玉皇怒降三年水灾、三年蝗灾。百姓到张家借粮,张举山以少充多。后年岁转好,张举山去佃户李清明家要账,反遭李妻宦氏戏弄。归家路上,遭儿童奚落其无子。张举山夫妇乃改恶行善,并做四十九天求子大忏。玉皇派三太子下凡为其子,取名张长生。

长生从小聪慧过人，年已满冠，正待考取功名。观音恐其贪恋仕途，无心修道，于是托梦给长生，要其舍弃功名，专心修道。

长生生病，游园散心，跌飞了玲珑心，观音拿愚昧心拨入他七窍内。长生从此痴呆，转学打鸟，吃生灵肉。十月十七日阿弥陀佛生日，八仙赴会，张长生将其坐骑仙鹤打死。观音施法救活了仙鹤。

佛祖打发云台山鹦哥仙鸟下凡，指点长生从善，反被其打下，关入笼内。普贤菩萨争功再去，第一次为观音设法阻挠，第二次变作和尚，显示法术，救了鹦鹉。又与长生打赌，被长生连射四箭后赶回。

观音变作猎人，与长生比射。长生输后认观音为师。观音设下地狱，长生被抓入地狱。长生游了四重地狱，以应射普贤四箭之报。观音化为普贤前所变和尚样，长生恐惧地狱之苦，皈依之，受三皈五戒，获法名裕缘。为还生灵债，乃自己拔尽头发，遂矢心修道。观音现出本相，裕缘辞家至白云山修行。

汉高祖时，张良放铁鹞子取乐，误入女人国。后为脱身，再放鹞子，随尾绳上天。韦陀菩萨见鹞子的绳索是妖怪，用降魔杵将鹞绳打成三段：一段落在西太湖，变成铁索精；一段落在通州北门，变成顽石精；一段落在北海高邮坝，变成鲇鱼精。

通州北门顽石精，修行多年，成为石纪娘娘，为害地方。哪吒太子用钢叉将它穿心，打入海中，成为水母（魔）怪。水母（魔）怪变成一玉镯，被巡海夜叉检去。东海龙王的公主戴上后，玉镯变成美女。龙王将她配与巡海，生下胡立、胡鬼两个妖精。

北海鲇鱼精作怪，拱倒高邮坝，百姓受水灾。成宗皇帝召江西龙虎山张天师捉妖。观音怕徒弟裕缘失去立功受封机会，将鲇鱼精踩入青沙底下十八丈。张天师用照妖镜找不到鲇鱼精，以为已化为乌有。百姓遂重修高邮坝。一年后,鲇鱼精又掀翻高邮坝,水没泗州城。成宗将张天师打入天牢,张榜召请除妖之人。

观音将裕缘脱了凡胎换仙胎,参拜玉皇,揭明因缘,玉皇封之为泗州大圣,王母娘娘又赐几件法宝。大圣揭皇榜,到高邮除妖。大圣变作青龙与鲇鱼精斗法,观音下凡,助其最终收服鲇鱼精,重修高邮坝。成宗封俗缘为泗州大圣。

大圣前往通州,一路显圣,与鲁班斗法,破活龙地,在狼山收服老狼精。成宗拨银修寺,大圣享受香火。

水母怪要水淹通州以报仇。大圣至通州破坏其计,与其相斗。观音助大圣,将水母怪封入井中。后官民塞掉通州北门,令水母怪永世不得翻身。胡立、胡鬼为母报仇,被大圣抓住,变为条石、石鼓。分别镇压在徐州桥身下与南京城墙下。西湖铁索精要为干姐姐鲇鱼精、水母怪报仇,火烧狼山。大圣也将其降服。

大圣为父母脱去凡胎,玉皇封两人为圣父、圣母。大圣神通非凡,狼山香火日盛。大圣是泗州人,狼山上的和尚称泗州来的香客为"娘家人",不收香钱。靖江香客争称大圣是靖江人,如皋的香客附和。管山的和尚因两地香客多,厚待不起,从此都收香火钱。泗州人怒将大圣神像抬回当地,狼山僧人重雕大圣像。[①]

《大圣宝卷》中的泗州大圣与唐代的泗州大圣其实并无关联,只是搬用了后者的称名。古代苏北地区水灾频发,多出水怪的传说。《大圣宝卷》中的泗州大圣降妖伏魔的故事,其原型应该是古代流传于泗州一带的张果老(在泰州地区的传说称张天师)降伏水母怪的传说。这一故事现在仍流传于盱眙地区。故事说:

[①] 此处《大圣宝卷》为陆满祥演唱,吴根元、姚富培搜集整理,收入尤红主编《中国靖江宝卷》,江苏文艺出版社,2007。下文言及《大圣宝卷》者,如无特别说明,皆为此本。

淮河女妖水母爱慕一农夫，变化为美貌女子与其结为夫妇，过起农家生活。夫妇俩在泗州城内碰上八仙中的张果老，后者揭露水母身份。水母大怒，与之斗法。水母借来两桶九州之水挑往泗州，到城边累了在柳荫下歇息。张果老让自己骑的黑驴，偷饮其水。水母发觉时，已所剩无几。水母怒将两只水桶摔碎，残水竟顿时将泗州淹没，玉帝派天兵天将捉拿水母，无奈其神通广大，屡拿不到。后观音菩萨化作路旁一卖面老妇，诱得水母来吃面条。面条进入水母体内，即变成铁链，锁住水母。观音将水母锁在龟山琉璃井内。许其待到铁树开花，驴长角时，才得离开。

京剧《虹桥赠珠》即从此故事演变而来。古代小说中也早已存在相似的传说。《西游记》第六十六回《诸神遭毒手　弥勒缚妖魔》，写孙悟空制服不了黄眉妖怪，功曹劝其去泗州城搬兵，"这枝兵也在南赡部洲盱眙山蠙城，即今泗州是也。那里有个大圣国师王菩萨，神通广大。他手下有一个徒弟，唤名小张太子，还有四大神将，昔年曾降伏水母娘娘。你今若去请他，他来施恩相助，准可捉怪救师也"[1]。小张太子或从张果老演变而来，属于变体。明《梼杌闲评》第一回《朱工部筑堤焚蛇穴　碧霞君显圣降灵签》中载：

且说尧有九年之水，泛滥中国，人畜并居。尧使大禹治之，禹疏九河归于四渎。哪四渎？乃是江渎、淮渎、河渎、汉渎。那淮渎之中，有一水怪，名曰支祁连，生得龙首猿

---

[1] 明吴承恩著、华阳洞天主人校《西游记》，明万历年间清白堂杨闽斋刊本，日本内阁文库藏，收入刘世德等主编《古本小说丛刊》第36辑，中华书局，1990，第1293~1294页。

身，浑身有四万八千毛窍，皆放出水来，为民生大害。禹命六丁神将收之，镇于龟山潭底，千万年不许出世。至唐德宗时，五位失政，六气成灾，这怪物因乘沴气，复放出水来，淹没民居。观音大士悯念生民，化形下凡收之，大小四十九战，皆被他走脱。菩萨乃化为饭店老妪，那怪屡败腹饥，也化作穷人，向菩萨乞食。菩萨运起神通，将铁索化为切面与他吃。那怪食之将尽，那铁索遂锁住了肝肠。菩萨现了原身，牵住索头，仍锁在龟山潭底。铁索绕山百道，又于泗州立宝塔镇之，今大圣寺宝塔是也。又与怪约道："待龟山石上生莲花，许汝出世。"①

同回下言，朱衡奉明世宗之命，治理淮河水灾，来到盱眙山上，询问山脚下大圣寺来历。巡捕回答："是观音化身，当年曾收伏水母的。"② 这里大圣成了观音化身。

显然，靖江宝卷中的大圣降服水母怪的故事，是在民间张果老、观音斗水母的传说的基础上，敷演而成的。所以泗州大圣改姓张，而其师父则为观音菩萨。

整理本中将大圣降伏的妖精"水母"怪改作"水魔"（方言音近）是不正确的。古泗州城唐宋时期地处汴水入淮处，是南北交通要冲。泗州大圣降水母的传说便以此地为中心向周围辐射，泗州大圣的民间信仰亦如此。清康熙年间，泗州城陷入洪泽湖。泗州大圣的信仰便南移，狼山聚圣寺成了大圣菩萨最著名的香火院。靖江地区因有了讲经的《大圣宝卷》，泗州大圣成了家

---

① 明佚名：《梼杌闲评》，收入《古本小说集成》编委会编《古本小说集成》，上海古籍出版社，1990，第1~3页。

② 明佚名：《梼杌闲评》，收入《古本小说集成》编委会编《古本小说集成》，上海古籍出版社，1990，第9页。

喻户晓的神明。

《大圣宝卷》集中体现了靖江讲经风趣生动，富有生活气息的一面，如卷中述张举山到李清明家要债一节。李清明躲避，"这下，想办法，拆壁脚；拆呀拆，拆出个'非礼勿——动（洞）'"①。张举山要拆李家房屋，李家妻子宦氏言，"员外呀，你拿我'三箱'房子拆了走，我男女只好住露天"。下自言"三箱"之义，"夏日炎炎像火箱，刮风日子像风箱，天下大雨赛水箱"②。这是种带着辛酸的幽默。底层百姓艰难的生活实际，未曾失去的乐观，质朴的智慧，都闪烁在其中。卷中言张举山家的两个梅香领接生婆卞氏奶奶去张家接生，"卞氏奶奶两手像牵钻，两脚像捣蒜，一步要抵一步半。跑得又快，三双脚板在路上'笃笃笃笃'像切菜"③，可谓形象生动，而极富生活趣味。

《大圣宝卷》在宣讲中多结合各地的风物传说，顺便解释了某地景物或风俗的来历。如卷中言鲁班在桑果河上造桥，大圣与之斗法，过桥使桥下陷，鲁班和张班用力托住桥墩，所以此桥"取名就叫力法桥，四十五里到如皋"④。水母怪的两个儿子胡立、胡鬼被大圣化成条石、石鼓。条石被大圣安于徐州的迎春桥上，并许诺"等到徐州打了春，放你这冤家转家门"⑤。而徐州因此开始只迎春不打春，以令妖精永远不得翻身；石鼓则被放于南京城墙中，大圣答应，"南京打了五更鼓，放你妖精转家门"⑥。南京从此只打四更不打五更。宝卷的结尾还通过泗州人和靖江人争做大圣娘家人的传说，交代了大圣真身在泗州，神灵

---

① 尤红主编《中国靖江宝卷》上册，江苏文艺出版社，2007，第43页。
② 尤红主编《中国靖江宝卷》上册，江苏文艺出版社，2007，第144页。
③ 尤红主编《中国靖江宝卷》上册，江苏文艺出版社，2007，第153页。
④ 尤红主编《中国靖江宝卷》上册，江苏文艺出版社，2007，第196页。
⑤ 尤红主编《中国靖江宝卷》上册，江苏文艺出版社，2007，第200页。
⑥ 尤红主编《中国靖江宝卷》上册，江苏文艺出版社，2007，第201页。

在狼山的原因。此外卷中还穿插了关于通州没北门、龙灯十三节等的传说。这样的内容，涉及各地的著名风物，为民间所乐道。在增强讲经的生动性、趣味性的同时，也可以引起听众共鸣，拉近彼此间的距离。类似的情形在《三茅宝卷》中也有，如其中关于靖江孤山只高十八丈、惠山的东岳菩萨站在天井里等传说。这可视为靖江讲经的一种常例。

和大多数靖江宝卷一样，《大圣宝卷》中包含着大量的民俗内容，特别是关乎靖江一地的。如张员外如何制夹底斗、空心秤，掺铅银，将米麦着潮等，以欺骗前来借粮的灾民，正可见旧时为富不仁者陷害百姓的惯用伎俩。张员外生子以后，馈送接生婆礼钱，村邻前来贺喜，领受喜蛋。剃头师傅为婴儿剃头，要张家"拿一把代（大）斧（富）和一杆秤，包两包稳子（麦芒）搬一口镇（蒸笼）"，以讨吉兆，谓"大斧是占代代富，秤杆是卜秤秤余，镇住公子长命根，稳稳当当长成人"[1]。这正是旧时靖江地区诞子风俗的真实反映。宝卷中的这样的内容，对于研究靖江当地的历史文化有着重要价值。

三 《梓潼宝卷》[2]

又名《花灯卷》。《梓潼宝卷》演述梓潼神出身、成道故事。梓潼，即梓潼帝君，也即文昌帝君，属道教神灵。本为四川梓潼县民间信仰的地方神灵，《明史·礼志》言：

---

[1] 尤红主编《中国靖江宝卷》上册，江苏文艺出版社，2007，第161页。
[2] 此处所论《梓潼宝卷》，主要依据赵松群演唱本，下文言及《梓潼宝卷》者，如无特别说明，皆为此本。另外，笔者得见佛头陆爱华演唱本，只有开始部分，与前本文字上有所不同。《梓潼宝卷》初刊于《靖江宝卷·圣卷选本》，为靖江佛头朱明春演唱，吴根元搜集整理，为前半部分。其全本后收入尤红主编《中国靖江宝卷》上册，江苏文艺出版社，2007。

> 梓潼帝君，记云："神姓张，名亚子，居蜀七曲山。仕晋战没，人为立庙。唐、宋屡封至英显王。道家谓帝命梓潼掌文昌府事及人间禄籍，故元加号为帝君，而天下学校亦有祠祀者。"①

张亚子（或作张恶子）即蜀人张育，东晋宁康二年（374）自称蜀王，抗击前秦苻坚时战死。后人为纪念他，于梓潼郡七曲山建祠，尊奉其为雷泽龙王。后张育祠与同山之梓潼神亚子祠合称，张育即传称张亚子。唐玄宗入蜀，有感于张亚子英烈，追封其为左丞相。宋朝帝王多有敕封，如宋真宗封亚子为英显武烈王，宋理宗时封为神文圣武孝德忠仁王。宋、元道士声称玉皇大帝命梓潼帝君掌管文昌府和人间禄籍。文昌原是天上六星总称。文昌星和梓潼帝君都被道教尊为主宰功名禄位之神。元仁宗延祐三年（1316）将两者合为"辅元开化文昌司禄宏仁帝君"，故称文昌帝君。因其主管功名、禄位，故深得士子崇信。

靖江讲经中的《梓潼宝卷》与《大圣宝卷》一样，所讲故事其实都与其本神无关。这一宝卷也为靖江地区所特有。其整理本系佛头朱明春演唱，吴根元记录整理，《靖江宝卷·圣卷选本》节录了部分，名为《花灯缘》，篇幅在3万字左右。其全本则收入2007年的《中国靖江宝卷》一书。笔者另见有手抄本两种，一为佛头陆爱华的演唱本（不全），一为佛头赵松群的演唱本。其中前一演唱本与整理本大同小异，止于龙王遣自己的三位公主与陈梓春拜堂成婚，进入洞房。不表。后一演唱本属于足本。其陈梓春与龙王三位公主成亲的部分与前二本相较，虽主要情节未变，但更添枝叶，更为曲折生动。赵松群演唱本的篇幅在5万字左右。下依赵松群演唱本，简述宝卷的主要情节。此宝

---

① 清张廷玉等撰《明史》第五册，中华书局，1974，第1308页。

卷言：

　　东海龙王三位龙女青莲、翠莲、白莲，化为鲤鱼，前往杭州西湖游玩。因贪看风景，延误归期，被渔翁捕获。已经修炼了十七世的卢道人为母亲买得此三条鲤鱼。正要宰杀，鲤鱼向其眨眼。卢道人认其为龙种，送归东海，结下宿世姻缘。

　　山东省中州府灵台县北门聚贤村有陈良、朱氏夫妇，年过半百而无子。为求子，乃大做善事。玉皇令卢道人投生为陈良之子，取名陈郎。后陈郎读书，先生起学名梓春。陈梓春年少聪慧。

　　唐朝光明皇见天下灾荒，改年号逍遥。玉帝作法使五谷丰登。光明皇令各州县张灯庆贺。玉帝因闹灯之人踩伤麦苗，欲降瘟疫惩罚，为太白金星劝阻，言正可趁凡间张灯，成就陈梓春与龙王三位公主的姻缘。

　　太白金星到龙宫说媒，龙王将水府变作花花世界，鱼蟹扮作看灯人。陈梓春同安童先到城中、杜家村观灯。后到孔圣庙，太白金星作仙风吹散众人，陈梓春孤身一人，太白金星化成书生，引其入龙宫看灯。太白金星骗陈梓春采三盆牡丹，"牡丹落地不非轻，跳出三位女千金"，陈梓春被迫与三位龙女成婚。

　　赵松群演唱本至此为上册。在讲经过程中，佛头也是到此稍作休整，故此处有唱"正宣之中打个盹，消灾延寿注长生"。赵松群演唱本上册开篇云：

　　　　春游芳草地，夏赏绿荷池，秋饮黄花酒，冬吟白雪诗。——圣语

下册开篇云：

　　　　笑呵呵，问弥陀。因何笑？恶人多。——圣语

"圣语"当作"圣谕"。这与称"宝卷"者一样，应该是取其神圣庄严之义，自神其说。

赵松群演唱本下册言，陈梓春回家专心攻读。逍遥王张榜开考，陈梓潼高中状元。宝莲公主抛球招亲，正中陈梓春。陈不愿对不起龙宫三位公主，拂球落地。皇帝大怒，欲将其处死。宗师怕天下举子不服，为皇帝定下借刀杀人之计，让陈梓春到广西水灵县任县官。因为当地竹节山上有吃人的魔王。

陈梓春与先生到达水灵县，张榜晓谕百姓安分守己。竹节山上魔王派兵将陈梓春半夜掳掠上山，要其三天之内送美女、黄金等上山。陈梓春据理反驳，魔王要其做军师。陈不肯，被关入迷魂洞中。山神土地变作穿山甲，为之透气、送饭。陈梓春之父母思念儿子，忧伤成疾，先后去世。

龙王三位公主怀孕，诞下三子，分别名为上元、中元、下元，为上界先天三官大帝临凡。三子长到六岁，拜云台高山虚无老祖为师学法。至其十八岁，太白金星欲其全家团圆，将赖元精派到京城御花园金井里，专吃打水之人。万岁召江西龙虎山张天师捉拿。赖元精藏入泥中，骗过张天师。万岁将张天师关入天牢。

上元、中元、下元与一同学法的龟鳖丞相的两个儿子龟元、鳖方戏玩，被后者嘲笑无父。上元三兄弟趁师傅出游，入十重门，吃下各种奇食异果，并获得钻天帽、入地鞋、聚风带、神刀、慧眼镜、凤凰箭、捆妖索等宝物，法力大增。师傅令其回龙宫见母。三人问起父亲下落，三位公主告知经过。母子六人前往寻亲，太白金星化老人指点路程，言"如果要寻陈梓春，要上皇王午朝门"。

上元弟兄三人将母亲安置在江都姜女庙中，前往京城。三人揭下降妖的皇榜，收服赖元精。弟兄三人要皇帝依从其四件事，三件事是："一监牢罪人赦一半；二钱粮国锞减三分；三张天师师徒九个官封元职转三门"。第四桩,"还我十八年前的陈梓春",否则搅乱其江山。皇帝一一依从,派兵三千随兄弟三人攻打竹节山。

上元等三人斗法抓住魔王,从洞中救出陈梓春,全家相认团圆。皇帝命处死魔王,封陈梓春为吏部天官,其他各人也有封赏。并命在陈梓春家乡造天官府。

陈梓春一家回乡祭拜父母后,全家修道。三年后,功劳已成。太白金星下凡,一把火超脱众人到天庭。玉主封陈梓春为"开化梓潼",三位公主为"贞节淑德女千金",上元为天官大帝,中元为地官大帝,下元为水官大帝。梓潼带着三官等众人,到云台山文昌宫显圣。

宝卷内容与传统梓潼帝君的出身与神通故事并无关联,其重点是在因缘宿世的框架内,敷演陈梓春一家的悲欢离合。宝卷一则着重情节的曲折离奇,一则在乎对民情风俗的叙写。特别是卷中对灵台县张灯场景的描绘,顺序从北门、西门、西门、南门、杜家村、孔圣庙写来,繁笔重彩,各臻其妙,极尽铺张渲染,令人叹为观止。如西门观灯一节中写花灯情形:

十:绣球灯,在前面,滚来滚去。
狮子灯,后头跟,眨眼铜铃。
看一盏,猴猁灯,毛头贼脸。
挑担水,过仙桥,眼泪纷纷。
看一盏,走马灯,走来走去。
牡丹灯,红芍药,姐妹相称。
牛车灯,转起来,木龙戏水。
磨子灯,轰轰响,不得绝声。
春季里,山楂灯,红光灼灼。
梁山泊,祝英台,同上杭城。

夏季里,开荷花,红花绿叶。
唐明皇,武则天(按:当作"杨贵妃"),也扎成灯。
秋季里,开菊花,桂香十里。
刘知远,打瓜精,独坐龙廷。
冬季里,开腊梅,雪景好看。
小秦王,争江山,胜负难分。

这段文字,铺写了十多种花灯,栩栩如生。民间张灯时的热闹、欢乐的情景呼之欲出。宝卷中还有众多地方涉及民间婚礼、店铺、丧礼等生活场景,可以视为一幅民间风俗画卷。

宝卷末和很多靖江宝卷一样,掺入民间传说故事,对相关地名、风物作了"解释"。如卷末"解释"了天下三十六盐场的来历,言其为梓潼帝君下凡显圣,离开天庭时,念及人间无盐,从天庭顺手抓了一把。四大天王发觉追讨,梓潼帝君慌忙挥向人间,落地成为三十六盐场。四大天王发现他手上还有盐粒,顺手抓住其肩膀一捺,结果将其一只手弄断。所以文昌寺里梓潼帝君的手总是拢在一起,是怕难为情。虽属不经之说,但正可见民间的风趣和智慧。

四 《观音宝卷》[①]

《观音宝卷》全称《香山观世音宝卷》,也简称《观音卷》。宝卷演妙庄王三公主妙善虔心修道,割手眼救父、终成观世音菩萨的故事。这一题材的宝卷见于各地,早期佛教宝卷中的《香山

[①] 此处《观音宝卷》为靖江佛头朱明春演唱,李网珠提供资料,吴根元搜集整理。初收入吴根元、姚富培主编《靖江宝卷·圣卷选本》,内部资料,2002。后收入尤红主编《中国靖江宝卷》上册,江苏文艺出版社,2007,题名《香山观世音宝卷》。下文言及《观音宝卷》者,如无特别说明,皆从此本。笔者所见佛头陆爱华演唱本,只有开始部分,与前本文字上有所不同。

宝卷》（又名《观世音菩萨本行经》）即已演述这一故事，其现存最早刊本为清乾隆三十八年（1773）杭州昭庆大字经房刊本。

妙善公主修道故事成型于北宋时期。明正德初年刊的罗清《五部六册》中《正信除疑卷》第十二品、《泰山深根结果卷》第二十四品都言及《香山卷》。靖江讲经中的《观音宝卷》应该也是源于早期的《香山宝卷》。但它在内容、情节等方面已多有变化，有着强烈的地方色彩。《靖江宝卷·圣卷选本》收有此卷，题名《香山观世音宝卷》，分四册，篇幅在8万字左右。此卷后收入《中国靖江宝卷》上册。此宝卷每册开篇四句三言韵文，下言"圣谕"，这与称"宝卷"者一样，应该是取其神圣庄严之义，自神其说。

宝卷言，周朝末年（或言夏朝），西域兴林国国王姓婆名伽，年号妙庄，为贤明君主，国泰民安。妙庄王无子女，担心后继无人。文相刘钦奏其可请僧道拜求子大忏，向西岳圣帝求子，武将赵震请其大赦天下。妙庄王从之，佛老爷有感，遣青钱星下凡，托生为妙书公主。

三年后，为求生子，妙庄王又体恤天下鳏、寡、孤、独者。阿弥陀佛打发白玉星托生为妙音公主。又过三年妙庄王又在御花园建造佛殿以修行，禁止民间杀生。阎罗王因地府生死进出不平，向玉帝告发妙庄王。玉帝召宝德皇后魂魄上天庭，七世慈航道人见其美貌而动凡心。玉帝罚其托生为宝德皇后之女，即妙善公主。妙善出生即吃素。

妙善六岁时，父王召西京洛阳礼部尚书陆清之女凤英教其姐妹三人攻书习艺。三年后，姐妹三人有成，凤英辞归。妙善公主虔心修行，玉帝差太白金星试探，传授《金刚尊经》。妙善发愿一心修道，不招驸马。

妙庄王为长女妙书招驸马，招得状元张文。后又为妙音招得驸马李武。两位驸马，一文一武。妙庄王要为妙善招亲，妙善辞以修道。妙庄王怒将其囚于北花园，妙善仍诵经修道。

红颜国国王岱王放言如兴林国有人能将五百枯松在石板上栽活，就臣服进贡，否则提兵来犯。文武百官都无此能，妙庄王依刘钦丞相之奏，赦免妙善，令其种植枯松。终得韦陀真神护祐，栽种成功。红颜国上表臣服。北番哈利蛮子同样也逼兴林国用滚油煨烂铁茄铁索。妙庄王令妙善为之。玉皇让大鹏用蜜茄棉索换掉铁茄铁索，并带后者上天。因其烫热，嘴衔不住，掉入南海，化作落茄山，后因妙庄王姓婆名伽，改为洛伽山。

茄索煨烂。妙庄王以为妙善是妖魔，将其打入冷宫。玉皇遣火龙太保下凡，保其不被冻死。妙庄王听从皇后劝解，送妙善到汝州龙须县白雀寺修行，令寺中尼僧一月为期劝公主回心。

白雀寺尼僧劝诱妙善回心不成，乃刁难、折磨之。公主道心不改，并得神灵助其一一度过难关。妙庄王怒发，派兵火烧白雀寺，五百尼僧获死。妙善得神祐无恙。

妙庄王继续劝妙善招亲不成，怒而要杀之。玉皇遣神灵护祐，使之刀剑无伤。妙庄王欲乱箭射死公主，皇城土地恐公主不得还阳，劝公主自请白绫绞死。土地化成猛虎，叼妙善尸体到青松林，服以仙丹。

妙善游观十八重地狱，见种种苦状，诵经超度被烧死的五百尼僧。十殿阎君请公主诵经，地狱罪人多得超脱。阎君恐地狱因此空无，乃遣公主还阳。释迦佛试探公主道心，公主受其指点，前往香山修行。

玉帝因妙庄王残暴，遣瘟神下凡，令其身染重病。

妙善修到九年，终成正果，收善才、龙女为弟子。妙善化作和尚，为妙庄王治病，妙庄王答应若治好则传与皇位。妙善声称要以"活人手眼各一双"作药引，并须亲生骨肉的方可。妙书、妙音先后拒绝。和尚教皇后派人到南海香山求仙姑。两驸马恐皇位旁落，派人谋害和尚，阴谋败露后畏罪自杀，妙书、妙音被打入冷宫。

妙善施舍左手左眼。皇后见之,疑为妙善手眼。妙庄王得之,病半愈。和尚言还须右手眼。妙善复施舍之。皇后确定为妙善。妙庄王痊愈后,得知施舍之人貌似妙善,与皇后同去香山还愿。

妙书、妙音在冷宫中,忏悔修道。如来佛天符寺门前的石雕青狮、白象成精,掳去二女,欲逼为妻,二人不从。妙庄王往香山求助,半途被青狮、白象二妖摄去。兴林国无主,张文驸马之子香缘趁机夺了皇位。

妙善下山降服十八鬼王。善才、龙女率神兵大败青、白二妖。如来令八大天王捉拿二妖回寺。妙庄王得脱,打败张香缘,恢复皇位。

妙庄王二上香山,父女相认,妙善恢复原体。妙庄王感而将皇位传于刘钦,与皇后、妙书、妙音等同随妙善修行。如来令青狮、白象到香山,皈依修道。玉帝封妙善为救苦救难观世音。妙书为文殊菩萨,青狮作其坐骑;妙音为普贤菩萨,白象作其坐骑。妙庄王为善胜菩萨都天官,皇后为善胜菩萨都夫人。观音在香山享受香火,护祐天下。

与传统《香山宝卷》相比,靖江讲经中的《观音宝卷》情节更加复杂多变,加入了很多民间感兴趣的内容。三位公主的出生,在其他演述妙善公主故事的宝卷作品中,都没有作交代。而靖江之《观音宝卷》则安排了妙庄王三次做善事求子的情节,使之更有趣味。再如妙书、妙音的出嫁,宝卷中专门铺写了文武招亲的情景,气氛热闹而生动。而妙善在到白雀寺之前,宝卷又安排了红颜国、哈利蛮子出难题,挑战兴林国的情节,使整个故事更加曲折,也进一步表现出了妙善修道的虔诚。妙善到了白雀寺以后,宝卷又叙写尼僧欲其回心转意,出动老年尼僧、中年尼僧、不老不少尼僧劝说公主,都未成功。继而又折磨公主,令其先后清早开山门洒扫，舂米磨面，用橄榄水桶挑水，做全寺尼僧的饭菜。诸事都有神灵相助，获得解决。其中人神斗法的场面，饶有趣味而生活气息浓厚。而宝卷中青狮、白象二妖的出现，也使得这一修道故事，增加了降妖伏魔的内容。再有两位驸马的叛乱，也使得宝卷情节更为曲折惊险，引人入胜。

概言之，靖江之《观音宝卷》主要增加了以下情节：求子情节、招亲情节、敌国来犯斗法情节、妙善受尼僧折磨（人神斗法）情节、降妖伏魔情节、平叛情节。这些情节其实都是古代小说、戏曲中常有的，相似的故事为民间熟悉。它们在此宝卷中出现，一方面令整个故事波澜起伏，曲折离奇，更加扣人心弦，引发听众兴趣和关注；另一方面，这些似曾相识的情节，在宣讲中往往能得到听众的呼应，能够活跃现场的气氛，收到更好的演出效果。

宝卷中也演绎了一些风物的来历，如关于洛伽山的得名，宝卷把它与妙善煨铁茄铁索联系起来。宝卷末也述及了靖江本地，指出靖江在建县前，就有了祭拜观音的崇圣寺，后来成化十年，首任知县张汝华将寺迁于城内东侧。另外，妙善公主的故事虽属佛教题材，但这一宝卷安排了很多佛教以外的神灵，如玉皇、太白金星、土地、城隍、甘露夫人、风婆、水龙太保、火龙太保、九天仙女等等。这些神灵的出现，加上整个故事世俗生活气息极浓的曲折情节，使此宝卷与《香山宝卷》相比，佛教劝化的意味要薄弱很多，而更具娱乐性。

五 《地藏宝卷》[①]

《地藏宝卷》演述地藏菩萨的身世与神通故事。地藏菩萨为中

---

① 此处《地藏宝卷》为靖江佛头赵松群演唱本。下文言及《地藏宝卷》者，如无特别说明，皆为此本。此宝卷另有一本，为王国良搜集整理，刊于尤红主编《中国靖江宝卷》上册，江苏文艺出版社，2007。

土佛教四大菩萨之一。佛藏中有唐实叉难陀译《地藏菩萨本愿经》。因为地藏菩萨慈悲发愿，普度地狱众生，故在古代深受民间信仰。地藏菩萨后来又被附会成唐时来华的新罗僧人金乔觉（705～803）。金乔觉居安徽九华山，九华山遂成为地藏菩萨道场。① 在民间的冥府信仰中，地藏菩萨的地位在十殿阎王之上，是为幽冥教主。

宝卷中演地藏菩萨故事的作品有很多种，如《地藏菩萨执掌幽冥宝卷》、《地藏宝卷》（又名《扫秦宝卷》）等。靖江讲经中的《地藏宝卷》故事讲的是地藏菩萨与十殿阎王的出身，与这些宝卷都不相同。靖江宝卷之外，笔者还未见有相似的故事存在。下据赵松群演唱本简述其内容。赵松群演唱本分上下册，篇幅在18000字左右。宝卷言：

夏朝仲康王正直清明，天下安康。河南洛阳北门金家巷金功善、孔氏夫妇，家境豪富。金为阁老，为朝廷立下十大功劳。孔为诰命夫人。金阁老为官清正，名著天下。

国母娘娘得重病，急坏仲康王。仲康王召集文武，商议治病。十三个太医总摇头，都被仲康王关入天牢。仲康王挂起皇榜招医。

西天佛祖下凡，变作僧人模样，揭去皇榜，治好了国母娘娘的病。仲康王欲封赏之，和尚只要他依三件事：监牢罪人赦一半，钱粮国课减三分，太医官封原职。如还要报及其身，皇帝可以"做起五百件袈裟，而且备起大香并大烛，亲到雷音寺里了愿心"。仲康王从之。国母娘娘亲手裁衣，监督五百宫女做好袈裟。国王欲往雷音寺进香，金阁老因国不可一日无君，自请代之。仲康王命其率三千人马前去。

金阁老带兵进香，走了三年，为流沙河所阻，安营于旁。恰

---

① 宋释赞宁：《宋高僧传·地藏传》，《大正新修大藏经》第五十卷，第838页下。

逢十月，天降大雪三日，三千士兵冻死到只剩十八人。金阁老欲自尽。西天佛祖感其诚心，在流沙河东化出小雷音寺。金阁老与十八个士兵进寺烧香，献上袈裟。佛祖送金阁老等锡杖、锦蓝袈裟、明珠等三件宝贝，让他转送仲康王，并答应金阁老超度三千冻死士兵到阴山后修道，功成转为阴兵管幽冥。

佛祖用缩地法，令金阁老三个月就回到京城，向仲康王复命。仲康王大喜，赏金阁老休息三年，三件佛宝也随带。十八兵士封为总兵，做金阁老家将，带三千兵，随其回洛阳。夫妻见面，欢喜之余，又为无子而伤心。

佛祖遣六鸭道人下凡，化作绿鸭，考察金阁老善行。佛祖因其偷吃金家三粒谷，要其再下凡还债。六鸭道人下凡变作老牛，金阁老见其太瘦，令安童善待。六鸭道人好吃好养一年，未能偿债，反欠债更多。佛祖令其三次下凡，化作小牛。其所遇与前次一样。六鸭道人第四次下凡，变作壮牛。金阁老爱其雄壮，不使耕种，又善养之。

洛阳西北六十里有座陀罗高山，山上有十个强盗，为结义兄弟，分别名叫萧大力、曹二彪、黄三寒、徐四野、包铁面、蔡六怪、何碓磨、阮八郎、薛九虎、夏十满。曹二彪抢了金阁老家一车金银和壮牛。路上壮牛开口说话，劝其"不义之财不好用，甭做伤天害理人。我来金家田里吃勒三粒谷，三年总没还得清。金家是个善心人，抢他家金银不该应"。曹二彪改悔，送还金银，并向金阁老告罪。金阁老喜其改恶从善，送其粮草，并要其替天行道，以后保他们封官受职。

佛祖见六鸭道人未能偿债，令其去金家转世投胎为子，取名金藏宝。金阁老辞家归京。金藏宝六岁开始读书，到十二岁已有所成。佛祖恐其三年以后得中状元后，无心吃素修行，乃下凡变作僧人，指点其前往昆仑山修行。金藏宝辞别母亲，孔氏将三件佛宝交给他随身。金藏宝来到昆仑山上，一心修道。

陀罗山十个强盗,想要夺取江山,送书皇上邀战。仲康王封金功善为元帅,点五万人马、百元战将,征讨陀罗山。十个强盗摆下十绝连环阵应战,十阵分别是:刀山剑树阵、汤泼滚水阵、阴风寒冰阵、拔舌抽筋阵、洪水高桥阵、脱胎换骨阵、粉身碎骨阵、二半分身阵、丙丁火焰阵、阴山黑暗阵。金功善命十位总兵各带兵三千,攻打前九阵,自己则打第十阵。十支人马都被困在阵中。仲康王挂皇榜招良将救急。

金藏宝修行三年,得成正果,西天见过佛祖。佛祖封其为"地藏能仁",令其揭皇榜,解救父围。地藏带三件佛宝下山,山下收复泥吼为坐骑。到了京城,化作僧人,揭下皇榜。地藏来到陀罗山,用三件佛宝破了十绝连环阵,救出父亲与众人,又命十个强盗修道。还朝后,皇帝赐金功善回乡荣宗祭祖,封地藏能仁受人间香火。

地藏能仁劝父母和十八位总兵一起修道。三年后,陀罗山十个强盗已修行功满。地藏带众人到流沙河脱去凡胎,来到西天。佛祖封地藏为幽冥教主,去九华山享受香火。十个强盗造恶太多,上天无份,封为十殿慈王,去阴山背后造地狱,三千阴兵归属。金功善封飞天神王,十八总兵入幽冥,封为十八尊狱官。十殿阎王各带三百阴兵,不知如何造地狱,便将十绝连环阵改作十殿地狱:一殿秦广王萧大力造刀山剑树地狱;二殿初江王曹二彪造镬汤地狱;三殿宋帝王黄三寒造寒冰地狱;四殿忤官王徐四野造拔舌地狱;五殿阎罗王包铁面造血湖奈河地狱;六殿变成王蔡六怪造变畜地狱;七殿泰山王何碓磨造碓磨地狱;八殿平等王阮八郎造锯解地狱;九殿都市王薛九虎造火坑铜柱地狱;十殿轮转王夏十满造黑暗地狱,又造鬼门关、恶犬村、称称亭、孟婆庄、望乡台、滑油山。

地狱造好之后,十殿慈王迎接幽冥教主地藏能仁观览十殿地狱。又派十八狱官各掌一狱,分二十四司,令牛头马面、三千阴兵各处把守。

这一宝卷的重要之处在于，它描述了一个与众不同的地狱发生、形成的故事。从地藏菩萨，到十殿阎王与阴兵鬼使，其来历与身份都是前所未有的。这为我们探究民间精神世界中的冥府信仰，提供了新的材料。考察其与一般的藏菩萨或十殿阎王故事的异同之处，讨论其变化的原因与机制，应该也是一件有意义的事情。

六 《东厨宝卷》①

此宝卷演灶君故事。以灶君为主角的宝卷，靖江之外多有之。灶君，也称东厨司命、灶神、灶王，为中国民间供奉最多的俗神之一。最早的灶神与火神合一，《淮南子·氾论训》："炎帝于而死为灶。"② 《五经异义》引《古周礼》也言祝融为灶神。《庄子·达生》："灶有髻。"司马彪注："髻，灶神，著赤衣，状如美女。"③ 故灶神又有为女性一说。灶君之名，也是众说纷纭。唐段成式《酉阳杂俎》前集卷十四《诺皋记上》谓：

> 灶神名隗，状如美女。又姓张名单，字子郭。夫人字卿忌，有六女，皆名察（一作祭）洽。常以月晦日上天白人罪状，大者夺纪，纪三百日，小者夺算，算一百日。故为天帝督使，下为地精。己丑日，日出卯时上天，禺中下行署，

---

① 此处《东厨宝卷》为靖江佛头赵松群演唱本。下文言及《东厨宝卷》者，如无特别说明，皆为此本。《中国靖江宝卷》上册中有《东厨宝卷》、《灶君宝卷》两种。前者为王国良搜集整理，故事同于赵松群演唱本《东厨宝卷》的后半部分；后者系陆修收藏，朱国泰抄录，故事略同于赵松群演唱本。
② 何宁辑《淮南子集释》中册，中华书局，1998，第985页。
③ 清·郭庆藩辑，王孝鱼整理《庄子集释》第三册，中华书局，1961，第652页。

此日祭得福。其属神有天帝娇孙、天帝大夫、天帝都尉、天帝长兄、硎上童子、突上紫宫君、太和君、玉池夫人等。一曰灶神，名壤子也。①

则灶神名隗，又姓张名单，字子郭。为天帝派遣下凡督察凡人，并按时禀报凡人之罪，天帝据以处罚。灶神有妻子与属官。

周代，灶神已经是"五祀"之一，《论语·八佾》王孙贾有"媚奥媚灶"之问。②晋葛洪《抱朴子·内篇·微旨》言：

> 又月晦之夜，灶神亦上天白人罪状。大者夺纪。纪者，三百日也。小者夺算。算者，三日也。③

显然，灶神有替天庭监察一家罪过之职。古代民间将其神像供于灶台之上，认为他负有替天庭监察每户人家灶台洁净，同时更监察其善恶之责。最后，在腊月二十四这天上天，将其所察向玉帝禀告，后者再据此赏罚下界之人。因而，民间普遍供奉此神，并有祭灶的习俗。每年腊月二十三或二十四都要用美食供奉灶君，希望他能为自家美言，增福消灾。是为媚灶。

民间演述灶君故事的宝卷，主要有两个系统。一是言昆仑山圣母修炼得道，掌握引火之术。太上老君奏闻玉帝，封其为五帝五方灶君，代天巡察人间各家，赏善罚恶。天下各家尊奉、祭祀之。如《灶皇宝卷》，现存最早的本子为清道光十六年（1836）抄本。一则言灶神名张单，八月初三诞辰。原是先天火德星君，在昆仑山，坐在火石之上修道成真。后因人间善恶纷呈，神灵难

---

① 唐·段成式著，方南生点校《酉阳杂俎》，中华书局，1981，第128页。
② 清·阮元校刻《十三经注疏》下册，中华书局，1980，第2467页上。
③ 王明著《抱朴子内篇校释》，中华书局，1986，第2版，第125页。

以尽察。有妙行真人向玉帝推荐张单代天监察。玉帝令张单下凡为灶君。张单化身为五，即五方灶君。五方灶君又化作各家灶君，监察人间各家善恶，玉帝据其所奏而赏罚人间。此为《灶君宝卷》，其现存最早的本子为清光绪十年（1884）常郡乐善堂刊本。两种灶君宝卷，情节非常简单，即修道——玉帝封为灶君——监察各家。宝卷中侧重的是教化世人为善止恶的内容。是借灶君一事，宣扬善行、恶行之别，来劝诫世人。

靖江讲经中的《东厨宝卷》与其他地方流传的《灶君宝卷》，在内容、情节上有很多不同。笔者所见的《东厨宝卷》题为"继善堂，赵记"，即赵松群抄本。宝卷分两册，分别演东厨司命、九龄灶君两位灶君的出身故事。两个故事各自独立，整个宝卷可以看成是两个子宝卷的合成。下据抄本，简述其内容。先言上册：

盘古开天辟地后，玉帝令玉顶仙女下凡化出世间万物。又令其到山西陈首善家出世，为其第三女，取名妙恒。妙恒到了十五岁，父母为其姊妹三人招亲。妙恒情愿修行，来到玉顶山石洞里。人伦经历三劫，至第三劫时，人只有九寸。玉帝要毁灭世界、人类，派大鹏鸟下凡啄食人，水鼠兴起洪灾。玉帝让大鹏鸟将修行千载的陈氏老母（即妙恒）面前的炉内香灰泼到天空，使天地相合。水鼠渡老母至昆仑山修道。

无极老祖见世界已坏，乃作法分生万物。陈氏老母见天地无人，将泥土捏成一男一女，放于香炉内，修炼阴阳二气，变成活男女，"男叫和来女叫合"。老母让二人成亲。生下男女各一百，两两婚配，各自起姓，统称百姓。男和女合觉得人数不够，又用泥土做起五百双男女，请陈氏老母和以香灰，送到人间再婚配。后又有轩辕皇出世，叫百姓穿衣裳。众神仙相继下凡，教会人间生活。

陈氏老母在昆仑山上修炼千年，将炉内香灰炼成宝火，吹送人间，百姓才有了熟食吃。太白金星接其上天，玉帝念其功德，封其神职为东厨司命，"保佑厨中七字足，善恶两事记分明"。东厨司命变作七十二灶君，来到凡间，"掌管人间善恶事，月月念四奏天庭"。玉帝据以赏罚。

下册的内容与上册并无多大关联，说的是九龄灶君的故事。九龄灶君之名，笔者目力所及，似也仅见于靖江讲经中。宝卷言：

河南洛阳县北门张家庄张百万、吴氏夫妇，家中豪富，同庚四十八而无子女。两人为求子而广做善事，东厨司命奏闻玉帝。玉帝令财帛星、八败星下凡做夫妻，有六年姻缘。财帛星送到山西葛家庄葛员外家为女，名叫丁香。八败星至张百万家为子，取名张九龄，后先生取名张大刚。两人同为八月十五日诞生。

张大刚从小愚笨，十六岁大字不识。张员外让他改学打猎，马上精通。因为张大刚射杀鸟兽无数，地府阎君勾去张员外魂魄。

太白金星化作玉兔逃跑，张大刚追入葛家花园。丁香与张大刚一见钟情。丁香让张大刚后来提亲。葛员外提出各种稀奇物件作为结亲条件，丁香暗将自己的三十六箱财宝送给张家作为聘礼。葛员外发现女儿所为，无奈允亲。张大刚与丁香成婚，葛员外要女儿以后不要再回娘家。

张大刚、丁香婚后生活美满富足，又先后生下一对子女，取名金宝、银珠。六年后，两人姻缘已尽。太白金星化作算命先生下凡，向张大刚言，丁香命好，对他不利，早散早好。张大刚听信之，回家休了丁香，逼其离开。

丁香无奈离开张家，又不敢回娘家。流浪到破窑，再嫁范三郎。第二天，丁香扫地扫出八缸金银，又过上富贵生活。

张大刚再娶吴氏。后者丑陋又不会持家，烧火引起火灾，烧尽家产和家人，只剩下张大刚一人乞讨为生。

丁香、范三郎夫妇做善事，广施斋粮。张大刚前去乞讨，与丁香相认。丁香欲送其金银，张大刚只要每天三碗饭。恰逢范三郎进来，大刚害怕，躲入锅洞里死去。范三郎见出了人命，跳井而亡。其母范婆撞死灰堆，丁香则跳入粪缸而死。玉帝封张大刚为九龄灶君，范三郎为井栏将军，三郎母为灰堆姑娘，丁香为屎缸姑娘。

靖江的《东厨宝卷》看上去是将前面所说的宣讲灶君故事的宝卷的两种类型合二为一了，实际上其上下两册的故事各有着特定的情节与人物，自成一统。上册中的故事，也见于江苏常熟地区的《灶皇宝卷》，后者也是从盘古开天辟地、"陈氏老母造人"说起。下册中的故事，应该是从《酉阳杂俎·诺皋记》发展而来。北方各地也普遍流传张单休丁香、丁香再嫁的故事，但靖江的《东厨宝卷》内涵丰富，叙述生动，别具特色。

这部宝卷最值得关注的还在叙述东厨司命出身与神通的上册。上册的内容，其实是用陈氏老母串联起了一个又一个的神话传说，向听众"解释"了世界的起源、人类的诞生、文明的发展、三百六十行的发生等等问题，比较"圆满"地解决了普通民众对于自然与社会的一些根本性的、重大的问题的疑惑，体现着民间关于自然、社会的普遍而朴素的认识与理解。在一部作品中，能够集中这么多的关于世界本源、人类文明的成系统的神话传说，并不多见。这也使此宝卷俨然具有史诗的内涵。对于研究民间的精神信仰世界，这无疑具有重要的意义。陈氏老母听封尊，其中关于"三劫人伦"的叙述，显然是受到了民间教派中通行的青阳、红阳、白阳三劫说。无极老祖创生世界与陈氏老母创造人类的组合，也不免让人联想到民间教派中的无极老祖与无生老母。陈氏老母泥土造人的情节应当是来源于女娲抟土造人的神话。而老母最初捏成的一男一女，兄妹相称。哥哥最后用计追上妹妹，令其答应成婚的故事，也是洪水神话背景下的兄妹成婚神话的变体。男和、女合结婚五百年后，女合怀孕，诞下两个肉球，一个中有一百女子，另一个则有一百男子。这一情节的原型是来自于佛教鹿母夫人的传说。宝卷中，还用民间特有的智慧与幽默，解释了乌龟为什么背甲有四十八块，原来是因为它替男和出主意，追上了女合。后者恼羞成怒，用石头将其背砸碎。男和不忍心，为之连上。而百姓之名，是因为男和女合最初有一百对子女，"号起姓来，统称百姓"。

这部宝卷可以说是一个民间神话、传说的集合体、百宝箱，从中可以探究并了解民间精神信仰的组成与形成机制，促进我们对民间社会的全面、深入的认识。

七 《月宫宝卷》[①]

这一宝卷又名《张四姐大闹东京》。其整理本初收入《靖江宝卷·草卷选本》。为佛头王立清演唱，吴根元搜集整理，其篇幅约为36000字左右。后收入《中国靖江宝卷》。宝卷言：

宋仁宗时期，天下太平。东京汴梁城北三里太平村崔祝明、赵氏夫妇，家境豪富，多做善事。二人无后。玉帝感其为善，令东斗文曲星下凡托生崔家，取名崔文瑞。文瑞未满十岁，员外病亡。母子相依为命，崔文瑞攻读有成。

玉帝恐崔文瑞贪恋人间，不能修炼正果，乃遣火德星君下凡，令崔家三遭回禄之灾。崔家三次遭火，家产荡尽。崔家母子寄身祠堂，靠崔文瑞乞讨为生。

玉帝有七位仙女，张四姐"既文且武，又能歌善舞，是七姊妹中性情最活泼豪爽的一个"。七月七日，七位仙女趁王母娘娘外出，化作仙鹤，下凡游玩。张四姐遇见崔文瑞，一见钟情。

[①] 尤红主编《中国靖江宝卷》下册，江苏文艺出版社，2007。下文言及《月宫宝卷》者，如无特别说明，皆为《中国靖江宝卷》本。

回天宫后，思念不止。从宫中带走七盏琉璃灯、吸将瓶、摇钱树、响铜铃、聚宝盆，再次下凡。

崔文瑞在张四姐的真情感召下，与之成亲。张四姐用聚宝盆变出金银无数，造起家屋。崔家重又过上安乐生活。

汴梁城东门王辉堂，富有而多行不义，人送外号王灰狼。王灰狼来到崔家，对张四姐和聚宝盆生起贪婪之心。崔文瑞到其家中喝酒，张四姐嘱托其小心不听。王灰狼与仆人王福设计，用蒙汗药灌倒崔文瑞，诬陷其偷窃王家金银，将其告到县令木不仁处，并指其为江湖大盗，不然无法起得新房。

崔文瑞在严刑之下，胡乱招认家财是妻子陪嫁过来，被打入大牢。王灰狼贿赂县令，使崔文瑞备受折磨。

张四姐到王灰狼家问究竟。得知丈夫被诬陷，又遭王家奴仆围打。一怒之下，打死王灰狼和王福等三人，放火烧了王家。又夜闯县牢，救出崔文瑞。

木县令派出一百兵丁，到太平村捉拿张四姐。张四姐将之杀剩六人。木县令向开封府诬告张四姐为巨盗。包公派出张龙、赵虎等八校尉前往捉拿。张四姐用吸将瓶将八校尉收了七个。王朝逃回，包公报知皇上。仁宗天子派穆桂英带上三千羽林军前去征讨。穆桂英与张四姐先作厮杀，后又斗法。张四姐用吸将瓶收了穆桂英和两千五百士兵。

包公先入冥间，后下东海，探询张四姐来历。最后来到天上，玉帝查明张四姐下凡。包公单身去太平村见张四姐，四姐向其辩明冤屈。包公铡了木县令后回京。

王母和其他六位仙女下凡，劝其归天。张四姐言其不舍崔文瑞，以死相逼。王母同意带文瑞母子一同上天。玉帝见到四姐，赦了其罪，让崔文瑞（东斗文曲星）脱俗还原，成其本位。张四姐和崔家母子一起到月宫中修行、生活。

这一宝卷塑造了一个民间视野中的理想的巧女的形象。借助仙女的身份和宝物的法力，张四姐不仅杀死了恶霸，打败了贪官，而且连包公、穆桂英都成为其手下败将。在突出其法力高强的同时，宣卷者也让处于社会最底层，饱受各种压力和禁锢的草民百姓，有了一抒其气，宣泄其对社会不公和当权者的不满和怨愤的机会。而张四姐的真情、美丽、聪慧、能干也集中了民间女子的大部分优点，使这一形象光彩动人，深受百姓的喜爱。整个作品中，从造屋，到与敌人的厮杀，到张四姐和崔氏母子的上天，都洋溢着或热闹或喜悦之气。它与民间朴素而又生动的幽默结合在一起，从头到尾都透着一种明利、爽快，而又嬉闹非凡的气氛。这应该是此宝卷深受靖江百姓欢迎的重要原因。

八 《土地宝卷》

这一宝卷又名《血汗衫记》。其整理本初刊于《靖江宝卷·草卷选本》，后收入《中国靖江宝卷》[①] 中。为佛头张艺荣演唱，吴根元搜集整理。

土地和灶君一样，也是古代民间广受信奉的俗神。土地由古代社神转化而来。清翟浩撰《通俗编》卷十九《神鬼·土地》：

《孝经纬》：社者，土地之神也。土地阔而不可尽察，故封土为社，以报功也。《论衡·讥日篇》：如土地之神恶人扰动，虽择日何益哉！按，今凡社神，俱呼土地。[②]

宝卷中有专演其神通的《先天元始土地宝卷》，存清初刊折

---

① 尤红主编《中国靖江宝卷》上册，江苏文艺出版社，2007。下文言及《土地宝卷》，如无特别说明，皆为此本。
② 《续修四库全书》第一九四册，据清乾隆十六年翟氏无不宜斋刻本影印，上海古籍出版社，2002，第462页。

本。卷中言土地去天宫访佛，遇元始天尊赐予宝杖。土地在南天门受到天将阻拦斥骂，一怒之下，挥杖打开南天门。玉帝派众神去捉拿土地，土地钻入地下，无法被找到。玉帝求佛派八大金刚捉拿，土地晃动宝杖，天摇地动，一切神仙都无法立足，纷纷逃走。佛祖制服土地，送到灵山，投入炉中焚烧。土地肉身虽死，灵魂永存。佛祖只好派人到各地建立土地庙，让其享受香火。

靖江讲经中的《土地宝卷》名字虽为"土地"，其内容却主要在演述人间的悲欢离合，有名不符实之状。其言：

汉朝刘佑天子时，洛阳北门外积谷村有张昌、蒋氏夫妇，家境豪富。张昌常去杭州贩红花草。两人同庚三十六，未有子女。寒食祭拜祖坟，员外伤悲，于是行善积德以求子。玉帝送福德星下凡，托生为张昌儿子，取名张世登。

张世登自小聪明，善读书。蒋氏在其七岁时，得病去世。张员外后娶沈氏为妻，生下小儿张世云。张世云是土龙星临凡。长到七岁，与张登云一起读书。

张员外出外做生意。沈氏毒害张世登，针其肩胛，令其不能说话，萎靡不振。员外回家，沈氏诬告张世登忤逆。员外责打张世登，又听了先生之言，请郎中来看病。沈氏贿赂郎中，令其开药不对症。员外又请王半仙看病。王半仙治好张世登之病，员外也得知其经过。但又恐沈氏闹事，鸡犬不宁，只好待在家中，不离世登。

员外为张世登娶南门陆员外女，婚后夫妻恩爱。不久，陆员外夫妻去世。陆氏将父母家产变卖，安顿好奴仆后，余财交给沈氏。

上界打发文曲星下凡为张世登之子，取名玉童。玉童六岁读书，聪慧无比。

员外去世，沈氏当家。沈氏伙同安童张宝，买来砒霜。又将铅灌入银子，做成千两白银，骗张世登去杭州做生意，将砒霜下在其随带的黑米酒中。

张世登启程，中途歇息在关王庙，以黑米酒敬神。关帝怒其为毒酒，周仓将酒壶打破。张世登来到杭州，到万记药房买红花草。原来万记老板是其父的旧生意伙伴。万记老板发现银子有假，将张世登告上杭州公堂。知府严刑拷打下，张世登被迫认罪，被收入牢房。其装红花草的船也翻入江中，血本无归。知府要其赔一千两后，才可以放归。

沈氏逼迫陆氏分家另过，骗其住入荒滩草屋之中。幸地藏王菩萨救护，虎狼不敢近身。陆氏母子乞讨为生。

五月端午，沈氏摆下酒宴。张世云要哥哥一家一起过节，沈氏告诉其始末。张世云悲伤不已，坚要与哥嫂团圆，遭沈氏阻止。张世云趁其睡着，带了钱物去见陆氏母子。陆氏向其哭诉。陆氏杀鸡款待小叔子，鸡血溅上世云汗衫，陆氏为其清洗晾晒。恰逢要下大雨，张世云匆忙离去。

张世云与华山公主有宿世姻缘，太白金星将其送到华山脚下。华山公主一见钟情，迫其与之成亲。张世云在山寨安身。沈氏寻世云不得，见到血汗衫，以此为证，到洛阳知县胡坤处，诬告陆氏杀死张世云。陆氏重刑之下，被迫认罪。玉童入监探母，乞讨为母送饭。恰被沈氏看见，让张宝用十两银子买通王老汉，杀死玉童。王老汉放过玉童，把十两银子送给他，让他到杭州寻父。王老汉杀兔染血，骗过沈氏。

玉童遇到戏班老板，后者为张昌好友，愿意带其往杭州。玉童在杭州唱莲花落，哭诉身世。有郭员外告诉其父下落。玉童愿以千两银子卖身于郭员外，以赎救其父。张世登获释，父子团圆，郭员外与其结为亲家，赠银三十两作为归家之用。世登父子别离，玉童改姓郭。

太白金星将张世登引到华山，与弟弟世云相聚。两人分诉别后经历，一起赶回洛阳。正逢陆氏即将被问斩，两人救下陆氏，三人一起回老家中。沈氏怀恨在心，用酒毒死不成，又用秤砣砸张世登，不巧砸中世云，后者命终。沈氏去县衙告张世登害命。胡县令初拒之，后因受其贿赂而准之。张世登被逼认罪，陆氏被赶出家门。太白金星让华盖老祖变猛虎，将世云尸体叼到华盖山，救活以后，要其在山上修道。

转眼数年，天子张榜开考。玉童得中状元，被封七省巡按，获尚方宝剑，寻访七省民情。玉童到洛阳，扮作测字道士，见到沈氏，道出其家况。沈氏吃惊之下，自言其迫害张世登一家经过。玉童路遇已为乞丐的母亲，点拨其向七省巡按告状。陆氏告状，玉童审明案情，将胡县令处斩，沈氏、张宝收监，报答了王老汉、牢头诸人。全家团圆。又到杭州，与养父母相会。带上沈氏、张宝回京，将案情禀告天子。天子命将两人处斩，又封赏诸人。张世登夫妇一心修行。

华山公主解散山寨，下山投奔朝廷。路上与出家为僧的张世云相会，遂一起修道。功成之日，玉帝命火德星君放火，火中脱去二人凡胎，又度张世登夫妇上天。玉帝封张世云为山神土地，张世登为当方土地，华山公主、陆氏各为莲花正夫人，各自陪伴其夫。土地菩萨保佑一方五谷丰登，受人敬拜。

这一宝卷以土地为其标题，其主体却是后娘迫害非亲生子的传统题材，写到了两对夫妻的悲欢离合，并结合了断案的曲折情节。基本上不涉及土地前身修道成神的内容。整个故事波澜起伏，转折多变，颇能扣人心弦。宝卷末，还巧妙地解说了土地庙低矮的原因。是因为张世登成神以后，骑马射箭定其庙宇高矮。结果箭杆倒落下来，所以土地庙只有一人一手高。宣讲者最后还把当今形势与土地菩萨结合了起来。宝卷中言：

现在土地分产到户，土地菩萨的神通更加广大。学文化，讲科学，施化肥，喷农药，人人总说土地好，支掌庄家部掌曹。瓜果蔬菜样样有，一年四季吃不了。

吃不完上街卖，多余钞票进口袋。口袋鼓得没处装，趸趸当当上银行。①

这样的内容，使讲经进一步与听众的现实生活联系了起来，更能拉近演出者与听众间的距离，获得共鸣，增强艺术感染力。

第二节 草卷

"草卷"也称"小卷"，是演述历史传说、民间故事的宝卷。靖江讲经出现草卷，是清末和近现代的事。靖江讲经中的草卷宣讲的历史传说、民间故事等世俗故事，大多是由小说、唱本或民间传说改编而来，如《罗通扫北》、《五虎平西》、《薛刚反唐》等。这里以从苏州弹词改编而来的为最多，如《独角麒麟豹》、《八美图》、《九美图》、《文武香球》。这些弹词唱本基本上都是清同治、光绪以后，特别是民国年间才大量流行的。草卷数量众多，因为经常更换（取舍），其确切数目难以统计。目前，已经刊布的草卷作品有：《十把穿金扇》、《独角麒麟豹》、《牙痕记》、《五女兴唐》、《彩云球》、《罗通扫北》、《白鹤图》、《回龙传》、《八美图》、《九美图》、《薛刚反唐》、《和合记》、《香莲帕》、《五虎平西》、《狸猫换太子》、《文武香球》《刘公案》、《寿字帕》。以上共十八种草卷都见于《中国靖江宝卷》一书中。另外，还有当代创作的草卷作品《江阴要塞起义记》② 一种。

靖江宝卷中的草卷就其具体作品而言，表现出北方宝卷系统与吴方言（南方）宝卷系统的交融。其中属于南方宝卷系统的，大多与苏州弹词存在着渊源关系，如《独角麒麟豹》、《白鹤

---

① 《中国靖江宝卷》上册，江苏文艺出版社，2007，第338页。
② 王国良：《江阴要塞起义记》，收入《靖江宝卷·草卷选本》一种。

图》、《八美图》、《九美图》、《文武香球》等,在弹词中大多可以找到同名的作品来。也有一些草卷是对江浙地区流行的宝卷的改编,如《回郎宝卷》、《李翠莲宝卷》、《晚娘宝卷》等。属于北方宝卷系统的,也多与北方的评书、鼓词相关联,如《五女兴唐》、《回龙传》、《罗通扫北》、《薛刚反唐》、《五虎平西》等。从题材来看,靖江宝卷中的草卷作品大多属于演义、公案,演述战争、复仇与审案故事,其中又多穿插男女主角之间的爱恋、离合故事。这种大杂烩的故事形式,糅合了各种各样的情节与人物关系,能够更大程度地满足听众的娱乐需求。这也是草卷与圣卷相比有很大的不同的地方。

草卷主要见于靖江东沙地区的做会讲经之中,西沙的做会讲经中一般不宣讲草卷。与圣卷的宣演相比,草卷演出不需要说"三友四恩",其仪式上的宗教属性相对减弱。无论是形式,还是内容,草卷无疑都更具娱乐性。但草卷中的故事基本上还是拘束在因果报应的框架之中。下面择较为典型的几种来予以说明。

一 《独角麒麟豹》

此卷根据苏州弹词《麒麟豹》改编而成。作为弹词的《麒麟豹》为清陆士珍原稿,废闲主人即马永清于道光二年(1822)重编,目前可见的最早的刊本为清道光壬午(1822)刊本。则草卷《独角麒麟豹》的创成年代当在道光二年之后。此草卷初刊于2007年出版的《中国靖江宝卷》一书中,为马国林讲录,吴根元整理。

《独角麒麟豹》的故事接续苏州弹词《珍珠塔》,乃言方卿子女的故事。宝卷言:

明朝万历年间,方卿在朝为宰相,清廉正直。其三房夫人中,陈翠娥生长子方进,为文曲星下界;蒋翠萍生二公子方同,为武曲星临凡;毕秀英生女方飞龙,文武星转世。方进、方飞龙从小学文有成,方同、方飞龙又习得高超武艺。观音老母赠予方同一双铜锤,方飞龙莲花枪与腾云鞋。

朝中奸臣罗林,为西宫娘娘之父,图谋篡位。广东、广西、湖北三省灾荒,方卿举荐其好友仇天相替朝廷去救灾。仇天相贪污灾银五十万两,事发后被判处斩。方卿和表兄尚书杨景春凑齐五十万两银子,救得仇天相之命。仇天相将独女仇彩珍许配方进,并留下双龙宝镜作为信物。

吕宋国要进兵中原,派信使入京与罗林联络里应外合。罗林上表诬告方卿里通敌国,并让两位番使指认方卿。皇帝命方卿自尽。方家三兄妹为父举丧后,发愤习武学文,等待复仇。玉皇大帝命火德星君下凡,三次火烧方家,以增加方进的磨难,令之成就大道。方进受母命,来到湖北襄阳,向岳父仇天相借银。仇天相嫌贫爱富,为免后患,杀死自家梅香红英,诬陷方进。方进被屈打成招,判处死刑,百日后执行。仇天相之女仇彩珍不满父亲作为,愤而自尽,为观音老母救上洛迦山学法。

方同前往襄阳寻兄,路经斜庄镇,挑战欺行霸市的恶霸刁龙、刁虎兄弟,却为两人所骗,堕入蜘蛛精的洞穴,幸得观音老母相救。又至五虎镇,同摆擂招亲的王玉华相打后,结为夫妻。并收服王家花池里妖精,将之作为坐骑,取名独角麒麟豹。

方飞龙前往襄阳,探望两位哥哥。路经杏花岭,打败大寨主景天信,收服众人,在山上招兵买马,等待复仇。方同至襄阳,知晓哥哥冤枉,追打仇天相不得,又至杏花岭,邀得妹妹与山寨众英雄,前往襄阳劫法场。临斩之际,救下方进。方同又捉得仇天相,欲杀之时,为方进劝阻,只割下其耳鼻。仇天相后为城隍杀死。

方家三兄妹在杏花岭招集十万兵马,为父复仇,兵围京都皇城。皇帝令杨景春率兵抄斩了罗林满门,西宫娘娘被迫自尽。吕宋国进兵中原,其主将祁赛花为骊山老母门生,用神珠打伤方同、方飞龙等人。观音老母遣仇彩珍下山，为众人治伤，用双龙宝镜打败了祁赛花。观音老母和骊山老母降临阵前，后者点明祁赛花为玉女星转世，与方同有缘。吕宋国递降表于中原。方家兄妹率众人回朝，皇帝分封众人，方进与仇彩珍，方同与王玉花、祁赛花各自成婚。

此宝卷篇幅已不如弹词巨大，后者最早的刊本有六十回，十册，约20万字。草卷《独角麒麟豹》只有6万字左右，但弹词的主要情节都予以了保留，其具体的表述则体现出更多的靖江讲经的特色来。卷中出现了大量靖江宝卷中常见的套语。如其对方卿死后家中举丧情形的描绘，有言"三尺麻布当门挂，相府改成孝堂门"；言方进刻苦攻读，"有公子，在书房，勤辛苦读。读《春秋》，并《礼记》，昼夜操心。低读就赛鹦哥叫，高读像赛凤凰声"[1]，都是靖江宝卷其他作品中经常出现的语句。此宝卷在情节上也表现出强烈的套化倾向来。其整个故事就是一个神仙下凡，历尽磨难后成道故事，加忠良被陷害，其子女替父复仇故事的混合体。最后依然是草卷常有的恶有恶报，善有善报的大团圆结局，主人公的全家都受到了朝廷的封赏。其言玉皇大帝为要方进得成正道，派火德星君三次火烧方家的情节，在《张四姐大闹东京》、《牙痕记》、《和合记》中也有存在。这也说明，靖江讲经内部自有一套格式化的说辞与叙事模式。这也是民间说唱文学的常态。

二 《文武香球》

此宝卷也源于苏州弹词。原弹词作品为清二乐轩主人著，一题"申江逸史改编"。目前可见最早的刊本为清道光元年（1821）醉墨轩刊本，十二册。草卷之《文武香球》初刊于2007

---

[1] 《中国靖江宝卷》下册，江苏文艺出版社，2007，第911页。

年出版的《中国靖江宝卷》，为刘正坤讲录、吴根元整理本。

此宝卷言龙官宝与侯月英两人间的悲欢离合故事。宝卷乃言：

唐朝宣贤皇帝之时，山东历城县龙山卫官居带刀侍卫，为官清正，与妻子陈氏生有一子龙官宝，乃文曲星下凡，读书有成，得中秀才。龙山卫赠以武香球，勉其刻苦攻读。此香球是当初东辽黑水国进贡，原有文香球、武香球各一，皇帝将后者交给龙山卫保管。

同县参将侯公达与妻子吴氏生有一女侯月英，乃红鸾星下凡。侯月英梦中得骊山老母传授武艺，能文能武。侯公达赠予皇上托其保管的文香球，勉其刻苦习武。龙官宝与侯月英有姻缘。两人年届十六，龙王菩萨化鸟叼去侯月英的箭，令在龙王庙攻读的龙官宝拾得。侯月英寻箭，与之相识。两人彼此有意，交换文武香球，以为定情信物。侯月英嘱咐龙官宝早日托媒去其家说亲。

龙家托陈、薛两位媒婆前往侯家提亲。侯参将嫌龙家门第低下，不愿定亲。龙山卫一怒之下，责打媒婆，并逼其归还说媒之钱。两位媒婆无法，乃将侯月英说与兵部尚书冷祝华之子冷必成，侯公达应允。侯月英怒将薛媒婆打下楼去致死。侯月英与梅香吉祥埋葬薛媒婆，骊山老母趁机赐予明亮盔甲一套、无字天书一本、绣鸾钢刀两把。

陈媒婆怕龙山卫见怪，乃诬后者与龙官宝的乳母周陆氏私通，唆使周陆氏丈夫周文发难。周文欲杀妻子，周陆氏出逃，前往常州投奔叔子，龙官宝不舍跟随。陈媒婆与周文作了夫妻，后者诬陷龙官宝串通强盗，龙官宝被定罪收监。

周陆氏、龙官宝二人途中被桃花山二大王马保、三大王江正骗上山。两位大王垂涎周陆氏美貌，欲加害龙官宝。玄坛菩萨将龙官宝提到荒山，并施法使众人一月之内看不见周陆氏，不能上其楼。

龙官宝路经四平山，被山大王张洪捉住。张洪和两个儿子张平龙、张平虎要杀之，幸得其女张桂英劝阻。张桂英和侯月英乃同门。

侯月英临嫁，与吉祥扮男装出逃。侯公达无奈，以梅香如意代嫁。事发后，冷祝华向皇帝告状，侯公达被关入刑部天牢。侯月英来到桃花山，杀死了垂涎其美貌的马保。山寨众人臣服之。侯月英救出周陆氏，落脚桃花山。

张桂英示爱龙官宝，两人结为夫妻。其两位哥哥遵父命，为免家丑外扬，来杀二人，反被张桂英杀死。龙官宝见其杀兄打父，惧而逃下山。张桂英扮男装追寻，假名张官宝，来到京城赶考，被饭店掌柜王伯华招为女婿。张桂英向王女运莲道出真情，许诺将王女同嫁于龙官宝。

龙官宝来到常州，乞讨为生，获知府蒋仁杰之女蒋彩鸾青睐。后乃写对联为生，蒋仁杰召其入府，得知其遭遇后，令与蒋彩鸾兄妹相称，并改名蒋官宝。

龙山卫斩期已到，侯月英率山寨弟兄前来劫法场，救走龙山卫，使其夫妻团圆。皇帝派九门提督朱炼祖、丁宣木耳大将军、侯公达先后率兵至桃花山征讨，都被侯月英打败。后者向朝廷宣言要龙官宝归来。皇帝放榜开考，以寻能抵挡侯月英之人。蒋官宝（龙官宝）中了文状元，张官宝（张桂英）中了武状元。皇帝派两人征讨侯月英。三人阵前相认，一起回京向皇帝禀明前后事由。皇帝分封众人，龙官宝与侯月英、张桂英、王运莲、蒋彩鸾、梅香吉祥、如翠成婚。陈媒婆、周文各受惩罚。龙官宝率众妻子回乡祭祖，供奉文武香球。

《文武香球》在救父的主线下分出了很多的支线，故事因而十分曲折，但也略显凌乱。卷中有着强烈的命定观念与男尊女卑的一夫多妻观念，这属于古代民间说唱文学作品中常有的现象。

而故事的发展也遵循了好人遇难，子女复仇，神仙相救，最后报应不爽的典型模式。卷中说到青年男女间的爱情，多为相互间一见钟情，如侯月英与龙官宝，或者是女方主动向男方示爱并追求之，如张桂英、蒋彩鸾之于龙官宝。从中可见民间爱情的质朴、热烈，异于士大夫社会，但有时也不免有过犹不及、雕琢的痕迹。如卷中言，张桂英为救龙官宝，居然杀死了自己的两位兄长，又打败父亲，则不免骇人听闻，不近人情。卷中安排了龙官宝因此而惧怕，偷偷离开张桂英，似也可视为宣讲者的弥补之举。

《文武香球》中，说到侯月英劫法场时，有大量的关于山寨中人装成各色人等入城的描绘，可以说是对旧时民间各色手艺人的一次集中展示。卷中说到的各色人物依次有唱快板的、卖黄泥罐卖耍货的、走江湖卖艺的、卖梨膏糖的、盖屋匠、木匠等。[①]如其中对卖梨膏糖的描写：

格个又不要去现世格，只要用一只小镗锣敲起就行了。拿准备工作总做好了，大家就蹲杠"噹噹噹"的敲小镗锣，拿守城官引了买梨膏糖。
小锣一打响，我们卖的是梨膏糖。
不圆不长是冰糖，圆圆扁扁叫薄荷糖。
生姜糖、薄荷糖，送把诸位来尝一尝。
张飞吃得我的梨膏糖，百灵桥上气昂昂。
关公吃得我的梨膏糖，擂鼓三声斩蔡阳。
刘备吃得我的梨膏糖，养到格阿斗做君皇。
郎格哩格啷，我格哩格啷。[②]

[①] 《中国靖江宝卷》下册，江苏文艺出版社，2007，第 1515~1517 页。
[②] 《中国靖江宝卷》下册，江苏文艺出版社，2007，第 1515 页。

旧时买梨膏糖人吆喝叫卖的情形栩栩如生，其叫卖之辞更是诙谐生动，趣味盎然。这里列举的只是其中的一个片断。类似的描写在《独角麒麟豹》① 中也有存在，另外《十把穿金扇》② 中也有关于卖梨膏糖的描写，与《文武香球》相似。靖江宝卷因为此类描写，成为记录旧时民情风俗的生动画卷。

三 《白鹤图》

吴方言区的宣卷中原来就有《白鹤图》宝卷，其目前可见最早的本子为清同治二年（1863）抄本。靖江宝卷中的《白鹤图》当是从前者沿袭、改编而来。此草卷初刊于《中国靖江宝卷》中，为张东海讲录、吴根元整理。③ 其故事乃言：

明永乐年间，天下太平。江苏省丹徒县有王玉安官居吏部天官，清正廉明，与妻子尹氏生有二子。长子王志强是安国星临凡；次子王志良为文曲星下界。两人学文有成，长子更是文武双全。

奸臣史泊官居宰相、御史，密谋篡位，诬陷三关总兵甘宏谋反。皇帝遣人将甘家满门抄斩。王玉安与甘宏为结拜兄弟，密派安童王兴告知。甘宏为表清白，全家自杀，只遗走了女儿甘赛花。甘赛花为骊山老母门生，武艺出众。

王玉安心灰意冷，辞官回乡，不久得病去世，两位公子一心苦读。皇帝张榜开文武科考。王志强与丁员外之女丁梅香成婚，留下妻子伴母。自己前去赶考，得中文武双状元。史泊之子史文斌和史泊之弟九门提督史魁的儿子史文林调戏王玉霞、张秀珍表

---

① 《中国靖江宝卷》下册，江苏文艺出版社，2007，第 931~933 页。
② 佛头黄立清演唱，吴根元搜集整理。初收入 2003 年刊行的《靖江宝卷·草卷选本》，后收入《中国靖江宝卷》。《中国靖江宝卷》下册，江苏文艺出版社，2007，第 843 页。
③ 《中国靖江宝卷》下册。下文言及此宝卷，如无特别说明，皆依据此本。

姐妹俩，王志强路见不平，打死两人。史泊诬告王志强调戏民女，打死劝阻的史家兄弟。幸得皇叔朱世英劝解，王志强被打入天牢，待三年后处斩。

安南国老狼主去世，小狼主继位，十三个小国不服，小狼主请求明朝援助。皇帝赦免王志强，封其为"大总裁文学博士"，前去安抚。王志强只带了四人前去。

丹徒县恰逢灾荒，天官府尹氏接济乡邻，家道衰落，不得不遣散仆人。尹氏让王志良当金钗买粮，王志良当得二十两纹银，路遇周二要杀儿子阿福，以供食老母，乃赠银解困。阿福认其为父。丁梅香拔金钗，再让其去当。王志良又当得二十两纹银，路遇黄老九家失火，又赠之。嫂子要其到两家去各讨还五两银子。王志良左右为难，上吊自杀，被家中原来的管账先生王安救下同住。

王安作了丹徒第一财主莫恩的家人。莫恩貌丑，三十二岁未曾娶亲，谋娶刘员外之女刘凤霞。刘员外要莫恩先去其家住上一月，观察后，再作决定。莫恩无奈雇长相英俊的王志良替代。刘家父女见后喜欢，随即安排两人同宿。王志良设计避免与刘凤霞同床。

丁梅香艰难度日，割下大腿之肉以孝养婆婆，为天下第一剑客、侠盗叶子岚知晓。叶子岚到南京制台赵建家盗得库银三百两、金条三十根，还有《白鹤图》一张。《白鹤图》为外国进贡，皇帝交赵建保管，有驱邪防灾之能，属无价之宝。叶子岚谎称王志强安童，代主人将诸物都交给其母尹氏。

王志良代亲一月后回莫府。刘员外将女儿嫁入莫府，又带领家人跟随，侦得真相后，大闹莫府，将王志良抢回家中，安排与女儿成亲。莫恩怀恨在心，雇周二刺杀王志良。周二感念旧恩，暗告王志良，赠与二百两银子，并杀鸡骗过莫恩。

王志良逃回家中，王志良与周阿福一起赴京赶考，临别母亲送与《白鹤图》护身。路上被张狼、李狗骗取银子包袱。张、李二人为图赃，互相毒死对方。王志良无奈将《白鹤图》典当，被制台赵建抓获，屈打成招，定于六十天后杀头。

史泊勾结东辽国，东辽国狼主起兵四十万，进逼中原。史泊奏请召其外甥云南都督葛云飞入京，领兵抗敌。暗地里写信邀其一起谋反。葛云飞路经高嵩山，为山大王甘赛花杀死，搜获书信。甘赛花扮男装，假冒葛云飞，来到京城，骗过史泊。皇帝封其为兵马大元帅，甘赛花将所率十万兵马带回天嵩山。王志强平定安南回京，皇帝封为都台巡按，赐尚方宝剑，令其寻找十万兵马。王志强知晓弟弟即将被杀，前去搭救。

叶子岚夜入制台府，诱逼赵建之女赵月娥答应嫁给王志良，并写下年庚帖子为证。第二天让周阿福向巡按王志强告状，言赵建为悔婚而诬王志良偷盗《白鹤图》。王志强判王志良无罪。王志强与叶子岚结拜为兄弟。王志强又到天嵩山见到甘赛花，将其与十万兵马带回京城。甘赛花呈上史泊与东辽国的合约，指证其谋反。史泊不承认，皇帝令王志强率甘赛花、叶子岚等人前去抵挡东辽国军队。

王志强打杀东辽国元帅乌里黑。后被辽国军师魔里牙用五毒珠打伤，幸得太白金星救治，并指点其用《白鹤图》克敌。叶子岚到南京取回《白鹤图》。甘赛花临阵时，图上飞出白鹤，叼走五毒珠，又将魔里牙化身的蟒蛇啄食。明军大胜，东辽狼主被迫投降，交出与史泊订立的合约。回京后，皇帝分封诸位有功之人，将史泊、史魁、葛云飞三家满门抄斩。王家两兄弟回乡祭祖，王志强与丁梅香团聚，并与甘赛花成亲。王志良则与刘凤霞、赵月娥拜堂。全家礼拜《白鹤图》。

此卷围绕《白鹤图》这一道具，展开一段忠奸相争的复仇故事，其中纠缠了王家两兄弟各自的姻缘凑巧。侠义、判案、神仙与法术等也是其中重要的点缀。这样，把民间感兴趣的各类题材都糅合在一起,来最大限度地满足听众对各类故事的喜好,增加故事的曲折性和丰富性,这也是民间曲艺作品中经常的做法。此草卷对旧时的民情风俗多有反映。如卷中言丁梅香临嫁:

> 梅香忙忙碌碌,替小姐香汤沐浴,换过衣服,梳妆打扮,搀到高厅,拿三代牌位掇过来。丁梅香烧烧香,点点烛,双膝跪下来,头直凿,鼓打哗哗啷,红烛映成红。小姐整衣服,高厅别祖宗。
> 寿香寿烛上寿台,上头纸马供起来。
> 丁梅香拜三拜,嫁到天官府里发大财。①

旧时民间女子出嫁时拜祭先祖与神灵的情形,由以上的描绘中也可窥见一斑。再如,丁母对女儿临嫁前的一番教诲:

> 小姐前来听吩咐,嫁到天官府里做媳妇。
> 高厅敬重你婆婆,香房敬重你小丈夫。
> 婆婆大人在说话,莫把嘴去岔。
> 闲事少要管,抵不得沿小来娘家。
> 叔嫂要合好,妯娌不相争。
> 纵然要淘气,忍耐二三分。
> 劝善终有福,挑祸两无功。
> 人无千日好,花无百日红。②

如此云云,旧时民间心目中好媳妇的标准以及相关的行为规范,可以从这些话中了解个大概。卷中,还有对旧时民间市井中

---

① 《中国靖江宝卷》下册,江苏文艺出版社,2007,第1085页。
② 《中国靖江宝卷》下册,江苏文艺出版社,2007,第1085页。

各行各业的描绘，都是我们了解旧时民间生活实际的重要参考。

《白鹤图》中格套化的特征也是十分明显的。一开始是忠臣被奸臣陷害致死，留下儿女矢志复仇。其儿女都是天上星宿下凡，在复仇的过程中，历尽坎坷，但往往得到命定了的姻缘的一方，以及神仙的援手。其复仇的完成往往是因为国家面临危机，忠臣的儿女解决此危机，由此获得处置奸臣的能力与机会。最后是坏人被处死，好人都受封。《白鹤图》中所反映出来的这一故事模式，前面提到的几个草卷基本上都遵循之。再如《彩云球》、《九美图》等，也复如此。这已经成为束缚其创造力的框框，常给人似曾相识之感，有老调重弹之弊病。

四 《牙痕记》

此草卷为马国林讲录，姚富培整理，初刊于 2007 年出版的《中国靖江宝卷》一书中。《牙痕记》作为宝卷，在吴方言区中目前仅见于靖江宝卷中。但在锡剧中有此剧目。另外淮剧和鼓词中也都有《牙痕记》。

此宝卷言，明朝嘉靖时，江西南昌北门洞庭村安远根，家境殷富。与妻子张氏，年登三十六，未有儿女。二人乃行善求子，玉皇大帝先后差文曲星、舞鬼星下界为其子。前者取名安文亮，后者取名安文秀。安文亮学文有成，娶亲顾员外之女顾凤英，生子安寿保，为安国星下界。安文秀娶亲周员外之女周凯云，生子安禄保，为安童星下凡。

安寿保七岁时，安远根夫妇去世。安文秀使计与哥哥分了家。安文亮一意苦读，求取功名。玉皇大帝感念要吃得苦中苦，方成正道，遣火德星君三次火烧安文亮家。安文亮一家三口落难寒窑，后向弟弟借上京赶考的路费。安文秀将其挡在门外，不肯借银。其妻周凯云遣安童进宝偷偷送给安文亮二百两银子。

安文亮带全家一起上路，至天长县住宿饭店，丢失银子。安文亮气急得病，被饭店老板赶出，居于关帝庙中。安寿保为替父治病，自卖于陕西刘家庄的刘员外，获银十两。安文亮病愈，知晓儿子卖身，责打赶走妻子。关帝庙着火，安文亮绝望之下，上吊自杀，被算命的熊铁嘴救下，后者预言他四十五岁中状元。安文亮决定二次进京赶考，又向弟弟借银不成，周凯云再次赠银两百两。安文亮赶考路上又丢失银子，跳江自杀，被府台徐进救下，带回家中教导其子徐龙。

顾凤英前往陕西寻子，到了山西，路上生下一子，取名安禄金，为武曲星下凡。因无力抚养而弃子马车棚里，为日后相认，在其左膀上咬上牙印子。安禄金为王家庄王员外收养，改名王天赐，获其珍爱。顾凤英来到陕西，寻子未得，被观音庙尼姑收留，感而为之绣观音菩萨幔子。顾凤英被陕西知府徐洪基请入家中，教其女儿徐素梅针工。安寿保改名刘天毕，年已十六，与徐素梅成亲，母子得以相认。

皇帝开考，刘天毕上京赶考，得中状元，获赐官七省巡按与尚方宝剑。

安文秀夫妻不和，又娶了王赛祥。王赛祥内心狠毒，诬陷周凯云与安童进宝私通。安文秀将两人分别赶出。周凯云上吊，被青道庵尼姑救下收留，其子安禄保之后也跟随之。王赛祥与安童安能私通，设计陷害安文秀为强盗头子。安文秀被屈打成招，定于百日后处斩。

安禄保回家寻父，被王赛祥毒死。王赛祥与安能将其掩埋。王禅老祖救出安禄保，带到云梦山水帘洞，教其仙法。王赛祥、安能要杀周凯云，梅香一点红、一点青不从，被打死。阎王封其为夜行神。王赛祥、安能火烧青道庵，未能害死周凯云，又将其贩卖到广东晋江县的妓院中。周凯云不愿接客，备受拷打，后受夜行神所教，刺死了来妓院的知府之子，被判处斩。临刑之际，七省巡按刘天毕来到，救下她，并与其相认。刘天毕又到南昌，救下安文秀，处死了王赛祥、安能。回京后，刘天毕又被召为驸马。

安禄金在王员外家，私塾先生为其取学名王应龙，王应龙认张氏夫人做母亲。王员外得病去世，大奶奶赵氏谋夺家产，欲毒死王应龙，反而毒死了自己的侄儿赵宝。王应龙与安童王安出逃。路上王安谋财，将其推入河中。王安后也被老虎吞噬。王应龙被陕西金家庄金万福员外救起。金员外无子，将他认为儿子，带回家去读书。金员外之女金红艳与王应龙相恋，因为担心赵氏追拿，两人逃离山西。两人来到南京，买屋居住。获得王禅老祖赐予盔甲、钢刀与无字天书。王应龙依照天书学文习武。

西番国进攻中原。皇帝开武考。王应龙得中武状元，获封平西元帅，领兵征讨西番国。高丽国公主高玉霞与安禄保有宿缘，观音老母托梦要其摆擂招亲，并递战表于中原。皇帝张榜选拔打擂之人。安禄保揭榜前往，高玉霞不敌，与之定亲。高丽国臣服中原。王应龙平定西番，回朝后与安禄保各受封赏，并各自成婚。王应龙回家省亲，杀死赵氏，救出张氏。

刘天毕将母亲顾凤英带到京城。顾凤英见王应龙左膀牙痕印子，母子相认。皇帝开考，刘天毕主考。安文亮得中状元。全家相认。安文亮受封亲王，回到南昌。周凯云出家为尼修道，安文秀被天雷打死。安文亮一家安乐富足。

《牙痕记》属于靖江宝卷中常见的星宿投生、历经磨难而享团圆富贵的故事类型。其中支撑人物行动与推动情节发展的仍然是善有善报，恶有恶报的果报观念。神仙是人物命运的主宰者。卷中文曲星下界，投生为安文亮，即是玉皇大帝安排。玉皇大帝因为要安文亮历经磨难而成就大道，所以又安排了舞鬼星下凡为安文秀，与之作对。并在两人分家后，又派火德星君三次火烧安文亮的家宅。后来安文亮寄宿关帝庙，关帝菩萨又奉玉皇之命，派周仓火烧关帝庙。神仙是凡人苦难的制造者，也是其解救者。安文亮绝望跳河，是东海龙王敖广打发巡海夜叉将其尸首拖出水面，使之最终被徐进见到救起。顾凤英将初生的儿子安禄金丢弃在马车棚里，也是土地与城隍救护，未被牲畜伤害，并被王员外发现收为儿子。安禄保被王赛祥、安能打死埋葬，又是王禅老祖将其救活，并传授仙法。如此种种，神仙主宰凡人命运的背后，其实是旧时民间盛行的命定论与果报论。

尽管神仙的意志在此宝卷中主宰了一切，但人间的真情始终也是卷中着力刻画并十分真切感人的一面。如卷中言，安寿保卖身救父，与母亲离别：

> （顾凤英）哭泪叫声："心肝啊！
> 我过咱养到你儿子当块金，包包撮撮长成人。
> 指望养儿防身老，哪晓竹篮打水一场空。
> 我格心肝啊！今朝我们母子两个来分别，
> 不晓得格何年何月再相逢！
> 我格心肝啊！我十月怀胎带了你，三年乳哺枉劳心！"
> 公子哭泪叫声："亲娘啊！你不好打打算盘么，
> 养到儿子沿小关节重，三五六岁丧残生。
> 我个亲娘啊！你要多吃饭来少思量，不要拿儿子挂在心。
> 我个亲娘啊！你要把身体来想坏，哪做端汤奉茶人？
> 亲娘啊！你拿爹爹毛病来看好哇，你们夫妻合合好么，
> 三年二载生到个小弟弟，好拿我当做路边人。
> 我格亲娘啊！今朝受你儿子拜三拜，我也做不到么养老送终人。"①

母亲的心疼不舍，儿子的孝顺关切与绝望，都见于两个人的

---

① 《中国靖江宝卷》下册，江苏文艺出版社，2007，第951~952页。

言辞之中。另外,此卷中也有不少内容属于对民间风俗的反映。如卷中对京城店铺的描绘:

> 石灰店里雪雪白,乌煤行里暗通通。
> 皮匠店里忙不住,银匠店里口吹风。
> 手拿锥子口衔綮,饭店门口摆胡葱。
> 酒店门口盅叠盅,混堂门口挂灯笼。
> 遇到一班好世兄,解开鸾带拍拍胸。
> 你洗澡来我会东,混堂里洗澡不伤风。
> 东街敲锣唱把戏,西街打鼓唱新闻。
> 南街卖格鹦哥绿,北门卖格燕尾青。
> 街坊景子无心看,下住招商店堂门。①

这里,用非常简洁而精到的语句,概括出了诸类店铺的特征和面貌。类似的描写也见于草卷《十把穿金扇》中。可以说,这也是靖江宝卷中的套语。此宝卷中属于套语的可谓不少。如卷中言安金保成长:

> 一周二岁娘怀抱,三周四岁离母身,
> 五周六岁知冷暖,能言能语又聪明。②

言王应龙潜心苦读:

> 有公子,在书房,勤辛苦读。
> 读《春秋》,并《礼记》,昼夜操心。

---

① 《中国靖江宝卷》下册,江苏文艺出版社,2007,第966页。
② 《中国靖江宝卷》下册,江苏文艺出版社,2007,第962页。

低读就赛鹦哥叫，高读就赛凤凰声。①

以上两例，都是靖江宝卷中常见的套语。

五 《罗通扫北》

《罗通扫北》属于北方评书的传统书目。靖江宝卷中的《罗通扫北》源于此的可能性较大。这一宝卷收入《中国靖江宝卷》一书中，属于初刊，为张东海讲录，姚富培整理。

唐太宗时，越国公罗成被奸臣苏定方陷害，被乱箭射死。其子罗通为太宗干儿子，武艺高强，年满十二。北番赤壁保康王罗可汗遣使者周刚来中原下战表。太宗随即决定御驾亲征，任命秦琼为元帅，起兵二十万，攻打北番。兵至北番第一关白莲关，唐军尉迟恭出战，打败了白莲关守将刘国桢。刘国桢之子刘宝林与尉迟恭厮杀，不分上下。其母梅氏告知，他原来是尉迟恭之儿。梅氏与尉迟恭新婚不久，后者投军，留下钢鞭为日后父子相认的信物。梅氏后来诞下一子，取名尉迟宝林。母子两人被刘国桢抢去，幸得观音菩萨护佑，刘国桢未得近其身。尉迟宝林与尉迟恭相认，两人里应外合，攻下白莲关。梅氏杀死刘国桢后自杀。

尉迟宝林作先锋官，与父亲一起，先后打下金岭川、银岭川、野马川。至第五关黄龙岭，守将屠炉公主将唐兵引入木阳城，团团围困。唐兵突围不得，粮草枯竭。程咬金一人突围求援，得到仙师谢映登帮助，回到京城。太子李治在校场举行比武，选拔领兵救援之人。罗通获胜，作了元帅，程咬金之子程铁牛作了先锋，苏定方之子苏麟、苏凤作了解粮官。

罗成之父罗艺另有一子罗春，罗春生子罗仁。罗仁自小父母双亡，罗成之妻窦氏视为己出。罗仁年方九岁，力大无穷，善使

---

① 《中国靖江宝卷》下册，江苏文艺出版社，2007，第978页。

双锤，偷偷投奔哥哥罗通征北。

罗通领兵到了白莲关，被守将铁雷银牙打败。其父幸得父亲罗成梦中现身，指点用月儿弓射死铁雷银牙。罗通受父叮嘱，向程咬金询得罗成遇害经过。怒遣苏麟、苏凤攻打白莲关。苏麟被铁雷银牙打死，苏凤逃到西辽国。罗通射死铁雷银牙，至金岭川、银岭川先后杀死其兄弟铁雷金牙、铁雷铜牙。至野马川，罗通不敌铁雷八宝。罗仁赶到，杀死了铁雷八宝。

罗通领兵至黄龙岭。守将屠炉公主出战，用飞刀杀死罗仁。罗通与之厮杀，屠炉公主对罗通有意，用捆仙绳捆住他，逼其答应成婚。罗通无奈答应之，程咬金作了媒人。罗通来到木阳城外，苏定方多方阻挠其入城，幸得屠炉公主帮助，尉迟恭、程咬金等里应外合，打败番兵，并捉住了潜逃的苏定方。罗通在太宗前申冤，苏定方被处死。

太宗安排罗通与屠炉公主成婚。洞房中，罗通怒斥屠炉公主不忠不孝，不仁不义。屠炉公主愤而自尽。观音菩萨因屠炉公主与罗通五百年前有宿缘，将其救上洛迦山。太宗要杀罗通，虽经程咬金求情免之，但不准罗通招亲。程咬金又向太宗求情，将史大奈家丑女儿嫁给罗通。路上观音作法，将轿中新娘换成屠炉公主。罗通与之和好，两人终得成婚。事后，太宗封罗通为越国公，屠炉公主为越国公正夫人。

此宝卷演绎罗通征讨北番故事，专在一"奇"字上用力。罗通十二岁挂帅出征是奇；尉迟恭与尉迟宝林在战场相认是奇；罗仁九岁即上战场是奇；屠炉公主与罗通成婚是奇。如此种种，整个宝卷中充满了奇遇、巧合与神鬼的影子。这一方面是无巧不成书，增加了故事的曲折、生动，在人物命运的跌宕起伏中牢牢地抓住现场听众的心灵，使得宝卷的宣唱能波澜起伏，引人入胜；但有时巧合过多，则未免有生硬、造作之感。如卷中言屠炉公主战场上对罗通一见钟情，接下来自愿与其里应外合，背叛自己的父王，则不太合乎情理。卷中言罗仁与屠炉公主交战，摸了公主的脚与头发，出言调戏，就其九岁的年龄而言，也有点过了。而卷中屡次出现的神佛救难模式，也在一定程度上冲淡了故事本身具有的曲折性与戏剧性。和很多的民间宝卷作品相似，这一作品在人物的刻画上比较薄弱，主人公罗通的性格并不突出，大多数人物都脸谱化、套化，予人似曾相识之感。倒是卷中的两位配角程咬金、屠炉公主，前者豪爽莽撞中带着天真，后者痴情到了绝望的地步，其形象不乏生动感人之处。

卷中某些地方的描绘充满了民间特有的谐趣和智慧。如其言程咬金与左车轮交战，斧子被震上天，要三天以后才掉下。卷中的解释是斧子卡在了杨树上，第四天才有仙人弄神风将其送还。[①] 听众从惊异不信，到恍然大悟，终则发笑，都在讲经者的掌握之中。再如程咬金将史大奈家的丑女儿说给罗通，成婚时生怕露馅，要四个梅香，"两个插夹肘，一个走前间，一个走后间"，"要背了腾空，略脚拐子被人家望见不好"[②]。其狡黠也令人忍俊不禁。

六 《香莲帕》

北方鼓词中有《香莲帕》，靖江宝卷《香莲帕》可能是在此基础上改编而成的。此宝卷初刊于《中国靖江宝卷》，为刘正坤讲录，姚富培整理。

宝卷故事说的是，明朝万历年间，山西王州府王培县北门外太平村李太官居吏部天官，为官清正，与妻子田氏生有一子李尧生，李尧生满腹诗书。时有奸臣李连，为先皇的西宫国丈，当今万岁的外公。万岁只有十三岁，玉玺由其母亲李凤娇掌握。李连

---

① 《中国靖江宝卷》下册，江苏文艺出版社，2007，第1057页。
② 《中国靖江宝卷》下册，江苏文艺出版社，2007，第1073页。

密谋篡位，陷害常遇春第七代孙子，三官总兵常德。皇帝令李连将常德满门抄斩。虽有九千岁徐年剑遣家将徐能密报常德，但常德为表清白，全家自杀，只遣走其子常政和儿媳王秀珍。

常政夫妇落脚洛阳县，依靠磨豆腐为生，两人多行善事，玉皇遣玄坛菩萨坐骑黑虎星宿投胎为其子，取名为常士勇。常士勇从小喜武好酒，十六岁时玄坛菩萨梦中传授其武艺，以及常遇春留下来的镇国枪、定国鞭。常政夫妇同日去世，常士勇获陈三庆员外资助，投奔广西柳州姨娘。

李太欲冒死揭发李连阴谋，其子李尧生上京劝说其辞官归隐。田氏赠予传家宝香莲帕以避邪护身。李尧生至淮安住店，碰到吃饭后无钱付账与人争打的常士勇。李尧生为后者付账解围，两人结拜兄弟。

李尧生行至太行山下，被山大王戈其抓上山。戈其之妹戈凤霞为骊山老母之徒，她对李尧生一见钟情，两人私订终身。戈凤霞要得香莲帕作为信物后，送李尧生下山。戈凤霞后也下山寻夫，扮男装，假称李尧生，来到京城投奔公公李太。却不料李太因为揭发李连，已被囚禁。李太家已被李连霸占。戈凤霞杀死李连派来谋害她的花志、花彪父子后，夜入九千岁徐年剑家。后者安排其探望李太。戈凤霞向公公表明身份，决意救之。九千岁女儿徐金定对假李尧生钟情，九千岁安排两人成婚。露馅后，戈凤霞答应将徐金定嫁与李尧生，并转送香莲帕为信物。

常士勇来到柳州，发现姨娘、姨父已去世，无奈前往京城投奔干哥哥李尧生。路经中条山，被山大王吴小香抓上山。吴小香是开国公吴大海第九代孙女。了解常士勇家世后，与之结为夫妻，两人同住山上。李太充军柳州，路上解差刁文、刁虎欲谋害之，被常士勇救下，带上山去。常士勇偶得神兽为坐骑，名之为双角乌龙珠。

李连向女儿讨要玉玺不得，将其打入冷宫。又串通北番玻璃国，后者向明朝下战书。皇帝开武考，选拔领兵之人。戈凤霞化名薛冤，中了武状元，被封为扫北元帅，领兵征北，常士勇作先锋。常士勇打败玻璃国四位太子，又将其公主娘娘打回乌龟的原形。玻璃国被迫臣服，并交出李连与之私通的书信。

李连主张开文考。李尧生中了文状元。李连要其劝太后交出玉玺。李尧生假意答应，从太后处获得玉玺，暗地收藏。戈凤霞班师回朝，揭发李连阴谋。李尧生也带太后上殿。李连被处死。皇帝分封诸人。李尧生被封文宰相，徐金定将香莲帕交还李尧生。

这一宝卷的民间色彩强烈。宝卷讲述的仍旧是民间喜闻的复仇加奇遇的故事类型，因果报应的观念与神佛的护佑也一直贯串其中。常政夫妇因为多行善事，而得玉皇大帝遣黑虎星宿降生为子，后来玄坛菩萨又传授常士勇武艺与兵器。最后也是善有善报，恶有恶报的大团圆结局。卷中多采用夸张的手法来对主要人物作勾勒。如其言常士勇酒量，"黑炭多年不曾吃酒，今朝看见格酒，就像穷吼，一旋子五斤就做五六口，拿二十斤酒倒吃下去了格"，"又打一旋子来了格，吃了二十五斤酒"[1]。这里极尽夸张之能事，而常士勇的粗豪也十分生动、突出。再如卷中言常士勇神力：

> 黑炭跑到前间弄手对磨子底落一抄，一只手对磨子上面一拍，轻轻拿起来一搡，拿两扇磨子都举到头顶向上。举上去也微小可，蹲杠摆。
>
> 左手摆到右手来，就像加官出戏台，
>
> 右手摆了左手去，就像狮子衔花滚绣球。
>
> 越摆越高，恨不得摆上九霄。[2]

---

[1] 《中国靖江宝卷》下册，江苏文艺出版社，2007，第1358页。
[2] 《中国靖江宝卷》下册，江苏文艺出版社，2007，第1359页。

卷中之夸张虽不合现实，但却极好地展示了常士勇力大无穷的特征，增加了故事的趣味性与生动性。卷中也存在着一些不合情理之处，体现着民间的稚拙。如卷中言，戈凤霞对李尧生一见钟情，后竟为救李而差点杀死自己的亲哥哥戈其，则不免让人觉得突兀。

第三节　仪式卷

靖江宝卷中的仪式卷主要用于做会仪式中，如"请佛"、"送佛"、"上茶"、"解结"等。这类宝卷内容大多以祈祷祝福为主，也穿插一些幽默、滑稽的小故事，所谓"插花"，深受听众欢迎。主要作品有《李清宝卷》、《七殿攻文》、《九殿卖药》、《铺堂妙典》等等。

一　《李清卷》

《李清卷》是靖江做会讲经"醮殿"举行"报祖"仪式时唱的宝卷，故又称《报祖卷》、《李清宝卷》①。卷中李清到冥间抄回地狱十王及其他神的"圣诞"，人间才能"请王"（这是"醮殿"的主要仪式）。《李清卷》的故事，始见于明黄天道悟空编《泰山东岳十王宝卷》附录的一段文字：

> 昔日山东济南府临清县儒学生员李清，于景泰六年八月初三日身死，到阎君前。（阎君）亲问："你在阳间作何善事？"李清答曰："弟子在阳间，每于释迦牟尼佛四月初八

---

① 此处《李清卷》为靖江佛头陆爱华演唱本。下文言及《李清卷》者，如无特别说明，都属于此本。另外，《中国靖江宝卷》中也收有《李青宝卷》，属于异本，为王国良抄录。

日降生，持斋一日，念佛一万声。"阎君起身："善哉！善哉！此人大有功德。"阎君问曰："吾十阎君降生之日，无持斋念佛？"李清答曰："阳间不知阎君降诞之日。"阎君答曰："我传与你降生之日，今与你还魂，说与善男子善女子，每降生之日持斋念佛，见世乐，过去超生。"阎君即差鬼使送此人还魂阳间。李清忽然苏性（按：当作"醒"），回表发心，从头写出十帝降生之日，传于四方善男信女，依此日香灯纸烛供养阎君，永不堕地狱，好处生天堂。十帝阎君圣诞：……①

清道光初年长生教陈众喜编《众喜宝卷》卷二附载《天医因由》可以说是上述故事在后世的变体。不过，其中李清变成了"李青"，成了苏州生员，且生前"多凶恶行势"：

苏州吴江县生员李青，年廿岁，多凶恶行势。妻乃张宰相之女。家近一寺，每年四月礼皇忏三日，务要豫请李吃斋。是年，官禁不许妇女烧香。僧道集会，李至，近日（？）问故。僧曰："现有官禁，小僧不敢。"李曰："佛诞礼忏，自古至今。若官有话，是我担当。你只管调停开忏，期至我来。"僧即回寺，发帖礼忏。后未几，于景泰六年三月初三，李死归阴，罪受油锅。忽锅内生出一朵莲花，李坐于莲花上。卒告大王，大王细查善簿，并无好事。只有某年四月八日护佛教三日，故今佛来显灵，命他还阳。李即还阳，遂隐山修道，今为天医菩萨。②

---

① 民国辛酉年孟夏新刻《泰山东岳十王宝卷》，收入王见川、林万传主编《明清民间宗教经卷文献》第七册，台北，新文丰出版公司，1999，第24~25页上。

② 清光绪六年（1880）玛瑙经房刊本《众喜宝卷》。

根据这一故事改编的宝卷有《天医宝卷》（全称《慈悲普济天医宝卷》），今存最早刊本是清光绪二年（1876）玛瑙经房刊本。它较之上述传说，衍生出了许多故事。卷中言，李清本为鬼谷仙师的药仙童子下凡，他的姨表兄赵天化挑唆他作恶多端。李清下地狱还魂后，改恶从善，到云蒙山拜鬼谷仙师修道。赵天化在替李清经办修庙时开虚账，得银三万七千两，捐了官。赵天化为官极贪，人称"赵剥皮"。最终被强盗劫去金银，本人也被天雷打死。李清之子中状元，亲眷来祝贺。李清在云蒙山动了凡心，鬼谷仙师赠他仙丹灵药回家为人治病。李清后来治好了太后娘娘的怪病，被封为天医普济真人，后世称为"天医菩萨"。这部宝卷少见宣卷人抄本，可能它在民间很少被演唱。

靖江讲经中的《李清卷》虽然也以李清为主角，但其故事内容则多有变化。卷中言：

大明金太昌皇帝时，山东如若县临青州青石山前太平村人李正封，同缘赵氏，家财万贯，却没有儿女。夫妻两人到东岳庙求子，许愿重修庙宇。东岳为了重修庙宇，跪请玉帝赐子。玉帝遣拈香童子下凡为李正封子，但仅给二十七岁阳寿。

赵氏生子，取名李清。李清六岁，因李正封忘记为东岳修庙，东岳大帝不悦，派长差拿了李清真魂。土地变作郎中，提醒李正封给东岳修庙还愿。李正封赶紧祈求东岳，并请工匠重修东岳庙，李清得以还魂。李清读书到十六岁，中黉门秀才，又娶了刘员外女刘千金为妻。刘小姐过门之后，夫妻和顺，孝敬公婆。四月初八佛诞日，许多老奶奶去佛会上香，李清也跟着去上会，为母亲消灾。来到八景宫中，拜过圣像，听讲佛祖修行的宝卷。李清受到感悟，发愿吃素修行。当家师父送他一部《华莲经》，告诉他修行要守三皈五戒。

李清修行到二十七岁，阳寿已终。阎君派青衣童子请李清归地府。李清辞别父母妻子，跟青衣童子一路过了鬼门关、恶犬村、望乡台、破钱山、枉死城,来到森罗殿。他在森罗殿上念《华莲经》,站班小鬼及各地狱恶鬼纷纷超升。青衣童子带李清游看十殿地狱。看完十八层地狱,李清要还魂。阎君要李清抄下十殿阎君的圣诞,以使阳间供奉。李清咬破十指,将其抄在白团衫上。它们是:

正月初一日,秦广王圣诞生,欲免刀山苦,定光王佛称。

三月初一日,初江大王圣诞生,欲免镬汤地狱苦,药师琉璃光佛称。

二月初八日,宋斋大王圣诞生,欲免寒冰苦,贤劫千佛称。

二月十八日,伍官大王圣诞生,欲免拔舌苦,阿弥陀佛称。

正月初八日,阎罗大王圣诞生,欲免血湖奈河苦,本尊地藏王称。

三月初八日,变成大王圣诞生,欲免变畜苦,大势至菩萨称。

三月二十七日,泰山大王圣诞生,欲免碓磨苦,救苦救难观世音称。

四月初一日,平等大王圣诞生,欲免锯盘苦,卢舍那佛称。

四月初八日,都市大王圣诞生,欲免火坑铜柱苦,药王药上菩萨称。

四月十七日,转轮大王圣诞生,欲免黑暗苦,释迦牟尼古佛称。

李清又将丰都、地藏、东岳、城隍、土地圣诞抄下后还魂。他将十王圣诞送到县里,报送京城金太昌大王。圣旨下到十三省,各州府县建庙祭祀。李清同父母、妻子一起修道三年后,全家升天,参拜玉帝。玉帝封李清为报恩司菩萨。

靖江的《李清卷》与上述文献记载和《天医宝卷》比较,它只保留了其中部分情节。主要是让李清下地狱、游十殿、抄回十殿阎王的圣诞。同时,写李清结婚,用大量篇幅讲唱靖江民间的婚俗:说媒、行茶、催亲、哭嫁、别祖、上轿、押轿送亲、拜堂,热热闹闹;穿插其中的媒婆,插科打诨,又使听众不断发笑。很难想象,主要设计为去冥间抄回诸神圣诞的这本宝卷,竟融进了这样的内容。

二 《九殿卖药》[①]

《九殿卖药》是江苏靖江做会讲经"醮殿"仪式中"请王"时所唱《十王宝卷》中插唱的故事,在请、送"九殿都市王"后演唱。按醮殿"报祖"所唱《李清卷》中请来的"十殿阎王圣诞"说:"四月初八日,都市大王圣诞生,欲免火坑铜柱苦,药王药上菩萨称"。在明代的《泰山东岳十王宝卷》中是"(四月)初七日九阎王圣诞姓薛,念南无药王菩萨一千声,免堕铁床地狱"[②]。这本宝卷讲唱的是"药王菩萨"的来历。故事是:

山东蓬莱县天汉洲人卢德奎,同缘郑氏。夫妻开药店,生子功茂,是上界药仙童子下凡。功茂娶妻霍氏小姐,是玉皇家九天仙女下凡。功茂父母去世,他不会经营,药店关门,坐吃山空。霍氏在花园中种了菜,让功茂去街上卖,他卖不出;让他经营"耍货",他烧焦了花生,也卖不出;让他去山上砍柴,他没打

[①] 此处《九殿卖药》为靖江佛头赵松群演唱本。下文言及《九殿卖药》者,如无特别说明,都属于此本。另外,此卷也收入《中国靖江宝卷》,为佛头朱明春演唱本,吴根元搜集整理。

[②] 民国辛酉年刊《泰山东岳十王宝卷》,收入王见川、林万传主编《明清民间宗教经卷文献》第七册,台北,新文丰出版公司,1999,第25页下。

来柴，却丢了锹头。霍氏感叹。

卢公茂又去山上打柴，护法韦陀要让他交好运，让他打到各种药草，夫妻二人重开药店。霍氏为众人看病，试药三天。陈员外独子死去，霍氏用"七世还魂草"、"九世追魂丹"将他医好。阎王到玉皇处告状："世上没得死来只有生，吵勒我阎王做不成！"玉皇召集众仙，吕洞宾自请去破卢功茂家药店。

吕洞宾变作书生，宝剑变作千两黄金，来到卢家堂门。他出千两黄金要买"顺气汤"、"消毒丸"、"和气子"、"养命丹"、"长生草"、"万寿方"、"归家子"、"义成香"八种药。卢功茂不知这些药，让他第二天来。第二天霍氏坐堂，对吕洞宾说：

　　你家父母有气慢慢解劝叫"顺气汤"，兄弟和合叫"消毒丸"，
　　妯娌和合叫"和气子"，田中五谷叫"养命丹"，
　　生男育女叫"长生草"，茶店里说和道理叫"万寿方"，
　　送老归山"归家子"，当年王氏女不肯重嫁叫"义成香"。

吕洞宾千两黄金买了八句"霉话"，要加"饶头"。他出难题要霍氏作诗，每句分别加进"三分白、一点红、悬空挂、锦包龙"，先要天上的物事。霍氏答：

　　东方日出三分白，日落西山一点红，
　　七作星零零落落悬空挂，乌云一裹锦包龙。

吕洞宾见作诗作对都难不倒霍氏，又要吃"金花白米饭"，要"二合半米吃七大碗"。霍氏说，"籼米加粟米一拌就是金花

白米饭", "我娘家陪嫁个碗, 里面白漆（七）, 外面蓝漆（七）, 边子上金漆（七）, 三七二十一碗。叫他拿袜子拉下来, 扳脚指头算: 多十四碗奉送!"吕洞宾难不倒霍氏, 最后说: "你晓得我头上几根毛?"霍氏吩吩梅香: "替我到厨房里, 拿菜刀磨磨快, 拿他个'枣木郎'斩下来, 摆在柜台上, 等我慢慢数数真, 姑奶奶还他几千几百几十根!"

吕洞宾被吓跑了, 上天报告玉皇。玉皇让上、中、下八洞神仙把道功一起化作一条绿腰巾（或由观音老母送一条"迷魂带"）, 吕洞宾骗霍氏束在腰中, 人就糊涂了, 被吕洞宾难倒。卢功茂夫妻一道拜吕洞宾为师, 修行三年后功成, 玉皇封卢功茂为药王菩萨, 掌管九殿地狱。

中国古代早就有药王的信仰。被尊为药王的都是神话传说和现实社会中治病救人受民众普遍尊敬的人物, 如神中"尝百草"的神农氏, 同伏羲、黄帝, 合称"三皇", 一起被作为药王祭祀。战国时期的名医扁鹊、唐代名医孙思邈等, 后代都被作为药王供奉。在著名的中药材集散地古祁州（今河北安国县）, 始建于宋代的药王庙, 供的是东汉开国功臣邳彤, 安国人, 据说他曾扶植了民间的医药事业。① 佛教也有药王、药上两位菩萨, 据说他们本是兄弟俩, 名星宿光、电光明。他们以雪山良药供养众生, 灭除病苦, 被尊为药王、药上菩萨, 在未来世成佛。明代教派宝卷《救苦忠孝药王宝卷》, 讲的是药王孙思邈的故事。清代的《天医宝卷》, 则将靖江宝卷《报祖卷》中的李清, 也说成是药王。但是, 本卷故事中所说的卢公茂最后成了"药王菩萨", 却未见任何文献记载。有趣的是, 在这个故事中, 主角并不是卢公茂, 而是他的妻子霍氏。显然这是根据民间的传说故事改编的: 对霍氏机智、风趣的夸张描述, 来自民间的巧女故事; 来自

---

① 参见马书田《中国民间诸神》, 团结出版社, 1997, 第265~266页。

神仙世界的吕洞宾的轻薄，也就可以理解了。

本卷中霍氏为人看病"点药名"与其同吕洞宾的"斗法"，占了一半以上的篇幅，介绍了各种民间知识。这本宝卷在"醮殿"时必须讲。如果做会时间不够，也要唱其中"点药名"一段。它结合众人看病求药，唱了许多民间流传的药方。如：

> 川芎治头痛，肚痛用砂仁，
> 紫苏能发汗，补药用人参。
> 花椒共胡椒，红糖共生姜，
> 再用两只葱，医好你的肚子痛。
> 一点陈稻草，二点广木皮，
> 瘤火（按：脚水肿）要退肿，重敷井烂泥。
> 要得退肿快，绑他一块冬瓜皮。
> 马脚鸽子毛郎当，长勒河里又不圆来又不方。
> 人人说它无用处，手心拍拍贴烂膀。

在唱本卷时，斋主和在堂众人会将整把香点燃，斜插在醮殿神台和讲经台的香炉中，用纸接取香灰，据说可以治病。

吕洞宾出题"难"霍氏，唱了许多民歌，单是镶进"三分白""一点红""悬空挂""锦包龙"的歌，便唱了以"天上、地下、古人、仙人、女人、癞子、飞鸟、花木、菜蔬"等为题十几首，如：

> 吕洞宾脸上三分白，汉钟离脸上一点红，
> 拐李葫芦悬空挂，彩和花篮锦包龙。
> 花脸搽粉三分白，胭脂点嘴一点红，
> 耳戴八宝悬空挂，怀中抱子锦包龙。

这种民歌本为江南"盘歌"的一种形式，今存清代浙江刻唱本《男女对白山歌》便载多首，今举其一：

  啥个树上三分白？啥个树上一点红？啥个树上悬空挂？啥个树上锦包龙？
  玉兰树上三分白，樱桃树上一点红，葫芦树上悬空挂，石榴结成锦包龙。①

靖江做会讲经的"佛头"在讲经时常将一些历史典故、地方风物知识穿插其中，这样借以卖弄学问，也可传播一些知识。这本宝卷也表现出这一特色。如卷中说吕洞宾说不过霍氏，便念了一首诗：

  天上一只大鹏，地下一株罗松。
  旁边站了个关公，手里拿本《中庸》：
  不偏之为"中"，不倚之为"庸"。

霍氏对了一首：

  天上一只大鹤，凡间一棵紫竹，
  旁边站个鲁肃，手里拿本《大学》：
  如节如初，如竹如模。

《四书》是过去读书人都要读的经典。这样巧妙地引用《四书》成句，有亦庄亦谐的效果。

---

① 载中国民间文艺研究会资料室主编《中国歌谣资料》第一集，作家出版社，1959年，第88页。

三 《梅乐张姐》[①]

本卷又称《七殿攻文》，是靖江做会讲经的"醮殿"仪式"请王"演唱《十王宝卷》中插唱的故事之一，在请、送"七殿泰山王"后演唱。按照《十王卷》中说"第七殿泰山王执掌碓磨，掌阳间男共女不善之人。有等人在阳间笑人念佛，不持斋不吃素不诵经文……"，便被下在碓磨地狱受苦，而"称念救苦救难观世音菩萨，可免碓磨地狱之苦"。本卷便讲述一个"笑人念佛"且不敬观音菩萨的张姐，最后被下在碓磨地狱受苦的故事：

梅乐张姐不信佛、不修道。一天，张姐见一班奶奶急忙赶路，问："众位奶奶，你们上哪去呀？""噢，我们去修道。""呀，'偷稻'呀！我家稻少啦，可是你们偷的吧？"（以下用方言谐音，对答了许多令人发笑的话）张姐跟这班奶奶到了会上，又胡扰一气；后来赌气自家也在二月十九日做"观音会"，为母亲消灾。她母亲为了做会积了些钱。快到二月十九了，母亲让她去请佛头，她又借故推到六月十九，后来又推到九月十九。家堂菩萨报于观音老母，观音变作老太婆带着善才龙女来赶会。张姐两天不给他们吃斋饭，反倒责怪他们吃得太多，使得大家饭不够吃。观音向她要些稻草铺地睡觉，她抱了两捆钉柴，又取来一盆雪，让观音取暖。于是，观音老母带上善才龙女唱起"莲花"走了。观音老母回到天上，报告玉皇。玉皇令阎王把张姐勾去，下在七殿碓磨地狱受苦，又罚她再生为"化生"的虫子。

这段故事在做醮殿仪式时必须唱，主要是为了合唱其中的

[①] 此处《梅乐张姐》为靖江佛头陆爱华演唱本。下文言及《梅乐张姐》者，如无特别说明，都属于此本。

"打唱莲花"。当地民众特别爱听、爱唱"打唱莲花"。在靖江做会讲经的圣卷中,大段的"打唱莲花",一是此处,一是在《土地卷》中,都是观音老母变作老太婆唱的。《土地卷》只在"土地会"上演唱,这种会不经常做。笔者参加一次"明路会",后半夜开始"醮殿",讲唱过请送"七殿泰山王",已经快天亮了。佛头感冒,喉咙不好,便提出不唱《七殿攻文》了。和佛的老太太和听众都不同意,于是喊来佛头的徒弟唱。醮殿仪式必须在天亮前结束,把"十殿阎王"送回去。时间紧,便让他带着大家仅唱"打唱莲花"。午夜以后,大家都已疲劳,但唱起来后,众人不停地和佛:"金莲花,银莲花,莲花佛,哎咳活菩萨!"群情活跃,确实如唱词所说"莲花越打越好听"。

这段"打唱莲花"是观音老母自述其出身故事,劝诫人们修行,即《香山宝卷》(又名《观音宝卷》)中妙善公主出家修道的故事。开头是:

> 小学生来唱莲花曲,和佛善人和莲花。(和)
> 金花起来银花落,莲花底下说根情。(和)
> 若要问我名和姓,不是无名小信人。(和)
> 高山点灯豪光远,井底栽花根蒂深。(和)
> 家住东州兴林国,午朝门内是家乡。(和)……

但是,观音出身故事并不是这段"打唱莲花"的主要内容,主要篇幅是唱一些民俗歌曲,如"花名古人":

> 莲花唱到半中心,唱点花名夹古人:(和)
> 薛仁贵投军到龙门,恩爱夫妻两头分,
> 征东回来又征西,芙蓉花开迎小春。(和)
> 孔明用计借东风,百万军中赵子龙,

长坂坡前救后主，杀得遍地石榴红。（和）
姜太公年老钓鱼忙，八十三岁遇文王，
君臣几个回家转，一路带看菊花黄。（和）
前娘晚母闵子骞，身穿芦花风钻箱，
带雪推车父知道，腊梅花开要过年。（和）

唱到最后，群情振奋，节奏加快，歌词也妙趣横生：

莲花唱得热闹很，惊动许许多多人。（和）……
高子只吵檐头矮，矮子搬砖添后跟。（和）
胖子轧得浑身汗，瘦子轧得骨头疼。（和）
瞎子只吵望不见，聋子在吵听不清。（和）
拐子只吵路不平，和尚轧得光秃顶。（和）……
癞子听我莲花经，头发出得赛乌云。（和）
读书人听我莲花经，读书不用打手心。（和）
驼子听我唱莲花，直腰直背上东沙。（和）
麻子听我唱莲花，不叫麻子叫攒花。（和）
生意人听我唱莲花，一本万利总到家。（和）
种田人听我唱莲花，今年收点好庄稼。（和）

这些歌词有的是佛头即兴编唱的。明代民间教派宝卷中也有"打唱莲花"（或称"打莲花落"）的唱段，如《销释白衣观音送婴儿下生宝卷》第六品中，变了凡体的白衣观音"打莲花落"唤醒世人，其演唱方式与此相同。

第五章　靖江宝卷的宣演

靖江宝卷的宣演与现存的其他地区的宝卷宣演相比，自成系统，具有明显的地域特征。它与当地的做会活动结合在一起，由佛头宣讲，是做会的一个部分，体现出强烈的宗教信仰色彩。靖江讲经有着一套系统而严格的程式，其基本的步骤和仪式，为不同的讲经者——佛头所共同遵守，很少有改变。能变化的主要是卷中的故事。

第一节　做会讲经的执事和艺人——佛头

靖江讲经的执事和艺人，当地称为"佛头"。靖江讲经的兴盛与佛头的活动与努力是密不可分的。

一　佛头的渊源

靖江讲经的艺人称作"佛头"。这种称呼的来源有不同的说法。靖江方言"佛"读如"忽"，方言中"忽"音有倒霉、下贱等意。传说过去一个读书人科举失意，归而编写宝卷讲经。他哀叹个人命运坎坷，自称"忽头"，由音近而讹为"佛头"，后来遂称讲经艺人为佛头。这种说法显然是附会。另一种说法，做会讲经必须由讲经艺人带领大家拜佛，故称"佛头"。民众一般称佛头为"先生"。

其实"佛头"一词由来已久。较早在成书于明代天启年间（1621～1627）的《禅真逸史》第五回《大侠夜阑降盗贼 淫僧梦里害相思》中言京城妙相寺：

> 又早过了一月，忽值三月初三日，乃是北极祐圣真君寿诞。本寺年规，有这一伙念佛的老者，和一起尼姑，来寺里做佛会。当下众士女念佛诵经，哄哄的直到申时前后。化纸送圣毕，吃斋之际……原来这老尼姑姓赵，绰号叫做"蜜嘴"，早年没了丈夫，在家出家。真是俐齿伶牙，专一做媒作保。好做的是佛头，穿庵入寺，聚众敛财，挑人是非，察人幽隐。①

明陆人龙撰，约刻于崇祯五年（1632）的《型世言》二十八回《痴郎被困名缰 恶髡竟投利网》中，有言湖州张秀才夫妇生得儿子，满月之后，请和尚颖如为之祈求儿子未来得中状元。有言"每日颖如作个佛头，张秀才夫妇随在后边念佛，做晚功课"②。写作于清初的《豆棚闲话》第六则《大和尚假意超升》言湖广德安府应山县普明寺的了明禅师圆寂后，寺院中"四边分了斋帖，来了许多佛头，正要开张做大法事"③。

从以上材料来看，至迟在明代天启年间已有"佛头"之名。当时的佛头主要是由僧尼担当，为法会的组织、主持者。其法会以佛教信仰、仪式为主，但也或掺杂道教的因素，正是民间法事

---

① 明清水道人编次、李延沛整理《禅真逸史》，黑龙江人民出版社，1986，第65页。
② 明陆人龙著、申孟校点《型世言》，上海古籍出版社，2001，第349页。
③ 清艾衲居士编《豆棚闲话》，中国国家图书馆分馆藏翰海楼刊本，收入《古本小说集成》编委会编《古本小说集成》第十一册，上海古籍出版社，1991，第三辑，第167页。

的杂糅特征。而佛头借法事来求取钱财的情形，在以上例子中也可窥见一斑。

二 靖江佛头概况

从现在的调查看，靖江佛头并无组织和宗派之分。谈到这一问题，佛头们均极力声明。从做会讲经历史上与民间教派的关系来说，佛头们自然会有不同的堂口组织。有些佛头是世代家传，靖江东、西沙做会讲经有差别，也可说明这一问题。

近现代靖江佛头多是师徒传授。拜师要请拜师酒，签订"投师纸"（合同），规定学徒时间，一般为二至三年。学徒期间与师父外出做会讲经，经济收入全归师父。学徒期满，收入可拿师父的一半。有的佛头还要出师后的徒弟"补工"。师徒传授而这样重视经济问题，说明做会讲经脱离民间教派活动后，已变成佛头谋生的职业。

1950年以前做会讲经是靖江农村收入较高的职业，因而投师学艺的农村青年较多。据调查，靖江地区在讲经发展的全盛时期（约在民国初年）有佛头七八十人，目前经过正式拜师学艺的佛头则仅存二十余人。其中年纪老的已九十多岁，年纪最轻的也五十多岁；也有些未曾拜师"半路出家"的佛头。

佛头授徒以口授为主，也传授手抄宝卷，徒弟随师父做会讲经学习。由于做会的仪礼繁复，讲唱经卷全凭记忆，并要培养即兴表演的能力，所以有人学五六年也不能独立主持做会讲经。目前老佛头多不愿授徒，有的佛头则培养孩子做接班人。

佛头的经营方式，一般是由会首、斋主去邀请，称"请会"。请会时讲定日期、地点和报酬。民众做的会连做三年，就不用每年去请。被请的佛头"承头"，再约请其他佛头协助，并按期前往。承头的佛头称"缴首"，被邀的佛头称"客师"。做会讲经的收入，以前用实物（米）或货币开支，讲一天一夜，一般可以有一块银元的收入；现在每天每人可收入十到二十元。除了会钱，做会过程中应斋主之请做其他法事也要收钱，如"破血湖"收"血水钱"，"度关"收度关钱，"解结"收解结钱等。

近年来由于靖江农村中要求做会的人较多，经济收入高，老佛头穷于应付，于是有些农村青年自学讲经。他们多是将一些书面文学作品改编成讲经的形式演唱。他们先联系好做会的人家，由佛头主持做会的仪式和讲"圣卷"，他们在晚上讲"小卷"。有的人是农村工厂的工人，白天上班，晚上讲经，赚点外快。他们的演唱技艺与老佛头相比就差得比较远了。

通过上面的介绍可以看出，靖江佛头的身份比较复杂。佛头们自称是"佛门弟子"，一些老头也会佛教信众的"二时功课"和常念的经咒，如《心经》、《金刚经》、《十小咒》等。但从他们主持做会的内容来看，他们不是佛教徒，而是民间的半宗教职业者。他们不仅做会讲经，也同"土道士"、"野和尚"合作"放焰口""做道场"。从讲经艺术来说，他们又是民间艺人。由于做会讲经不是常年进行，所以佛头们大都兼务农。他们生活在农村中，熟悉当地的民间文化，阅历丰富，老佛头一般受到农民的尊敬。

佛头一般为男性，近几年则有女性加入佛头的行列。这和现在苏州吴江一带的状况有点相似，可以看做是讲经为了吸引听众的尝试。其实，前引光绪十年刊本《靖江县志》卷二《寺观》附录《光绪二年裁撤僧尼庵示》中，似乎也看不出靖江讲经的宣讲者必定是男性。而早期宝卷的宣讲者中，如《金瓶梅词话》中所录，则多有女性的存在。

靖江讲经者的师承关系，据孔庆茂、吴根元、姚富培《靖江讲经宝卷的传承》一文所言，其有名有姓的讲经者可靠的始自清朝末年，前后共有152人之多。当然这一数据限于历史与现实的因素，应该只是举其大概而言。实际上靖江历代的讲经者应该是多于此数目的。其具体情况见第三章第二节"靖江讲经的发展"。从统计数据，正可以看出社会形势对靖江讲经发展的影响。"文革"结束之前二十多年间，新学靖江讲经者的稀少，应当是深受当时扫除封建迷信运动以及"文革"本身的影响。而"文革"以后新学讲经者的增多，也与社会的改革开放、农村民众的需要，以及当地政府的正确引导，有着密切的关系。

第二节 靖江讲经的基本程式

靖江当地的讲经一般不作单独的宣演，而是包含在民间的做会活动之中。因而，其宣演与做会交融于一处，在程式上也与做会密不可分。下面先从做会谈起。

一 做会的一般过程和仪式

靖江讲经是与"做会"结合在一起的。靖江民间做的"会"是一种带有宗教性的信仰活动。按其组织形式有"庙会"、"公会"、"私会"之分；按其供奉的"菩萨"（靖江俗称各种神佛均为菩萨）有"大圣会"、"三茅会"、"观音会"、"梓潼会"、"地藏会"、"土地会"、"雷祖会"、"城隍会"等繁多的名目，统称"龙华盛会"或"太平盛会"。

旧社会靖江的庙宇特多，据县志载，县境内寺庙宫观达一百多座，且村村有土地庙，大的村庄有两三座。这些庙宇每年都有定期的"香期"（多为庙中菩萨的"圣诞"）。每逢香期，由地方上的头面人物或庙中僧道出面组织"庙会"，出会敬神，并请佛头去讲经。如二月二（农历，下同）、六月十六"土地会"，三月十八"东岳会"，四月初八"释迦会"，五月十三"关帝会"，六月二十四"雷祖会"，二月十九、六月十九、九月十九"观音会"（当地俗传观音三姊妹，故有三个圣诞），正月半、

"清明"、七月半、十月半"城隍会"、七月三十"地藏会"等。善男信女带上香烛钱米去"上会"拜菩萨，同时听讲经。1950年前，靖江的会道门（如先天道、一贯道、同善社等）集会时，道首坛主为吸引信徒，也请佛头去讲经。

一个村庄、同一家族或若干农户集体组织做会称作"公会"，经办人称"会首"，做会的费用由大家分摊。过去有些会首也借做会聚敛钱财。靖江农民普遍信仰大圣菩萨和三茅真君，每年都结伴去南通狼山聚圣寺、苏南茅山烧香朝拜。如不能前往，便在家中凑份子做"大圣会"、"三茅会"。独家请佛头做会称作"私会"。做私会时，斋主（佛头对做会的人家的称呼）也邀请亲属、邻里参加。被邀上会的人要送香烛（做会时用）或其他礼品（如敬神的供品）。目前各种庙宇已荡然无存，民众所做主要是私会。

做会的目的主要是祈求菩萨降福，也为娱乐。除了菩萨圣诞，诸如为父母做寿、祭祖求子、婚丧喜庆、新房落成、祛病消灾、家宅平安、拜佛了愿等，均可做会。民众做公会或私会要考虑农时，一般在农闲时做。旧社会做会名目繁多，做会频繁。现在做得较多的三茅会、大圣会、观音会、梓潼会等，都是民众自己组织的公会或私会。除了庙会，不论公会或私会均在民居中进行，称作"家会"。

旧时请佛头做会讲经，主家需要隔夜沐浴、吃斋。现在虽无此种讲究，但整个做会期间，主家一门仍然需要吃斋，以示虔诚敬重之心，并避免荤腥之气冲撞神佛。

做会的场所称作"经堂"。靖江农村的民居一般是坐北朝南，中间一间称"明间"，经堂就设在明间中。靠北的墙上平时挂家堂和"圣轴"（菩萨像）。下面是一长条形"菩萨台"。做会时菩萨台上供"马纸"（即纸马，菩萨像）。这些马纸由佛头折成长条筒状，依次摆在圣轴下。靖江的马纸据说有一百零八种，做会时常用的二十几种：释迦文佛、阿弥陀佛、观音、文殊、普贤、地藏、泗州大圣、韦驮、三茅、三官、关圣、丰都、十王、城隍、东岳、梓潼、天地三界、东厨（灶神）、家堂（总圣）、太岁、雷祖、门神、财神等，外加土地、寿星各两个。菩萨台亦做供桌，设对烛（大的每对重达三斤）、香炉、拜烛（小红烛）、供品（果品）等。菩萨台上右边另设斋主三代宗亲牌位和星斗牌位。星斗牌位是一个斗（或木桶），斗内插一杆秤，秤外边套着会标的牌位（红封套），上面挂一黑头巾，分别表示满天星斗和乌云。斗内还放一面镜子，点一盏油灯，表示月亮和太阳。菩萨台前设"拜垫"，拜菩萨用。经堂中央设经台（方桌）。经台有不同的摆法。一般是偏东或偏西放，佛头靠墙坐，其他三面坐和佛的人，这种摆法称作"小乘做"。另一种摆法是"大乘做"：两张方桌并放在经堂中央，佛头坐南朝北对圣轴讲经，称作"对圣宣言"。靖江西沙地区做会时还有一种摆法：两张方桌南北联结摆在经堂中央，圣轴朝南悬挂在经台上，佛头坐在北面，对圣轴的背面宣讲，故称"背圣宣言"。佛头讲经时，面前设"龙牌"。龙牌立放，正反面均绘有神像：释迦文佛、文殊、普贤、关圣、四大金刚、韦陀，边上分别是日月。经台前面也设香炉、对烛。

做会开始前，佛头和斋主、会众一起做些准备工作。佛头扎"纸库"（用芦苇做骨架，扎成宫殿状，糊上色纸），写"疏表"（用红黄纸写明斋主和会众的姓名、肖属、生辰，供在菩萨前）、设龙牌等。会众则折锡箔等。点燃香烛、灯火（做会过程中经堂内香火不断），佛头升座，做"早功课"，念《大悲咒》《十小咒》等。

做会开始，佛头升座，摇铃召集会众入座。首先是"报愿请佛"。佛头唱《请佛偈》，报出马纸上各位菩萨的名号、灵地，率领斋主在供桌前一一叩请。然后焚化当方土地马纸，让当方土地去接菩萨。做私会时，请佛后还有"报祖"，告诉斋主的祖先、后代在此做会。斋主也要在菩萨前叩拜请迎。

请佛后佛头即开始讲经。讲经是做会的主要组成部分。不同的祈求，拜不同的菩萨，都有相应的宝卷，如"三茅会"讲《三茅卷》，"大圣会"讲《大圣卷》，"观音会"讲《观音卷》，"雷祖会"讲《雷祖卷》等；为求子嗣和孩子健康成长，做"梓潼会"，讲《梓潼卷》；为求家宅平安，做"土地会"，讲《土地卷》等。与做会相应的宝卷称作"正卷"。正卷之外，应斋主会众之请，可加"饶头"，主要是饶"小卷"，也可讲其他宝卷中的精彩片断。时间多安排在晚饭后，这时听经的人多，佛头讲唱也起劲。

在讲经过程中还可应斋主会众之请插入其他一些祈福消灾仪式，如"破血湖"、"度关"、"拜寿"、"拜本愿"、"安宅"、"醮殿"、"解结"等。

"破血湖"又称"血湖会"，由儿女为母亲做。道教以难产亡魂入血湖地狱；佛教说妇女月经不洁，亵渎神佛，造成罪孽。靖江佛头的说法是：妇女生小孩流血水集聚为"血湖"，死后要下"血湖地狱"，受血水浸淹之苦。要饮尽血水，始有出期。破血湖时唱《血湖卷》，即《目连救母卷》。卷中有目连喝掉血湖中"血水"，解救母亲的情节，所以做这一仪式时，儿女们也要为母亲喝"血水"。血水是佛头用苏木、红糖冲的水，佛头收"血水钱"。

"度关"为婴、幼儿做。婴儿的关煞（比如水关、火关等）由算命的人推算。度关时佛头念《度关科》，用米堆成道路，用制钱（现在用硬币）堆成桥。度关一般连做三年（三次）。

"拜寿"是给父母及长辈做，"拜本命"是给儿童做，均包含祈求健康、长寿的意思。

"安宅"是驱逐邪祟，祈求家宅平安的仪式。

"醮殿"是给父母和长辈做的。

"解结",佛头手拿红绒线,打好活结垂在下面,念《解结科》。斋主会众交"解结钱",礼拜菩萨,抽红绒线解开结。解结目的是消除宿怨业障。这一仪式在"上茶"后进行。佛头同时说或唱一些歌谣,风趣地向解结人祝福。

讲经结束,即"上茶"、"念表"、"送佛"。"上茶"又称"敬香茶"。斋主儿子(或孙子)头顶茶盘供品跪在菩萨台前,两边各有一人扶着茶盘。佛头一边唱《上茶偈》,一面将茶盘上的供品(盛在小茶碗内)一一放在每位菩萨的马纸前。《上茶偈》中对每一位菩萨的身世都略作说明,比如:

> 香茶一杯奉上献,释迦文佛请香茶。
> 释迦文佛本姓张,张家头上问玄关。
> 上有甲子正月半,四月初八是圣诞。
> 释迦佛落空不登王位,十九岁上上雪山。
> 灌顶六年苦根留,生老病死到如今。

上完茶后接着由佛头念"疏表",最后"送佛"。《送佛偈》与《请佛偈》相同,只是改"请"为"送"。送完佛,佛头带领斋主会众将马纸、疏表等拿到院子里焚化,做会就结束了。

做会讲经均日夜进行,只是在吃饭时和午夜稍事休息。一般会做一天一夜:上午开始,第二天清晨结束。会的长短,和做会的正卷长短有关。《三茅卷》最长,三茅会可进行三天三夜。现在一般只简略讲唱,仍可一天一夜结束。因为做会中间插入一些仪式,或饶小卷,佛头们可根据时间情况增删正卷的内容。

过去做会前佛头要斋戒沐浴,会期内佛头和斋主、会众均吃素斋。现在已不讲究这些了。

以上是做一般会的过程和仪轨。也有一些特殊的会,如

"明路会"、"庚申会"等。

"明路会"又称"延生明路会",是为女性老人做的。唱《铺堂妙典》,做"醮殿"、"破血湖"、"传香"等仪式。醮殿又称"醮十殿",先唱《李清卷》,接着唱《十王卷》,向十殿阎王焚香化纸礼拜贡献。这种仪式在一般做会时,应斋主要求也可做。它在后半夜做,天亮以前要做完。

"破血湖"已见上述。"传香"时佛头唱《法香科》(又名《传香科》)。香用香木劈成,称作"大香"。佛头一边唱,一边将大香、旗子(纸制)、寿衣等经和佛的人(七个)传给斋主。明路会一般进行两天一夜。

"庚申会"源于道教修养方术"守庚申"。在靖江是吃斋念佛的妇女们做的会,她们被称为"素老佛"。一年有六个庚申日。庚申日前一夜"迎庚申",庚申正日"坐庚申",后一日"送庚申"。庚申会夜间请佛头唱《庚申经(卷)》。佛头抓着香绕经台(大乘做摆法)边走边唱,会众拎着写有自己姓名的灯笼跟着佛头转,称作"传庚申"。据发现的旧抄本《庚申经》看,这种会与明清民间教派有关。

通过上述介绍,可以看出靖江做会同佛教的法会、道教的斋醮均不相同,其来源是明清民间教派的法会。它吸收了一些道教、佛教的宗教活动形式和内容,成为一套特殊的民间信仰活动。吴方言区的江浙宣卷早在清末就已成为商业性的演出,而靖江讲经直到现代仍与做会紧密结合在一起,这是值得深入研究的问题。究其原因,可能与讲经在历史上与民间教派活动关系密切有关,同时也受到这一地区封闭性的民间文化背景的制约。正因如此,也使靖江讲经的形式保留了宣卷发展史上较多的特点。

二 讲经的形式

靖江做会日夜进行,因此必须有两个或两个以上佛头轮流讲经。小乘做时一个佛头上经台讲唱；大乘做时两个佛头同上经台，一个讲唱，一个伴奏。目前讲经多为小乘做；有些仪式则有两个佛头，一人持木鱼，一人持铃鱼唱念，如"拜寿"、"拜本命"、"安宅"等。

讲经有固定格式。讲经开始时，佛头敲一下"佛尺"，先念、唱"叫头"（或称"起卷偈"），它们本是一首七言唱词（可加衬字），如：

（念）三炷香，大会场。
同赴令，赐寿香。

接着敲一记"佛尺"，庄重地念诵："圣谕！"这句话是表示开始代表神、佛讲经。接着将上面四句唱词补完整，唱：

佛前焚起三炷香，设立延生大会场。
拜请福禄寿三星同赴会食，西池王母赐寿香。

唱完后，开始讲唱"三友四恩"。"四恩"已见上文，"三友"指孔圣人（孔子）、李老君（老子）、佛。这一段说唱可长可短。然而才开始讲唱正卷，先唱《开卷偈》，如：

《大圣宝卷》初展开，拜请各世王菩萨降灵台。
两旁善人帮念佛，能消八难免三灾。

《开卷偈》后，在说唱宝卷故事前还要"还（宣）朝代"，交代本卷故事发生的朝代、帝王，故事发生的地点（府、州、县、村）、"贤人"（故事的主人公）。它不像江浙宝卷只用几句话交代，而是有较多的铺叙。

讲经中间佛头轮换休息，主讲佛头先提示，如：

《大圣宝卷》演到三妖出世一文完，消停一刻再团圆。正宣之中打个停，另掉明师劝善人。讲经暂住，阿弥陀佛。①

一部宝卷结束，也有"大叙团圆"式的结束语。

靖江讲经是一种口头演唱艺术。除了上述固定的格式外，它不像其他地区的宣卷那样"对本宣扬"，而同弹词演唱差不多，佛头说、唱既叙述故事，也模拟故事人物声口。讲经的唱腔称作"调口"。据有的佛头讲，过去也唱长短句的曲子，但现在讲经的基本唱腔是上下句结构的［平调］。唱词是七字或七字句的变形（加衬）。这种调口与靖江民间歌曲《打豆号子》相近。每个佛头的唱法也不相同，大多数佛头演唱时旋律不明显，而是用近似诵经的腔调。在唱句的结尾处，佛头将尾腔拖长"放和声"，众人"和佛"。和佛的人六八人不等，在堂的会众也可随声附和。平调的和声有"单声和"、"双声和"两种。单声和句句和佛，和词是"阿弥陀佛"、"南无佛，阿弥陀佛"，如：

太白金星吹口仙气，拿他们四个安童摞到城门外，（和：外——阿弥陀佛）
独剩梓春一个人。（和：人——南无佛，阿弥陀佛）

双声和在双句韵脚上由佛头放和声（并非每韵皆和），和词是"南无佛，阿弥陀佛"。根据节奏快慢又分"哨板"、"慢板"。哨板又称"数板"、"滚龙调"，与曲艺中的贯口相同，多

---

① 以上据陆爱华演唱本《大圣宝卷》。

用在铺陈描写之处,可长达数十句,转韵时放和声。如:

> 只见丫里丫松木松灯,劈劈拍拍连林灯,
> 一接一压棉车灯,一摇一路绞车灯,
> 格吱格吱轮子灯,手捧书本相心灯,
> 接摇摆摆小姐灯,里面点火亮铮铮。(和:铮——南无佛,阿弥陀佛)
> 棉花长勒三尺高,开勒田野白天天,
> 弯下腰来篮篮满,拾得一朝又一朝。(和)
> 稻子生来黄摆摆,珍珠米儿壳中藏,
> 粮食之中它搞首,谷物类里它称王。(和)

与平调相近的是"含十字",唱十字句(三三四)。它也有哨板,和声与平调同。

常用的调口还有〔挂金锁〕,用木鱼、铃鱼伴奏,又称〔摇铃腔〕,唱五字句或七字句,四句体。多在故事的高潮时唱,和声与平调不同。如:

> 白马去出征,犬儿令看更,
> 骆驼会相命,笑坏了陈梓春。(和:弥陀佛,弥陀佛,阿弥陀佛弥陀佛,南无佛,阿弥陀佛)

〔挂金锁〕本为北曲曲牌,明清宝卷中也经常用这只曲子,唱词定格是:四五、四五、四五、四五。靖江讲经中虽仍保留这一曲名,但唱腔已民歌化,唱词定格也变了。另外还有一种〔打唱莲花〕调,用铃鱼伴奏,音调轻松活泼。如:

> 莲花越打越好听,(和:金花银花莲花佛)

略表几句散散心。(和：嗨嗨活菩萨)
瞎子听了莲花经，(和：金花银花莲花佛)
眼睛睁得像晓星。(和：嗨嗨活菩萨)

讲经的伴奏乐器十分简单，只有佛尺、木鱼、铃鱼。佛尺与说书用的醒木相同，在开讲时敲一下，吸引听众注意；说唱故事的关键之处敲击，表示惊心动魄；和佛的人用心不专，听经的人喧哗，佛头也会敲一下以示警告。但"经堂一佛尺，地府一声雷"，佛头们一般不滥用佛尺。木鱼即和尚念经用的木鱼，念经咒时敲。铃鱼是有手柄的铜铃，唱 [挂金锁] 和 [打唱莲花] 时用铃鱼和木鱼伴奏。

过去佛头讲经时正襟危坐，现在也用多种声口和丰富的表情，但极少用动作。演出中发噱称作"插花"。讲经过程中处处可以插花。有时是就故事人物、情节的描述发噱，有时则插入笑话、诙谐歌谣取笑，也可就经堂内的人、事即兴发噱，比如取笑和佛的人用心不专：

你这个和佛奶奶果希奇，和起佛来三声高来两声低。
看你们吃饭能像爬山虎，和佛能像落汤鸡！

有时还会模拟斋主声口，互相调侃，比如举行解结仪式时收"解结钱"：

解结钱来解结钱，斋主一听嘴一尖：
"佛头先生多少是三茶四顿恭敬你，怎好意思要铜钱？"
解结钱来解结钱，不要八百共一千。
三块五块不在会钱里算，送把我们佛头买香烟。
香烟水烟总好吃，最好不吃鸦片烟。

>　　斋主一听笑屑屑:"佛头先生大量点!"
>　　菩萨送到南场边,流星爆杖一崩烟。
>　　难得做个龙华会,起码多赏十块钱!
>　　斋主一听眉头皱:"佛头讲经又要吼。
>　　二十个小钱打九扣,随你佛头收不收!"

　　插花时佛头照样放和声和佛。那时经堂里的"阿弥陀佛"声,已不是对菩萨的赞颂,而是欢乐情绪的抒发了。

　　从上述介绍看出,靖江讲经的形式还保留了某些明清宣卷的仪轨,但它却摆脱了照本宣讲宝卷的束缚。明清以来宣卷都是按照一定的经卷"照本宣扬",近现代吴语区的宣卷和北方的念卷,仍保留这一特点。靖江讲经摆脱了这一束缚,这就使讲经艺人的演唱有了较大的自由。他们可以发挥自己的艺术才能,提高讲经艺术的表现能力,广泛吸取民间文化的养料,丰富宝卷的内容。

第六章　靖江宝卷的口头文学特征（一）

　　靖江讲经与其他地方的宝卷宣演（吴语区的宣卷、北方地区的念卷）相比，一个很大的区别是，别的地方的宝卷宣演基本上是照本宣科，有师徒相传的定本，而且要求在宣讲时尽量遵循原文，不要变动。而靖江讲经则属于口头宣讲，并没有固定的现成的文本让佛头来照本宣科。现在我们看到的靖江宝卷的文本，除了个别是当代人的书面创作，如《江阴要塞起义记》，绝大部分都是口头创作的记录本。所以，靖江讲经中的同一个宝卷，由不同的佛头宣讲，其内容是有差异的。即使是同一个佛头宣讲同一个宝卷，在不同的时间和场合也是会有差别的。因为作为口头创作，表演者会根据现场的状况，包括主人家的背景、时令的变化、现场听众的反应等等因素，随时地调整自己讲经的内容和节奏，增加或减少相关情节和说词，以更主动地迎合听众的需求，加强讲经的吸引力和感染力。因而我们能看到的靖江宝卷的文本，一个同名的作品在具体的内容和表达上往往会存在着很多的不同。这是靖江宝卷和其他地区的宝卷的一个明显的区别，它也使得靖江宝卷在艺术上更多地体现出口头文学的特征，而缺少书面文学的特征。下面主要就靖江宝卷的口头文学特征做一简单的论述。

第一节　套化倾向

　　口头文学与书面文学相比较，在艺术上的一大区别是，它会表现出更为明显的格套化的特征。从宣演仪式，到情节构思，再到具体的描情写态上，口头文学作品有更多的约定俗成的、普遍遵守或采纳的格套。套语的存在一方面是思维与表达上的民族共性或区域共性，导致了对待相同事物、场合时的相似的情感反应和表达方式，所谓"人同此心，心同此理"。这也比较容易激起听众的共鸣，可以与之产生互动，让现场听众加入到表演中来，共同完成一部作品的创作。另一方面，则是口头文学，特别是像宝卷这样的篇幅较长的作品，需要有一些规律化了的内容，以便于其记诵、宣演与传承。可以想象，如果没有这些格套化了的内容，口头文学作品的流传会是一件比较艰难的事情。正如美国学者威廉·巴斯科姆在《民间文学形式：散文叙事》中指出的：

　　　　民间文学的散文作品在流传过程中，虽然没有像韵文作品那样稳定，但是由于记忆与口头讲述的原因，往往也逐渐固定下来一些讲故事的套语。①

　　就口头文学而言，无论是韵文中的套语，还是散文中的套语，实际演出中都是便利、有用的。
　　佛头陆爱华演唱本《梓潼宝卷》开篇言：

　　　　春游芳草地，夏赏绿荷池，秋饮黄花酒，冬吟白雪诗。

---

① 〔美〕阿兰·邓迪斯编，韩金戈等译《西方神话学论文选》，上海文艺出版社，1994，第45页。

单：昔年有唐伯虎春游，蔡伯喈，孟姜女。
套语不叙，正文于后。
白：话说大唐光明皇治国年间，陈梓春由北极卢康道人转世临凡……

所谓"套语不叙，正文于后"，这是记录者的注语。靖江宝卷在开讲之初，有大段的内容是固定的，可以通用于各个卷子，为佛头、听众所熟知。即使不抄录在文本中，对熟悉靖江讲经的人来说，在阅读的时候，这些内容自然地会出现于脑海中。所以，记录者在这里不再详录，而只注明省略的部分为套语即可。这也说明，靖江宝卷中套语的存在至少已经是被认识到的一种现象。作为口头文学的一种，靖江宝卷中的格套化内容在其作品中比比皆是。

一　演出形式

靖江宝卷在演出形式上的格套化特点，在前面有关宝卷演出的章节中，已经有所交代。靖江讲经包含在做会中的情形，使这一特点表现得格外突出。可以看到，这种格套，最明显的是表现在圣卷之中。

圣卷是靖江宝卷中宗教信仰色彩最为浓重，同时也是仪式性内容最多的一种。这两者都赋予了相关圣卷作品强烈的套化倾向。圣卷的宣演格式基本一致，都是以举香开赞其篇。其形式在文本上，编者所见以赵松群演唱本《大圣宝卷》最为完整。为论述方便，现抄录如下：

三柱（按：原文如此，当作"炷"，下同）香，大会场。同赴会，赐寿延。
单：斋主到佛前焚起三柱香，设立延生大会场。福禄寿三老星君同赴会，西池王母赐寿延。天留甘露佛留经，人留男女草留根。天留甘露生万物，佛留经典劝善人。人留男女防身老，草留枯根等逢春。昔年山东孔圣人留下仁义礼智信，大圣祖师留下一部经典劝善人。

白：诚心斋主（同会友）一心要到通州狼山，烧香了愿。怎耐山遥路远，跋涉艰难。有心敬神，何必远求？此地即是灵山。所以诚心斋主择定节日，打扫经房一间，设立古佛经堂，把小弟子呼唤回来对圣宣言。

平：讲间一部大圣卷，胜于道（按：原文如此，当作"到"）狼山了愿心。

白：斋主要说，未成到狼山面敬，在家敬他，香要多烧点，头要多叩点，功劳就大（间）点。众位，这就错了。烧多为烧草，烧了烟搞搞，大圣菩萨反而要见恼。烧香只要三友，叩头只要四个。一柱香插在香炉上手，求到父母双全；二柱香插香炉中心，求到夫妻白头到老，永结同心；三柱香插香炉下手，求到儿孙满堂。

平：三柱真香求三友，叩头四个报四恩。

白：何为三友？释迦佛，李老君，孔圣人，三人下凡治世，为三友。释迦佛留下天平称，李老君留下斗共升，孔圣人留下丈和尺。世上农民三不争。释迦佛留下生老病死苦，李老君留下金木水火土，（此处应漏"孔圣人留下仁义礼智信"一句），万古流传到如今。

平：四月初八生文佛，二月十五生老君，十月初四生孔子，三个圣诞到如今。

磨耶夫人生文佛，妙真女子生老君，杨氏夫人生孔子，三母所生三圣人。

耶念国里生文佛，沙洲城里生老君，山东鲁国生孔子，三处所生三圣人。

白：释迦佛，他母亲怀他十二个月降生。老君，他母亲怀他八十多年。他母亲带他很心焦，就说："心肝啊，为娘怀你几十春，至今还不曾降生辰。"李老君是圣人，在母亲腹内就会说话："母亲你不要心焦，等东南西北上天长好，我就降生。还要有牧童骑红牛从此经过，你就通知我。"那天有个牧童骑水牛来了。他母亲就说："儿啊，红牛到了呱，你好降生了！"

平：李老君听到了这一声，肋膊崩出圣贤人。老君是个杀母命，母亲难有命残生。也是当初留古迹，杀母生传留到如今。

宝卷接下来分别叙说三友神通。下要言分别阐明"四恩"之义，劝人信持。

白：何为四恩？
平：斋主道（按：原文如此，当作"到"）佛前叩到第一个头，报报天地盖载恩。
十字：报天地自盘古生罗万象，立阴阳长五谷普度凡人。
白：有人要说，报天地盖载恩，怎么个报法？可以报的，初一、月半，烧三支香，插到南场边。
平：朝天叩了三个头，报报天地盖载恩。
挂：天空生万物，五谷渡（按：原文如此，当作"度"）凡人。万物从根长，都是土中生。
平：诚心斋主到佛前叩到第二个头，报报日月照临恩。报日月，不留停，东出西归。东天出，西天入，昼夜行程。
……
平：诚心斋主到佛前叩到第三个头，报报皇皇水土恩。

报皇皇水土恩民安国泰,文安邦武定国执掌乾坤。
……
　　平:诚心斋主到佛前叩到第四个头,报报父母养育恩。报父母生男女千辛万苦,冷受冻,暖受热,哺乳之春。
……
　　白:众位,三友四恩缠啊缠,难以讲到正卷。
　　平:三友四恩,小学生才疏学浅讲不尽;开宣宝卷劝善人。
　　平:大圣宝卷初展开,拜请国师王菩萨降临来。两旁善人帮贺佛,能消八难免三灾。
　　挂:宝卷初展开,礼拜如来佛。经堂里焚香烛,贺佛请经开。
　　宝卷初发黄,香烛透佛堂。经堂齐肃静,听经莫心慌。
　　光阴如箭,日月如梭。
　　人生百岁,能有几个?良田万顷,要他如何?满库金银,难买阎罗。
　　空手来,空手走,不如及早念弥陀。
　　阿弥陀佛常常念,只要功夫不要钞。请问八仙何方去,龙花会上赴蟠桃。
　　平:开开经来陈陈香,老少福寿广无边。

　　《大圣宝卷》中的开讲程式为其他宝卷所共同遵循。虽然有的圣卷抄本会缺失其中的某些环节与说词,但在实际的宣讲过程中,文本中缺少的内容基本上都会被演述出来。整理本在这一方面,则省略的更多,往往使人无法完全了解其演出的实际。
　　圣卷的开讲顺序基本上包括以下几个部分:
　　1. 举香赞。一般后面佛头还要高唱"圣谕"一词,以表明其所宣讲内容的神圣性;佛头请斋主上香,并举赞请佛(神降临；

  2. 赞经。唱"天留甘露佛留经"等六句或四句，以引出"昔年山东孔圣人留下仁义礼智信，大圣祖师留下一部经典劝善人"两句，实即夸赞宝卷的经典属性。这两个部分，几部圣卷在具体的文字上也基本一致。

  3. 说做会讲经之缘由。先夸斋主诚心敬礼某位神佛，但因为资财不足，故不能去其道场祭拜。然后指出佛在心头莫远求，夸其做会与进香无异。并以套语"讲间一部某某卷，胜于到某某了愿心"作赞。

  4. 佛头举唱求福。斋主烧香叩头，佛头为之求福，引出下面的"报三友四恩"。

  5. 报三友四恩。这是靖江圣卷开篇的主体部分，基本上每部圣卷的开讲都有此内容。往往讲一些相关的神话传说，劝人敬神礼佛，孝顺为善，有着强烈的劝化意味。

  6. 开卷偈，大众和佛。结束报三友四恩，整肃会场并祈福，导入正讲。这是《大圣宝卷》的开篇，其他圣卷的宣演也大致如此。如《地藏宝卷》之开讲：

    三柱（按：原文如此，当作"炷"）香，大会场。同聚会，赐寿延。
    单：佛前焚起三柱香，设立延生大会场。三老星君同聚会，西池王母赐延寿。天留甘露佛留经，人留男女草留根。天留甘露生万物，地留五谷渡（按：原文如此，当作"度"）凡人。人留男女防身老，草留枯根等逢春。
    单：孔圣人留下仁义礼智信，地藏能仁留下一部经典劝善人。①

---

① 赵松群演唱本。

《东厨宝卷》之开端：

　　三柱（按：原文如此，当作"炷"，下同）香，大会场。同聚会，赐寿延。
　　单：佛前焚起三柱香，设立延生大会场。三老星君同聚会，西池王母赐延寿。天留甘露佛留经，人留男女草留根。天留甘露生万物，地留五谷渡（按：原文如此，当作"度"）凡人。人留男女防身老，草留枯根等逢春。君留六部江山稳，臣留六房管良民。
　　孔圣人留下仁义礼智信，东厨老母留下经典劝善人。①

《三茅宝卷》之开讲：

　　三柱（按：原文如此，当作"炷"，下同）香，大会场。同叙会，赐寿香。
　　佛前焚起三炷香，设立延生大会场。三老星君同赴会，西池皇母赐延寿。天留甘露生万物，地留五谷度凡人。人留男女防身老，草留枯根等逢春。佛祖留下生老病死苦，老君留下斗秤赐公平。夫子留下丈杆尺，仁义礼智劝修行。古佛留下多心经，无苦集灭道自成。老君留下清净经，清浊动静要分明。玉皇留下心印经，持诵万遍妙理明。夫子大学明道德，至于至善计在心。定静安虑工是得，知所先后近道人。前朝古人归西区，留经普渡（按：原文如此，当作"度"）后世人。经者泾也西方路，要上西方诵真经。若要诚信诵真经，非去四象扫三心。不贪酒色并财气，功成圆满上天庭。酒色财气四重墙，人人迷失在中央。若能跳出墙内外，不成

---

① 赵松群演唱本。

道来也成仙。见酒不吃最为高,见色不贪是英豪。非义之财
君甭取,见气不惹祸事消。
    话说诚心斋主,前日思想茅山进香,无奈路远山遥,跋
涉艰难。心中思想,人有诚心佛有感应。有心敬神,何必远
求?此地即是灵山。
    佛在灵山莫远求,灵山即在汝心头。人人有个灵山塔,
好向灵山塔下修。
    为此卜于近日,打扫经房一间,上供三茅大圣金容圣
相,好作古佛经堂,呼唤小弟子前来。
    宣演一部三茅卷,胜如到茅山了愿心。①

朱明春演唱,李网珠提供资料,吴根元搜集整理的《香山
观世音宝卷》开篇:

    三炷香,设经堂。同赴会,赐寿延。——圣谕
    单:佛前焚起三炷香,设立延生圣会堂。
    诸佛菩萨同赴会,西池王母赐寿延。
    念:天留甘露佛留经,人留儿女草留根。
    天留甘露生万物,佛留经典劝善人。
    人留儿女防身老,草留枯根等逢春。
    君留六部江山稳,臣留六房管良民。
    平:孔圣人留下仁义礼智信,孝悌忠信劝善人。
    说者,诚心斋主会同会友意欲到南海普陀进香,无奈山
遥路远,跋涉艰难。故而虔诚打扫净房,设立古佛经堂,上
供佛祖金容圣相,呼唤小弟子前来宣讲。

---

① 赵松群演唱本。

平：讲开一部观音卷，胜到灵山了愿心。①

这些圣卷作品的开讲基本相似。圣卷的开讲带有强烈的仪式性和宗教性。一开始，就为整个讲经营造了一种神圣庄严的氛围，有利于下面正讲的进行。

圣卷在宣演形式上的格套化倾向，还突出地体现在最后的散讲仪式之中。如《三茅宝卷》之收篇：

单：又造一部三茅卷，万古流传到如今。
发躺银各洲（按：原文如此，当作"州"）各县造三茅殿。
平：塑起三茅祖金容相，普天同庆好烧香。
平：三茅宝卷宣完成，功劳确有海能深。
平：百亩田中抛下籽，小学生耕种主人收。
平：三茅宝卷讲到头，无边功德在上头。
宝卷宣完成，罪业化灰尘。老少帮念佛，个个注长生。②

其散讲大致包含几个步骤：一、道世俗造经卷，流传至今。证明其所讲不诬；二、指明宝卷宣完，赞言讲经与听经之无上功德；三、回向发愿，众人和佛。以宣卷功德回向众人。其他圣卷作品情形也复相似。如赵松群演唱本《东厨宝卷》之结篇云：

平：又造一部东厨卷，讲经和佛了愿心。
经到头来卷到稍，老少和佛有功劳。

---

① 《中国靖江宝卷》上册，江苏文艺出版社，2007，第203页。
② 赵松群演唱本。

单：圆满师菩萨摩呵萨，宝卷圆满注长生。
白：诸圣保延生，难为众善人。阿弥陀佛，对不起众人。

佛头朱明春演唱的《香山观世音宝卷》之结篇云：

写出一部观音卷，讲经劝善到如今。
消灾祈福做一堂观音会，胜到香山了愿心。
观音宝卷讲到此处，弟子讲技不高，但也可算有始有终。
单：经到头来卷道梢，斋主家佛前请香烧。
正法明如来摩诃萨，宝卷圆满注长生。①

《地藏宝卷》之结篇为：

平：又造一部地藏卷，讲经和佛了愿心。
地藏宝卷讲到头，功劳交把主人收。
单：经到头来卷到梢，老少和佛有功劳。
单：有地藏能仁在诚心，斋主千花莲台上端然坐。
拍手当胸呵呵笑，个个和佛有功劳。
挂：宣卷宣完成，礼拜佛世尊。老少同念佛，个个注长生。
单：圆满师菩萨摩呵萨，宝卷圆满注长生。②

可以看到，圣卷的散讲部分也具有相似的仪式和内容。

---

① 《中国靖江宝卷》上册，江苏文艺出版社，2007，第260页。
② 赵松群演唱本。

因为其口头文学身份和宗教信仰内容，圣卷的开讲部分与散讲部分，无论是进行的步骤还是具体的文辞，都表现出固定的程式来，格套化的特点明显。

在宗教信仰属性相对较弱的草卷作品中，我们也可以见到类似的格套化倾向。如《血汗衫记》(《土地宝卷》)之开篇：

> 笑呵呵，问弥陀，因何笑，恶人多。——圣谕
> 佛祖端坐莲台笑呵呵，两旁罗汉问如何？
> 请问佛祖因何笑？只笑他东土里善少恶人多。
> 阿弥陀佛世称如来，珊瑚琥珀扎成莲台。
> 珍珠翡翠结成宝盖，佛祖端坐眉笑颜开。
> 面对善人讲经典，劝善降福免三灾。
> 格末，是话有因，是鸟归林，是饭充饥，是茶解渴，是宝卷必是劝人行善。其中有甜有苦，有文有武，喜怒哀乐，悲欢离合，这叫事有始终，物有本末，方成一部宝卷。
> 开讲一部土地卷，字字行行劝善人。
> 宝卷初展开，拜请福德星君降临来。
> 经堂里肃静，和佛请经开。
> 说着土地宝卷一部劝善书，弟子——
> 先还哪朝皇登位，哪省州府出贤人。[①]

其散讲则言：

> 宝卷圆满功德在，斋主家发点太平财。
> 老少念点太平佛，太太平平免三灾。

[①] 《中国靖江宝卷》上册，江苏文艺出版社，2007，第299页。

土地宝卷讲到此,也算有始有终。
经到头来卷到梢,斋主佛前请香烧。
圆满师菩萨摩诃萨,宝卷圆满注长生。①

与圣卷的情形作一个比较,草卷的开讲与散讲可以看做是前者的简化版,主要是省略了前者的"报三友四恩"部分,散讲部分则变化不大。

仪式卷的情形也与草卷相似,表现出格套化的倾向来。但比之于圣卷,也是有所减省。如《报祖卷》之开篇:

昼夜流,等春秋。生死路,早回头。
海水涛涛昼夜流,树木在山中等春秋。
百鸟还知生死路,恶汉何不早回头?
报祖宝卷初展开,拜请拈香童子降灵(临)来。
两旁善人帮贺佛,能消八难免三灾。
白:话说报祖宝卷,学生开读。先有朝代,后有地主,再讲贤人出世。要讲到有苦有甜,悲欢离合,修炼成正,登山显圣,方算宝卷一部。
平:先讲那(按:原文如此,当作"哪",下同)朝皇登位,那州那府出贤人。

此宝卷之散讲言:

平:写起一部报祖卷,自古流传劝善人。报祖宝卷讲完成,某某地府罪孽化灰尘。②

---

① 《中国靖江宝卷》上册,江苏文艺出版社,2007,第338页。
② 陆爱华演唱本。

比之于草卷，仪式卷因为其宗教信仰色彩较浓，在宣讲形式上也更接近圣卷，因而其开篇、散讲的格套化倾向也比较明显。

靖江讲经中从圣卷到草卷、仪式卷，其宣演都具有格套化的倾向。这种套化更多的是做会本身的宗教信仰属性的要求，需要有严格的、固定的仪式与说词，来保证整个做会讲经过程的庄严与神圣，做到有章可循，法度严明。这是直接受到了宗教仪式规范的影响。而三者中，草卷和仪式卷在演出中的格套化特点应该是受到了圣卷的影响，是圣卷的套化倾向的向下（外）扩散。这种演出形式上的格套化，其实可以说成是规范化。它一方面保证了整个讲经过程的有序性；另一方面也强调了讲经的宗教信仰内容，最终使得比之于其他地区的宝卷宣演，靖江讲经具有超稳定性。直至现在，其宣演仪式还能完整、系统地得到保存。

二　叙事套语

如果说上面所说的主要是靖江讲经在仪式上的格套化倾向，那么下面要谈的则是其叙事上的套语现象。叙事套语在口头文学作品中是一种常见现象，靖江宝卷表现得尤为突出。靖江宝卷在叙事上的套语主要表现在情节构思和具体描写之上，此外还有叙述过程中的一些引入语、切换语，这些都可以见到格套化的倾向。下面分别论述之。

1. 引入套语

靖江宝卷在一系列仪式化的内容之后，进入正讲部分，一般都有一段惯常的引入语，并且其中的说辞基本相似。如《东厨宝卷》在开卷偈之后，进入正讲前的一段说辞：

说者东厨宝卷一部劝善，是宝卷总要先还朝代帝主，后还贤人出世。唯独东厨宝卷没有朝代帝主。大众一听，不大相信。待小学生从头说分明。①

所谓"是宝卷总要先还朝代帝主,后还贤人出世",是指靖江宝卷正讲之初,先要挑明故事发生的时代,次则讲到贤人出世的地点、家世、经过。这也是从圣卷到草卷、仪式卷,大部分作品所遵循的。靖江宝卷通常用这两句话来引出下文的这些内容。如《观音宝卷》开卷偈之后,导入正讲的引入语:

(1) 白:话说观音宝卷,学生开读。要讲得有头有尾,有苦有甜,吃素修道,修炼成正,登山显圣,流芳百世,方为宝卷一部。

(2) 是饭充饥,是茶解渴,是忏消灾,是经灭罪,是观音宝卷必有皇王登位。

(3) 平:先讲那(按:原文如此,当作"哪",下同)朝皇登位,那州那府出贤人。

(4) 白:朝代很远。是宝卷盖板之上,都注写昔日二字。昔是远年,日是今日。远年经典,今日所讲。远朝近还,要讲朝代不难。

平:昔年夏朝妙庄王坐殿,山河一统总太平。②

段落前面的编号,是笔者为论述方便而标。引入语中(1)言宝卷内容特点,(2)言宝卷必涉及君主朝代,(3)言宝卷先需讲明朝代、贤人,(4)言宝卷总演昔日之事,由今日人讲。下则正式讲到相关故事。

再看《地藏宝卷》开卷偈以后的说辞:

---

① 赵松群演唱本。
② 陆爱华演唱本。

（5）说者地藏宝卷一部劝善，先还朝代，后还帝主，再还贤人出世根由。（1）总要讲得有头有尾，有始有终，有文有武，有甜有苦，悲欢离合，苦中之苦，难中之难。然后要讲到他登山显圣，修炼成正，流芳百世，方为宝卷一部劝善。

（3）平：先要还那（按：原文如此，当作"哪"，下同）朝天子皇登位，那省州府里出贤人。

（2）是话有因，是树有根，是鸟有林，是饭充饥，是茶解渴，是忏消灾，是经灭罪，是宝卷总有朝代皇帝登位。

平：昔年夏朝仲康皇登位，一统山河总太平。①

可以看到，《观音宝卷》中引入的（1）、（2）、（3）项内容在《地藏宝卷》的引入语中也都具备，只不过顺序上有变化，而具体的文字则大同小异。另外，其中还多出了"说者地藏宝卷一部劝善，先还朝代，后还帝主，再还贤人出世根由"几句话，这在其他的几部靖江宝卷中也可以见到。为论述方便，编号为（5）。

以上编号（1）至（5）的内容，在靖江宝卷的开卷偈之后，一般都有存在。大多数宝卷只是用其中的某几项内容，并且在其前后顺序上多有不一致。但每一项内容的文字是基本相似的。如《大圣宝卷》正讲开始的引入语为：

（2）白：是茶解渴，是饭充饥，是忏消罪，是经典灭罪，是宝卷必有皇皇登位。

（3）平：大众啊，先讲那（按：原文如此，当作"哪"，下同）朝皇登位，那州那府出贤人。

（4）白：是经典盖板，总有昔日二字。昔是远年，日

---

① 赵松群演唱本。

是今日。远年经典，今日所讲。远朝近还，讲到朝代不难。

平：昔时昔年元朝成宗皇坐殿，山河一统治乾坤。①

《血汗衫记》正讲之前的引入语：

（2）格末，是话有因，是鸟归林，是饭充饥，是茶解渴，是宝卷必是劝人行善。（1）其中有甜有苦，有文有武，喜怒哀乐，悲欢离合，苦中之苦。这叫事有始终，物有本末，方成一部宝卷。

开讲一部土地卷，拜请福德星君降临来。

经堂里肃静，和佛请经开。

（3）说者土地宝卷一部劝善书，弟子——

先还哪朝皇登位，哪省州府出贤人。

（4）经典盖板上注有昔日二字。昔是当初，日是今日。当年经典，弟子今日所讲。远年近还，要问朝代帝王确然不难。

昔年汉朝刘佑天子登龙位，一统江山总太平。②

《延寿宝卷》引入正讲的说辞：

（5）说者延寿宝卷一部劝善，是宝卷总要先有朝代帝主，后有贤人出世根由。（4）朝代不远，据写昔日二字。昔是当年，日是今日。远朝近还，朝代帝主等为不难不难。

平：宋朝仁宗皇登位，一统山河总太平。③

---

① 陆爱华演唱本。
② 《中国靖江宝卷》上册，江苏文艺出版社，2007，第299页。
③ 赵松群演唱本。

《报祖卷》进入正讲的引入语：

(5) 白：话说报祖宝卷，学生开读，先有朝代，后有帝主，再讲贤人出世。(1) 要讲到有苦有甜，悲欢离合，修炼成正，登山显圣，方算宝卷。

(3) 平：先讲哪朝皇登位，哪州哪府出贤人。

朝代不远，昔年明朝金太昌皇登位，贤人出在山东省临清州如若县青石山北门太平村，一人姓李，名正风，同源赵氏……①

靖江宝卷中的这种进入正讲时的引入套语，在导引下文，提醒听众注意的同时，也交代清楚了靖江宝卷的某些共有特征，如宝卷是以劝善为主，所谓"劝善书"；宝卷中的主角通常为"贤人"；其经历通常是先苦后甜，最后要一心修道，"修炼成正，登山显圣"。这其实又涉及了靖江宝卷在叙事方面的套化现象。下文再予以论述。

宣讲篇幅比较大的宝卷，中途暂停与稍后之再宣，也有套语的存在。如赵松群演唱本《地藏宝卷》上册记其中途停讲之辞：

众位，地藏宝卷讲到金大人进京，

单：地藏宝卷路程远，下文还有许多未曾宽。正宣之中打个盹，消灾灭罪注长生。

其下册开宣：

---

① 陆爱华演唱本。

笑呵呵,问弥陀。因何笑,恶人多。

单:佛在西天莲台上面笑呵呵,五百尊罗汉问弥陀。请问佛祖因何笑?我笑东土里善少恶人多。

单:经典是一文劝过去一文来,上元天官送福来。

单:中元地官填延寿,下元水官免三灾。

单:为这一部地藏宝卷未圆满,弟子来送他登山受香烟。

说者地藏宝卷一部劝善未满,上册之中才方不过所讲得到,金阁老在家三年,生到一子,取名藏宝……

再来看《梓潼花灯宝卷》上册所记宝卷之中途停宣之辞:

单:有梓春公子进京赶考中与不中?花灯宝卷路程远,下文许多未曾宽。

单:正宣之中打个盹,消灾延寿注长生。

白:祝身保延生,难为众善人。

下册开宣:

笑呵呵,问弥陀。因何笑,恶人多。圣语(谕)

单:佛在西天莲台上面笑呵呵,五百罗汉问弥陀。请问佛祖因何笑?我笑东土里善少恶人多。

为只为一部梓潼宝卷未圆满,弟子来送他登山受香烟。

梓潼花灯宝卷一部劝善未满,上册之中才方不过所讲得到,陈梓春龙宫招亲三日思量到打转白沙滩,与三位公主分手……①

---

① 赵松群演唱本。

《三茅宝卷》在靖江宝卷中宣讲时间最长,期间暂停休息的次数也最多。其第一次暂停时说辞:

> 有三茅宝卷讲到王老爷攀亲,打转路途杯该远(按:原文如此,疑当作"杯盖远"),稍停一刻劝善人。
> 要知攀亲打转逼取王氏一段事,吃杯清茶再谈论。
> 天赐平安福,人同富贵春。演经消罪障,老少注长生。
> 阿弥陀佛,对不起你们。①

这几段文字与前面的几条有不同,但其内容基本相似,都在预言下次要讲的内容,留下悬念,并回向祝福。其第二次暂停时言:

> 单:有王乾到广南上任,三茅宝卷路程远,下文许多未曾宽。
> 经宣之中打个盹,小停一刻再谈论。②

这又与前面的《地藏宝卷》、《梓潼花灯宝卷》相似了。接下来的重新开宣,起篇云:

> 法令传下来,遵令坐经台,提起三茅卷,梅花口难开。
> 圣语(谕)
> 单:大众又将法令传下来,小学生遵令坐经台。
> 提起一部三茅卷,胜如闹雪天里梅花口难开。
> 依还正起三茅卷,依科修喀劝善人。
> 说者三茅宝卷一部劝善未满,上册里文才方不过所讲得

---

① 赵松群演唱本。
② 赵松群演唱本。

到,金丞相依官仗势,拿王氏小姐娶过门庭……①

这几段文字虽然与《地藏宝卷》、《梓潼花灯宝卷》有出入,但"说者某某宝卷一部劝善未满,上册里……方不过所讲得到"的套语又一次出现。与这几段相似的文字,在接下来《三茅宝卷》的几次暂停重宣之时,又反复出现,也可以视为套语。

2. 切换套语

靖江宝卷在情节上通常有两条以上线索,在叙事过程中,遇到两条情节线索间的切换,以及场景的转换时,宣讲者常用套语来表明,启示听众故事情节的转换。

《张四姐大闹东京》中,每次情节的转换,多以"不提……,再讲……"的套语标示。如其从崔文瑞母子遭三次火灾后艰难度日,转到对天庭张四姐的叙述上,语道"不提崔家母子受苦难,再讲经中另一情"②;写崔文瑞被诬陷入狱后,又转述张四姐的反应,语云"不提崔文瑞在狱中遭苦难,再讲张四姐一个人"③。《血汗衫记》从张玉童卖身郭家做养子,转到张世登在杭州街上欲回家,乃言"不提玉童习诗文,再讲世登转家门"④。《九殿卖药》叙卢功茂、霍氏夫妻开药店救活已死的陈员外儿子。下言五殿阎王不满,向天庭告状。其切换语为"不提卢家生意兴隆一段事,再提一班鬼使勿曾捉到个人,就禀告阎君"⑤。

《十把穿金扇》中多有此类套语存在。如陶彦山获君主赏赐

---

① 赵松群演唱本。
② 《中国靖江宝卷》上册,江苏文艺出版社,2007,第342页。
③ 《中国靖江宝卷》上册,江苏文艺出版社,2007,第353页。
④ 《中国靖江宝卷》上册,江苏文艺出版社,2007,第327页。
⑤ 赵松群演唱本。

十把穿金扇,下述严奇嫉妒,有心暗害,言"丢下前文讲后文,后文再讲另一人。花开两朵,各执一枝,再讲奸贼严奇"①。

该卷按陶文灿、陶文彬兄弟两人各自逃亡,分为两条情节线索。卷中从陶文灿在扬州为教头转到陶文彬落在王家花园,乃言"众位呀,暂且不提陶文灿,再讲二爷陶文彬"②。

从蒋员外安排胡家三鬼到青龙山落草,转入蒋府招亲,言"此话丢开容后表,再讲蒋府忙招亲"③。

后又有陶文彬辞别蒋家,转入叙其首位妻子生子一事,言"陶文彬出行是祸是福暂不表,再讲首妻王素珍"④。

王素珍、方翠莲在九龙山安身,下言陶文灿要到湖广借兵,言"花开两朵,再讲那陶文灿,自从落在珍珠山上……"⑤。

白花仙姑救活陶文彬,下述康凤父女召集众人要抢回陶之灵柩,言"弟子讲经,不能等他九十九天,只能花开两朵,各执一枝,回头再讲康凤父女二人回到襄阳……"⑥。

陈翠娥家童吓走陶文彬,下述陶文灿被请,言"按住蒋林、陶滚追赶陶文彬不提,再讲文灿海红星"⑦。

官兵围困清江城,下述陶天浪四人前往救援,言"不讲清江城里多悲惨,再提陶天浪等四个人"⑧。

《三茅宝卷》中情节切换时,也多有套语存在。如下列情形:

金宝家二公子善读书,下述熊总督、桂翰林来访金家,言

---

① 《中国靖江宝卷》下册,江苏文艺出版社,2007,第763页。
② 《中国靖江宝卷》下册,江苏文艺出版社,2007,第770页。
③ 《中国靖江宝卷》下册,江苏文艺出版社,2007,第784页。
④ 《中国靖江宝卷》下册,江苏文艺出版社,2007,第792页。
⑤ 《中国靖江宝卷》下册,江苏文艺出版社,2007,第826页。
⑥ 《中国靖江宝卷》下册,江苏文艺出版社,2007,第865页。
⑦ 《中国靖江宝卷》下册,江苏文艺出版社,2007,第889页。
⑧ 《中国靖江宝卷》下册,江苏文艺出版社,2007,第895页。

"不提公子读书,再提熊总督、桂翰林从京里回来……"①。

金三公子修道,下述其妻王氏要阻止,言"不提公子在修道,再提王氏女千金"②。

公主哀悼刘驸马,下述刘驸马魂魄被追入地府,言"不提公主看守驸马尸体,再提一班鬼使把刘驸马真魂背到鬼门关"③。

《大圣宝卷》中,说到李清明出外躲债,下述张员外为要债过桥,言"不提李清明躲债,再讲员外上桥"④。

张员外为儿子向先生赔礼,下述先生独自怄气,言"员外回转高厅不提,再讲先生看看茶杯里的热气……"⑤。

水母与巡海夜叉成婚,生下胡立、胡鬼两妖精,下述鲇鱼精危害人间,言"此话丢开,再讲北海鲇鱼精"⑥。

《地藏宝卷》中,仲康王将太医关入牢中,下述其张皇榜求能医治太后之病者,言"不提太医官天牢里面遭磨难,再提天子坐龙廷"。

六鸭道人变成壮牛,被金家收养,下述陀罗高山上的十个强盗。言"不提六鸭道人来金家一段事,再表高山一段情"。

金大人兵困十绝阵,皇帝张榜求贤,下述金藏宝揭榜营救,言"不提万岁挂皇榜,再提揭榜是何人"⑦。

可以看到,靖江宝卷在情节切换时,常有提示性的话语出现,以点明这种切换。其基本形式为"……不表,再讲……"、"不提……,再提(讲)……"两种。另外,"花开两朵,各执

---

① 《中国靖江宝卷》上册,江苏文艺出版社,2007,第8页。
② 《中国靖江宝卷》上册,江苏文艺出版社,2007,第43页。
③ 《中国靖江宝卷》上册,江苏文艺出版社,2007,第26页。
④ 《中国靖江宝卷》上册,江苏文艺出版社,2007,第143页。
⑤ 《中国靖江宝卷》上册,江苏文艺出版社,2007,第172页。
⑥ 《中国靖江宝卷》上册,江苏文艺出版社,2007,第192页。
⑦ 以上《地藏宝卷》文字据赵松群演唱本。

"一枝"这一古代小说、戏曲中经常出现的话语也有存在。关于这一点,它有可能是受到了其他曲艺形式的影响的结果,可以视为宝卷作为口头文学的标志性的特征之一。

3. 情节的套化

口头文学作品在情节上也经常表现出格套化的倾向来。这种套化既是演出实际的需要,也是演出者的普遍的、相近的思维习惯和审美标准作用的结果。靖江宝卷也是如此,特别是在圣卷中,其情节的套化特征最为明显。

(1)因果报应。靖江宝卷中的故事基本上都以因果报应为总的情节框架,正如《十把穿金扇》最后所说的:

恩仇必报,善恶分明,悲欢离合,讲完一部忠孝节义宝卷。正是善恶到头终有报,只争来早与来迟。①

几乎所有的靖江宝卷作品,人物的命运和情节的发展都为善有善报、恶有恶报的因果理论所决定。这些作品大多体现着善与恶的二元对立。为善者在宝卷中即使处于逆境中,也常常因为自己或父母的先前的善行,而获得他人(神灵)的救助;为恶者虽然能猖獗一时,但最终必须要为其之前的恶行承受应有的惩罚和失败。而整个宝卷的情节,就在这种相关人物各为善事或恶事,并不断承受其报应的模式中,不断地向前发展。到了最后,就是为善的一方取得最终的胜利,将为恶的另一方彻底打倒。

圣卷中如《三茅宝卷》,王乾因为将女儿嫁给金宝的三公子,被举荐为太守;金三公子因为是武曲星下凡,所以玉帝怕其迷失本性,派玉清真人来点醒;因为其被点醒,故一心修道;因为一心修道,而遭到父亲的囚禁;于是又引出玉清真人的解救;

---

① 《中国靖江宝卷》下册,江苏文艺出版社,2007,第904页。

而其妻子则因此而被公公怪罪、软禁；于是又有她的获救。而金宝也因此被王乾告了御状，又因为他平日为官过于跋扈，因此被其他官员借机附和，终于被贬等等，最后，金家三兄弟因为专心修道为善，被玉帝封为三茅真君。而其父母、妻子也因为随同修道，得以成仙。

《大圣宝卷》中，张举山因为豪富而不仁，故夫妻同庚三十六而无一子。后又因为一心向善，功德无量，所以玉帝决定让星宿托生为其子。而玉帝的三太子虽贵为天神，也脱不了因果束缚。因为自己打坏天宫宝贝，而被贬托生。最终又因为其修道功成，并降服妖魔，而被封为泗州大圣。

《香山观世音宝卷》中，妙庄王广结善缘，施恩众生，以求生子。因其功德，当有所报。但因为他嗜好杀生，不应有子。两者权衡，佛祖乃令青钱星、白玉星、慈航道人先后下凡，投胎为妙书、妙音、妙善三位公主。此种安排也正是牢牢遵循了因果报应的原则。

草卷如《张四姐大闹东京》，卷中崔祝明、赵氏夫妇因为广施善缘，玉帝于是打发东斗文曲星降生为其子。玉帝后又因为崔文瑞富贵指日可待，担心其迷失本心，故降下火灾。火德星君因为崔家不敬，又连降三次火灾。王灰狼因为贪张四姐美色，而陷害崔文瑞，终招杀身之祸。崔文瑞最终因为是东斗文曲星下凡，功成果满，得反本归原。

《地藏宝卷》中，六鸭道人托生金功善家，是因为他当初偷吃了金家的三粒稻谷，"三次变牛不曾还到债，罪孽更加又加深"①，所以只能投生其家，来偿还。

靖江宝卷中的人物的行为看似自主，其实都为因果报应所决定。其一系列遭遇和最终的大结局，都是前因所结的后果。赏善

---

① 赵松群演唱本。

罚恶,报应不爽,是这些宝卷中一以贯之的原则和标准。而神佛就是其监督者和执行者。通常善人处于绝境之时,都有神佛来予以解救,以保证果报的确实无误。关于这一点,下文还有专门的论述。因果报应的总的情节框架固然是民间的宗教与信仰的特色使之然,迎合了听众的心理诉求;同时,它也使得整个宝卷的情节发展与人物塑造更加有序,有规律可循,便于宣讲者安排故事和传播宝卷。

(2)情节模式。在因果报应的总框架下,靖江宝卷在情节上有一些格套化了的固定模式。这一点在叙述神佛出身、神通故事的圣卷中表现得最为明显。大部分的圣卷作品在情节模式上惊人地相似。靖江宝卷开讲之初有几句套话,"要讲得有头有尾,有苦有甜,吃素修道,修炼成正,登山显圣,流芳百世,方为宝卷一部"(《观音宝卷》),这可以说是概括了以圣卷为代表的靖江宝卷作品在情节模式上的普遍特征。圣卷的情节模式按其发展顺序大致如下:

①求子。先言明朝代君王,再言有一对夫妇,家境富有,年长而无子,为此忧心。因而多做善事,救济百姓,施斋念佛,以求子息。圣卷中的《大圣宝卷》、《香山观世音宝卷》、《梓潼宝卷》、《地藏宝卷》、《东厨宝卷》下册(专说九灵灶君出身、神通故事)等,都是如此。草卷中如《张四姐大闹东京》、《血汗衫记》等也复如此。仪式卷之《九殿卖药》、《报祖卷》也同之。

②贤人出世。靖江宝卷中的贤人,也即主角,其出世大多带有神秘色彩,有相似的格套。宝卷中多言玉皇大帝(也称玉帝、玉主)为前者夫妻二人的善行和诚心感动,于是派天上的某位神仙,一般为某某星君,下凡托生为其子。

如《张四姐大闹东京》中,崔文瑞为东斗文曲星托生;《九殿卖药》中卢奎德之子卢功茂是上界药仙童子转世;

《十把穿金扇》中陶彦山长子陶文灿为上界海洪星临凡,次子陶文彬为东斗文曲星下界;

《三茅宝卷》中金宝长子金乾为东斗文曲星投胎,次子金坤是武曲星临凡,三子金福是应化童子转世;

《大圣宝卷》中,张举山之子是玉皇三太子转世,也是打弹张仙、送子娘娘护送下凡,将其带到变化台前,变作鲜桃,其母水氏梦吞桃而怀孕。

《香山观世音宝卷》中,妙庄王三女,先是佛祖将青钱星变作牡丹花,宝德皇后梦戴牡丹,后怀孕生女,诞下长女妙书。次女妙音又是佛祖命白玉星变作牡丹,如前一般。三女妙善,是佛祖将慈航道人唤到变相台,变成童男童女两人,皇后在梦中挑中童女,后怀孕诞生;

《梓潼宝卷》中,陈梓春也是玉帝"跟首吩咐卢康道人来到变化台前,一变二变,变作灵光仙桃模样,打发打弹张仙、送子娘娘,送子临凡"①,朱氏梦食仙桃而后孕育。

《东厨宝卷》中东厨司命是玉主打发玉顶仙女托生陈家,九灵灶君则是玉主吩咐八败星托生到张百万家,财帛星托生到葛家。两星先变作"灵光仙桃"、"牡丹花一枝"②,再由打弹张仙、送子娘娘护送下凡;

《地藏宝卷》中,佛祖命六鸭道人托生金家,"跟首将将六鸭道人带到变化台前,一变二变,金光出现,变作灵光鲜桃、牡丹花模样,吩咐送生童子送到金家孔氏腹中投胎"③,孔氏梦吃仙桃而怀孕。

《延寿宝卷》中,玉主先将修道者刘本中真魂收上天,"到

---

① 赵松群演唱本。
② 赵松群演唱本。
③ 赵松群演唱本。

变化台前,一变二变,金光出现,变作灵光仙桃模样"①,太白金星护送托生于金家,赵氏梦吃仙桃后怀孕;

《血汗衫记》(《土地宝卷》)中,玉帝"吩咐打弹张仙、送子娘娘,把福德星唤到变化台前,一变二变,变作灵光鲜桃模样"②。两仙护送,其母蒋氏梦吃鲜桃后怀孕;

《报祖卷》中,李清是玉主打发犯错的拈香童子"到变化台前,打发张仙、送子娘娘真言一念,金光出现,他变作灵光仙桃模样"③,再护送下凡。赵氏梦吃仙桃,随后孕育。

贤人不仅多为神仙(主要是星君)转世,而且其托生的过程也有一定的套路:大多是先到变化台前变作灵光仙桃(女为牡丹花),再由神灵(以打弹张仙、送子娘娘为多)护送下凡。其母梦见吞桃或戴牡丹花,然后怀孕,至生产。

以上两节,可谓"有头有尾"之头,也是宝卷开篇所谓的"先讲哪朝皇登位,哪州哪府出贤人","先有朝代,后有地主,再讲贤人出世"④。

③世俗富贵生活。贤人出世后,照例有一段世俗的安乐生活,衣食无忧。主人公大多年少时就具有慧根,成长安顺。一旦读书则聪慧灵敏,悟力非凡。如有婚姻则郎才女貌,和谐美满。

如《三茅宝卷》中金乾、金坤、金福三兄弟,"他们弟兄三个总是天星临凡,长起来不难。伤风咳嗽无他们份,顺顺当当长成人"⑤;金坤学武是,"公子习武三年整,百般武艺紧随身。硬弓拉到十三力,置子拉到九百斤。拈弓搭箭穿杨叶,抱石如飞只嫌轻"。金乾学文,则是"一而十,十而百,百而千,千而万,

---

① 赵松群演唱本。
② 《中国靖江宝卷》上册,江苏文艺出版社,2007,第 302 页。
③ 陆爱华演唱本。
④ 陆爱华演唱本《报祖卷》。
⑤ 《中国靖江宝卷》上册,江苏文艺出版社,2007,第 7 页。

公子读书腾腾向上","公子读书好聪明,先生只做领头人"①。金福和王慈贞结婚后,是"恩恩爱爱,情投意合","公子日间把书读,夜归香房伴千金"②。金家上下和睦幸福。

《大圣宝卷》中的张长生,"五周六岁知南北,能言能语又聪明"③。六岁开蒙,"先生教到哪里,他就识到哪里;读到哪里,就熟到哪里;讲到哪里,就懂到哪里。读完《大学》、《中庸》、《论语》、《孟子》、《离娄》、《告子》换《诗经》","读了三年开笔做,写出文章爱煞人"④。还因为对对联,把先生给气跑了。后"长生公子在书房勤攻苦读,只等皇上开大考,待看金榜挂名时"⑤。

《香山观世音宝卷》中,三位公主读书,"天星下凡,读书不难。腹智心灵,读书聪明。先生教上文,他们能知下文。教到哪里,识到哪里;识到哪里,就熟记到哪里","三位皇姑读经文,先生只做领头人"⑥。大公主妙书与张文婚后,"夫妻恩爱,情同鱼水"⑦。

《地藏宝卷》言金藏宝,顺利成长,"五周六岁知南北,能言能语又聪明","公子是天星下凡,读起来总是不难","一笔读到十二岁,天文地理总知闻"。"等他再读三年整,稳中头名状元身"⑧。

《梓潼宝卷》中,言陈梓春"天星下凡,长起来不难","沙莫(按:原文如此,当作'什么')头疼无他份,顺顺趟趟长成人"。六岁读书,"陈梓春到底是天星临凡,读书总是不难。教

---

① 《中国靖江宝卷》上册,江苏文艺出版社,2007,第 8 页。
② 《中国靖江宝卷》上册,江苏文艺出版社,2007,第 23 页。
③ 《中国靖江宝卷》上册,江苏文艺出版社,2007,第 163 页。
④ 《中国靖江宝卷》上册,江苏文艺出版社,2007,第 167 页。
⑤ 《中国靖江宝卷》上册,江苏文艺出版社,2007,第 172 页。
⑥ 《中国靖江宝卷》上册,江苏文艺出版社,2007,第 209 页。
⑦ 《中国靖江宝卷》上册,江苏文艺出版社,2007,第 215 页。
⑧ 赵松群演唱本。

他一而十、十而百、百而千、千而万"，"公子读书腾腾上"，"开蒙读神童诗、百家姓，提头抄写上大人。天星下凡尘，先生且做领头人"，"第一年《大学》、《中庸》、《论语》、《孟子》，第二年《离娄》、《告子》换《诗经》"，"读到三年就开笔，做起文章来爱煞人。一笔读到十六岁，满腹文章无比伦。天天书房把书读，专等考期跳龙门"①。

《延寿宝卷》中的金本中，六岁开蒙，"公子读书麻利狠，先生且做领头人"。十六岁做秀才。娶妻刘氏，"一家和睦多欢乐，争吵没得半毫分"②。二十七岁，又得中头名状元。

《血汗衫记》中，张世登"伤风咳嗽无他份，发发禄禄长成人"，"五期六岁知南北，能言能语又聪明"③。六岁读书，"开蒙先读百家姓，习字提写上大人。公子读书聪明很，先生且做领头人"④。

《张四姐大闹东京》中的崔文瑞是，"在书房攻读七载，已具才高八斗，学富五车"，"等他再读三年整，稳是头名状元身"⑤。

《十把穿金扇》中，言陶家二子，"文灿、文彬两个人，顺顺当当长成人。公子长到六岁整，请师训蒙读诗文。天星读书很聪明，先生只做领头人"⑥。

《报祖卷》中，言李清"天星下凡，长起来不难。一岁两岁娘怀抱，三岁四岁离母亲"，"年交五岁并六岁，能言能语又聪明"。七岁开蒙，"公子读书聪明很，先生只要做领头人。一直

---

① 赵松群演唱本。
② 赵松群演唱本。
③ 《中国靖江宝卷》上册，江苏文艺出版社，2007，第 302 页。
④ 《中国靖江宝卷》上册，江苏文艺出版社，2007，第 303 页。
⑤ 《中国靖江宝卷》上册，江苏文艺出版社，2007，第 339～340 页。
⑥ 《中国靖江宝卷》下册，江苏文艺出版社，2007，第 759 页。

读到十六岁,中了宏门秀士身","公子长到十八岁,八府里才子有名声。娶了刘家小姐,"夫妻合得像姊妹,争吵没有半毫分","婆把媳妇当作亲身女,媳妇孝婆赛母亲"①。

贤人出世以后,基本上都是顺利成长,并且聪慧异常,生活美满幸福,前途光明通畅。靖江讲经安排这样的情节在宝卷中,可以算作是有苦有甜之"甜"。从情节发展的角度来看,主要有三大作用:一是照应前面的贤人为天星下凡的情节,证明其"神性",非同凡人。所谓"公子是天星下凡,读起来总是不难",也可以说这是其下凡当获之福报;二是与其后面的修道相映衬。安乐富足的生活与指日可待的功名,都不能使主人公留恋,反而是毅然决然地抛弃世俗荣华,一心修行,正可以说明其灵性未泯,更可以突出其道心的虔诚与稳固;三是,这样的描写,也为其他人,主要是他(她)的父母、妻子(丈夫)对他(她)修道的反对、阻挠提供了正当的理由,为后续修道过程中的磨难提供了前提。这也是情节上的一种铺垫。而其文字上的大同小异,也说明了这种格套化情节的深入人心,为宣讲者熟习,也为听众喜闻。

④吃素修道。靖江宝卷中,圣卷的主人公在经历了安乐生活之后,大多走上持斋修道之路。这一过程通常也与受难相随。主人公必须经历磨难,特别是亲人的阻挠之后,才有可能得成正果。宝卷中的主人公常常是受某一机缘的触发,勾起内心的灵性(神性),生起向善修道之心。于是很断然地抛弃眼前的安乐生活和未来的仕途大业,转入独居静修,持斋念经的修道生活。在此过程中,亲人横加阻挠,百般劝阻,折磨其身心,甚至加以伤害。神佛也变化多端,以考验其修道之决心,促进其早成正果。如此种种,主人公始终道心不改,百折不挠,坚持其修道之举。关于这

---

① 陆爱华演唱本。

一点,《张四姐大闹东京》中的几句话业已道明,卷中言:

> 自古有言,十磨九难成大器,不磨不难不成人。他崔文瑞本是天宫文曲星,不是久留凡间人。在他报效了崔祝明员外修行积德的心愿之后,必遭三次回禄之灾,身受大苦大难,才能断其仕途之念,使其脱俗还原,成其本位。①

和降生一样,苦难也是主人公修道过程中必须有的经验,是其证道的"通行证"。这其实也是神魔题材的文学作品中常见的"修道+考验"的格套。

《三茅宝卷》中,三公子金福是因为玉主担心其迷恋红尘,不能归位,因而派出玉清真人梦中点醒其"日后是三茅祖师神职,应化真君之位"②。当其犹豫之时,玉清真人又作法,令其寒热上了身,因而才出外散心,入三清寺,得到《三官经》,开始修行。修行的过程中,自然经历了多重磨难,先是家人的阻挠,从妻子王慈贞的劝诱的拦阻,到母亲、熊氏、桂氏两位嫂嫂加入劝阻的行列,宝卷一次次地叙写各人的语重心长、晓以情理,也一次次地展示了金福的道心的坚定。至金宝出场,金福进一步承受囚禁和责打之苦,仍带枷念经,道心不改。下乃得到玉清真人搭救,开枷落锁,前往终南山清修。为了考验其真心,玉清真人又化成绝色美女来诱惑他。最终金福通过了以上的诸种磨难和考验,得以在终南山虔心修道。

而金福的两位兄长金乾、金坤的起意修道,也是得到了金福的点拨。修成正果后的金富,道名元阳。为了令两位兄长修道,元阳首先让两人各自经历了磨难。元阳先让狐狸精化身美女,托

---

① 《中国靖江宝卷》上册,江苏文艺出版社,2007,第340页。
② 《中国靖江宝卷》上册,江苏文艺出版社,2007,第30页。

梦皇帝，要其广纳妃子。金乾举谏，被君主夺去官职，关入大牢，指责为诽谤君主，判处六十天后处斩。元阳又变作无名大王，递战书，兴兵作乱。金坤奉旨征讨，元阳将其打败，逼迫他写下卖国文书。使之因此也被处以与兄长一样的刑罚。元阳又托梦皇帝，让其赦免了两人。两人回到家中，父亲金宝也因为被亲家告御状，失了官职。三人对仕途心灰意冷，才一起效法金富，发心修道。金乾、金坤后来又因为化缘重修东灵寺，至于要各自砍下一条手臂来展示其诚心。多经磨难之后，也才得成正果。

《大圣宝卷》中，张长生的修道，也是因为观音菩萨先担心其仕途功名之心太盛，误了正道，于是用愚昧心换了他原来的玲珑心。张长生因此读不成书，又改作打猎。观音后又化身猎师，作法令其经历地狱之苦状，乃发心入白云山修道。

《香山观世音宝卷》中，妙善公主是受了太白金星的下界点化，授予《金刚经》，才有心修行。妙庄王为了阻止其修道，转而招驸马，先是将其重枷重锁押进北花园受苦，后又逼她解红颜国的难题，在石板上栽活五百枯松；又要她解哈利蛮子的难题，用滚油煨烂铁茄铁索。妙善一一度过之后，妙庄王又将其打入冷宫，逼其回心转意。之后，又让她到白雀寺中。寺尼先是软言劝诱，后又处处刁难，以迫使妙善放弃修行。无果之后，妙庄王又火烧白雀寺，以处死相威胁。妙善慷慨就死，死后游历地狱。妙善经历种种磨难，始终未放弃修道，最后转到香山紫竹林虔心修道。

《地藏宝卷》中，金藏宝读书聪颖，佛祖担心他得了功名，却迷了本心。于是化僧人下界，点化以人生无常，修道为真之义，使其生起修道之心。金藏宝到昆仑山修行，垒石为屋，"朝念千声弥陀佛，夜诵真言办修行。饥饿就将山果吃，可吃积雪办修行"①。

---

① 赵松群演唱本。

《报祖卷》中，李清游历地府，见识地狱之苦。还魂以后，遂转心修道。劝全家一起同修，"房子改成三宝殿，装金塑佛办修行。吃素修道三年整，功劳却有海能深"①。

正如《张四姐大闹东京》中言，"自古有言，十磨九难成大器，不磨不难不成人。身受大苦大难，才能断其仕途之念，使其脱俗还原，成其本位"②。磨难一则断绝主人公对世俗富贵的眷恋，一则考验其诚心，是其最终得成正果的必经之路。这也是宝卷开篇常言的"有苦有甜"之"苦"，是修炼的一种方式，所以宝卷中有很多磨难是神灵安排的。磨难最终的解决只能靠主人公自己的虔诚和坚持。

⑤修炼成真。也即主人公接受封神。圣卷中的主人公历经磨难，功程积累，到达得成正果之日，也就是他还原归本，恢复其神灵之位，并受封神号之时。这一步在圣卷中也多有固定的模式，也是一种格套。

如《地藏宝卷》中，金藏宝功成果满之时，是"西天佛祖早已晓得，一阵仙风来到昆仑山石屋之外，执指一指石屋倒塌"。金藏宝肉身死去，也即脱去凡胎，恢复神性，认出佛祖。后者乃言其"修道有功，现已修成正果，我来封你一封"，"藏宝前来听封尊，地藏能仁你当身"③。

《东厨宝卷》中，玉顶仙女托生的陈氏老母最后功成，玉皇大帝令太白星君接引其上天，言"陈氏老母听封尊，东厨司命你当身"④。下册九灵灶君也是在躲在灶膛里被火烧死后才得封赠。

《梓潼宝卷》中，陈梓春一家修行，"一心修了三年整，功

---

① 陆爱华演唱本。
② 《中国靖江宝卷》上册，江苏文艺出版社，2007，第340页。
③ 赵松群演唱本。
④ 赵松群演唱本。

劳无底海能深。太白金星早知闻,立时下凡尘,拦门一把火:皈处去来皈去来,总来火中脱凡胎。陈家满家修成仙,千百朵莲花托上天。"来到御斋台前,参拜玉主。玉主一见,善哉善哉!文曲星君修成正果,我来封你神职:陈梓春来听封尊,开化梓潼你当身"① 云云。

《三茅宝卷》中,元阳真人修炼成真,玉主令黄鹤驮其上天,来到御宰台前,拜见玉主。"玉主一看笑颜开,这等善人哪里来!元阳你吃尽苦中苦,我今朝要封你神上神。元阳前来听封尊,三茅祖师治乾坤"②,接着又加封其应化真君、接本章童子。之后,又有元阳度其两位哥哥修道,令他们在夹墙里撞死,脱了凡胎。后兄弟三人一同受封。元阳将两个哥哥带到御宰台前,玉皇封赐,"还阳前来听封尊,大茅祖师你当身。回阳前来听封尊,二茅祖师你当身。元阳前来听封尊,三茅祖师你当身"③。

《大圣宝卷》中,张长生(裕缘僧)功满,观音老母将其"度到通天银河脱过凡胎换仙胎,带到御宰台参拜玉帝"。玉帝封赐,"魏岳村上裕缘僧,魏岳禅师你当身。泗州市里罚誓愿,泗州大圣受皇恩。白云仙山修正果,国世皇菩萨受香烟"④。

《香山观世音宝卷》中,妙善公主功成果满,太白星君宣玉帝诏书,"照得兴林国妙善信女,苦修得道,……确系功满业成,应得封赠:妙善前来听封赠,救苦救难观世音"⑤。另外,卷中善才童子得道,也是妙善让土地引众仙化作江洋大盗,杀上山来。善才为保护师父妙善,而舍身跳崖。死后即脱去凡胎,得正果。

---

① 赵松群演唱本。
② 《中国靖江宝卷》上册,江苏文艺出版社,2007,第68页。
③ 《中国靖江宝卷》上册,江苏文艺出版社,2007,第130页。
④ 《中国靖江宝卷》上册,江苏文艺出版社,2007,第194页。
⑤ 《中国靖江宝卷》上册,江苏文艺出版社,2007,第259页。

《地藏宝卷》中，地藏菩萨度脱自己全家，也是"执指二指，前门一关，后门一拴，放起一把火：皈去去来皈去来，总来火中脱凡胎"，"脱过凡胎，满家眷等脚踏莲花，跟随地藏而去"。其十个强盗弟子则于水中脱去凡胎，"归去去来归去来，弟兄来流沙河里脱凡胎"。

《延寿宝卷》中，金本中行善持孝，有种种功德。百岁之后，又一心向善修道，将家里改作三宝殿。一百二十岁之后，佛祖遣小元祖师下凡，替他家满门脱凡胎。小元祖师"来到金家，半夜辰光，前后一把火：皈去去来皈去来，总来火中脱凡胎。满家眷等修成正，脚踏莲花上西天"。佛祖封赐，"金本中来听封尊，延寿王菩萨你当身"。

《血汗衫记》中，华山公主与张世云修道功成，"玉帝打发火德星君下凡，放它一把无情火，烧勒土龙星没处躲：归去兮，归去来，火坑里面脱凡胎"；"火德星君又到张世登的修道之处，放起南方丙丁火，火坑之中脱凡胎：脱了凡胎换圣胎"。之后，众人上天，"玉帝拿封神榜展开，在榜上注名入册：张世云前来听封赠，土地山神受香烟"，"张世登来听封赠，当方土地受香烟"，"华山公主和陆氏听封赠，同是莲花正夫人"①。

《报祖卷》中，李清修行果满，"太白金星下凡尘，半夜子时到他家放一把火：火里去来火里来，火坑里面脱凡胎。脱了凡胎换圣胎，带到天空坐莲台"。玉帝封尊，"李清前来听封尊，报恩师菩萨你当身。天空没你分，凡间没你登。掌管阴曹地府门，十王菩萨你当身"②云云。

《九殿攻文》中，卢功茂、霍氏夫妻修道三年，"那天，吕洞宾下凡放把火，烧了夫妻没处躲：火里去来火里来，火坑里面

---

① 《中国靖江宝卷》上册，江苏文艺出版社，2007，第337页。
② 陆爱华演唱本。

脱凡胎"。然后是玉主赐封，"卢功茂封为药王药上菩萨，掌管九殿地狱，霍氏封为贞节玉妇你当身"①。

靖江宝卷中的主人公修道功成，圆满之时，一般都要脱去肉身，宝卷中所谓"脱去凡胎"。通常是由玉皇大帝或佛祖派遣神灵，来助其完成，实即指肉体的死亡。上述宝卷中，有七个作品中，是通过火烧来实现脱去凡胎的。另外，《三茅宝卷》中金福的两位嫂子熊氏、桂氏也是由其作法，用火烧死，脱了凡胎。主人公和其他修道之人脱去凡胎，则神体显现，才能获得封尊。而玉皇大帝、佛祖常常既是其道果圆满的确认者，也是其神号的赐封者。

⑥登山显圣。靖江宝卷中的主人公功成果证，获封神号之后，要到人间某处（多为山岭）去显示其神力和应验，接受凡人崇拜，享受香火。拿《大圣宝卷》中观音的话来说，"光有天皇封，没有凡皇封，还是不成功。要讨凡皇封，只有到凡间立大功"②。登山显圣即是立大功的一种。

《三茅宝卷》中，金乾、金坤、金福三兄弟受封大茅祖师、二茅祖师、三茅祖师之后，便来到丹阳句容山建立庙宇，显圣人间，"从此善男信女，扶老携幼，络绎不绝地朝山进香"③。中间还穿插了黑脸将军的故事以证明其灵验。

《大圣宝卷》中，泗州大圣收服狼精，便在通州狼山建庙显圣，"百姓求子得子，求财得财，求医得消灾，求功名得俸禄"④。

《梓潼宝卷》中，陈梓春受封梓潼真君之后，也带着一同受封的家人至云台山文昌宫显圣。因其灵验，"所以男男女女、老

---

① 陆爱华演唱本。
② 《中国靖江宝卷》上册，江苏文艺出版社，2007，第194页。
③ 《中国靖江宝卷》上册，江苏文艺出版社，2007，第132页。
④ 《中国靖江宝卷》上册，江苏文艺出版社，2007，第197页。

老少少都要敬他"①。

《地藏宝卷》中，地藏菩萨度脱自己全家以后，到九华山显圣，"修道受香烟"。后来州官修建庙宇，"造起数进房廊屋，地藏能仁好受香烟"②。

靖江宝卷中，神灵在受封之后，一般都是有其道场者，才会安排有登山显圣的情节。这是将宝卷之内容与现实生活联系了起来，一方面进一步证明神灵之灵验，另一方面也为民间之宗教信仰、庶民之进香求神，指明了方向与目标。它对于加固民间相关的信仰，具有重要的促进作用。

⑦流芳百世。靖江宝卷中，神灵在受封或显圣之后，通常还要安排一个他在凡间广为人知，并被普遍崇拜的情节。其中包括相关宝卷作品的创作，以说明当前宝卷的神圣性与神灵故事的永久流传。此即为靖江宝卷开篇说辞中的"流芳百世"。这一情节基本上已成为一种格套。

神灵是如何流芳百世，受人尊崇，记述最详细的是《地藏宝卷》。该卷卷末有言：

> 再说玉主将幽冥三曹诸弟子封的神职，用穿云箭将封神榜射到仲康王午朝门。仲康王照封神榜上也封过神职，又吩咐工部在外罗城西首造起地藏十王殿。
> 平：塑起地藏十王金容相，文武百官好烧香。
> 圣旨发到十三省，各州府县总知闻。
> 滚：各州府县造起地藏十王殿，塑起地藏十王金容相。
> 普天同庆受香烟。

---

① 赵松群演唱本。
② 赵松群演唱本。

第六章　靖江宝卷的口头文学特征（一）　173

圣天子又带文武百官，到九华山烧过香，还过愿。回到京都皇城，就吩咐风流才子、自在丞相将金藏宝罗山救父，收服十个强盗，修成正果，造起地藏十王忏、地藏十王经。忏好拜，经好讽，经功忏文同样消灾灭罪。

平：又造起一部地藏卷，讲经和佛了心愿。①

《延寿宝卷》末言：

佛祖用封神榜传于凡皇得知。凡皇也封过神职，又传旨令工部在京都皇城报恩寺里。

平：塑起长寿王金容相，文武百官好烧香。

各州府县造起长寿金容相，普天同庆受香烟。

后来又吩咐风流才子、自在丞相将金本中大做好事，修成正果，造起延寿经好唪。

平：又造一部延寿卷，讲经和佛了愿心。②

《梓潼宝卷》末言：

后来玉皇将封神榜用穿云箭，射到凡王午朝门。逍遥王照封神榜上封过开化文昌梓潼。

平：迷魂洞十八载不曾死，封他更生永命大天尊。

又封弟兄三个为三元三品三官大帝，朱义封夫子，姐妹三个封贞节淑德女千金，一道圣旨着令工部在外罗城东门造起梓潼三官殿，文武百官好烧香。

平：圣旨发到十三省，各州府县总知闻。

---

① 赵松群演唱本。
② 赵松群演唱本。

> 平：各州府县造起文昌寺，塑起梓潼三官英雄相。
> 普天同庆受香烟。
> ……
> 后来皇圣天子吩咐风流才子、自在丞相，将陈梓春看花灯东海龙宫招亲，造起梓潼经、梓潼三官忏。
> 平：又造一部梓潼花灯卷，讲经和佛了愿心。①

《报祖卷》中，李清被玉皇授予封号以后，宝卷又安排其被民间知晓、信奉的情节。卷末言：

> 玉主一一封过后，把封神榜用穿云箭，射到凡间午朝，把黄门官拾到交于万岁，再一一封过。又拨尚银，塑起十王菩萨。转啊转，也转到靖江县，也造起十王殿。长安市南面有个叫十王殿，当初也有十王菩萨。日本鬼子上岸，放火烧掉了。所以，风流才子、自在丞相：
> 平：写起一部报祖卷，自古流传劝善人。②

《大圣宝卷》中，泗州大圣收服鲇鱼精，成宗皇帝要赐封，也是玉皇大帝"将后续封神榜用穿云箭，送到成宗皇帝的金銮宝殿"，成宗按榜封赐泗州大圣③。最后又言其下谕各州府县，"造成大圣殿，塑起大圣金容相，普天同敬好烧香"④。

《东厨宝卷》末言，"众位，后来轩辕王差风流才子、自在丞相造起灶王经、平安灶经、贤良灶经等，流世讽诵；又造起一

---

① 赵松群演唱本。
② 陆爱华演唱本。
③ 《中国靖江宝卷》上册，江苏文艺出版社，2007，第195页。
④ 《中国靖江宝卷》上册，江苏文艺出版社，2007，第202页。

部东厨卷,讲经和佛了愿心"①。

《三茅宝卷》中,金乾、金坤、金福三人,一同被玉皇封为三茅祖师之后,到茅山显圣。卷末言:

>惊动高祖王也带文武百官去烧香还愿。带躺银替他造庙。……回转京都皇城,吩咐风流才子、自在丞相早期三茅经、三茅忏。
>平:又造一部三茅卷,万古流传到如今。②

《九殿攻文》中,卢功茂、霍氏夫妻在天上受封之后,"玉主把封神榜射到凡间午朝门。万岁传旨午朝门东首造起玉王庙,文武百官把香烧。又到各州各府也造起玉王庙,塑起药王菩萨金容像,善男信女好烧香"③。

从以上可见,靖江宝卷中,神灵上天获封之后,在俗世的受封、流芳,一般安排由玉皇大帝(佛祖)将其受封状况传达到凡间君主。一般用穿云箭射于其前。通过世俗皇帝的封赠和为之造殿建庙,神灵于是获得普天下的信仰和尊崇。世俗君王再命"风流才子、自在丞相"为之造经、造忏、造宝卷,留下经典(包括宝卷),因而使其出身、神通获得永久的流传。此正所谓"流芳百世"。

靖江宝卷不仅在整个情节模式上表现出套化的特征来,在单个的具体情节的设置上,也表现出这一倾向来。如《梓潼宝卷》中写上元、中元、下元三兄弟在云台山虚无老祖处学艺,老祖外出,嘱其不得打开十重门。三兄弟按捺不住好奇之心,打开第一

---

① 赵松群演唱本。
② 赵松群演唱本。
③ 赵松群演唱本。

重门，里面的小灶上有三扇蒸笼。三人先后打开，吃了蒸着的三条面龙、六条面虎、九条面牛，因而个个"总有一龙二虎九（按：原文如此，当作'三'）牛之力"。打开第二重门，吃了院中的仙桃；第三重门，在白莲池里脱去了凡胎；第四重门，一人一顶钻天帽；第五重门，一人一双入地靴；第六重门，一人一根聚风带；第七重门，一人一把宝刀；第八重门，一人一副慧眼镜；第九重门，一人一支凤凰箭；第十重门，一人一根捆妖索。类似的情节也见于《十把穿金扇》中。宝卷中述陶文灿在朝阳关前，下探神穴。来到一厨房，见其间有三个蒸笼，顺序揭开一看，蒸的是九条面龙、两只面虎、一只面鸡。陶文灿一次吃下，随即力大无穷，可以轻易举起一对千斤的石狮。①

《三茅宝卷》中王乾送女出嫁一节，与《报祖卷》中刘员外送女出嫁一节，不仅在情节上，就是在具体的描写上，都是基本一致。其过程都分为迎亲——催亲——小姐哭亲——媒婆催亲——夫人嘱托女儿——员外嘱托女儿——员外抱女儿上轿（抱轿）——轿夫转轿——员外泼水——夫人让梅香望轿侧向何方——安童、梅香送亲——安童、梅香辞别小姐——轿夫劝小姐止哭——结拜成婚。每一个环节，其相关的文字两个宝卷都是大同小异的，只在名字上有所区别，如《三茅宝卷》中为王员外，《报祖卷》中则为刘员外；《三茅宝卷》中为陆氏夫人，《报祖卷》中则为刘夫人；《三茅宝卷》中娶亲的为金府，《报祖卷》中则为李府。这固然是因为这段描写就是靖江地区民间婚俗的真实反映，但它几乎未变的描绘则进一步说明了讲经者在宣讲过程中固定套路的存在。

《三茅宝卷》中，写到元阳受封，先是玉帝封赠其三茅祖师、应化真君、接本章童子。之后，"还要到王母宫中再封，才

---

① 赵松群演唱本。

得成功"。王母娘娘封元阳为"八洞飞仙",赐他"钻天帽一双、腾云鞋一双、袈裟一件、聚风带一根和慧眼一副"①。《大圣宝卷》中,玉帝封张长生为泗州大圣,赐他"禅杖一根、御钵一樽、袈裟一件、法华经一卷"。观音老母又带张长生到王母娘娘那里求重封,王母娘娘赐张长生"钻天帽、腾云鞋、聚风带、慧眼镜和百般仙术随身"②。两卷中受封的情节可以说是基本一致的。另外,神仙赠送的法宝在靖江宝卷中,也是差不多的。《十把穿金扇》中,昆仑山毛本大师送给徒弟蒋林的法宝,也是隐身花、腾云鞋、盘龙棍、滚龙刀、捆将索、湖州米。③《梓潼宝卷》中,上元、中元、下元兄弟三人,从师傅虚无老祖那里获得的是钻天帽、入地靴、聚风带、宝刀、慧眼镜、凤凰箭、捆妖索。

《三茅宝卷》中,勾龙被玉皇派为句容山土地,要造土地庙。自言"我会射箭的,箭射多高,就造多高"。遂骑马射箭,元阳用手拍箭,使箭起只有丈把高。所以"土地菩萨心高命不高,庙堂只有一人一收(手)高"④。《血汗衫记》中,张世登被封了当方土地,向儿子郭玉童要造庙。也言,"这,我会射箭的。我骑在马上,用穿云箭对空中射,射多高造多高"。结果,因为跑马过快,难以开弓,箭杆倒落下来,又是"土地菩萨心高命不高,庙堂只有一人一收(手)高"⑤。

这种具体情节上的套化倾向,进一步加深了靖江宝卷在情节模式方面的格套化特征。

(3) 神仙。简单地说,靖江宝卷,特别是圣卷,其情节模

---

① 赵松群演唱本。
② 《中国靖江宝卷》上册,江苏文艺出版社,2007,第194页。
③ 《中国靖江宝卷》下册,江苏文艺出版社,2007,第852页。
④ 赵松群演唱本。
⑤ 《中国靖江宝卷》上册,江苏文艺出版社,2007,第337~338页。

式基本上可以概括为在因果报应框架下的神仙下凡——修行——证道——显圣。因此，神仙和其神通法术是推动整个情节发展的重要因素。首先是主人公的下凡托生。靖江宝卷中的主人公作为神仙托生于人间，其神仙的原始身份决定了在整个故事中他（她）的一系列表现：他通常是无病无灾，顺顺当当地长大成人；一旦读书，则拥有凡人不具有的智慧，聪颖异常，举一反三，才华出众，而有指日可待的功名；他内心对修道的向往一直持续着，只要有合适的机缘，就会马上被激发出来；修道之后，他往往具有超常的悟性和坚忍的意志，百折不挠，矢志求道。而他（她）的神仙本位也决定了他（她）最终的结局应该是还原归位，恢复其本来面目。因而它也规定了整个故事在情节上的发展趋向是在展示主人公如何归位，也就是其修道证道的过程。

其次，神仙在整个故事中，还充当着主人公修道的监督者和护航者的角色。神仙首先是主人公下凡的始作俑者和护送者，圣卷中通常是由玉皇大帝或佛祖命令某位神仙，在打弹张仙、送子娘娘的护送下，托生人间。在主人公流连世俗欢乐的时候，神仙通常采用托梦的方式点醒他，或者干脆用极端的方式，逼使他一步步走上修道之路。如《三茅宝卷》中，金福是由玉清真人在梦中点醒之；《大圣宝卷》中，张长生初是由观音菩萨将其玲珑心换上愚昧心，令其无法求取功名。然后在其迷恋打猎时，又是观音菩萨化身猎师予以点醒；《香山观世音宝卷》中，是太白金星化身道人，授予《金刚经》，指点其修道的；《地藏宝卷》中，金藏宝是在佛祖化身僧人指点下，开始修行。另外，如《报祖卷》中李清的修行，也是因为被阎王追入地府，见识了地狱苦状之后，才转省此心的。《九殿攻文》中，则是吕洞宾设计难住了霍氏，霍氏与卢功茂才被迫修道。神灵在靖江宝卷之中，是催发主人公道心的关键性因素，正是其最初打开了主人公的修道之路。

在主人公修道过程中，遇上灾难、困局的时候，神仙又随时随地地及时地出现在他的面前，为其排忧解厄，消除妨碍其修道、证道的一切不利因素。如《三茅宝卷》中，金福被父亲囚禁在马房之中，逼迫其放弃修道。是其师傅玉清真人将其解脱出门。而为了检验其道心，又是玉清真人化成绝色美女来诱惑他。通过以后，玉清真人又化身牧童，用仙牛将金福送上终南山修行。后来，金福起了退却之心，观音老母令善财童子、龙女化身母子，点化其坚持修道。金福最终修得正果，也是在众多神佛那里得到完成和确认的。首先是文殊、普贤考验其道心之后，替他脱去凡胎。玉清真人为之取法名元阳，玉主令黄鹤驮其上天，三官大帝带他讨封赠。玉帝赐其神位。王母娘娘加封，再赐给他诸种法宝。

《大圣宝卷》中，张长生证果受封，是由观音老母为其度去凡胎，带到天庭，由玉帝封赠，王母娘娘重封并赠予法宝。在后来降妖伏魔的过程中，一旦泗州大圣在通州收服不了水母的时候，观音菩萨就化身卖饺面的老婆婆，前来解救。

《香山观世音宝卷》中，妙善公主修道时屡次遇上难题，每次都有神灵来帮助解决。先是要在石板上栽活五百棵古松，非人力所能完成。在其祈祷之后，韦陀菩萨令城隍菩萨率领各路土地、各户宅神太岁、各部判官小鬼来栽树，又请甘露夫人洒下甘露雨丝，最终使妙善完成此任。接下来，玉皇又让铁嘴大鹏助妙善煨烂铁茄铁索。妙善被打入冷宫，是玉帝命火龙太保为公主取暖。等到她进入白雀寺，受到众僧尼的刁难，有太白星君下凡，令四大金刚助其开山门，伽蓝土地帮其清扫，韦陀菩萨为其点灯。要为一寺僧尼做饭挑水时，韦陀又命牛头、马面帮助筛粮，玉皇令水龙太保助其挑水。砍柴时，有土地老爷化身雄狮，吓跑山中的虎狼。玉皇大帝让百鸟仙子带灵鸟下凡，为其砍柴。做饭时，玉帝打发九天仙女下凡，帮助操勺掌锅，火龙太保帮烧火。

妙善被父处死，玉皇令铁斗魁星护其刀枪无伤，死后，又让土地化虎，叼走其尸，并服以仙丹。后释迦佛又考验其诚信，肯定以后，指点其往终南山修道。接下来，玉皇惩罚妙庄王，降下恶病，才有公主舍手眼救治。佛祖后又遣八大天王捉拿白象、青狮二妖。最终玉帝封妙善为观世音菩萨。

《梓潼宝卷》中，先是有太白金星下凡作法，将陈梓春骗到东海龙宫，使其与龙王三位公主成亲。后来，陈梓春被竹节山魔王关入迷魂洞中十八年，也是有山神土地变作穿山甲，为之钻洞吸气，送饭充饥。陈梓春与三子的重逢，是先有太白金星带赖元精到皇宫里作恶，后有其三子降妖，向皇帝要求见父亲，才有最后打败魔王，父子相认。而三子的降妖伏魔法术学自云台山虚无老祖，三人入京降妖也是受了太白金星化成的老人的指点。

《血湖宝卷》（即《目连救母卷》）中，目连的母亲刘氏因为破戒食荤，并欺骗儿子，向地狱十王发誓，如食荤，则身入地狱。韦陀天尊路过，一掌将其打死。后来目连入地狱救母，正是其师傅地藏菩萨赠给三件佛宝：明珠、锡杖、《血湖忏悔文》，使之解脱刘氏出离铁围城地狱。

《张四姐大闹东京》中，包公也是依靠玉皇大帝，才最终了解张四姐的底细，并由王母娘娘和六位仙女下凡，将张四姐收归天庭。

《血汗衫记》中，沈氏安排好了毒酒要害死张世登，却因为关老爷恼怒，周仓将酒壶打破，而未遭祸。陆氏母子被婆婆赶到荒滩，遇上老虎，也是地藏菩萨为之驱除。太白金星则运用法力，将张世云提到华山脚下，使其与华山公主成亲。后又将出狱了的张世登提到华山，使其兄弟相见，才引出下面的兄弟两人赶回洛阳，救出因被诬杀死小叔子而即将被处死的陆氏。张世云被沈氏误杀，又是太白金星让华盖老祖化身猛虎，度他到华盖山修行。最后，玉帝命火德星君助众人脱去凡胎，升入天庭，受其封赐。

《十把穿金扇》虽非神佛修道故事，其中也常有神灵的出现。如刁婵梅因水寨被柳王爷扫灭，哀伤无路，是其师傅梨山老母下凡，指明出路。并喂其吃哑口丹，作法将其运到南京，使她与陶文灿相见，最终结为夫妻，也免除了她的灾厄。王素珍生子陶天浪，刁婵梅生子陶天成，云梦山水帘洞王禅老祖差神虎叼走，传授武艺，以便日后下山助父复仇。众人在青龙谷口与官军厮杀，欲救陶家二兄弟，昆仑山毛本大师令徒儿蒋林下山相助。苏玉兰被徐青杀死，其师梨山老母用神风将其收回仙山救活。这才有下文苏玉兰下山就徐青，感动对方的情节。而陶文彬死后，也是因为五云山白花仙女要吸其原阳刚气，将之救活。陶文灿又受九天玄女娘娘之助，增长法力，并获赐昆吾剑、玄武鞭，助其后来破除十大恶阵，入京复仇。神仙始终在关键时刻出面，帮助着陶文灿、陶文彬二兄弟，解厄脱困，完成复仇大业。

在靖江宝卷所宣讲的故事中，一切凡人、俗世解决不了的问题，最后都可以让神仙来解决。这有点像是《西游记》中，孙悟空一旦降伏不了妖魔，就向天庭或佛国搬救兵的模式了。如果说，宝卷中神仙的下凡托生，先天性地决定了主人公未来修道的命运和归位受封的最终结局，那么，其他神仙在宝卷中的出现，常常是故事发展到关键时刻的推动者或指引者，对人物的发展、事件的变化起着促成或扭转的作用，是故事情节发展的重要推动力。在某种程度上可以说，是神仙左右着靖江宝卷中人物的遭遇与结局，主宰着整个故事情节的变化。这一点，靖江宝卷与传统小说中的神魔小说在立意、构思、情节上，是非常接近的。

在靖江宝卷中，情节的发展过程中，经常可以看到神仙的存在。按其作用，基本上可以分为主宰神、护送者、教导者、推动者几类。主宰神是玉皇大帝、佛祖，是神灵下凡托生的命令者，也是神灵受封归位的最终确认者，拥有支配一切神灵的权威，其实也是因果报应的物化象征。

护送者，则是指护送神灵下凡托生者，一般是打弹张仙、送子娘娘负责护送下凡托生。打弹张仙还有另外一项职责，就是用金弹、银弹赶跑拦在门口，不让送子入宅的天狗、地狗。

教导者，主要是主人公修道所拜的师傅，如《三茅宝卷》中金福之师玉清真人，《大圣宝卷》中张长生之师观音菩萨，《地藏菩萨》中金藏宝之师佛祖。作为主人公的师傅，他们往往是其修道的领路人，同时也是其修道的监督者和护卫者。

推动者，是指前面三者以外，经常出现在故事中，对主人公的修道或变化，起引领、推动作用的神灵。靖江宝卷中出现得最多的此类神仙是太白星君。他很少作为主人公的师傅出现，却经常指点、促使主人公向最后的结局前进。如《香山观世音宝卷》中，太白金星化身道人，授予妙善公主《金刚经》，指点其修道。卷中的韦陀、普贤等其实都是与之同类的神灵。

《梓潼宝卷》中，是太白金星向玉帝讨旨，设计作法，与龙王串通，将陈梓春骗到了东海龙宫，迫其与龙王的三位公主结婚，了结宿缘，接下来，又是他设计安排赖元精为害皇宫，及时指点上元、中元、下元三兄弟救出父亲陈梓春的方法。陈梓春一家的命运变化，都离不开太白星君的推动。

《血汗衫记》中，太白星君将张世云摄到华山脚下，与华山公主成婚，了结宿缘，并引出了沈氏诬告儿媳陆氏杀害小叔子。后来，又将张世登摄到华山，兄弟相见，才得以雪陆氏之冤，解脱其被杀的命运。到最后，也是太白金星奉玉帝之命，将封神榜送到凡间，才有刘佑天子的照本宣封。

可以看到，神仙是靖江宝卷中故事情节的重要元素，它的存在一方面使得宝卷中的故事具有强烈的神奇性和曲折性，加深了宝卷的吸引力；另一方面，这些神仙在宝卷中的存在具有相对稳定的身份和套路，他们以格套化的方式对宝卷中的人物和事件，对情节的发展，产生着惯常的影响和推动。所以，神仙要素也是构成靖江宝卷在叙事上的格套化倾向的重要原因。

4. 描述上的套化

靖江宝卷在对人物、事件、场景等等的描写上，也经常表现出一种格套化，有大量的叙事套语存在。特别是对于人物的外貌、服饰、情感，以及某些相类似的场景，不同的靖江宝卷往往有着基本一致的描绘。

关于这一点，前面在论述靖江宝卷的情节套化时，已有触及。其格套化的情节模式是与其描述语言的格套化结合在一起的。如其中言天星下凡后长大，总言"顺顺当当长成人"；述其聪慧，则多言"五周六岁知南北，能言能语又聪明"；写起读书之通达，则多言"先生教到哪里，他就识到哪里；读到哪里，就熟到哪里；讲到哪里，就懂到哪里。读完《大学》、《中庸》、《论语》、《孟子》、《离娄》、《告子》换《诗经》"，"读了三年开笔做，写出文章爱煞人"。宝卷中写到主人公最后从火中度脱，一般都言"皈处去来皈去来，总来火中脱凡胎"。写世俗君王之封赐神灵，则多为"塑起某某金容相，文武百官好烧香"，"各州府县造起某某金容相，普天同庆受香烟"，再加上"吩咐风流才子、自在丞相，将……，造起某某经、某某忏"，"又造一部某某卷，讲经和佛了愿心"。情节的格套化和描述语言的格套化结合在一起，构成靖江宝卷口语文学的重要特征。

除了上述情况以外，靖江宝卷中还有很多叙事套语存在。这些套语大多存在于不同宝卷作品的相似的情景描写中。如：

(1) 光阴似箭,三载过去,钱秀英倒有了六甲怀孕在身,是东斗文曲星到钱氏腹中投胎。(《三茅宝卷》)①。

光阴似箭,日月如梭,不觉公子九岁,在书房用功苦读。(《延寿宝卷》)②

光阴似箭,日月如梭,转眼数载,刘佑天子想到……(《血汗衫记》)③

光阴似箭催人老,日月如梭朝夜行。公子不觉修到廿七岁,地府里阎君又无情。(《报祖卷》)④

光阴似箭,日月如梭,刁婵梅病久,薛奶奶有几文余资,亦贴了不少。(《十把穿金扇》)⑤

(2) 光阴似箭,三载过去,钱秀英倒有了六甲怀孕在身……十月怀孕满足,瓜熟蒂落。(《三茅宝卷》)⑥

(水氏)十月满足,瓜熟蒂落。真是好娘好爷生好子,拣月拣日拣时辰。(《大圣宝卷》)⑦

赵氏十月怀孕满足,瓜熟蒂落,生下一位公子。(《张四姐大闹东京》)⑧

(陆氏)十月怀孕满足,瓜熟蒂落,稳婆接生,生到一位书生。(《血汗衫记》)⑨

(孔氏)十月怀孕满足,瓜熟蒂落。(《地藏宝卷》)⑩

---

① 《中国靖江宝卷》上册,江苏文艺出版社,2007,第6页。
② 赵松群演唱本。
③ 《中国靖江宝卷》上册,江苏文艺出版社,2007,第332页。
④ 陆爱华演唱本。
⑤ 《中国靖江宝卷》下册,江苏文艺出版社,2007,第814页。
⑥ 《中国靖江宝卷》上册,江苏文艺出版社,2007,第6页。
⑦ 《中国靖江宝卷》上册,江苏文艺出版社,2007,第152页。
⑧ 《中国靖江宝卷》上册,江苏文艺出版社,2007,第339页。
⑨ 《中国靖江宝卷》上册,江苏文艺出版社,2007,第308页。
⑩ 赵松群演唱本。

（3）一夜五更不必表，金鸡三唱天又明。天刚放亮，弟兄两个起身洗脸，用过早茶点心，辞别父母双亲。(《三茅宝卷》)①

（王灰狼）又喊王福："你不要走，把铁锤、钢印寻出来，陪我弄盅酒，吃了夜饭就动手。"——主仆做作大半夜，金鸡三唱天又明。(《张四姐大闹东京》)②

霍氏说："明天不割韭菜，把黄瓜摘上街去卖。"一夜话语休提表，金鸡三唱天又明。(《九殿卖药》)③

（4）（鬼使误抓了土地，）"不是的，我是八老爷。""啊，是八老爷，我们弄错了。"这叫——东厨老爷撕灶星，灯草拼命吸油瓶，海水冲到龙王庙，自家人打了自家人。(《三茅宝卷》)④

（沈氏）心想，不好了呱，不得了了呱，这个冤家弄错了。如果把我的世云药死末，这不是——海水冲倒龙王庙，自家人揪了自家人。(《血汗衫记》)⑤

王素珍听了大吃一惊——真是海水冲倒龙王庙，自家人打了自家人。(《十把穿金扇》)⑥

毛凤听到马飞雄这样一讲，随即走上前去，一把抓住他的双手说："好汉，我们真是——灯火菩萨攒油瓶，东厨老爷撕灶星，海水冲到龙王庙，自家人打了自家人。"(《十把穿金扇》)⑦

---

① 《中国靖江宝卷》上册，江苏文艺出版社，2007，第117页。
② 《中国靖江宝卷》上册，江苏文艺出版社，2007，第350页。
③ 赵松群演唱本。
④ 《中国靖江宝卷》上册，江苏文艺出版社，2007，第125页。
⑤ 《中国靖江宝卷》上册，江苏文艺出版社，2007，第330页。
⑥ 《中国靖江宝卷》下册，江苏文艺出版社，2007，第826页。
⑦ 《中国靖江宝卷》下册，江苏文艺出版社，2007，第843页。

(5)（穆桂英）随手用刀柄对四姐身上一梗，四姐就势来了个鹞子翻身，运足力气，用鱼刺对外一撑——捆仙索切得碎纷纷。(《张四姐大闹东京》)①

只见王素珍将桃木人往上一举，发出吱吱的叫声，将捆仙索收了对桃木人上一捆，随后发出轰隆隆几声——捆仙索炸得碎纷纷。(《十把穿金扇》)②

此圈能破一切法宝，抛在空中，有车轮大小，放出五彩霞光——咯炸一巨声，捆将索炸得碎纷纷。(《十把穿金扇》)③

(6) 张四姐立即到牢房寻找，左一寻右一寻，房房不见她夫君。将身来到重罪房，只见崔文瑞——重枷重锁在狭床上，杵嘴棒杵得紧腾腾。(《张四姐大闹东京》)④

牢头禁子打开牢门，玉童一见——重枷重锁在狭床上，杵嘴棒杵得紧腾腾。(《血汗衫记》)⑤

(7)（陶文彬言）我落难之人家不远，不是无名少姓人。(《十把穿金扇》)⑥

呆子说："问起我家乡名和姓，不是无名少姓人。"(《十把穿金扇》)⑦

金花起来银花落，莲花底下说根情。若要问我名和姓，不是无名少姓人。(《七殿攻文》)⑧

(8) 千岁，自古说，冤有头，债有主，烧庙堂万岁不

---

① 《中国靖江宝卷》上册，江苏文艺出版社，2007，第359页。
② 《中国靖江宝卷》下册，江苏文艺出版社，2007，第822页。
③ 《中国靖江宝卷》下册，江苏文艺出版社，2007，第850页。
④ 《中国靖江宝卷》上册，江苏文艺出版社，2007，第354页。
⑤ 《中国靖江宝卷》上册，江苏文艺出版社，2007，第321页。
⑥ 《中国靖江宝卷》下册，江苏文艺出版社，2007，第775页。
⑦ 《中国靖江宝卷》下册，江苏文艺出版社，2007，第788页。
⑧ 陆爱华演唱本。

下旨，赵震敢去领兵放火？这个账现在记到万岁头上，不为枉也！(《香山观世音宝卷》)①

(张四姐)说道："众位安童兄弟，梅香姐姐，你们要晓得，冤有头，债有主，我的丈夫是你们的主人和王福这奴才陷害的，与你们无涉。"(《张四姐大闹东京》)②

陶文灿、陶文彬兄弟二人亦站起来："冤有头，债有主，报仇之日已来临。"(《十把穿金扇》)③

(9)(成宗皇帝)问声："众位文臣武将，谁能去广陵高邮擒妖治水？"——三百文臣二百武，总像泥塑木雕人。(《大圣宝卷》)④

(仲康王)连问数声，无人答应——三百文臣二百武，总像泥塑木雕人。(《地藏宝卷》)⑤

万岁一听，龙思大乱，和众臣相商："哪位爱卿将妖精来拿住？官上加职重封赠。"——文武站在金銮殿，总像泥塑木雕人。(《梓潼宝卷》)⑥

弘治皇帝问文武班中有哪位卿家出阵，捉拿叛逆王素珍？那两班文武——眼不眨来气不伸，总像泥塑木雕人。(《十把穿金扇》)⑦

(10)玉主端坐灵霄殿，左眼不跳右眼跳，心血来潮不安宁。掐指一算，晓得一半：啊呀，应化童子转世失落红尘，只知勤读诗书，不知吃素修道——等他再读三年整，稳

---

① 《中国靖江宝卷》上册，江苏文艺出版社，2007，第244页。
② 《中国靖江宝卷》上册，江苏文艺出版社，2007，第353页。
③ 《中国靖江宝卷》下册，江苏文艺出版社，2007，第838页。
④ 《中国靖江宝卷》上册，江苏文艺出版社，2007，第192页。
⑤ 赵松群演唱本。
⑥ 赵松群演唱本。
⑦ 《中国靖江宝卷》下册，江苏文艺出版社，2007，第823~824页。

是新科状元身。(《三茅宝卷》)①

玉主掐指一算,晓得崔文瑞在书房攻读七载,已具才高八斗,学富五车——等他再读三年整,稳中头名状元身。(《张四姐大闹东京》)②

西天佛祖早已算到,六鸭道人在金家出世,年方十二岁,来家用功苦读:等他读到三年整,稳中头名状元身。如果有勒状元职,哪肯吃素办修行?(《地藏宝卷》)③

(11) 街上听唱莲花落的人啊,就挤如也,抑如也,推不走,轧不开。(《血汗衫记》)④

人潮如涌,只向前拱。就挤如也,抑如也,推不走,轧不开。(《十把穿金扇》)⑤

(12) 房屋改作三宝殿,塑佛装金办修行。朝念千声弥陀佛,晚拜南海观世音。(《大圣宝卷》)⑥

房屋改作三宝殿,装金塑佛来修行。(《三茅宝卷》)⑦

房子改成三宝殿,装金塑佛办修行。吃素修道三年整,功劳却有海能深。(《报祖卷》)⑧

(13) 这些灵鸟个个梳毛衣,拍翅膀。拍呀拍,梳呀梳,变得差不多——

平:斑鸠身穿十样锦,喜鹊穿的黑背心,

---

① 《中国靖江宝卷》上册,江苏文艺出版社,2007,第30页。
② 《中国靖江宝卷》上册,江苏文艺出版社,2007,第339~340页。
③ 赵松群演唱本。
④ 《中国靖江宝卷》上册,江苏文艺出版社,2007,第325页。
⑤ 《中国靖江宝卷》下册,江苏文艺出版社,2007,第886页。
⑥ 《中国靖江宝卷》上册,江苏文艺出版社,2007,第189页。
⑦ 《中国靖江宝卷》上册,江苏文艺出版社,2007,第91页。
⑧ 陆爱华演唱本。

孔雀生来茄花色,野鸡身穿燕尾青。(《三茅宝卷》)①
玉皇大帝打发百鸟仙子下凡,替三公主解难。百鸟仙子带哪些灵鸟下凡?
挂:八哥头上一撮缨,喜鹊穿的黑背心,
斑鸠爱穿茄花色,野鸡穿的十样锦。(《香山观世音宝卷》)②

(14) 十:金公子,在书房,辛勤苦读。读《春秋》,并《礼记》,夜昼操心。哪一天,不读到,黄昏时候。哪一夜,不读到,鼓打四更。

平:天天读到东方白,金鸡一叫又起身。他高读能像鹦哥叫,低读犹如凤凰声。(《三茅宝卷》)③

张长生,在书房,辛勤苦读。读《春秋》,并《礼记》,昼夜操心。哪一天,不读到,黄昏之后。哪一夜,不读到,鼓打三更。

平:天天读到二三更,金鸡一叫又起身。高读能像鹦哥叫,低读犹如凤凰声。(《大圣宝卷》)④

三位公主唷:高读能像鹦鹉叫,低读犹如凤凰声。(《香山观世音宝卷》)⑤

(15) 滚:种田老爹发善心,拿出铜钱斋道人。布施重修东灵寺,韦陀菩萨有感应。保佑你,种田田出谷,养猪猪发禄,回头青上秀小麦,癞宝草根长萝卜。(《三茅宝卷》)⑥

---

① 《中国靖江宝卷》上册,江苏文艺出版社,2007,第99页。
② 《中国靖江宝卷》上册,江苏文艺出版社,2007,第229页。
③ 《中国靖江宝卷》上册,江苏文艺出版社,2007,第30页。
④ 《中国靖江宝卷》上册,江苏文艺出版社,2007,第172页。
⑤ 《中国靖江宝卷》上册,江苏文艺出版社,2007,第209页。
⑥ 《中国靖江宝卷》上册,江苏文艺出版社,2007,第109页。

年岁好到什么样子呢？十天一小雨，五天一回风。大风吹不弯杨柳，大雨打不碎堡头，风调雨顺。真是种田田出谷，养猪猪发禄，回头青上秀小麦，癞宝草下长萝卜。上半年麦秀双穗，下半年稻报九芽。(《大圣宝卷》)①

玉帝回转御宰台抓把香灰往东土里一落，哪怕一棵草，长长就会秀麦。不秀拉倒，秀起来就是两个穗头，叫做麦吐双穗，稻报九芽。五天一回风，十天一小雨。大风吹不弯杨柳，大雨打不碎堡头，风调雨顺民安乐，万里五谷富收成。庶民百姓种田田出谷，养猪猪发禄，癞宝草下长萝卜，回头青上秀小麦。(《梓潼宝卷》)②

以上简单列举了靖江宝卷中在具体的情景描写上的套语现象。限于篇幅，不能一一举出。但从上面的例子中已经可以了解，在面对相似的情景时，不同的靖江宝卷作品的描写其实大多是一致的，文字上可谓大同小异。最后一例中，《大圣宝卷》与《三茅宝卷》大段文字更是惊人相似。这与其说是一种思维定式，不如说是靖江宝卷的宣讲者在创作、表演过程中，相互影响、借鉴，已经形成了一种大家共同遵循、效仿的创作习惯与表演模式。

靖江宝卷中，还有些作品在相似场景的描写上，文辞大致相似，或取其局部，或加以简化，或略加增饰，或颠倒次序，也可以归入套语的范畴之中。如《三茅宝卷》中，金福、王慈贞夫妻在花园中，有猛虎出现，"猛虎头像笆斗，颈脖子像棉花袋口，前脚像抓钩，后脚像伐树锄头，尾子像刷场扫帚，眼睛像明

---

① 《中国靖江宝卷》上册，江苏文艺出版社，2007，第141页。
② 《中国靖江宝卷》上册，江苏文艺出版社，2007，第263页。

灯,牙齿像银针,毒气对外喷,追了要吃人"①。同卷,言火德星君下凡要烧刘驸马家,"火德星君说变就变,变作斑斓猛虎模样。头像笆斗,脚像锄头,尾子像扫帚,眼睛像铜铃,张嘴要吃人,毒气对外喷,哪个敢上身!"②《香山观世音宝卷》中,妙庄王处死妙善公主,土地变猛虎叼走尸体,"当方土地一听吃惊,随一变二,化作斑斓老虎模样。头像笆斗,脚像抓钩,尾像扫帚,身像水牛,眨眼赛铜铃,张嘴要吃人"③。两者对猛虎的描写大同小异,后者可以视为前者的简化版。这也当属于套语的范畴。《血汗衫记》中,陆氏母子被驱赶到了荒滩,山脚下遇见斑斓猛虎,也有"头像笆斗,脚像抓钩"的语句。④ 可参见。

《三茅宝卷》中借桂氏之口,言三公子金福修道之憔悴,有"脸上修得像裱黄(按:指裱上黄纸),眼珠落进骷髅塘"之语;⑤《血汗衫记》中,张世登从杭州监狱中被放之初,其形状也有"脸像裱黄纸,眼落骷髅半尺深"之语。⑥

《三茅宝卷》中,王乾入京,见到京城热闹情形,作者写街上各色店铺有言:

  滚:石灰店里雪雪白,乌煤行里暗通通。米麦行里摆斗斛,银匠店里口吹风。皮匠店里忙不住,手拿锥子口衔鬃。茶店门口碗叠碗,酒店门口盅叠盅。铁匠店里兴兴烘,丝弦店里乒乒崩。饭店门口摆胡葱,混堂门口挂灯笼。遇到一班好世兄,解开罗带拍拍胸。你洗澡来我会东,混堂里洗澡不

---

① 《中国靖江宝卷》上册,江苏文艺出版社,2007,第40页。
② 《中国靖江宝卷》上册,江苏文艺出版社,2007,第116页。
③ 《中国靖江宝卷》上册,江苏文艺出版社,2007,第236页。
④ 《中国靖江宝卷》上册,江苏文艺出版社,2007,第315页。
⑤ 《中国靖江宝卷》上册,江苏文艺出版社,2007,第46页。
⑥ 《中国靖江宝卷》上册,江苏文艺出版社,2007,第326页。

伤风。①

《十把穿金扇》中,陶文灿等四杰偷入京城,暗访自己家人,也写到了京城各色店铺,其中言:

> 四杰看了真好笑,三街六巷闹不清。迈步又进四重门,买卖之声闹盈盈。一是兴隆典当行,二龙戏珠珠宝行。三阳开泰南货店,四季行里水果鲜。五颜六色绸线店,六谷满仓粮食行。七星剑挂古董店,八卦旗下测字忙。九江装来瓷器货,十字街上茶馆坊。茶馆店里杯彭杯,酒店里面盅叠盅。铁匠店里兴兴烘,丝弦店里乒乒崩。饭店门前摆胡葱,皮匠师傅口衔綮。开水炉灶尾马翘,混堂门前挂灯笼。遇到一班小兄弟,解开衣衫拍拍胸。你洗澡来我会东,混堂里洗澡不伤风。街坊景致说不尽,略表几句散散心。②

可以看到,两者描写的场景基本一致,只不过是次序和个别字词有所变化。对于街坊景致的描写,在靖江讲经中,应该已形成了格套,随手拈来。

另外,还有些描写性的语句,虽然只见于靖江宝卷的某篇作品中,但它其实常见于小说、戏曲之中。如以下几例的加点语词:

> 金太师一看,怒从心头起,恶向胆边生。用脚一梗,王乾对旁边一滚。(《三茅宝卷》)③

> 妙善公主的銮驾,前有"回避"、"肃静",后有"旗

---

① 《中国靖江宝卷》上册,江苏文艺出版社,2007,第10页。
② 《中国靖江宝卷》下册,江苏文艺出版社,2007,第885~886页。
③ 《中国靖江宝卷》上册,江苏文艺出版社,2007,第82页。

牌"、"掌扇",一路浩浩荡荡,逢山开路,遇水架桥。(《香山观世音宝卷》)①

华山公主抬头把他从头看到脚后跟,果然是位小书生。两耳垂肩,两手过膝,鼻直口方,相貌堂堂,一表人才。(《血汗衫记》)②

王素珍暗想:真是踏破铁鞋无觅处,得来全不费工夫。(《十把穿金扇》)③

再说陶文灿逃离北京,直扑山东古道而来。这一走,好比鳌鱼脱钓钩,扭断金锁走蛟龙。(《十把穿金扇》)④

金大人跟首将三件佛宝献上龙书案桌。万岁睁开龙目一看,只见霞光万道,瑞气千条。(《地藏宝卷》)⑤

这样的语句为小说、戏曲的常用语,实质上也应当属于套语,它间接说明了靖江宝卷和小说、戏曲间的交流。靖江宝卷作为说唱文学的一分子,自然而然地会受到其他说唱形式,包括小说的影响。

上面是靖江宝卷中使用套语的几个例子。类似的还有很多,不赘举。靖江宝卷中的套语在其唱词部分出现的频率要高于其在念白部分出现的频率。这与民间说唱文学的演变惯例相关。说白部分,多为叙事,一般需要随着时代、地域的变化,而随时随地地作调整。而唱词部分则多为描情写景,大多相对稳定,在短时间内一般不会作变动。从其内容特点和变化的状况来看,显然是唱词部分在描情写景方面更适于套语的出现。而念白部分主要是

---

① 《中国靖江宝卷》上册,江苏文艺出版社,2007,第224页。
② 《中国靖江宝卷》上册,江苏文艺出版社,2007,第318页。
③ 《中国靖江宝卷》下册,江苏文艺出版社,2007,第771页。
④ 《中国靖江宝卷》下册,江苏文艺出版社,2007,第819页。
⑤ 赵松群演唱本。

情节上的格套化想象。

　　靖江宝卷中这些涉及具体场景的套语的存在，最直接的意义是为讲经者在宣讲相似的情景时提供了现成的思路和文句，当他在面对某一特定的情景时，相关的文句就会自然地浮现在他的脑海里，让他可以随手拈来，对这一情景作固定的描绘。这种描绘刚开始主要为讲经者所熟习，但随着他们的广泛宣讲，它也为听众所熟悉。听众在听到宣讲者先前的"提示性"的语句时，就可以了解下面的相关场景会是怎样的一个情形，并预先在心中浮现这一情景。在接下来的听讲中，听众所记忆的与宣讲者所讲的相互印证。它是对宣讲者技艺的一种检验，宣讲者一方面需要记忆准确无误，不能在熟悉相关场景的听众面前出错；另一方面同样的内容的讲唱，需要有个性化的表演技巧，才能与其他宣讲者区别开来，增强自己的表演魅力。同时这样的套语也可以让听众融入宝卷的宣讲之中，听众在暗地里与宣讲者相互唱和，自觉地与宣讲的节奏保持一致。与宣讲者一样，在面对特定场景时，听众因此也可以形成固定的情感反应和情景记忆。这种反应和记忆最终形成宣讲者与听讲者之间的互动，以及良好的演出氛围。这对于宝卷宣讲的艺术效果与影响力的加强，无疑都具有重要的推动作用。

　　靖江宝卷中套语的存在，除了便于创作和表演以外，更重要的意义还在于，它通过大家（讲经者与听众）共同遵循、接受的格套，从内容到形式，给靖江宝卷确立了一种超稳定的模式，规定了它在各方面的表现。靖江宝卷中的套语，在很大程度上，可以说是群体（讲经者与听众）的思维模式、创作习惯与欣赏习惯相互作用的结果。这三者的合力常常凌驾于时代与文艺的变迁之上，这使得靖江讲经在时代的更迭与表演者的代谢中，都能保持着相对稳定的作品系列与演出体制，经历历史的变迁而能长存至今。另外，这种超稳定的模式也使得靖江宝卷与其他区域的宝卷区别了开来。在其他区域的宝卷越来越娱乐化、世俗化的时候，靖江宝卷还能一如既往地维持其与做会的结合，延续其强烈的宗教信仰属性，这些都是与靖江宝卷中普遍存在的叙事套语现象分不开的。

第二节　口语化特征

作为口头文学，靖江讲经在大部分历史时期里面对的听众，大多是属于文化水平相对低下的农民，无法要求他们能娴熟地听晓"官话"，并领会雅词文言的所谓魅力。因而，靖江讲经用的全部是靖江地区的方言，而且多采用为下里巴人熟悉的语词来予以宣讲。从靖江讲经的表演实际来看，其语言与现在当地的方言并无二致，只在唱词部分稍显文雅。施之于文本，则也属现代汉语的范畴，不存在阅读的困难。除了卷中大量的靖江方言语词的存在，对靖江以外的人有一定的阅读障碍以外，靖江宝卷具有突出的口语化特征，通俗浅白，易于接受。同时，方言成分加入其中，也使得靖江宝卷体现着强烈的乡土气息和独特的艺术魅力。而模仿人物口吻之文言话语也正是说唱艺术拿腔捏调处。

一　方言

如前所述，靖江方言以吴方言为主，讲经所用的主要是靖江当地的老岸话。宝卷中的语词有的还可以见于吴方言区的其他区域之中，有的则为靖江地区所特有。先说前一种，如：

万岁又问："姬爱卿，你可曾攀亲求缘？""格末（发语词，犹那么），我也不曾有。"（《三茅宝卷》）[1]

饭店门口摆胡葱（即洋葱），混堂（澡堂）门口挂灯

---

[1] 《中国靖江宝卷》上册，江苏文艺出版社，2007，第6页。

笼。(《三茅宝卷》)①

太太呀,你务必不要朝思量来夜肉麻(心疼)。(《三茅宝卷》)②

当家师说:"三少爷,不要信嘴里瞎嚼(胡说),瞎许菩萨。"(《三茅宝卷》)③

王氏脸一青胖(脸色难看),像个五殿阎王。(《三茅宝卷》)④

杨木扁担软绵绵,樵担松柴白相相(玩耍),半途之中歇一歇,担到家中才出太阳。(《三茅宝卷》)⑤

他们头发花白,拐杖一戳,似西天的太阳,等等险(即将)要落。(《三茅宝卷》)⑥

你这个鬼道士,你晓得我属牛,有意来侮辱我,度我这属牛的中牲(畜牲)。(《三茅宝卷》)⑦

这张世登从监牢里放出来是底高腔调(模样)?(《血汗衫记》)⑧

啊呀,痒疮过人(传染人)格。(《九殿卖药》)⑨

这些语词,在吴方言区的别处也有使用。靖江地区的文化主体上属于吴文化,讲经也主要受江南宣卷的影响,自然吴方言的一些常见的语词也见于其中。它进一步说明了靖江文化与靖江讲

---

① 《中国靖江宝卷》上册,江苏文艺出版社,2007,第10页。
② 《中国靖江宝卷》上册,江苏文艺出版社,2007,第22页。
③ 《中国靖江宝卷》上册,江苏文艺出版社,2007,第35页。
④ 《中国靖江宝卷》上册,江苏文艺出版社,2007,第42页。
⑤ 《中国靖江宝卷》上册,江苏文艺出版社,2007,第61页。
⑥ 《中国靖江宝卷》上册,江苏文艺出版社,2007,第94页。
⑦ 《中国靖江宝卷》上册,江苏文艺出版社,2007,第114页。
⑧ 《中国靖江宝卷》上册,江苏文艺出版社,2007,第326页。
⑨ 赵松群演唱本。

经和吴文化之间的密切关系,也将靖江讲经与北方的念卷区别了开来。

靖江讲经中另外还有一些语词,在别的属于吴方言区的地区未见使用,属于靖江地区特有的方言语词。如:

钱茅龙说:"妹妹,现在有底高(什么)办法呢?"(《三茅宝卷》)[1]

搭粥菜是扬州酱菜共瓜丁,上茶吃的是癞宝馒头(靖江当地指圆而扁的馒头,形同癞蛤蟆)秤半斤。(《三茅宝卷》)[2]

太师连忙欠身:"但愿乡亲把光(给面子)。"(《三茅宝卷》)[3]

钱氏在高厅上望好了的,见媒婆才进他家门,她就连忙稀稀步子(搭讪着走开或走上前去)下来,拍拍媒婆的肩头,背背她的衣袖。(《三茅宝卷》)[4]

祖父祖母爱的是头生子,爹娘惯的是荡江儿(最后一个儿子)。(《三茅宝卷》)[5]

门拿起来一开,陶陶罗罗(一群群)的人对里直栽。(《三茅宝卷》)[6]

公婆在说话,别把嘴去岔,遇事要忍耐,抵不得沿小(从小)在娘家。(《三茅宝卷》)[7]

---

[1] 《中国靖江宝卷》上册,江苏文艺出版社,2007,第4页。
[2] 《中国靖江宝卷》上册,江苏文艺出版社,2007,第11页。
[3] 《中国靖江宝卷》上册,江苏文艺出版社,2007,第13页。
[4] 《中国靖江宝卷》上册,江苏文艺出版社,2007,第15页。
[5] 《中国靖江宝卷》上册,江苏文艺出版社,2007,第16页。
[6] 《中国靖江宝卷》上册,江苏文艺出版社,2007,第19页。
[7] 《中国靖江宝卷》上册,江苏文艺出版社,2007,第21页。

如果你在广南心焦（寂寞）的话，不妨请地方人士帮你为媒。(《三茅宝卷》)①

　　熊氏大怒："还不曾见这种人，这样不习上（上进）。"(《三茅宝卷》)②

　　王氏来到暖阁高楼，一见婆婆，嚄嚄突突（伤心状）就哭。(《三茅宝卷》)③

　　狗子赶它场心里，一竹子打它脖里叽（乱蹦乱跳）。(《三茅宝卷》)④

　　（王老爷为仆人配亲）他半睁半闭。看准了，好的丑的牵搞（搭配）牵搞，配得蛮好。(《三茅宝卷》)⑤

　　师傅，我是说替员外的外孙做三朝洗澡衣服，鸽子（吉利话）要说好点！(《大圣宝卷》)⑥

　　我来跟你作吵（吵闹，指作对），拿你高邮坝拱倒，看你江山可牢！(《大圣宝卷》)⑦

　　再提陈良夫妇在家大行方便，好事做了数年春，还没男女后代根。要得哨（快），上灵雀庙，到灵雀庙求子。(《梓潼宝卷》)⑧

　　好哇，要不是我在家杠赖（发脾气），还想出来？(《梓潼宝卷》)⑨

---

① 《中国靖江宝卷》上册，江苏文艺出版社，2007，第24页。
② 《中国靖江宝卷》上册，江苏文艺出版社，2007，第47页。
③ 《中国靖江宝卷》上册，江苏文艺出版社，2007，第54页。
④ 《中国靖江宝卷》上册，江苏文艺出版社，2007，第64页。
⑤ 《中国靖江宝卷》上册，江苏文艺出版社，2007，第93页。
⑥ 《中国靖江宝卷》上册，江苏文艺出版社，2007，第156页。
⑦ 《中国靖江宝卷》上册，江苏文艺出版社，2007，第192页。
⑧ 赵松群演唱本。
⑨ 赵松群演唱本。

这些靖江地区特有的方言语词在讲经中出现,一方面加深了靖江讲经的地域特色,使之牢牢地打上靖江本土文化的印迹;另一方面,它们的出现是直接迎合当地听众的欣赏习惯与需要,用他们熟悉的语言来宣讲他们喜欢听的故事。这样,既增强了讲经的可听性,也拉近了和听众的心理距离。这是靖江讲经长期生存、发展的必要条件之一。

总而言之,方言语词在靖江讲经中的大量出现,成就了讲经的地方属性,使得靖江讲经与其他地方的宝卷宣演活动区别了开来,突现了它的独特品格。可以说,靖江讲经之所以成为靖江讲经,很大程度上要归源于它的语言上的方言特征。正是后者,使得靖江讲经成为原汁原味的地方文艺形式。同时,这也保证了靖江讲经在乡野村间的流行。只有这种在语言上通俗易懂,毫无障碍的说唱形式,才能在质朴无华的农民听众那里获得理解、欣赏。因为有了当地听众的热心支持,才进而保证了靖江讲经在漫长的历史时期内保存、发展了下来,并维持了相对稳定的表演形式与风格。

二 熟语

除了方言以外,靖江讲经与书面文学相区别的又一个标志是,作品中大量使用了流行于民间的熟语。这些熟语为普通大众所熟悉,在讲经中穿插这些熟语,一方面它往往可以和听众的生活经验联系起来,便于听众接受,相互间的交流可以变得更为容易、亲切,融洽现场的气氛;另一方面,这些熟语在表情达意方面,常常具有出色的艺术效果,生动、形象,又诙谐、有趣。对于增强整个讲经过程中的趣味性与艺术表现力而言,熟语的运用,常常具有出人意表的艺术效果。

靖江宝卷中的熟语有多种,最多的是歇后语。这些歇后语大多来源于生活,简捷易懂,具有形象、生动,又诙谐幽默的艺术效果。如《三茅宝卷》中说到王乾入京，饭店伙计向其仆人夸言店中好处：

> 王老爷听见，就喊："安童，你与他开店之家乱说底高？你不晓得，卖瓜的哪肯说自己的瓜苦？做生意的是三钱买把壶——就一张嘴。"①

这里运用歇后语，形象而精到地概括了做生意者能说会道的形像。下面，又写金丞相向王乾提亲：

> 王乾一听，吓得一惊，两手直摇，放趟子对旁边跑："恩师呀，你这样说，我是蜢子钻在盐包里——腌不死，渍就渍煞得呱。"②

蜢子即蚱蜢，渍谐音"折"，折福、折寿之义。这个谐音歇后语非常准确地传达出了王乾此时诚惶诚恐的心理。卷中王氏请两位嫂子劝金福放弃修道：

> 熊氏说："不是吹，三叔叔见我一到，就吓得笔堑笔——陡（抖）的。他在哪里？"③

其中的歇后语在形象化之外，又透出熊氏的自负得意的模样。宝卷中言元阳（金福）去度被囚的妻子王氏，王氏不信：

---

① 《中国靖江宝卷》上册，江苏文艺出版社，2007，第11页。
② 《中国靖江宝卷》上册，江苏文艺出版社，2007，第13页。
③ 《中国靖江宝卷》上册，江苏文艺出版社，2007，第44页。

王氏说:"你这个油头光棍,在外头听见的,扁担头上套来的。你是我家三少爷末,你晓得我属底高?""王氏啊,我们是两条黄牛合张犁——同耕(庚)。"①

歇后语的出现,使这一情景一下子变得饶有趣味。王乾到京城告金太师杀害儿子与媳妇,张天官言:

啊呀,你告金宝?真是老鼠想娶猫——胆子倒不小。你告他何来?②

歇后语生动地表达出了张天官内心的震惊和不解。下言,皇帝传旨拿金宝归京对质,金家安童慌张迎旨,金宝斥之:

奴才,大惊小怪。圣旨到我家来,是叫花子吃冷粯子粥——家常便饭。你怕底高?③

这里,歇后语刻画出了权臣受宠之下自高自大、恃宠而骄的心理。金乾、金坤两兄弟落难,关入天牢,两人相见:

二人是哑巴吃黄连——有苦说不出。既是胞兄胞弟,又是难兄难弟。④

"哑巴吃黄连——有苦说不出",道尽了兄弟二人见面时无

---

① 《中国靖江宝卷》上册,江苏文艺出版社,2007,第70页。
② 《中国靖江宝卷》上册,江苏文艺出版社,2007,第78页。
③ 《中国靖江宝卷》上册,江苏文艺出版社,2007,第80页。
④ 《中国靖江宝卷》上册,第101页。

法言说的哀伤和惊心。同卷中,说到土地带领众鬼去勾刘驸马的魂灵,无门而入,土地出主意从烟囱进去:

> 一般鬼使说:"这真是土地老爷死儿子——绝庙(妙)的主意。"土地说:"不好了,出了主意还挨你们骂,下次哪个肯帮你们忙?"①

"土地老爷死儿子——绝庙(妙)"在这里的使用,合情应景,陡然增添了几分诙谐、幽默,有着强烈的喜剧色彩。

《大圣宝卷》中,也存在大量歇后语。如卷中言张举山去李清明家讨债,李妻宦氏言:

> 啊呀,员外你是什么风吹来的?对不起,我真是年初一下雨——湿节(失接)。②

歇后语的出现,平添了风趣。张员外家生子后,王奶奶、陆奶奶来贺喜,拿了喜蛋就走,宝卷中言"嘴上客气说谢谢员外,脚底上像抹了油——直滑得走"③。歇后语道出了两人礼物到手后匆匆离去时的心满意足之状。普贤老母劝观音不要去点化张长生,言"三妹,你莫去瞎子面前点灯——白费蜡,这个冤家是杀戮星,劝不醒"④。歇后语生动地道出了普贤对张长生的失望和气愤。

《香山观世音宝卷》中,韦陀菩萨让当方土地帮助妙善公主,在青石板上栽活五百棵枯松,感言"要在这石板上栽树,

---

① 《中国靖江宝卷》上册,江苏文艺出版社,2007,第120页。
② 《中国靖江宝卷》上册,江苏文艺出版社,2007,第143页。
③ 《中国靖江宝卷》上册,江苏文艺出版社,2007,第155页。
④ 《中国靖江宝卷》上册,江苏文艺出版社,2007,第182页。

真是一支没眼的笛子——没法吹"①。歇后语传神地表现出了土地此时的无奈心理,非常形象。

《梓潼宝卷》中,龙王化身的老人要诬告陈梓春偷盗,后者有言:

> 公公,你哪怕现在就去告,我又不怕。怎?说你不要着气,你这是乱坟场架炮——吓鬼。②

少年人的年轻气盛和受了冤屈以后的气愤、倔强,通过其中的歇后语都得到了体现。

《张四姐大闹东京》中木县令接受贿赂,担心事发,自思利害,有"乡下人挑粪——前后屎(死)"之语③。虽略显粗俗,却结合农民生活实际而来,对听众而言有较强的感染力,充分展示了木县令此时的心情。

《血汗衫记》中,张员外准备续娶沈氏:

> 跑去一看,沈氏小姐不高不矮,不胖不瘦,真是黄棉花换布——充当得过。④

歇后语结合农村的生活实际,表现了张员外内心里的欣喜、满意。卷中写沈氏迫害媳妇陆氏,指其为"猫哭老鼠——假仁假义"⑤,贴切而生动。

《九殿卖药》中,卢功茂、霍氏夫妻开药店,无人光顾:

---

① 《中国靖江宝卷》上册,江苏文艺出版社,2007,第218页。
② 赵松群演唱本。
③ 《中国靖江宝卷》上册,江苏文艺出版社,2007,第355页。
④ 《中国靖江宝卷》上册,江苏文艺出版社,2007,第304页。
⑤ 《中国靖江宝卷》上册,江苏文艺出版社,2007,第315页。

霍氏向卢功茂说："相公，信了你的话，要霉一夏。开门七天了，真是阎罗王开店——鬼总不上门。"①

"阎罗王开店——鬼总不上门"之语，诙谐而生动地道出了药店门庭冷落，霍氏内心气恼的情形。下有霍氏找不出吕洞宾要的四种药，想退回药钱。吕洞宾不依，称当初谈好条件，是"腌菜烧咸粥——有言（盐）在前"②。这一歇后语也是贴切、形象，富有生活气息。

《十把穿金扇》中，严奇嫉妒陶彦山独得十把穿金扇，自言"我们骑驴看唱书——走着瞧，包叫你认得我严奇"③。其怀恨在心，一路算计的情形，跃然纸上。卷中，王天官探问陶文彬身份，后者"心像十五个吊桶打水——七上八下，忐忑不安"④，歇后语准确传达出了其内心的不安。又言，陶文灿一日娶两妻，夜间不知陪谁，自想：

呀，我倒是老鼠钻进风箱——两头受气。哦，又一想：我不如来个驼背翻跟斗——两头不落实。⑤

两个歇后语，合情合景，又诙谐、生动。

靖江宝卷中有的歇后语可能属于靖江地区特有，或与地方文化联系起来，更具一番别致风味。如《三茅宝卷》中说到王乾任广南太守，将原告、被告一同责打：

---

① 赵松群演唱本。
② 赵松群演唱本。
③ 《中国靖江宝卷》下册，江苏文艺出版社，2007，第763页。
④ 《中国靖江宝卷》下册，江苏文艺出版社，2007，第800页。
⑤ 《中国靖江宝卷》下册，江苏文艺出版社，2007，第838页。

第六章　靖江宝卷的口头文学特征（一）　205

告状的人走到衙门外就说了："不晓得这位老爷住哪块？"有人说："听说住宾州。""宾州？不是的。这个老爷可能住溧水。溧水地方打铁的人多，叫溧水人做官——只会打。所以他接到状子就撒野，撤下来就打。"①

这一情景中，歇后语"溧水人做官——只会打"的运用，使其妙趣横生，平添了几分诙谐。这种有关身边事的歇后语，自然更易于引起听众的共鸣与嬉笑。

《大圣宝卷》中，张举山要坑害来借粮的灾民：

于是对安童说："我家仓里的米麦是原干货，铜钱银子是真钢货。借给穷人如若把利息抬高，他们要说我从夹肘窝里伸刀——杀他们。不如来个馄饨不涨价——皮里抽肉。"②

两个歇后语，都非常形象地刻画出了旧时财主为富不仁，盘剥、欺诈下层百姓的凶狠和奸诈，能够引起听众深深的共鸣。下面说，张举山要钉秤师傅做空心秤，后者言："员外，这叫我真是乡下人读祭文——难字在头。我从来不曾钉过空心秤！"③ 歇后语写出了其左右为难、不安的心理。张家生子后，外公水员外请裁缝到家来做外孙的三朝洗澡衣服，梅香（丫鬟）能说会道，"裁缝师傅想，竟是扁担戳城门——三年会说话。大户人家的梅香总能说会道的。我不说上几句，她瞧不起我"④。"扁担戳城门——三年会说话"，为靖江当地常用的歇

---

① 《中国靖江宝卷》上册，江苏文艺出版社，2007，第27页。
② 《中国靖江宝卷》上册，江苏文艺出版社，2007，第138页。
③ 《中国靖江宝卷》上册，江苏文艺出版社，2007，第139页。
④ 《中国靖江宝卷》上册，江苏文艺出版社，2007，第156页。

后语，用来比喻本没有见识的人，在城市中呆久了，世面见多了之后，自然会变得聪明能干。这里用上它，巧妙地反映出了裁缝师傅既有佩服和感叹，又有点不满与不服的微妙心理。

《香山观世音宝卷》中，言玉帝令铁嘴昆鹏衔走妙庄王要三公主煨烂的铁茄铁索：

> 它哪知衔住茄子，索子又长；衔住索子，茄子又重，真像黄狼衔鸭蛋——没法下口。①

这一歇后语应当属于靖江当地特有。它非常形象地道出了大鹏不知所措，左右为难的情形。白雀寺众尼为难妙善，让她砍五百个人茶水饭菜要用的木柴：

> 三公主想，不好违命，违也要做，不违也是做，向她求情诉苦，等于一刀剁在壳树上——白说（血）。②

这里利用方言中的谐音构成歇后语，形象而生动。
《血汗衫记》中，媒人为张世登说亲，嫌张员外拘执礼节，言：

> 员外，你怎是丹阳的骡子——好慢的性子。陆员外家可不像你。他见我们从中做媒，是熟不拘礼，一趟到底。③

---

① 《中国靖江宝卷》上册，江苏文艺出版社，2007，第220页。
② 《中国靖江宝卷》上册，江苏文艺出版社，2007，第228页。
③ 《中国靖江宝卷》上册，江苏文艺出版社，2007，第307页。

丹阳的骡子——好慢的性子，应该是为靖江当地熟悉的歇后语。只有熟知此事的人，才可能领会其中的奥妙、诙谐，可以引发其会心一笑。

《九殿卖药》中，卢功茂不会卖韭菜，后发狠拿韭菜换了烧饼店的爆灰，自言"一个钱卖掉老子——一世不叫了"[1]，可笑之余，也让人想见其赌气发狠状。

这些与靖江当地密切相关的歇后语，更能激起听众的共鸣，融洽现场的演出气氛。同时，它们也表现出了浓郁的靖江文化色彩。

除了歇后语以外，靖江宝卷中还有很多其他类型的熟语，也集中体现了口语特征。其中有的是民间日常言说的俗话。前文讲到靖江宝卷中的很多叙事套语，其实即属于民间俗语。如"海水冲到龙王庙，自家人打了自家人"、"踏破铁鞋无觅处，得来全不费工夫"、"麻布洗脸初相会，烧饼不熟面又生"、"逢人只说三分话"、"画龙画虎难画骨，知人知面不知心"。除了以上之外，靖江宝卷还有着更多的民间俗语。如《三茅宝卷》中，金福向刘驸马化缘，被封入夹墙后，脱身回家：

> 两个哥哥以为三弟已经死了，是魂灵回来了。心上一急，倒哭了起来——三弟呀，你偏偏要去化皇亲，真是到老虎头上拍苍蝇。[2]

"老虎头上拍苍蝇"一语，形象地写出了两个哥哥心中的懊恼和无奈、忧伤。下面写两人向刘驸马讨要弟弟，刘驸马回答：

---

[1] 赵松群演唱本。
[2] 《中国靖江宝卷》上册，江苏文艺出版社，2007，第117页。

"喔，蟑螂虫同灶蟀子，是一个灶头上来的。安童，替我动手！"①
"蟑螂虫同灶蟀子，是一个灶头上来的"应该是属于靖江当地民间俗语，浅俗易懂而生动形象。卷中说到刘驸马害病，郑大夫来看：

  用手一捺，驸马的牙齿一突。"啊依喂，我的牙齿又痛起来了。"牙痛不是病，痛起来痛断命。②

最后的两句俗语，可以和现场听众的经验契合，让他们想见刘驸马的病痛状。

《大圣宝卷》中，如土地化身老人，劝众人不要去张举山家抢劫：

  土地公公说："古人之言，'穷要说理，富要饶人'。这是天灾，不是人害，不要到人家去打家劫舍。"③

"穷要说理，富要饶人"一语，应该是民间关于穷人、富人处世的普遍要求。张员外被人讥讽无子，回家后哀伤：

  水氏院君一听倒笑起来了，"员外，你对家一坐，没事找事做，怎想起儿女来了？常言道，男是冤家女是害，无男无女多自在。"④

这里的两句俗话传达了民间对儿女的另外一种看法。《香山

---

① 《中国靖江宝卷》上册，江苏文艺出版社，2007，第117页。
② 《中国靖江宝卷》上册，江苏文艺出版社，2007，第122页。
③ 《中国靖江宝卷》上册，江苏文艺出版社，2007，第138页。
④ 《中国靖江宝卷》上册，江苏文艺出版社，2007，第149页。

观世音宝卷》中,宝德皇后劝告妙庄王不要伤害女儿妙善公主,引用了"猛虎犹护子,蛇毒也爱亲生"①两句俗语,舐犊之情溢于言表。《地藏宝卷》中,言孔氏抚养儿子,也用了俗语"只愁不养,不愁不长"②。

《血汗衫记》中,洛阳县令胡坤怀疑陆氏杀小叔子张世云一事,用到了俗语"官也不打送礼的,狗也不咬出恭的"③,朴野之中另有一番生动、风趣的味道。卷中后说到胡坤收到沈氏的贿赂,妻子劝他接受:

胡老爷一听,眼珠发定,默不作声。俗话说,吃酒红人面,财帛动人心。胡老爷还在犹豫未定。④

两句俗语,道出钱财对人的巨大诱惑力。《九殿卖药》中,卢功茂安慰妻子霍氏,不要担心无人光顾药店,言"小姐,你别急。俗话说,生意不上门,是言语不到家"⑤。此为民间关于经商的经验总结。《十把穿金扇》中,言陶文灿诸人被困清江,断粮多日,"俗话说:人是铁,饭是钢,刀无钢火,怎能使用"⑥。这里俗语的使用,也是十分贴切。

靖江宝卷中的俗语有的属于当地,因而更见其地方特色。如《三茅宝卷》中,夫人钱氏不满意金丞相与王乾结亲家,金丞相向之解释王家小姐命好:

---

① 《中国靖江宝卷》上册,江苏文艺出版社,2007,第321页。
② 赵松群演唱本。
③ 《中国靖江宝卷》上册,江苏文艺出版社,2007,第320页。
④ 《中国靖江宝卷》上册,江苏文艺出版社,2007,第331页。
⑤ 赵松群演唱本。
⑥ 《中国靖江宝卷》下册,江苏文艺出版社,2007,第895页。

钱氏一听，呵呵大笑："好好好，俗话说，我只认他盘篮里米，不管他盘篮有底没有底。只要小姐命好，就不问他王乾的官职大小。"①

"只认他盘篮里米，不管他盘篮有底没有底"为靖江当地的俗话，意指只看主要方面，不看次要方面，非常简捷而生动地表达了钱氏对事件的态度、看法。同卷，说到熊氏、桂氏二位大嫂劝金福放弃修道：

三公子说："二嫂嫂不要起劲，我再说个你们听。今朝一不过冬，二不过年，你们穿一身花花绿绿衣裳，可比鬼多两只耳朵？"②

"比鬼多两只耳朵"为靖江俗话，意为丑得出奇，活画出了二人花枝招展的模样，更传达出了金福嘲讽、挖苦的口吻。皇帝传旨拿金太师入京，太师将银子送与钦差：

安童捧出四百两银子，然后提醒太师："太师，乡间有句俗话，叫'酒肉灌皮袋，公事仍在外'，就怕你这四百两银子掉在水里总不响。"③

这些俗话大多是普通百姓生活经验的直接总结，主要涉及人情世故、道德教训等内容，都以简练生动的语言予以表达。它们的使用，既增加了讲经的生动性，也传达了一定的生活知识与

---

① 《中国靖江宝卷》上册，江苏文艺出版社，2007，第14页。
② 《中国靖江宝卷》上册，江苏文艺出版社，2007，第46页。
③ 《中国靖江宝卷》上册，江苏文艺出版社，2007，第81页。

教训。

　　熟语在靖江宝卷中的大量出现,有着重要意义。第一,这些熟语多源于听众的生活实际,为其耳熟能详。对于听众来说,其意义可谓浅显明了,众所周知。因而听众可以轻而易举地领会讲经人所要表达的意思,感受其中的喜怒哀乐。第二,这些熟语大都生动、诙谐,使用形象化的手法来说理明事。这对于增强讲经时描情写态的形象化,营造一种风趣热闹的现场气氛,可以起到很好的促进作用。第三,这些熟语大多是来源于普通民众的现实生活,有着浓烈的乡土气息。它们是下层百姓对自己身处的社会,所经历的生活的经验性的概括、总结,从中可以找到下层百姓活生生的情感和经验。这些熟语在讲经中出现,也是普通百姓情感、经验的一次集体性表达。听众可以从中印证自己的生活经验,实现一种间接的情感宣泄和经验发布,最终获得心灵上的共鸣。因而,讲经中熟语的存在,和方言一样,也有着拉近表演者与欣赏者自己的心理距离,融洽现场气氛的作用。

　　以上主要是对靖江宝卷在叙事套语、口语化方面的简单说明。这些特征充分展示了靖江讲经作为说唱文学的特质与其魅力所在。

第七章　靖江宝卷的口头文学特征（二）

除了上章的情况以外，靖江宝卷还在其他方面，体现着它的口头文学特征。主要涉及拟声、说唱口吻、书面语的穿插等方面。下面简言之。

第一节　说唱口吻

作为口头说唱文学，讲经者时不时地会有一些属于本色当行的语句、腔调，透露出其独具的职业特征。这种职业性的说唱口吻其实是一种叙事干预。在演出过程中，说唱者必须根据现场的反应，调整叙事的节奏，引导或顺应听众的情绪与评价，以保证整个演出的顺利进行与良好的氛围。它们的存在，是说唱者与听众实现交流、互动的必要手段。这也是口头文学区别于书面文学的一个标志。靖江宝卷中的说唱口吻可以说是随处可见的，时时表明它的说唱文学身份。

一　指示性话语

靖江宝卷的宣讲者作为整个叙事进程的主宰者，在故事情节发生变换时，常常用特殊的话语，提请听众注意，点明这种变换。前面在讲靖江宝卷的叙事套语时,说到的引入语正是其类。还有切换套语如"不提……,再讲(提)……"、"……不表,再讲……"、"花开两朵,各执一枝"等,其实也属于指示性话语,是说唱者常有的口吻。

以上都属于格套化的指示性话语。另外,有些并非套语,但也属于指示性话语。如:

  经典是个劝世文,丢掉前文讲后文。一口难说两句话,一手难拿两支针。下文讲底高?再讲宾州南门极乐村,一人姓王名乾,同缘陆氏。(《三茅宝卷》)①

  众位,先天东厨宝卷已经讲完成,还有九灵灶君是何人?众位,讲后头灶君贤人出在西京河南洛阳县北门七里张家庄。(《东厨宝卷》)②

  众位,外面围困得水泄不出,针插不进,看来陶文灿定然插翅难飞!列位放心,陶文灿、陶文彬兄弟二人在《十把穿金扇》宝卷之中,是卷中之胆。以后还有惊天动地之举,千难万险之境哩。他们应各得五位夫人,除了奸报了仇,振兴大明,才算功成业就。他这次回京祭扫落入奸贼之手,不是就此完结,那还有什么经书可讲呢?这是絮谈,不在话下。(《十把穿金扇》)③

前面两例都在提示后面要讲新的内容,最后一例,则有着多重的作用。它既有着舒缓气氛,安定现场听众的作用;同时也有着提示人物未来的命运与故事发展的作用。

---

① 《中国靖江宝卷》上册,江苏文艺出版社,2007,第 10 页。
② 赵松群演唱本。
③ 《中国靖江宝卷》下册,江苏文艺出版社,2007,第 818 页。

靖江宝卷中的指示性话语还有一类，比较特殊。它主要是结合其说唱文学的特点，提示听众讲经到某处有所省略，不再赘述。有着表明时光飞逝，迅速转换时空的作用。如：

众位，这个案件又过去了，以后可还有哪个来告状？有的。如果这么多案件统统讲来，就怕四天四夜也讲不完《三茅宝卷》。正因为王老爷为官清正，审案有方，一般刁民再也不敢惹是生非，前来告状的也就越来越少了。(《三茅宝卷》)①

白花姑娘现在将他提走，救活后，还要向他拜上九十九天，才能取到他的元气。弟子讲经，不能等他九十九天，只能花开两朵，各表一枝，回头再讲康凤父女二人回到襄阳，立即就派人送信上八盘山求援去了。(《十把穿金扇》)②

这是直接表明其讲经有省略，不烦细说之意。也有着概括、收束前文的作用。再如以下几例：

经中言语省一省，二次取药回京城。(《香山观世音宝卷》)③

经中言语省一省，九龙高山面前呈。(《十把穿金扇》)④
行过茶来品过礼，良辰吉日要娶千金。经中言语省一省，刘千金小姐娶过门。(《延寿宝卷》)⑤

---

① 《中国靖江宝卷》上册，江苏文艺出版社，2007，第29页。
② 《中国靖江宝卷》下册，江苏文艺出版社，2007，第865页。
③ 《中国靖江宝卷》上册，江苏文艺出版社，2007，第249页。
④ 《中国靖江宝卷》下册，江苏文艺出版社，2007，第846页。
⑤ 赵松群演唱本。

以上诸例,都通过指明省略,一笔带过,省略多余的叙述,直接导入下面的情节。也表示着时间或空间的巨大变换,其实也即向听众提示其下情节的转换。另外,还有一种情况,主要是涉及人物说话、谋划时的情形,如:

> 王福说到这里,鬼眼对四周瞧瞧,生怕路上说话,草里藏人。于是把头凑到王灰狼耳边,如此这般、这般如此地说了一通。(《张四姐大闹东京》)①

> 王素珍说:"其中有妙计可施。"于是便如此这般地对荷花说一遍。(《十把穿金扇》)②

这是与说唱的特点相符的,省略过烦的语言,免得到后面与此重复。同时也增加了讲说的神秘色彩,可以进一步引起听众的好奇与兴趣,为下文从言语到行动,付诸实施,提供铺垫。

概言之,靖江宝卷中的指示性话语,主要在于向听众提示情节的切换,吁请其关注下面的内容。同时,也常有简省叙事,切换时空的作用。

二 解释性话语

靖江宝卷在宣讲时,听众的思路被讲经者所牵引。演出的现时性与连贯性使他们常常缺乏必要的停顿去推敲、思考宝卷中的很多事件的因果与关联。加上讲经者有时难免对事件、人物交代有不清楚的地方,这些都会影响听众对故事的整体性的印象和对人物的了解,从而影响整个的演出效果。讲经者必须保证在临场

---

① 《中国靖江宝卷》上册,江苏文艺出版社,2007,第350页。
② 《中国靖江宝卷》下册,江苏文艺出版社,2007,第774页。

的表演中，要针对听众可能有的疑惑、不解，说清有关的问题。没有实现的话，就要在后来的宣讲中作补充说明，使听众对故事的脉络和人物关系等等问题，有一个清晰的框架。这是决定演出成败的关键之一。因而，在靖江宝卷中，经常会有一些话语，会暂时停止对当前事件的叙述，作一个情节的停顿。或回溯前面内容，作补充说明；或从人物关系、个性等角度，对当前状况作分析、解说，以交代清楚相关事件、人物的前因后果、发展脉络，便于听众接受与理解。

（一）补充说明

这类话语主要是交代当前情景中的某些环节、因素，或交代其后续的发展，作好伏笔，以使听众对"形势"了如指掌，形成整体的印象。如：

众位，广南码头离城有多远？只有二三里路程。王老爷就想：还不晓得前任官在此治理得如何？（《三茅宝卷》）①

仙风一息，玉清真人对金三公子小书房一立。众位，这是什么时候？将中未中的辰光。（《三茅宝卷》）②

以上两例，后者说明事件发生的时间，前者说明人物此时的方位。还有的是交代事件中的相关人物或人物关系的。如：

门外是哪个？张长生。长生公子不曾回到高厅吃饭，在门外想诗对的。（《大圣宝卷》，)③

---

① 《中国靖江宝卷》上册，江苏文艺出版社，2007，第26页。
② 《中国靖江宝卷》上册，江苏文艺出版社，2007，第30页。
③ 《中国靖江宝卷》上册，江苏文艺出版社，2007，第331页。

前面哪个？是观音亲自变一个讨饭婆。(《大圣宝卷》)①

众位，大圣宝卷在这之前——叫张长生、张打生……从此称他裕缘小真人。(《大圣宝卷》)②

以上三例，前两例都是交代宝卷中出现的相关人物。最后一例则交代了张长生称名的变化，为叙述下文时消除听众可能有的疑惑。再如：

众位：陈梓春是何人也？陈梓春是山东省中州府灵台县北门聚贤村人氏，其父名陈良，母亲朱氏院君。他们年过半百无子，心中焦急不已，就在家广行方便，大做好事，求子修孙。(《梓潼宝卷》)③

众位，你知道来的四男二女是谁？弟子交代，那先上擂的一人，就是清江总镇严霸之子，名叫严仙。后一位是严党之子严娘，还有两位，即苏葛的儿子苏廷龙、苏廷虎。那两个女子，一个是严霸之女，名叫严汉珍；一个是苏葛之女，名苏玉兰。(《十把穿金扇》)④

上面两例，除了说明人物为谁以外，还交代了相关的人物关系。

靖江宝卷中，还有一些话语，是用来补充说明事件的意义、后果等情况，以使听众有一个全面的了解，有的还属于铺垫、伏笔。如：

---

① 《中国靖江宝卷》上册，江苏文艺出版社，2007，第345页。
② 《中国靖江宝卷》上册，江苏文艺出版社，2007，第188页。
③ 《中国靖江宝卷》上册，江苏文艺出版社，2007，第261页。
④ 《中国靖江宝卷》下册，江苏文艺出版社，2007，第843页。

众位，这一段就是天下百姓的来由。(《东厨宝卷》)①

众位，水鼠叫老母在此山修道，久后度你封神。(《东厨宝卷》)②

众位，这个案件又过去了，以后可还有哪个来告状？有的。如果这么多案件统统讲来，就怕四天四夜也讲不完《三茅宝卷》。正因为王老爷为官清正，审案有方，一般刁民再也不敢惹是生非，前来告状的也就越来越少了。(《三茅宝卷》)③

金刀王善协同严奇喝令众将到里边动手捉人。太平王柳让也叫道："你们要防陶文灿上屋登高逃走。"众位，太平王柳让与陶文灿是嫡亲表兄弟，柳氏夫人是柳让的姑母。所以柳让叫喊乃是暗打兆语，叫他登高逃走。(《十把穿金扇》)④

再讲玉石星陶天浪被虎衔去。众位须知，此虎非凡虎，是云梦山水帘洞王禅老祖座下的神虎。因王禅老祖见陶家冤屈难伸，差神虎将陶天浪衔上高山，传授武艺，好叫他日后下山报仇。众位要问，陶天浪何时下山——只要等清江城打擂比武艺，陶天浪才下山救双亲。(《十把穿金扇》)⑤

以上五例中，前一例交代这一事件的影响，后两例则交代后果，最后两例交代事件的真相，并都为后来情节的发展安排好了伏笔。

---

① 赵松群演唱本。
② 赵松群演唱本。
③ 《中国靖江宝卷》上册，江苏文艺出版社，2007，第29页。
④ 《中国靖江宝卷》下册，江苏文艺出版社，2007，第767页。
⑤ 《中国靖江宝卷》下册，江苏文艺出版社，2007，第796页。

还有的是交代补充与事件有关的一些情况，以比较全面地向听众展示整个事件的方方面面，便于其听懂、了解。如以下几例：

众位，万岁是个有心人，就问了：钱爱卿，你的妹子可曾有门当户对啦？（《三茅宝卷》）①

众位呀，王乾告状运气丑，状子偏偏落在金宝长子接本御史的手。（《三茅宝卷》）②

众位，开药店是一个暗行生意，很能赚钱，所谓神仙不识末药。进货是用簸箕畚畚，卖出是用戥子戥戥，用车推船装的药材不值钱，抓在手掌心里一点点的东西值大钱。（《九殿卖药》）③

众位，大人做官还是清正，还是糊涂？清正流芳百世，糊涂遗臭万年。大人在朝为官，清如水，明如镜。上马能管军，下马能管民。上替国家出力，下替子民担忧。少者不打，老者不杖。慈老邻（按：原文如此，当作"怜"）贫，两袖清风，爱民如子。功高宇宙，名振乾坤，国内称赞，四海闻名。（《地藏宝卷》）④

四例，第一例交代万岁在这个事件中的表现，第二例交代王乾状子的下落，第三例交代药店的生意经，最后一例则交代金宝为官情况。都是在主要情节以外的补充说明。

总之，靖江宝卷中的这些补充说明的话语，有助于听众对整个故事的把握，也可以保证宣讲顺畅进行。

---

① 《中国靖江宝卷》上册，江苏文艺出版社，2007，第6页。
② 《中国靖江宝卷》上册，江苏文艺出版社，2007，第77页。
③ 《中国靖江宝卷》上册，江苏文艺出版社，2007，第365页。
④ 赵松群演唱本。

（二）解释原因

当听众对故事中的情节发展、人物举动，有所不解或困惑时，说唱者需要对"为什么是这样"作出适时的合情合理的解释、说明，只有这样叙述的节奏才不会被扰乱，整个表演才可以在良好的气氛中顺利地进行下去。因而，靖江宝卷中，有大量的针对某个特定的场景的分析、解释性的话语。尽管从表面看来，这似乎是一种叙事中的"延宕"，但它无疑是必须的。

这种解释在靖江宝卷中，讲经者一般通过自问自答的方式来完成。《三茅宝卷》中：

> 诸位，凡是庙宇里的韦陀菩萨为底高总是面朝北？有解说的——韦陀菩萨朝北撑，望望你泗州可出小人。要是泗州出了小人，他就好回过来朝南的。①
>
> 众位，王氏底高心？她想：我把公子骗进花园，将今比古，将古比今，好劝他回心转意。②

这里代听众发问，第一例回答了庙宇里的韦陀菩萨为什么面朝北的问题。第二例则回答了王慈贞要金福和她一起逛花园，这样做的想法是什么的问题。都是及时地解决了听众的困惑。同卷又有：

> 众位听到这里要说了，金宝恶处儿媳，押在马房遭难，应该责打他四十大板，让他尝尝受折磨的滋味。格末，大众要晓得，皇上责打朝廷大臣，不像官府衙门责打一般罪人，一二三四五，慢慢对下数，一刻工夫就打完。打御板可不容

---

① 《中国靖江宝卷》上册，江苏文艺出版社，2007，第34页。
② 《中国靖江宝卷》上册，江苏文艺出版社，2007，第38页。

易呀,一板一板都有名堂:打第一板叫龙摆尾,从东殿上爬进来;第二板叫虎翻身,再从西殿上爬过去。打一记讲经的还要发一个和声,大众要念几声"阿弥陀佛"。这样念下去,三茅祖师要见怪了:你见我父亲挨打,还念"阿弥陀佛",这不是笑话他吗?——免打四十皇封板,念佛功劳深似海。

大众又问了:"御板免打,二人的官司可算结案啦?"众位,本来这场官司就很难结案。王乾告金宝杀子害媳拿不出真凭实据,金宝申辩说不曾谋子杀媳,他又还不出人来。所以——金殿上面审不清,敞案(按:方言,犹悬案)官司到如今。①

听众了解了前面的情节,自然对金宝没有被责打四十大板内心感到不公平和气愤。讲经者适时地以自问自答的方式解除了听众的不满和疑惑。接下来,又进一步解释了这个案子到此为止的原因所在。对于下一步故事的叙述和听众情绪的引导,都有着调节与保障的作用。

《大圣宝卷》中,也有大量的类似语句存在。如卷中说到先生考张长生对对联:

众位,先生何以如此高兴?他认为以冰冷酒三字为上联,就觉得非常绝妙,对下联用何字何物对答,连他自己心中也无数。而长生公子居然见物生情,用丁香花三字对出下联,真可谓才思敏捷,巧妙极了,怎不令先生高兴呢!(《大圣宝卷》)②

---

① 《中国靖江宝卷》上册,江苏文艺出版社,2007,第83~84页。
② 《中国靖江宝卷》上册,江苏文艺出版社,2007,第168页。

这里，代听众解答了先生高兴的原因，也进一步强调了张长生下联的巧妙。同卷中又有：

> 这花哪来的？普贤老母差衔花仙子、接花童子、播花娘子，一时四刻，树上花开得金黄金色。（《大圣宝卷》）①

> 为什么观音又要设立地狱呢？长生将普贤老母绑在桂树，射她四箭的时候，普贤曾说过要罚他游四重地狱的。所以，观音是为普贤应嘴，争个面子，设起了四重地狱。（《大圣宝卷》）②

以上两例，第一例前面说的是张长生和普贤老母打赌，要后者让花园中三年未开花的枯桂树发芽、开花，结果桂树果然开花。所以，宣讲者进一步交代了桂树开花的缘由。第二例，则呼应前面张长生射普贤四箭的情节，说明了为何设四重地狱的原因。

《地藏宝卷》中讲到金宝指挥将士出征，队伍整齐一致情形：

> 只见元帅到背拔一面令字旗，手中一挥，三军儿郎对前一百步。真是步调一致，鸦雀无声，并不挥乱半点。立正，稍息，原地不动，毕恭毕正。大众一听，不大相信。这么多人马，怎干整齐法。众位有所不知：兵权掌到手，谁敢不低头？指山山让路，唤水水断流。③

这里，替听众回答了其之所以如此的原因所在。《张四姐大

---

① 《中国靖江宝卷》上册，江苏文艺出版社，2007，第181页。
② 《中国靖江宝卷》上册，江苏文艺出版社，2007，第185页。
③ 赵松群演唱本。

闹东京》中，说到张四姐大败穆桂英，在其后面高喊"将军唉，不要逃来不要溜，请到我家赏中秋"。下言：

  众位要问，两个冤家拼杀到现在，张四姐眼看胜券在握，为何不乘胜追杀，反而还请仇人去过中秋节呢？大家要晓得，张四姐没有好果子给她吃，是气气穆桂英的。因为皇上选在今天中秋团圆节出兵，是想一举将张四姐拿获，会去庆功行赏。①

这是针对听众的不解，直接解释了张四姐真正的意图，也给这一场景添上了几分喜剧色彩。《血汗衫记》中，说到沈氏生起坏心，准备对张世登下毒手：

  大众要问，沈氏心怎这么黑？才进门没几年就起这种不良之心？你们要晓得沈氏并非老闺女，是出嫁三年挨夫家休掉退居娘家的回炉烧饼。她气量短小，肚里容不得人。②

听众可能会不解沈氏为何这样凶毒，宣讲者自问自答解答了听众的疑惑。

再如《十把穿金扇》中，说到陶文灿摔打严虎情景：

  众位要问，怎么人朝下一掼，只有啪嗵一声，哪有呛啷之声的？因为严虎带着白鹤玉杯在身，指望前来换扇的，刚才被陶文灿往下一掼，他怀中的玉杯摔碎了，发出了呛啷

---

① 《中国靖江宝卷》上册，江苏文艺出版社，2007，第359页。
② 《中国靖江宝卷》上册，江苏文艺出版社，2007，第304页。

之声。①

陶文灿摔倒严虎,发出"呛啷"之声。讲经者自问自答,交代了此声的源头。同卷中类似情况还有很多:

> 众位,陶文彬处处遇难,其中有个缘故:他全家被斩之日,就是八败星上身之时。随他逃到天边,恶星就跟到海角,无可避免。②

> 赵巧云在台上耍了几套功夫,不见台下有什么动静,心存疑虑。众位,不是台下没人想上去打擂,只是怕赵巧云厉害,不要上去现丑,抓鸡不到反蚀一把米。况且台下还有兵将把守,如果胡乱动手,弄不好就有性命之忧。所以台下想得美女的虽多,但总有点畏惧三分。③

上面例子中,第一例针对听众可能有的疑惑:为什么陶文彬一路都是灾难不断?作出了合理的解释。第二例,回答了赵巧云摆擂台无人应战的原因所在。

这种解释性的话语,主要是针对之前没有交代清楚的,或听众易生疑惑的地方,自问自答,代听众发问、解答。这对于使听众充分了解故事内容,更好地调动其注意力与情绪,无疑是具有促进作用的。

三 拿腔捏调

靖江宝卷中,有很多地方在人物说话之前不作提示"某某说"、

---

① 《中国靖江宝卷》下册,江苏文艺出版社,2007,第764页。
② 《中国靖江宝卷》下册,江苏文艺出版社,2007,第793页。
③ 《中国靖江宝卷》下册,江苏文艺出版社,2007,第833页。

"某某道"之类，而是直接道出其话语。这在人物对话之时最为常见。宣讲者往往直接模拟相关人物说话的口吻、语气，营造出一种如戏曲一样的临场效果，予听众以真实的、身临其境之感。

《三茅宝卷》中，金宝为三子中的两个定下亲事，十分高兴，回后宅与妻子言语：

> 丞相来到后楼，告诉钱氏夫人："夫人啊，我算是男了女办了。""怎的？""终年积德，所生三子，两子学文，一子学武。我倒定了两房媳妇。这还不算男了女办了？""唔，我看你一件事还未办完哩！""怎？""文，不曾封官；武，不曾拜将。你只定了两房媳妇，一房也不曾过门哩！""格末，这也容易。写个拜帖到熊家，再写一个拜帖到桂家，不就行了吗？"①

讲经者模仿夫妻二人的对话，金宝一开始的欣慰自得，接下来的不解，以及最后的释然、轻松，以及妻子的微嗔、担心、期望，都呼之欲出。

《张四姐大闹东京》中，说到张四姐从大牢中救回丈夫崔文瑞，第二天牢头禀告县令木不仁：

> （木不仁）正起身欲走，后面来了一个牢头禁子："报，老爷不好，牢里犯人挨人劫走了！""劫走哪个？""重牢里的崔文瑞！""还有哪个？""老爷，还有我！""胡说，你不在此？""不，我被扎成粽子，撂在尿桶旁边，刚才王三去换班，才把我放出来。""来了多少人？""还多少人哩！只有一个人！""什么样子？""短打束腰，手执苗刀，飞檐走

---

① 《中国靖江宝卷》上册，江苏文艺出版社，2007，第8页。

壁，身有千斤之力，走起路来无声无息。"①

县令与牢头之间的这一番对话，一气呵成，全无人称提示。讲经者到这里，显然是拿腔捏调，分别模仿两个人的口气和语态，生动地表现出了县令的震惊与焦急、关注，以及牢头的惊魂未定、失神无措。靖江宝卷中，此类地方比比皆是。同卷言木县令派八个中军带兵去捉拿张四姐：

> 四姐对门前一站，口中就喊："众位中军大人，老少哥们，你们来此作甚？""我们奉木老爷之命，来捉拿你们劫监犯人，还不快快出来就擒！""呸，我们一不是逃监，二不是劫犯。是你们瘟官贪赃害人，硬做盗案，逼得我无路可走，去把我丈夫救出来的。望你们速速收兵回转，不要在此与你姑奶奶纠缠！""呸，大胆贼婆，如此凶蛮！弟兄们，替我拿下！"②

成功的宣讲者在这里摹拟对阵双方的腔调，可以准确地传达出张四姐的义愤填膺和镇定自若，官兵的耀武扬威、声势逼人，进而刻画出当时的紧张形势，使听众有身临其境之感。

《血汗衫记》中，讲到张员外与蒋氏夫妇两人感叹无子：

> "员外，生不到男女你可怨我？""我不怨你，只怨自己。""怨者何由？""怨我自己只顾挣钱享乐，不思修身积德。""员外，积德就是修身，修身就是积德呢！前世不修今生苦，今生不修害子孙。这叫公修公德，婆修婆德，各修

---

① 《中国靖江宝卷》上册，江苏文艺出版社，2007，第354～355页。
② 《中国靖江宝卷》上册，江苏文艺出版社，2007，第355页。

各德，修到功劳，无人分得。""院君，你晓得怎样才算修德？""员外，这我晓得。"①

蒋氏一开始的试探，到后来的关切，以及最后的虔诚，张员外的无奈与急切，以及最后的渴望，都有待于宣讲者拿腔捏调，结合人物的身份和处境，来予以生动的展示。

《九殿卖药》中，说到卢功茂、霍氏夫妇二人清早醒来后，却无米下锅，两人言语：

>那天，日上三竿，霍氏还没去厨房烧早饭，卢功茂就问了："贤妻，现在时光不早，肚里饥肠嗷嗷，厨房里怎锅不动瓢不响？""相公，锅不动瓢不响末，是因为屋上的梁在响，座下的凳在响哩！""贤妻，此话怎讲？""相公，这话你总不懂。梁响断梁（粮），凳响断凳（顿）。我们家已盖锅断顿，没烧没吃的了。"②

宣讲者模拟两人的对话，卢功茂的急切与迟钝、霍氏的忧虑与感慨，都得到了展示，听众自可以想见其辛酸无奈状。

在表演过程中，演员模仿作品中人物的口吻、语气，在说唱文学中属于常见现象。靖江讲经自然也是如此。讲经者将自己角色化，通过对人物心理、行为的细致描摹，能够准确、生

---

① 《中国靖江宝卷》上册，江苏文艺出版社，2007，第301页。
② 朱明春演唱、吴根元搜集整理《九殿卖药》，《中国靖江宝卷》上册，江苏文艺出版社，2007，第365页。按：赵松群演唱本相同情节处，言："过天子太阳到东南角，总不曾有个量饭烧粥。卢功茂肚子饿勒格，眼泪滔滔：'贤妻，你为何不烧粥？''相公，烧底高粥呀？我早起来望，人总吓杀得格。正梁哔里八拉，灶面前凳火凳两折。'格嘛，卢功茂知书达理格，'哎呀，小姐，你怎说相反话呀！我家断顿绝粮了。'霍氏眼泪珠抛。"其言辞虽不如前本风趣，但更见辛酸状。

动地表现出人物的个性,"真实"地再现其在特定场景中的一言一行。可以说,讲经者此时是以该角色的面目出现在听众面前,绘声绘色,能较好地表现出人物当时的情态和心理。同时,其高超的模仿技艺可以充分烘托出有关情景的气氛,令听众有身临其境之感,沉入到相关的场景之中,更为近距离地贴近人物和故事,感受人物的丰富的内心世界和微妙的行为动作。这种拿腔捏调式的表演,比之于一般性的铺叙,更能吸引听众对人物的关注,触发其对人物的共鸣或情感评价。进而,进一步加强现场演员与听众间的交流与互动,取得更好的艺术效果。

第二节 书面语的使用

靖江宝卷作为说唱文学,在其历史发展过程中主要使用口语。这一点是由其民间身份所决定的。它不可能主要采用书面语(文言),来向以农民为主的听众进行宣讲。否则,只会丧失其主要听众,进而失去生命力。但在具体的作品宣讲中,靖江讲经也不时地穿插书面语。书面语的典雅与深奥,相对于其主体部分的口语而言,似乎是格格不入,多此一举,其实不然。书面语在靖江宝卷这种俗文学作品中的存在,在一定程度上迎合了普通民众对知识、文化的渴望与崇敬的心理,讲经者也由此可以进一步确立其权威地位。同时,它也有着加强宝卷的艺术表现力,获得一种奇特的艺术效果的作用。

靖江宝卷中,书面语的使用大致可以分为以下几种情况:一是与人物的身份或当时的情景相契合,用于塑造人物的文雅气质或营造一种具有书卷气的氛围;二是结合文言本身简练而典雅的特点,来描绘某些庄严、正规的情景;三是立足于文言的丰富表现力和听众对某些诗文的集体印象,来借以描绘一些很难说清或大家熟悉的场景；还有，则是使用的文言与人物的身份、个性，或具体的情节背离，形成错位，以此来制造一种滑稽、诙谐的艺术效果。

一　契合身份与场景

第一种情况，主要是配合人物的身份、个性或具体的场景。靖江宝卷在需要突出人物的书生本色或才华时，常常使用文言来予以表现。如《三茅宝卷》中，说到玉清真人化身牧童，指点金福去终南山之路：

牧童说："修道之人，我还没问，你从何方而来？到哪方而去？"三公子想：他倒出口成章，我怎么好说俗话呢？就说：

平：一为迁客去长沙，西望长安不见家，黄鹤楼中吹玉笛，江城五月落梅花。①

通过诗歌这种简练而含蓄的形式，非常妥帖地传达了金福身处旅途中内心的彷徨与失落，同时也显其书生本色。

《大圣宝卷》中，说到先生教张长生读诗识字。有言：

这张题头写到底，就换"一去二三里"。长生问先生："这'一去二三里'算什么题头？""门生，这是教你识数目字的一首诗。写会这首诗，就能识会写从一到十的数目字。其诗曰：

挂：一去二三里，烟村四五家。

---

① 《中国靖江宝卷》上册，江苏文艺出版社，2007，第62页。

亭台六七座，八九十枝花。"①

这首诗相传为宋代理学家邵雍所作的《蒙学诗》。其文言简意赅，合情合景。形式上又是由"一"至"十"，充满天真、朴野之趣，为民间喜闻乐见。宝卷中让人物用来教导儿童识字，可谓正得其所，契合场景。《牙痕记》中说到刘天毕前往京城赶考，也引用了此诗。②《三茅宝卷》中，说到钱氏遣家人金龙、金凤到京师，请金太师回家劝阻金福修道，两人上马起程，一路有言：

出门一去二三里，经过烟村四五家。看见亭台七八座，哪管八九十枝花。③

这里显然是在前诗的基础上，每句添了两字而成，也是概括而形象地道出了人物一路的行程与所见。显然这首诗歌在靖江宝卷中也属于常用的套语。

《大圣宝卷》中，说到先生教导张长生，有言：

这时已到春光明媚，鸟语喧哗，和风拂拂，夜雨绵绵的清明时节。先生选了一首诗，叫长生公子作习字题头：
挂：春眠不觉晓，处处闻啼鸟。
夜来风雨声，花落知多少。④

---

① 《中国靖江宝卷》上册，江苏文艺出版社，2007，第167页。
② 《中国靖江宝卷》下册，江苏文艺出版社，2007，第966页。
③ 《中国靖江宝卷》上册，江苏文艺出版社，2007，第48页。
④ 《中国靖江宝卷》上册，江苏文艺出版社，2007，第167页。

这里引用唐代孟浩然的《春晓》诗应景,既合乎春天之景,也合乎长生习字之景,同时也使得整个情境因此而文雅了起来。

《十把穿金扇》中,陶文彬男扮女装,化名"新来",在方翠莲面前展现才艺,挑动芳心。先作一诗:

芳枝作合伐枝头,行客村前醉不休。斜出萧墙春正暖,不施胭脂自风流。

后又作一诗:

一枝春寄小江南,独自冰霜独自寒。淡月西厢情逗处,玉人和泪倚栏杆。①

诗虽一般,但一来合乎情节的需要,正是两诗引起了方翠莲的欣赏与共鸣,逗惹起她的闲愁来,才有后来的醉酒与陶文彬与她的独处。二来展示了陶文彬的才华,刻画了陶文彬的文雅气质,于塑造人物而言也是必需的。卷中,陶文彬在淮安与王玉花成亲,众人闹新房,要其吟诗作对:

陶文彬落落大方,不负众望,乃借谢枋得的《庆全庵桃花》诵上一首:

寻得桃源号避秦,桃红又见一年春。花飞莫遣随流水,怕有渔郎来问津。

众人听了莫名其妙,哈哈大笑。有一能作家将听了赞叹不已:这是陶公子遇难得喜的感叹,妙极!妙极!②

---

① 《中国靖江宝卷》下册,江苏文艺出版社,2007,第774~775页。
② 《中国靖江宝卷》下册,江苏文艺出版社,2007,第802页。

谢枋得《庆全庵桃花》诗在这里的出现，既很好地诠释了陶文彬此时复杂的心情，同时也展示了其作为读书人的博识广智。后一点，宝卷中已借他人之言明之。

《三茅宝卷》中，讲到元阳真人应公主之求，为刘驸马"起堂文王课"，其情形为：

> 元阳真人拿课筒在香头上绕三绕，又"笃笃笃"摇三摇，念道："天何言哉？地何言哉？求之则诚，祷之则灵。奉请伏羲、文王、鬼谷先师、袁天罡、李淳风先师问卜：信女皇亲公主，为夫驸马，行年五十二岁，七月十五日戌时降生。乃于即刻得染寒热疼痛等症，未知祸福吉凶。谨此，祷祈八卦大神，八八六十四卦大神，抑或命根短限，抑或鬼使作祟？有凶断凶，无凶断吉。赐予仙方灵散，驱邪祛逆。掌卦神君、翻课童子断定凶吉。单单册内三爻兑卦，册册单外三爻艮卦。艮为山，兑为泽，合成一卦。"①

这里，元阳所念基本上是一篇完整的用文言写就的道教起课文。宣讲之时，这种全为文言的说道恐怕大部分农民听众是无法听懂的。但讲经者仍然安排这么多的文言语句，其原因大致有二：第一，讲经者力图实现起课情景的真实再现，以突出显示三茅祖师的神通广大；第二则是对于信仰者而言，非常庄严、神圣的场合，其仪式与说辞即使到现在还基本保留着。靖江讲经本身就具有浓烈的宗教信仰属性，《三茅宝卷》又是宣讲于"三茅会"中，自然在涉及这样的内容时，不容许有所改变。

同样是《三茅宝卷》，卷中说到王乾状告金宝，一五一十地将其卷子宣示：

---

① 《中国靖江宝卷》上册，江苏文艺出版社，2007，第124页。

（王乾）就说："好的，我就念点你们听听看。

具状人广西兵州接乐村人氏，姓王名乾。

状告金宝私杀儿媳一案。

罪臣王乾，同缘陆氏。中年所生一女，名唤慈贞，许配金丞相三子金福为婚。太师亲口所准，将三儿送进王门，招婿为嗣。在则养老，死则殡葬，传接王门香烟后代。不料丞相依官仗势，硬将小女娶过门庭。过门六载，不准婿女回转王门。罪臣蒙皇恩浩荡，升到广南为官六春。官任圆满，回归故里。迎接婿女不到，只见金府告示张贴四城。假言寻找儿媳，诬其私奔，实则谋杀已久，掩耳盗铃。金家杀其一子，尚有两子；而杀其一媳，便绝我王门九族宗嗣。伏乞圣天子作主，在要还人，死要还尸。埋入土中，要还坟墓。或见其人，或见其尸，方可结案。"①

王乾第一次告御状，被金宝长子金乾接下，未获成功。第二次因张天官得以成功。宝卷又如实地宣读了他的状子。其内容与前状大同小异，不再赘述。其文本不易知闻，但有了前面情节的铺垫，在讲经过程中理解起来应该不是难事。如此煞有介事的宣示，正可以见出王乾告状时的庄重情形与其内心的冤屈和悲愤。同时，也可以把听众领入告状时的紧张、严肃的气氛之中，与人物的情感波动相一致。

《三茅宝卷》中，说到刘驸马入地狱后，皈依元阳，将家宅捐与后者，立下契文，城隍代书：

立舍契文书人皇亲刘驸马：今立到元阳祖师名下，本身所有千间房屋，前厅后厅，左厅右厅，白虎厅，狮子亭，玫

---

① 《中国靖江宝卷》上册，江苏文艺出版社，2007，第77页。

瑰亭,穿衣脱衣亭,凤穿牡丹亭,逍遥府接官亭。穿插檐析,爆灶火木,台凳桌椅,床榻等项,一应在内,情愿舍到元阳祖名下,包修东灵寺。自立舍契后,听便搬拆,决无旁人阻止半点。如有人阻止,有我舍契人一律承担。

写过年月,具名签押:十殿阎君靠押,城隍搁笔。

这样的宣示,与前面王乾告状时的情形相似,有着郑重其事,符合场景的作用。

《香山观世音宝卷》中,说到香缘与哈利国里通外合,行叛逆之事。妙庄王率兵将平定之,收复京城,乃告谕诸位大臣,有言:

各位爱卿平身。自今各就各位,各司原职,勤政爱民,尽忠报国。但众爱卿须知,朕患重病,即使病逝,尚得保全尸体;后遭妖劫,不是僧医搭救,只好葬身岩底,尸骨难收。朕之念念,不忘戴恩。为此,望褚杰将军带领三百工匠,到南郊择一吉地,高搭祭台,设立圣僧神像,供世人千载敬仰。再则,香山还愿,中途遇难而止。如今朕体得救,且山河光复,朕不可乐而忘忧,安不思危。望刘丞相速备祭礼,赵将军整顿仪仗,不日往香山还愿。其他文臣武将留在国中,严守城池,卫戍边关,谨防边邦逆贼再图来犯。①

这里大段的书面语的出现,正是为了契合君主宣旨时的庄严、郑重情景。

可以说,以上书面语在宝卷中的出现,都与其当时的情景或人物有着较为自然的契合,在卷中有着正面塑造、烘托的作用。

---

① 《中国靖江宝卷》上册,江苏文艺出版社,2007,第257页。

二 营造典雅、庄严的氛围

第二种情况也常见于靖江讲经中。文言比之于白话,更显典雅凝重,并且含蓄深邃。靖江宝卷在描述一些比较庄严或凝重的场景时,也经常用到文言,来突出其现场的气氛或人物内心的复杂心理。同时,这对讲经者而言,有时也有着自重其说的作用。《三茅宝卷》中,言王乾误以为女儿已经死去,一个人暗自伤悼:

> 王乾伤心不过,叹道:"悲哉!天丧于我!"①

书面语准确地传达了王乾此时内心的悲伤,同时也合乎其读书人的身份。《香山观世音宝卷》中,言妙庄王要妙善在石板上栽活五百棵枯松。妙善无奈答应,内心感叹:

> 罢,罢,罢!顺父母之言呼为大孝,逆父母之言是获罪于天。②

文言简练而含蓄,很好地表达了妙善此时内心的无奈、失望与悲痛。同卷,说到妙庄王下令处死三女儿,妙善与母亲告别之后:

> 妙善说完,仰天大笑:"天何言哉?地何言哉?吾今归去来兮!"③

---

① 《中国靖江宝卷》上册,江苏文艺出版社,2007,第88页。
② 《中国靖江宝卷》上册,江苏文艺出版社,2007,第217页。
③ 《中国靖江宝卷》上册,江苏文艺出版社,2007,第235页。

妙善此时的留恋、不舍、悲伤、释然、镇定、解脱，种种情感交织一处，亦喜亦悲，都表现于这三句文言语句之中。

《延寿宝卷》中，言及金家的富裕情形：

> 金良是上界仓库星临凡，赵氏是积玉星下界。二位富星下凡，发财不难。家中豪富两人当不得，竟有良田千顷，房屋千间。五亩之宅，树之以桑。周周（按：原文如此，当作"监"）于二代，郁郁乎文哉！①

"五亩之宅，树之以桑"出自《孟子·梁惠王上》，"周监于二代，郁郁乎文哉"则出自《论语·八佾》。讲经者在这里引经据典的目的，自然是引古例今，震慑听众，来夸言金家的豪富之状。

《大圣宝卷》言张员外为儿子请先生：

> 员外那天，对《朱子格言》上一看，"祖宗虽远，祭祀不可不诚；子孙虽愚，经书不可不读"。男子不读《春秋》、《礼记》，做事不懂礼体。②

引用古语，一则增添其讲经的古老性与权威性，证明其所讲有依凭，不是信口开河，来增强听众对其讲经内容的"崇信"，也使讲经更显古雅。另外，也可以起到引古劝今，教导听众的作用。同样的语句，也出现在《土地宝卷》中，张员外要安童去为他准备寒食节祭祖的物品时，③ 其用法是一致的。

《张四姐大闹东京》中，讲到包拯上朝以后，向宋仁宗奏言

---

① 赵松群演唱本。
② 《中国靖江宝卷》上册，江苏文艺出版社，2007，第164页。
③ 《中国靖江宝卷》上册，江苏文艺出版社，2007，第300页。

张四姐扰乱地方一事:

> 仁宗天子说:"众位爱卿,今日上朝,有本早奏,无本退朝,各回本府理事。"这时,包拯手执奏本,赶前三步,来到仁宗皇帝案前:"我主万岁,微臣有急本相奏,伏乞龙目明鉴。"仁宗天子开启奏章,交与谏议大夫宣读:"汴梁县城,出一盗人,抢掠金银,劫狱杀人。杀死失主三个,又杀衙役百零二人。汴梁知县报到本府,微臣遂派八个校尉前去捉拿。岂料盗贼举刀拒捕,交战中又杀掉尉官七人。"①

宋仁宗与包拯之间的君臣问答基本采用了文言。讲经者之所以如此作为,主要的原因还是要模拟朝堂之上的庄严、肃穆的气氛,增强宣讲时的"真实性",给听者身临其境之感。

《十把穿金扇》中,陶文灿梦见其父母劝其暂缓报仇,其姑父母赵总兵、陶氏夫妇也通梦。日间相见:

> 陶氏夫人说:"儿呀,看来报仇之事,还宜从缓计议。古书上言:'鬼神之谓德也,其盛矣乎!祷雨于上下神祇,鬼神之事不可不信也。'为今之计,依老身来看,所有各山好汉暂留府内盘桓几日,那也无妨。然后再打发他们各自回山,仍旧招兵积粮。"②

讲经中用了几句古文,一则显示陶氏夫人的郑重其事,一则依然表明讲经的古雅,并可以借此劝告听众。

---

① 《中国靖江宝卷》上册,江苏文艺出版社,2007,第357页。
② 《中国靖江宝卷》下册,江苏文艺出版社,2007,第836页。

三　引起听众共鸣

第三种情况，主要源于文言本身的含蓄、精练。特别是一些属于经典的诗文，大家一般都对它们形成了集体的记忆和共同的印象。一听到、看到它们，脑海中就会浮现相应的固定的情景来。靖江宝卷的演出过程中，讲经者适时地插入这样的诗文，可以及时唤起听众的集体意识。既节约了口舌，又可以有效地控制整场的反应与节奏，改善演出效果。如《三茅宝卷》中，说到王乾、陆氏夫妻以为女儿与女婿已死，在家中做法事，哀悼之。陈金定来吊丧，众人同悲。卷中言：

众位，这犹如——
挂：桃之夭夭花正开，其叶榛榛长上来。
之子于归当堂坐，宜其家人哭哀哀。①

这里化用了《诗经·周南·桃夭》："桃之夭夭，灼灼其华。之子于归，宜其室家。桃之夭夭，有蕡其实。之子于归，宜其家室。桃之夭夭，其叶蓁蓁。之子于归，宜其家人。"诗歌本意在赞美女子青春美貌，又贤淑有德，于夫家而言实为幸运。宝卷中化用这首诗歌，利用听众头脑中对于这首诗歌的已有印象，来使之与王慈贞现在的不幸遭遇形成强烈对照。以此来表明其命运的无辜与不幸，来传达卷中相关人物内心的哀伤和不平。可以说在故事中，起到了很好的渲染悲伤气氛的作用。《香山观世音宝卷》中，说到妙善被妙庄王杀死：

这叫，桃枝夭夭花正开，其叶榛榛长上来。

---

① 《中国靖江宝卷》上册，江苏文艺出版社，2007，第90页。

之子于归升天去，全宫上下哭哀哀。①

情形与之相似。《血汗衫记》中，说到张员外去世也言，"这叫桃枝夭夭花正开，其叶蓁蓁长上来。子子孙孙当堂哭，合家大小哭哀哀"②，也大同小异。是此套语偶也可用于男子。

《延寿宝卷》中，言金本中与四个仆人一起出游，"主仆五个出前门，柳暗花明又一村"③。"柳暗花明又一村"属于大家耳熟能详的诗句，大家对其内涵已经有了集体认知和共同印象，讲经者以此来勾起听众对相关场景的想象，来达到事半功倍的艺术效果。《九殿卖药》中，言霍氏与卢功茂夫妇尝草药：

卢功茂尝了三百六十种药草，霍氏点了天上地下、春夏秋冬七百二十种药名。一个是药仙童子再世，一个是九天仙女临凡。他们——
既是彩凤双飞翼，更有灵犀一点通。④

这里化用了唐代李商隐《无题》中的两句诗"身无彩凤双飞翼，心有灵犀一点通"，来表现卢功茂与霍氏之间的心灵相通，相合相谐，也非常妥帖、巧妙。

《血汗衫记》中，言张玉童孤身到杭州寻父，流落街头，唱莲花落乞讨，因其动听并感人，引得众人观听：

街上听唱莲花落的人啊，就挤如也，抑如也，推不走，

---

① 《中国靖江宝卷》上册，江苏文艺出版社，2007，第236页。
② 《中国靖江宝卷》上册，江苏文艺出版社，2007，第309页。
③ 赵松群演唱本。
④ 《中国靖江宝卷》上册，江苏文艺出版社，2007，第368~369页。

轧不开。①

用特殊的文言句法，来突出强调其拥挤状，加深听众的印象。最后的四句话在《三茅宝卷》中，言王乾致仕归家后，前往金相府迎女儿、女婿途中，街上行人拥挤时，也同样出现。②《十把穿金扇》中，言陶文灿、宋金龙入山寻访隐士刘蛟：

> 陶、宋二人，站在山坡之下，用目一望，只见：
> 青山深隐隐，绿水碧沉沉。
> 松柏俱茂盛，翠竹成丛林。
> 山前猿猴扳鲜果，山后鹿鹤共舞鸣。③

文言诗句的含蓄、古雅，极好地描绘出了山间的宁静、幽美。这方面是白话力未能逮的。

四　制造滑稽情景

最后一种情况，在靖江宝卷中出现得最多。文言成分的出现与相关人物的个性或身份，以及其特定的场景之间，往往是不协调的、冲突的。形成其间的错位，使得其出现显得非常的突兀、格格不入。最终在这种对比中，相关的场景或人物也因此沾染上强烈的诙谐、滑稽之气，营造出了非常强烈的喜剧效果。《三茅宝卷》中，王乾拜见同乡张太师：

> 王乾对门口一站，口中就喊："门上有人？请你通报一

---

① 《中国靖江宝卷》上册，江苏文艺出版社，2007，第325页。
② 《中国靖江宝卷》上册，江苏文艺出版社，2007，第75页。
③ 《中国靖江宝卷》下册，江苏文艺出版社，2007，第868页。

声。"管门安童回答:"子为谁?何人也?""呵呵,吾非别人,乃与你家老爷同乡,两榜科甲、二十八名进士王乾是也。"①

"子为谁?何人也"两句,与安童的身份不符,活画出太师家门童故作文雅、掉书袋,酸里酸气的情形,令人好笑。《三茅宝卷》中言,女青化身女子,试探金福道心:

女子一头走,吟诗一首:"关关雎鸠,在河之洲。窈窕淑女,君子好逑。"公子一听,"女子你读孔夫子家书,我念孟夫子之书,这样说过:关关之草,在河之鸟。过路女子,随你多好,爱瞧总瞧"。②

女子所吟《关雎》与金福的歪诗两相对照,一庄一谐,有着强烈的滑稽效果。第六册,说到王乾见到金宝家悬赏寻找金福、王慈贞夫妇的告示:

老爷走出轿来,铜钱眼镜一戴,抬头从上看起,但见告示上写道:
当朝一品(白)亲翁你官高极品,口气不小哇!
同缘钱氏(白)嗯,拿亲家拿出来摆架子。
中年所生三子(白)亲翁你那里还有三子,我还有半个子份呢!
长子一文(白)嗯,金家长子莫非拜相啦?
大夫接本(白)啊,还是接本御史喽!
次子一武(白)莫非次子封侯啦?

---

① 《中国靖江宝卷》上册,江苏文艺出版社,2007,第12页。
② 赵松群演唱本。

口外总兵（白）还是总兵！

三儿年轻（白）啊呀，我小婿莫非中了状元？我未带贺仪来啊！

一不学文（白）啊呀，可保拼得吃苦，跟你二哥学武？

二不习武（白）倒不用我小婿财心重，做生意买卖去啦？

懒读圣贤，吃素修道（白）啊呀，小婿，你错过！年纪轻轻，不帮国家出力，反替佛面增辉。

夫人年老管他不下，老夫辞朝回转，堂前训子成名（白）要教训个，不教训不得了个！

被父责打（白）要打，打要打嘞在理！

枷进马房（白）啊呀，亲翁错个！自家男女，又不是强盗，又不是贼，何等要枷进马房门？

受刑不过，黑夜暗星，府库金银，买嘱安童，带妻逃走。

走字不曾念得出，腮边不住泪纷纷。①

宝卷通过告示之言与王乾的反驳之间的一一对应，对金宝作了辛辣的讽刺与批驳。其戏谑色彩突出。

《香山观世音宝卷》中，说到钦差去为三位公主请老师：

钦差赶到西京洛阳，转弯抹角来到陆清家府门前。钦差官自小有训："立不中门，行不履阈。"遂用指头敲门："门上有人？"管门安童答曰："子为谁？何人也？""吾乃奉皇上圣旨到此，敢请向贵府通报一声。"②

---

① 赵松群演唱本。
② 《中国靖江宝卷》上册，江苏文艺出版社，2007，第208页。

其情形与《三茅宝卷》一样，不烦絮说。《三茅宝卷》中，又说到刘驸马被追入地府以后，又还了魂：

> 驸马把头一低，童子一口还魂汤对驸马嘴上一喷。只见驸马手之舞舞，足之蹈蹈。童子用力一推——驸马真魂入了窍，苏苏醒醒还了阳。①

"手之舞舞，足之蹈蹈"的使用，结合前文对刘驸马不信因果的描述，一下子把其张皇失措的模样给刻画了出来。乱糟糟中，带着一点冷冷的笑意。

《十把穿金扇》中，陶文彬男扮女装，假做丫鬟新来，与王素珍相伴。王母要新来伴睡，陶文彬故意搅得老夫人一夜不得安宁。次日老夫人宣言：

> 不要提起这个丫头，她是金玉其外，败絮其中——
> 看看人倒聪明很，骨子里是绣花枕头稻草撑。
> 你们爱者收她去，非关我老身半毫分。②

"金玉其外，败絮其中"，虽不合乎整个场景，但却非常贴切地表现了老夫人一夜无眠以后，对丫鬟新来的不满和懊恼，同时也使整个场景笑意盈盈了起来。同卷，呆子刁英夜入方府偷窃被抓，方、柳二王爷严刑拷打后，刁英提出要走：

> 方大人说："你不要胡说，只怕你人头保不住了。"呆子一听，哈哈大笑："你们这二人枉在世上，真乃不是君

---

① 《中国靖江宝卷》下册，江苏文艺出版社，2007，第126~127页。
② 《中国靖江宝卷》下册，江苏文艺出版社，2007，第773页。

子。你们就没有读过孔孟之书:'大丈夫生而何欢,死而何惧',还不是视死如归乎?"①

如此文绉绉的语句,生死关头,由刁英这样一个呆头呆脑、鲁莽无知的人说出来,对比之中,显得十分可笑、滑稽,活画出了其呆子的形象。同卷中,言私塾先生与陶文彬赌诗,来决定谁可以吃仅有的一碗稀粥,陶文彬获胜:

> 陶文彬说:"请原谅,今朝就算我跑的花子向坐的花子分点饭吃吃吧。日后让我有了升腾,再还饭与你。"先生叹了口气——无可奈何花落去,紧一紧裤带去教学生。②

"无可奈何花落去"言先生此时的懊恼、无奈,似乎合乎其身份和心情。但它与下句"紧一紧裤带去教学生"之间形成了强烈的对照,这种雅俗的映衬、错位,让人忍俊不禁,具有强烈的滑稽效果。卷中又说到,陶文灿一日娶两妻,夜里左右为难,不知陪谁。结果,阴差阳错,两个妻子都关了房门,不得入内:

> 就这样,陶文灿跑到东房,复又跑到西房。跑来跑去,跑了一夜。忽闻金鸡报晓,他只才叹道:"归去来兮,田园将芜……家有两房,门虽设而常关。"③

这里,借用陶渊明《归去来兮辞》的文句,原来文中之情

---

① 《中国靖江宝卷》下册,江苏文艺出版社,2007,第788页。
② 《中国靖江宝卷》下册,江苏文艺出版社,2007,第797页。
③ 《中国靖江宝卷》下册,江苏文艺出版社,2007,第838页。

与现在陶文灿的感慨风马牛不相及，有着巨大的错位，但字面意思又恰好与其情形相合。这种错位又相合的奇妙关系，使这一场景的滑稽、喜剧意味更加浓烈了起来。

《大圣宝卷》中，言天寒雪落：

> 长生起身开门一看，口中就喊："先生，不好了啦——
> 挂：天丧父母地悲忧，万里江山尽白头，日出扶桑来吊孝，家家门前泪长流。"①

长生所作之诗类于打油诗。将雪落与服丧作比，一路写去，也使人觉得非常的可笑。《九殿卖药》中，讲到卢功茂入山砍柴：

> 卢功茂来到十里荒山，只见群山层叠，树木葱茏，好一派壮丽景观。乃随口赞曰："巍巍乎，尧舜之有天下，而不与焉！"②

文言在这里的出现，生动地表现了卢功茂为山色所迷，陶醉于其中的情形；同时，也可以让人想见其摇头晃脑，自得其乐的书呆子情状。可以说是恰到好处。

五 其他

靖江宝卷中还有一种书面语的使用，与其说是在炫耀言说者的文才，倒不如说更像是在展现讲经者本人的广闻博记与口才非

---

① 《中国靖江宝卷》上册，江苏文艺出版社，2007，第170页。
② 《中国靖江宝卷》上册，江苏文艺出版社，2007，第368页。按，赵松群演唱本《九殿卖药》在说到此情节时，并无此类说辞。

凡。《三茅宝卷》中言，金福又遇上土地化身的樵夫：

> （樵夫）走前间哼哼唱唱，吟诗一首：
> 挂：落得一片又一片，片片落得扁担上。
> 过路君子来看见，好像青锋白玉剑。
> 公子一听，樵柴汉子有这宗好诗，我是相府之子，何不还他一首。出口吟道：
> 挂：片片东来片片西，落到荒郊伴土泥。
> 天赐银花塞东海，结成玉板寸马骝。

金福之吟诗本在不甘示弱，展示其"非凡"的诗才。《三茅宝卷》中言女青真人化身牧童度金福：

> 牧童说：行道之人，我说你听：
> 挂：清明时节雨纷纷，路上行人欲断魂。借问酒家何处有，牧童遥指杏花村。
> 公子一听信口吟曰：
> 桃花村上吃好酒，杏花村上出贤人。
> 公子说："你家有多远？诗曰：未曾牵牛意若何？机边织女弄金梭。年年乞巧与人间，不道人间巧计多……"①

这是借用了后唐杨璞的《七夕》诗，原诗曰"未会牵牛意若何？频邀织女弄金梭。年年乞巧与人间，不道人间巧已多"。但这一首诗歌与情节全无关联，似乎炫耀文采的意味更为强烈一些。

概括地讲，文言在靖江宝卷中的出现，主要有两种情况：一

---

① 赵松群演唱本。

种是契合语境的。讲经者主要是在一些比较正规、严肃的场合，或表现人物作诗为文的情景时，使用书面语。或体现相关场景的庄重气氛，或反映人物的才华出众，善于为文。应该说，在这种语境中出现的文言语句，都是与当前情景相合，于人物的塑造或表情达意而言，都是合适的、协调的。另外一种状况则是，文言的出现是脱离语境的。放在整个语境中显得十分的突兀和不协调。它与相关的情景间有着奇异的衬托关系，这种衬托常常是牛头不对马嘴，雅俗错位的。但它却使得人物一下子具有滑稽、可笑的属性，使整个场面充满了喜剧的色彩。在演出中，这是令听众欢笑的一种有效的笑料，也是令现场气氛活跃的重要手段。无论哪种，靖江宝卷的宣讲者都熟练并妥帖地将文言成分融入他们的讲经之中，取得了非常成功的艺术效果。这也可以看做是民间文艺向文士文学学习、汲取营养的一个典型案例。

第三节　其他

除了以上内容以外，靖江宝卷还有很多表演可以归入口语化特征之中。下择其要，予以论述。

一　谐音

通过谐音来造成一种特殊的艺术效果，这在靖江宝卷中也并不少见。如《三茅宝卷》中，说到王慈贞将丈夫金福带入花园，希望借美景劝说其放弃修道：

王氏指着一朵花问："三少爷，这朵花我怎么不认得？"公子说："这总不认得？你往常蛮聪明，给个哑谜你猜猜。这种花叫墙上长青苔。"王氏就想，墙上长青苔，莫非发了霉才长青苔？就说："少爷，我晓得了，这叫蔷薇（墙霉）花。""唉，正是。"王氏又问："这盆呢？""这一盆，叫东海里砌瓦屋。"梅香插嘴了："哪家海里还好砌瓦屋？"王氏说："这屋砌在海中间就叫海棠（堂）花。"公子大笑："哈哈，又猜对了。""三少爷，这一盆呢？"王氏又问。"这一盆叫卖油郎不带秤。"梅香说："不带秤不错把人家？"王氏说："梅香呀，错不掉的。俗话说，骂不过看牛的，算不过卖油的。卖油郎算计最狠，一勺子四两，两勺子半斤。这就叫芍药（勺约）花。"

平：公子听了笑盈盈，真是聪明伶俐的女千金。

王氏又问了："三少爷，这盆花末？""啊，这盆花叫兔子拜新月。""哦，我晓得了，这叫芙蓉（无雄）花。""还有这一盆呢？""这就叫姑嫂两个睡一头。"梅香说："两人睡一头，人不挤煞得？"王氏说："她们姑嫂二人合的好，这就叫罂粟（恩宿）花。""哎，正是正是。"王氏又问："三少爷，这一盆呢？"公子说："这叫铁匠店里烧稻草。"梅香说："铁匠店不烧煤炭，怎烧稻草的？"王氏说："没法子，煤炭贵嘛，就叫玫瑰（煤贵）花。""三少爷，这一盆呢？""这一盆啊，叫马上翻跟斗。"梅香说："骑马一阵风，两手把住鬃。性命尚难保，哪还敢开弓？连开弓总不敢，还敢翻跟斗？""梅香，可以的。他骑马熟练，所以叫簇旗（熟骑）花。"公子说"王氏啊！

平：到底你是官家女，才学非比寻常人。"①

王氏以谐音来猜出丈夫谜语的谜底，加上梅香的帮腔，民间的机智通过谐音的手法得到了突出的展示，整个场景充满了生活

---

① 《中国靖江宝卷》上册，江苏文艺出版社，2007，第39页。

气息和浓浓的诙谐、热闹的气氛。

《大圣宝卷》中，说到张员外去农户李清明家讨债，李清明无力还债，其妻宦氏劝其逃：

宦氏说："你这个笨鬼，不好出去避一避？等我把他打发走了再回来，不就躲过去了！""从哪里出去呢？""门多哩，随你从哪门走！"这下，想办法，折壁脚。折呀折，折出个"非礼勿动（洞）"。①

"非礼勿动"原为儒家"四非"之一，这里通过谐音，将其用于打洞的行为，显得非常可笑，使整个情境一下子变得饶有趣味，生动了起来。同卷，宦氏与张员外打赌，如能说出十个穷来，就免其债务：

"员外，别人一个穷，我有十个穷哩！""宦氏，我倒不怕你嘴会说。今天你能说出十个穷来，我分文不要，还送你十两银子。""员外，这可当真？"员外说："君子一言，快马一鞭。""员外，你听了：

平：我一事无项真可怜，二八青春枉少年。

三顿茶饭吃不饱，四季衣服不周全。

五更哭到天明亮，六亲无靠苦黄连。

七七（切切）记住欠员外的债，八字生来颠倒颠。

九（久）已要跟员外算清账，十（实）在手里少铜钱。"

员外一听笑颜开，村妇竟是好文才。②

---

① 《中国靖江宝卷》上册，江苏文艺出版社，2007，第143页。
② 《中国靖江宝卷》上册，江苏文艺出版社，2007，第146页。

宦氏在唱"十个穷"时,也运用了谐音的手法,既展示了她的智慧,也使整个场景幽默、鲜活了起来。

《大圣宝卷》中,还说到剃头师傅王癞子到张员外家,为张家小儿张长生剃满月头:

> 王癞子心里话:到大户门上来做生意,行规俚俗做到周到点才得到赏识哩。"员外,公子满月剃头,帮我取几件东西来备用。""师傅,你只要开口,我家总有。""拿一把代(大)斧(富)和一杆秤,包两包稳子(麦芒)搬一口镇(蒸笼)。"员外随即叫一个年轻安童去拿。安童问师傅:"你剃刀总没带?我家大斧又钝,公子头皮又嫩,用大斧剃头不像砍竹笋?""安童弟弟,你不懂行就不要多嘴乱舌,用大斧不是剃头的,是取吉利——代代富。"安童不敢再多问,就去拿秤。嘴里不说心里想:用秤可是先秤公子有多重,剃掉毛屑还剩多重?好按斤两收钱。心里虽这样想,可手上只顾寻秤,搬镇,包稳子包。一个老家佣见到了就说:"员外请的是个好本领师傅。"小安童问:"你怎知道的?""喏,你不是在忙吗。这是行规俗矩,先讨吉兆,意在——
> 平:大斧是占代代富,秤杆是卜秤秤余。
> 镇住公子长命根,稳稳当当长成人。"①

这里,剃头师傅利用谐音,来为婴儿祈福,增强喜庆气氛,属于靖江当地的风俗。而安童因为不懂此习俗,发生了误解,居然以为剃头师傅想用大斧为公子剃头,用秤来确定收费,其不合生活常理的想法显得十分可笑。这一情景因此而最终产生了滑稽的喜剧效果。卷中,又说到先生出对子,让学生张长生来对下联:

---

① 《中国靖江宝卷》上册,江苏文艺出版社,2007,第160页。

先生眼见门前杨柳放青，春意盎然，就以此为题："杨柳吐青满树芽头争春色。"

长生一听，两眼发定，见不到有什么景物可作下联。哎，他眼睛翻呀翻，想到去秋梧桐凋落之后，只剩下一身光杆迎风拍打的景致，下联就油然而生了。"先生，我有了。梧桐落叶一身光棍打秋风。"

先生一惊："冤家，我说的是芽头争春色，不是丫头争春色。你怎对出光棍打秋风的呀！笑话笑话！"①

先生眼睛白呀白，想出一个难题目。他说："宝塔七八层中容（庸）大鹤（学）。"长生见先生的教案上有一本通书，随口答曰："通书十二页里（礼）记春秋。"②

两个例子，上下联都是采用谐音来说事，属对工整，显示了师生两人的机智不凡，同时又使得师生间的斗智，充满了滑稽、可笑之意，别有一种诙谐的趣味。特别是第一个例子，芽头谐音"丫头"，引出下文的"光棍"的巧妙对仗，令人忍俊不禁。

《张四姐大闹东京》中，说到王灰狼不怀好意，来到崔文瑞家试探：

王灰狼说："提到珍宝，贤弟家一定不少。"崔文瑞说："哪里，哪里，我家挨三次大火，刮沙的钱总不曾留到一个，还谈什么珠宝呢！不像你家——高山点灯明（名）头大，井底栽花根又深。"③

---

① 《中国靖江宝卷》上册，江苏文艺出版社，2007，第168页。
② 《中国靖江宝卷》上册，江苏文艺出版社，2007，第169页。
③ 《中国靖江宝卷》上册，江苏文艺出版社，2007，第348页。

"明"谐音"名",形象生动而富有谐趣。《血汗衫记》中,说到张员外去世,沈氏一人独大,登时起了害张世登与其妻儿三人之心:

  沈氏就想:"现在,我像一匹没笼兜的马,无拘无束。大斧凿子在我手里,可以随我自砍(斟)自斫(酌)了。"①

宣讲者用谐音手法,巧妙地表现了沈氏此时沾沾自喜、坏心恣肆的心理,以及其磨刀霍霍、处心伤人的形象。

谐音在靖江宝卷中的运用,使其行文更具表现力和趣味性,突出显示了它作为民间说唱文学生动、诙谐的特征。

二 拟声

靖江宝卷在宣讲的时候,讲经者还大量地模拟各种声响。通过拟声,来绘声绘色地摹情写景,使听众闻其声而想其形,听其响而见其状。整个讲经表演也因此而变得更加生动、逼真,形象突出,自然也更具艺术感染力。

靖江宝卷中,几乎每一部作品中都有拟声的存在,以向听众真实地再现相关的场景。如《三茅宝卷》中:

  安童说:"老太师,今朝不是圣旨是召旨。外面四个大汉子,满脸络腮胡子,头戴将军帽子,身穿黄布马褂子,肩上背个黄袋子,里面'悉哩索落'像有铁链子,就怕要锁太师的颈脖子。"②

---

① 《中国靖江宝卷》上册,江苏文艺出版社,2007,第309页。
② 《中国靖江宝卷》上册,江苏文艺出版社,2007,第81页。

"悉哩索落"一语,可以让人想见其铁链碰擦作响。同卷言:

> 大悲观音从天上'嗦嗦落落'撒下一根捆仙索,把总兵捆得紧腾腾。①

"嗦嗦落落",逼真地模拟出了绳索曲折下降的声响。同卷言:

> 弟兄两个遇到一个瞎子,用明杖在街上"秃、秃、秃"摸路跑。②

因为拟声的存在,瞎子拄杖,在街上摸索而行的模样,在听众眼前一下子活灵活现了起来。卷中有言:

> 这遭,一班鬼使跟在土地后面,"嗦落嗦落"来到后门口。③

拟声在这里的出现,写活了鬼使们蹑手蹑脚,鱼贯而行之状。

《大圣宝卷》中,拟声的现象也多有存在。如其中言年节欢乐情景:

> 那时,年岁逢熟,家家欢乐。逢年过节,杀猪宰羊,千

---

① 《中国靖江宝卷》上册,江苏文艺出版社,2007,第100页。
② 《中国靖江宝卷》上册,江苏文艺出版社,2007,第109页。
③ 《中国靖江宝卷》上册,江苏文艺出版社,2007,第120页。

响头鞭，万响头鞭，"噼噼啪啪"放上大半天。①

拟声很好地表现了过节时鞭炮轰鸣，热闹欢庆的气氛。卷中言张员外去李清明家讨债，要过竹桥：

几根竹竿一夹，草绳一扎，烂泥一塌，跑上去"叽夹叽夹"，摇得员外站不住脚。②

"叽夹叽夹"，将张员外过竹桥时的摇晃、艰险，与其战战兢兢的情形，生动地展示了出来。卷中言，水氏即将生子，两个丫鬟去请稳婆来到：

三个人上了路，卞氏奶奶两手像牵钻，两脚像捣蒜，一步要抵一步半。跑得又快，三双脚板在路上"笃笃笃笃"像切菜。③

"笃笃笃笃"四个字，活写出了三人急于赶路，忙乱迅疾之状，其脚步声如在耳旁。同卷中又有：

长生留个心，不把门关紧，中间孔条缝，风归一条弄。风归一弄，风力更凶。"呼——啪兖——"，蜡烛火挨风吹熄了。④

---

① 《中国靖江宝卷》上册，江苏文艺出版社，2007，第142页。
② 《中国靖江宝卷》上册，江苏文艺出版社，2007，第143页。
③ 《中国靖江宝卷》上册，江苏文艺出版社，2007，第153页。
④ 《中国靖江宝卷》上册，江苏文艺出版社，2007，第170页。

两个拟声词,让人想见风吹开房门,接下来又陡然吹熄蜡烛的整个过程。可谓形神俱佳。

《十把穿金扇》中也多有拟声手法的存在,如卷中言:

> (贾志成)回家进门,把肩上的包袱放下来,一声"啪秃",重重地对台上一搁,银子在包里发出"赤栗壳落"的声音。①

"啪秃"既道出了包袱的沉重,也反映出了贾志成内心的郁闷。"赤栗壳落"则形象地写出了包袱里的银子相互撞击的情形。再如卷中下面的描写则更具趣味:

> 那些小贼不理她的招呼,拼命地往灶上挤钻——只听"噼叭噼叭"响几声,锅盖踩得碎纷纷。又是"啪秃啪秃"几声响,两脚下锅像煮馄饨。②

"噼叭噼叭"、"啪秃啪秃",前者写出严府探子放肆、争抢情形,后者则可见其搬起石头砸自己脚,最终祸害自己的狼狈不堪。再如:

> 时至三更,各将看准信号——吩咐完毕,叭叭两响信号灯。奸贼还未悟过神,阵阵扇炸如雷声。格伦格伦格伦登,格伦登登不绝声。妖人番奴死的死,不死的炸伤忙逃生。③

---

① 《中国靖江宝卷》下册,江苏文艺出版社,2007,第809页。
② 《中国靖江宝卷》下册,江苏文艺出版社,2007,第886页。
③ 《中国靖江宝卷》下册,江苏文艺出版社,2007,第902页。

拟声在这里的使用，很好地刻画出了爆炸声连绵不绝，此起彼伏，城中一片混乱，火光冲天的情景。

拟声的使用，使讲经更具吸引力。通过对相关场景中的主要声响的模拟，可以给听众身临其境的感觉，使相关画面浮现在听众的面前。对于增强讲经的艺术感染力和形象性、生动性而言，拟声是一种非常有效的艺术手段。同时，它也是检验讲经者技艺高低的一大标准。成功的讲经者总善于在情节的关键时刻，通过拟声来引起听众的关注，吸引其融入作品中人物的遭遇、命运之中，更为主动地引导听众的情绪和注意力，跟随情节的变化而有所变化。

三 铺排

与大多数的民间文学作品一样，靖江宝卷喜欢铺排描绘一些民间喜闻乐见的场景，如节庆、四季景色、衣饰、战争（军旅、阵势、交战）等等，以营造出一种或热闹喜气、或庄严肃穆、或辉煌华丽的气氛来，起到或耸人听闻、或引人入胜的艺术效果。

靖江宝卷中的铺排场景比比皆是。前文在谈到套语时，说到《三茅宝卷》、《十把穿金扇》中，有大段的对城中店铺的描写，有石灰店、乌煤行、米麦行、银匠店、皮匠店、茶店、酒店、铁匠店、丝弦店、饭店、混堂、古董店、绸线店、珠宝行、典当行等，一一写来，铺陈出街市的热闹情形。《三茅宝卷》中又说到饭店伙计夸言其店中舒适周到：

我家早上洗脸铜盆花手巾，早茶百合煨莲心。搭粥菜是扬州酱菜共瓜丁。上茶吃的是癞宝馒头秤半斤，糖炒豆沙作包心，一咬油沙直冒你要当点心。

中午冬春饭米刮见心，磨菇煨香蕈，粉皮绿豆饼，山药拌面筋。要吃荤点心，青龙心对玲珑心，狮子心对野兔心，鹿肝心对凤凰心。如若客官不对胃，另杀北海活麒麟。

晚上是，快刀切面细细柔，千子卜页做浇头，大蒜叶子做香头。如若客官嘴里淡，加上酸醋麻酱油。①

从上午到晚上，一路铺写下来，生动形象而夸张有趣。店里菜肴的丰盛、伙计的能说会道，都跃然纸上，犹如一幅情致盎然的民间趣味的风俗画。《大圣宝卷》中说到张员外为儿子聘请先生启蒙，招待先生：

二人携手同行，步入高厅，分宾主坐下，香茶解渴。员外吩咐厨房备酒。一刻辰光，佳肴美酒，端到高堂。花生摆成蝴蝶样，瓜子摆坐菊花芯。山东石榴像玛瑙，南洋桔子赛黄金。酒是多年陈大酒，菜是鹿肝凤凰心。②

这里铺排了各种佳肴，来烘托酒宴的隆重与张员外家的富贵之气。

《报祖卷》、《三茅宝卷》中，都有大段的对民间结婚场面的铺排，两者文字大致一样。现以《三茅宝卷》为本，举宝卷中对金宝家迎亲的仪仗为例，来看一下其铺排特点：

十：前锣铳，后鼓手，喇叭涨号。
有笙箫，和细乐，不得绝声。
青道旗，黄道旗，遮天蔽日。
掩云伞，百脚旗，八面威风。
平：香亭一座前引路，四角红灯耀眼明。

---

① 《中国靖江宝卷》上册，江苏文艺出版社，2007，第11页。
② 《中国靖江宝卷》上册，江苏文艺出版社，2007，第165页。

十：有沙灯，和信灯，前面开路。
有硬牌，和掌扇，后拥前呼。
硬牌上，写的是，金殿接本。
掌扇上，写的是，边关总兵。
沙灯上，写的是，当朝一品。
信灯上，写的是，相府迎亲。
平：漏筛叉起高高举，上插狼牙箭三根。
福星高照当中贴，又挂四盏状元灯。
十：催亲官，骑白马，催亲结事。
有兵丁，带铁索，锁捉闲人。
平：捆绑校尉好几个，八个中军赛阎罗。
红黑帽子十六顶，喝道就像响雷阵。
抬轿的扮作阿罗汉，护轿扮作吕洞宾。
安童身上批（按：当作"披"）红纱，梅香头上戴金花。
三十六盏天灯高高挂，七十二盏杨柳雪花灯。
挂：大红轿衣衬燕青，珍珠玛瑙亮晶晶。
轿帘上面绣龙凤，五光十色耀眼睛。
轿子生来四角平，轿子顶上放光明。
三寸须头四面挂，六尺红头绳锁轿门。
平：大明红烛用一对，还用一对老寿星。①

这里讲唱者对迎亲仪仗的方方面面作了铺陈。说到了音乐、旗帜、灯火、牌扇、催亲官、兵丁、轿夫、随从仆婢、彩轿、香烛等物事，涉及迎亲的仪式、人员、装饰等方面，向听众完整展示了迎亲的整个场面。可谓细致、生动，如在目前。铺陈中所透

---

① 《中国靖江宝卷》上册，江苏文艺出版社，2007，第18～19页。

露出来的喧闹、热烈、华丽非凡的气氛,对听众有着强大的感染力,可以令其有身临其境之感。同卷中,说到金福与妻子王氏同游花园:

> 王氏到花园一看,百花齐放,绿草茵茵,好不欢欣:
> 十:三公子,王氏女,花园玩耍。
> 桃花红,李花白,柳绿松青。
> 栀子花,和海棠,争相斗艳。
> 玫瑰花,开出来,血点鲜红。
> 十姊妹,并蒂莲,成双作对。
> 丁香花,茉莉花,香气扑人。
> 滚:墙头长了虎尾草,盆里栽的万年青。
> 观音莲对垂杨柳,罗汉松对马尾松。
> 王氏抬起头来看,长春花紧靠月月红。
> 迎春花开赛黄金,木香花开满天星。
> 牵牛花开口朝上,山茶花开像红云。①

这里,一一描写了二十多种花木在春日里争奇斗艳的情形。铺陈之下,为听众生动地描绘出了春天花园中,百花盛开,姹紫嫣红,一派生机盎然、热烈悦目的景象,有春意袭人之感。类似的描写也见于《大圣宝卷》之中,其文字大同小异。②

《香山观世音宝卷》中,说到陆凤英教三位公主学刺绣:

> 彩女备好五色绒线、大小银针。陆凤英手执绷子绣架,说了:

---

① 《中国靖江宝卷》上册,江苏文艺出版社,2007,第38页。
② 《中国靖江宝卷》上册,江苏文艺出版社,2007,第174页。

平：说起难来真可难，开头要绣凤凰戏牡丹。
雄鸡司晨近旭日，青松挺拔立高山。
绷子上面咚咚响，绣花容易配色难。
桃红柳绿梨花白，菊黄紫罗配天蓝。
芳草回春依然绿，梅花五福自然香。
在技法上要能：
平：三针挑个蚂蚁足，四针绣个桂花芯。
五针搀个金铃子，六针钩个活麒麟。
绣个金龙必是盘玉柱，鲤鱼定当跳龙门。
公主呀，地上花鸟绣不尽，天上要绣八仙神。
挂：拐李葫芦道法高，钟离执扇驱恶妖。
洞宾身背青锋剑，倒骑毛驴张果老。
国舅手执阴阳板，湘子云中吹玉箫。
仙姑喜饮长生酒，采和花篮献蟠桃。
平：皇女呀，上界八仙绣分明，再绣螳螂去招亲。
挂：螳螂东京去招亲，壁虎子领头做媒人。
金蝉脱壳忙奏乐，织布娘子来送亲。
平：暴眼睛蜘蛛张罗网，稳笃金刚捉苍蝇。
教了一月又一月，教了一春又一春。[①]

这里对民间刺绣的常有图案，作了详尽的铺写，可以与听众的生活经验相对证。而如此反复的描写，也使这一情景具有强烈的嬉闹气氛，调动、活跃现场听众的情绪与兴趣，实现"热场"的作用。

《地藏宝卷》中，又有很多处属于铺排的写法。如卷中说到金功善为元帅，领兵征讨陀罗山十个强盗，即将出发：

---

① 《中国靖江宝卷》上册，江苏文艺出版社，2007，第209~210页。

元帅来到三军队伍之前，众兵将抬头对元帅一望，心吓得直荡。只见元帅威风凛凛，杀气腾腾，五缕长须飘到胸前，左边弯弓如秋月，右插狼牙箭数根，犹如天神一般。你看他怎生打扮？待小学生慢慢道来：

含十字：头上戴，紫金盔，金光耀眼。

当面门，垂宝珠，光照乾坤。

穿一件，紫金甲，鱼鳞片片。

束一条，虎头带，紧紧腾腾。

左手捧，上方剑，先斩后奏。

右手托，黄金印，提调三军。

护心镜，用二块，前后护定。

令字旗，插六面，八面威风。

骑一匹，龙驹马，追风闪电。

提一口，金背刀，赛过天神。[1]

讲经者不厌其烦，对元帅的穿戴与所持之物一一进行描绘，其目的当在于烘托出他的威严、神武形象。这样的内容对于听众而言是耳熟能详的。很多说唱作品与演义小说中都有类似的描写。这样的铺写也可以勾起他们对于元帅、将军这类人物的集体记忆与印象，引发其内心的共鸣。同时，如此的描写，一气唱来，也是体现讲经者说唱技艺，引人喝彩的重要手段。它有助于形成讲经者与听众间互动、交流的热闹气氛。此宝卷中末言，十殿阎王迎请地藏菩萨，观看造好的地狱，也是采用了铺排的手法，一一叙写了从刀山剑树地狱直至黑暗地狱，共十殿地狱的阴森惨烈之状，极好地表现了地狱的恐怖和难耐。其情形与前面的例子，大致相似。

---

[1] 赵松群演唱本。

《梓潼宝卷》中,写到陈梓春两次观灯,所见灯市热闹、辉煌情景,都采用了铺排的手法,极力渲染之。如其第一次在灵台县城观灯,取其中一个场景:

> 陈梓春哪肯不说冒失鬼话!"安童,你看,那个长毛绕狮狗,相住两个毛芋头。那条绕狮狗跳上趴下啃芋头。"安童说:"叫你不要说冒失鬼话。
> 平:相公呀!那不叫狗儿啃芋头,
> 是叫狮子衔花滚绣球。
> 十:绣球灯,在前面,滚来滚去。
> 狮子灯,后头跟,眨眼铜铃。
> 看一盏,猕猴灯,毛头贼脸。
> 挑担水,过仙桥,脸红到耳根。
> 牡丹灯,红芍药,姊妹相称。
> 牛车灯,转起来,木龙戏水。
> 磨子灯,轰轰响,不得绝声。
> 春季里,山楂灯,红光灼灼。
> 梁山伯,祝英台,同上杭城。
> 夏季里,开荷花,红花绿叶。
> 唐明皇,杨贵妃,也扎成灯。
> 秋季里,开菊花,桂香十里。
> 刘知远,打瓜精,独坐龙廷。
> 冬季里,开腊梅,雪景好看。
> 小秦王,争江山,胜负难分。
> 挂:正月元宵节,城中闹花灯,
> 人人都喝彩,个个荡新春。①

---

① 《中国靖江宝卷》上册,江苏文艺出版社,2007,第267页。

这里铺写了各种各样的彩灯，一一描写其状，极好地烘托出了元宵放灯时流光溢彩、灯火通明的热闹、华美景象。可以让听众充分了解元宵时各种各样彩灯的形制、特点，令人有身临其境之感。《梓潼宝卷》中，关于灯市的描写大多采用铺排的手法。《十把穿金扇》中，说到陶文灿、陶文彬等人在登州，夜观灯市：

> 四人迈步把街坊上，只见密密层层人挤人。高子攀住矮子望，矮子搬砖垫脚跟。胖子轧得火冒冒，瘦子只喊骨头疼。癞子轧得汗放放，冒失鬼只当叉高灯。一众小姐忙看灯，手拉手儿不离身。生怕被少豪来冲散，半夜三更难回家门。①

这里也是铺写各类观灯之人的兴奋、哄闹之状，将灯市的热闹、欢乐气氛充分烘托了出来。这一宝卷中对灯市的描写，也多用铺排，且文句与《梓潼宝卷》有不少相似之处。限于篇幅，不再一一举出。

铺排作为靖江宝卷中常用的手法，在渲染气氛，调动现场听众的情绪方面，有着良好的促进作用。它也是讲经者展示其表演技艺的重要手段之一。

四 音韵

作为说唱文学，靖江宝卷当然也有音韵上面的要求。按照常例，其押韵主要见于唱词部分。但民间的押韵显然要比文人的追求，更加自由、随意一些，只求大致相近而已。

靖江宝卷唱词部分在句式上，以七字句和攒十字句为最多，另外也有不少是五言的。一般而言，一组唱词，其句式是相同的，但也有参差不一的。其中有的是两种以上句式的混合，如

---

① 《中国靖江宝卷》下册，江苏文艺出版社，2007，第886页。

《大圣宝卷》中：

> 挂：黄钟挨棒敲，口喊吃不消。
> 红烛听了也流泪，心上真是火在烧。①

这里是五言与七言句式的混合。更多的则是从头到尾多是各种不同的句式，其情形与一般的戏曲唱词相似。如：

> 有玉童，离母亲，如刀割肉。
> 有陆氏，看孩儿，似乱箭穿心。
> 玉童离娘身，啼哭泪纷纷。
> 风餐并露宿，沐雨栉风尘。
> 日间边走边乞讨，夜宿古庙当家门。（《血汗衫记》）②

> 贤妻呀，我们虽有安身处，血海深仇常挂心。
> 思想起来泪不止，一心要到湖广去投亲。
> 借到兵马剿严贼，斩尽奸党除祸根。
> 贤妻呀，我早已发下盟天誓，定把严家也成肉丘坟。
> 我一怕义父义母不让走，二不知贤妻可通情。（《十把穿金扇》）③

上面两例，第一例含五言、七言、十言三种句式。第二例，则七言、八言、九言、十言句式，都在其中出现，犹如戏曲唱词。靖江宝卷中，还有的则从头到尾完全是不同的句式，如

---

① 《中国靖江宝卷》上册，江苏文艺出版社，2007，第170页。
② 《中国靖江宝卷》上册，江苏文艺出版社，2007，第323页。
③ 《中国靖江宝卷》下册，江苏文艺出版社，2007，第805页。

《三茅宝卷》中：

> 平：我把两房媳妇丢给你，将三子带了进皇城。
> 朝见万岁讨官职，你在相府要做当家把作人。①

四句，分别是九、八、七、十一言，完全不一样。《香山观世音宝卷》中也有此情况，如：

> 挂：阎君面前挂铁牌，不论你官员宰相共秀才。
> 不怕你咬金嚼铁的男子汉，更不怕我描龙绣凤的女裙钗。②

四句分别是七、十、十一、十二言。有的是在这几种主要句式前面加上称呼的，犹如戏曲当中的衬词。如：

> 平：千遍万遍诵真经，忍饥受冻不变心。
> 大众嗳，不提三公主遭磨难，
> 再提番邦要兴兵。(《香山观世音宝卷》)③

> 平：亲娘，父亲不准我看灯，
> 为儿也不要命残生。
> 娘亲，我投河也不少淹胸水，
> 悬梁高挂一根绳。(《梓潼宝卷》)④

---

① 《中国靖江宝卷》上册，江苏文艺出版社，2007，第9页。
② 《中国靖江宝卷》上册，江苏文艺出版社，2007，第215页。
③ 《中国靖江宝卷》上册，江苏文艺出版社，2007，第216页。
④ 《中国靖江宝卷》上册，江苏文艺出版社，2007，第265页。

小姐唉，徐青若是想赖婚，
叫我死去又还魂。
众位呀，徐青说得玩意话，后来以假就成真。
后来到玉门关去盗扇，徐青落网命归阴。
苏玉兰下山将他救，徐青感恩结同心。(《十把穿金扇》)①

以上类似的情形在靖江宝卷中还有很多。限于篇幅，这里不再赘举。这些现象充分体现了靖江宝卷作为民间说唱文学，在唱词形式上的自由、开放，有着戏曲化倾向。

靖江宝卷的曲调主要有单调、平调、挂金锁（又名摇铃腔）、十字调、莲花落等诸种。单调、平调有不少只有两句唱词组成，一般不须押韵。靖江宝卷的唱词部分一般在四句以上，才有押韵，并多为隔句押韵。如以下诸例：

福州荔枝赛玛瑙，南洋桔子赛黄金。
瓜子摆成菊花样，山东蜜枣伴莲心。
二人畅谈古今事，灰狼竭力献殷勤。(《张四姐大闹东京》)②

平：闺门清净度日月，太师万福受皇恩。
你我所生三个子，倒有两子在朝门。
三子在家没出息，懒读诗书作道人。
妾身年老难处治，伏望太师转家门。(《三茅宝卷》)③

---

① 《中国靖江宝卷》下册，江苏文艺出版社，2007，第860页。
② 《中国靖江宝卷》上册，江苏文艺出版社，2007，第350页。
③ 《中国靖江宝卷》上册，江苏文艺出版社，2007，第48页。

有的是各句全部押韵的。如以下诸例:

挂:金相府里我出奇,叫我专门管放鸡。
鸡子赶它竹园里,鸭子赶它阴沟里。
狗子赶它场新里,一竹子打它脖里叽。(《三茅宝卷》)①

樵夫心高命不高,逐日樵柴逐日烧。
但等那天得了宝,丢下柴刀穿长袍。(《十把穿金扇》)②

以上几例,属于句句押韵。但这样的情况在靖江宝卷中并不常见。

靖江宝卷的唱词部分的押韵韵部宽泛,相近的韵部一般可以通押。如《九殿卖药》中:

挂:乌竹用七根,桃条用七根,
白钱纸三卷,好勒甭做声。③

这里,韵字"根"与"声"通押。《十把穿金扇》中:

惊动湖广地方人,特邀前去唱戏文。
康凤雇船就动身,直往襄阳一座城。
顺风顺水不耽搁,船到码头扣桩绳。④

---

① 《中国靖江宝卷》上册,江苏文艺出版社,2007,第64页。
② 《中国靖江宝卷》下册,江苏文艺出版社,2007,第859页。
③ 赵松群演唱本。
④ 《中国靖江宝卷》下册,江苏文艺出版社,2007,第862页。

"人"、"文"、"身"、"城"、"绳"相押。再如《地藏宝卷》中：

> 挂：地藏能仁本姓金，陀罗高山显威灵。
> 捉住弟兄并十个，圈郎里面办修行。①

这里，"金"、"灵"、"行"相押。

靖江宝卷的唱词部分一般押平声韵，偶尔也有押仄声韵的。如《九殿卖药》中：

> 霍氏满腹经纶：盘宝司，我也有，
> 念：天上一只大鹤，凡间一棵紫竹。
> 旁边站个鲁肃，手里拿本《大学》。
> 如节如初，如竹如模。
> 梅香来傍，妖声怪气：小姐，我也有，
> 念：天上一只鸟，凡间一棵草。
> 东不见站个我家嫂嫂，手里拿个当票。
> 出三千六百文，短褂裤两条。②

此例中，前段韵文中"竹"、"肃"属仄声，"初"、"模"则属于平声，两者通押。后一段韵文中，"鸟"、"草"、"嫂"、"票"、"条"诸字，都属于仄声字。靖江宝卷的说白部分，有时也见押韵，但它要更加自由一些，并非严格意义上的合韵。如《三茅宝卷》中，说到皇上下旨召金太师进京对质：

---

① 赵松群演唱本。
② 赵松群演唱本。

安童说:"老太师,今朝不是圣旨是召旨。外面四个大汉子,满脸络腮胡子,头戴将军帽子,身穿黄布马褂子,肩上背个黄袋子,里面'悉哩索落'像有铁链子,就怕要锁太师的颈脖子。"①

这里,安童所说,每句都以一"子"字收结,念起来饶有趣味,笑意横生,又活画出了安童惊慌失措、忧心忡忡的模样。

《大圣宝卷》中,说到张员外去李清明家要债,李妻宦氏说待儿子长大后,读书做官,再还张员外的债。张员外嘲笑宦氏家六个儿子:

张举山听了呵呵大笑:"宦氏,你慢慢说,当心下颌巴说掉下来。你也不看看他们是何等的相貌?箸笼头尖的,戴不住乌纱帽;塌肩膀歪的,穿不上蟒袍;穿盘脚斜的,蹬不住乌靴。不得上朝,看看也不是做官的胚料!"②

这里也属于散说部分押韵的情形。张员外的刻薄与蔑视在这种戏谑之中暴露无遗。

概言之,靖江宝卷的句式与押韵都相对自由、随意。这是与其说唱文学的身份相一致的,它也便于讲经者更为灵活、充分地说事、言情。

五 文字游戏

民间的说唱文艺中常常采用一些游戏文字,来增加其宣演的生动性、趣味性,以吸引听众,调动现场气氛。靖江宝卷也不例外,

---

① 《中国靖江宝卷》上册,江苏文艺出版社,2007,第80~81页。
② 《中国靖江宝卷》上册,江苏文艺出版社,2007,第146页。

其中也有一些属于典型的民间的文字游戏，显现着它的民间色彩。

如借助谐音的修辞手法，以百家姓来指称树木以及其他名物。如《血汗衫记》中说到张员外带着安童去坟堂祭祀先人：

> 主仆双双，来到坟堂。安童把祭品供好，香烛点好。员外弯下腰来拜三拜，立起身对坟园望望：
> 坟堂内，钻天木，伍佘元卜。
> 有几棵，遮云伞，汲邴糜松。
> 有石台，和石凳，澹台公冶。
> 化纸炉，化纸缸，鄢鲍史唐。①

这里，从树木到化纸炉、化纸缸都化用了百家姓，显得十分新颖，趣味盎然。《三茅宝卷》中也有类似的文字。该卷中说到，王氏与金福游园，见到院中花木繁盛情景：

> 十：东园内，载的是，俞任袁柳。
> 西园内，载的是，苗凤花方。
> 南园内，载的是，滕殷罗毕。
> 北园内，载的是，顾孟平黄。
> 有石台，和石凳，澹台公冶。
> 金鱼池，银鱼缸，雷贺倪汤。
> 数九天，落几夜，费廉岑薛。
> 风刮动，树枝摇，柴瞿颜充。②

最后两句，季候上属于冬天，与当前春天花园之景不一致。

---

① 《中国靖江宝卷》上册，江苏文艺出版社，2007，第300页。
② 《中国靖江宝卷》上册，江苏文艺出版社，2007，第39页。

它也说明着这样的文字更多的是展示讲唱者的能力、才智,以立意新奇来吸引听众。

《大圣宝卷》中,说到张长生和先生出门游玩,有言:

> 师生二人一路浏览村景。
> 十:大路边,载多少,俞任袁柳。
> 园圃内,盛开着,苗凤花方。
> 坟堂内,参天树,伍余元卜。
> 有两株,遮云伞,汲邴糜松。
> 桥亭上,有石台,澹台公冶。
> 桥下面,看船过,郁单杭洪。
> 农夫哥,身晒得,赫连皇甫。
> 黄汗淌,黑汗流,乌焦巴弓。①

这里,将百家姓指称的对象进一步扩大,不仅指向花木、亭台,更扩展至对人物的描写。其形象性、趣味性也更为集中、突出。

靖江宝卷中的另一种文字游戏,则是用数名诗的形式,从"一"说到"十",来铺排相关的情景。数名诗虽然现存最早的作品为南朝刘宋时鲍照所作,但就其形式而言,犹如荀子《成相篇》,其模仿民间文艺的可能性较大。而之后这一形式也多见于民间文学之中,文人创作较少。因此,可以说,数名诗也是民间说唱文学中习用的一种文字形式。靖江宝卷,如《三茅宝卷》中,说到元阳与金坤交战,有言:

> 元阳执指一指:"金总兵,你竟有吞天大胆,敢同我交战!

---

① 《中国靖江宝卷》上册,江苏文艺出版社,2007,第169页。

等我今日来东首,你千个残生活不成。"

二人说话藏藏响,脸嘴一变定输赢。一回二合无胜败,三回四合没输赢。五回六合龙争宝,七回八合凤翻身。大战交锋数十合,胜败没得半毫分。一打秦王三跳甲,二打鲤鱼跳龙门。三星拱照朝上来,四马投唐又来临。五打五岳朝天势,又打六郎下天门。七打七千猛虎势,又打八仙奔天庭。九星山前摆阵势,十面埋伏打完成。大战三天并三夜,胜败没得半毫分。①

这里,讲说元阳与金总兵的争斗,由一说到十,分为两次,顺序演述。其所演不少与两人争斗并无关联,如言"四马投唐又来临"、"九星山前摆阵势"云云。宣卷者在这里主要是迎合了听众好奇喜新的心理,并由此展示自己的说唱技艺,最终形成热烈、嬉闹的临场气氛。

同是《三茅宝卷》中,金乾、金坤逃回老家,父亲金宝自责:

老太师说:"都不怪你们,只怪我个人。我一不该朝中为宰相,二不该拿二子带进京。三不该料理王乾广南去上任,四不该官司输把亲公公。五心烦躁不得过,六部里料啦多少好弟兄。七篇文章成何用?八面威风化清风。九九做官无好处,十大功夫一场空。②

---

① 赵松群演唱本。《中国靖江宝卷》之《三茅宝卷》上册,江苏文艺出版社,2007,第99页,此处文字稍异。
② 赵松群演唱本。《中国靖江宝卷》之《三茅宝卷》上册,江苏文艺出版社,2007,第102页。此处文字稍异,并无数名诗存在。

同《三茅宝卷》中的情形类似，宝卷由一说到十，其用意也多在迎合听众喜好，并展示技艺。在临场演出中，这样的唱段往往可以取得理想的演出效果。

《大圣宝卷》中，李明清的妻子宦氏向来讨债的张举山诉说家中"十个穷"，其实也是属于数名诗的范畴之中。其文言：

平：我一事无项真可怜，二八青春枉少年。
三顿茶饭吃不饱，四季衣服不周全。
五更哭到天明亮，六亲无靠苦黄连。
七七（切切）记住欠员外的债，八字生来颠倒颠。
九（久）已要跟员外算清账，十（实）在手里少铜钱。[1]

这里人物言谈是否夸张，在演出中恐怕并无多少听众予以关注。在从一到十的说辞中所展示出来的生活智慧与幽默，以及演员的出众的技艺，是这一段场景中最吸引听众，最能打动其的关键。

《九殿卖药》中，霍氏向癞子夸耀其药方的神奇，言施用之后，"满头乌发黑茵茵，辫子拖到后背心。壁虎子忙来把媒做，织布娘子家去招亲"[2]。后面两句则全是游戏之言，当受到了《螳螂做亲宝卷》之类作品的影响。

游戏性的文字在靖江宝卷中的存在，是其作为民间说唱形式的又一典型特征。它较为充分地展示了宣卷者杰出的说唱技艺，同时也有利于调动临场听众的兴趣和情绪，形成良好的现场气氛。

---

[1]《中国靖江宝卷》上册，江苏文艺出版社，2007，第146页。
[2]《中国靖江宝卷》上册，江苏文艺出版社，2007，第374页。

第八章　靖江宝卷的叙事艺术

靖江宝卷作为一种成熟的说唱形式，在艺术上也达到了相当的高度，在各个方面都显示了其独特的艺术魅力。

第一节　叙事结构

靖江宝卷的叙事结构和大多数说唱文学作品一样，是紧紧围绕着情节来谋篇布局的。情节是其演出过程中，讲经者和听讲者共同关注的第一要素。情节的曲折、生动与否，决定了演出的成功或失败。因此，讲经者在故事的情节线索上都要悉心经营，做到引人入胜。靖江宝卷的叙事结构一般为多线索的串珠式结构。它不像有的说唱文学作品以一种矛盾冲突来贯穿所有的情节，其不同的线索常常各自包含其主要的矛盾冲突。线索的展开，就是其各自矛盾冲突的展开与解决的过程。

一　多线索的情节结构

在大多数的靖江宝卷作品中，通常安排两条以上的情节线索，每一条情节线索都各自串联起一个又一个独立的情节单元。最后所有的线索都在某一个关键情节上汇聚起来，形成唯一的一条线索，走向大结局。

如《三茅宝卷》中，主要的情节线索一开始主要有两条。

一条是三公子的修行,这里面从最初的成婚——其读书生涯——获《三官经》而起修道之心——家人的劝阻——玉清真人度金福到终南山修道——玉清真人试探道心,一系列的情节都由"修道"这一线索串联成一个情节链。另一条则是其妻子王慈贞的遭遇。两条线索通过金福救度王慈贞被统一在了一起。接下来的线索则以金乾、金宝二人的修道为主,安排了王乾告御状——金宝被罚——金乾、金坤先后获罪——两人起心修道——向刘驸马募修东林寺。这条线索又随着元阳(金福法名)的下山助其成功而与前面的线索交汇在了一起,转成众人的最终成道受封。

《大圣宝卷》中,主线索是张长生的修道证圣与降妖伏魔。宝卷中以此串联起了一系列的情节单元:张举山欺诈灾农——张举山逼债——求子、诞子——公子读书——张长生好打猎——普贤老母度张长生——观音度张长生。宝卷随后又出现了第二条线索:鲇鱼精、铁索精、水母精出世,扰乱人间。两条线索因张长生下界降妖而统一在了一起。接下来,宝卷围绕降妖这一主线,又先后安排了大圣降服鲇鱼精——与鲁班斗法——改造活龙地——降服狼山老狼——降服水母——降服胡立、胡鬼——降服铁索精等情节单元,来表现泗州大圣的神通广大。

《香山观世音宝卷》主线是妙善公主的修道经历,妙善的降生、修道、证果成为宝卷的情节主干,宝卷通过招驸马、被打入冷宫、在青石板上栽种五百枯松、煨烂铁茄铁索、白雀寺尼僧劝阻、被杀、游历地府等情节单元,着重描述其在修道过程中的磨难与坚韧,塑造其虔诚专一、不屈不挠的修道者形象。在此主线以外,宝卷中又安排了多条副线:一是妙书、妙音的修道经历,两人先是拒绝为父亲的病施舍手眼,两人的驸马谋反被杀,自己被打入冷宫,被青狮、白象二妖掳掠等等;一是妙庄王的遭遇,妙庄王受天谴得重病、求医不得。三条线索最后都统一在妙善舍手眼为妙庄王治病这一情节中。这一情节一方面集中体现了妙善的慈悲、孝道与证道后的神通、效果，同时，也将故事中的主要人物都汇聚在一处，使之一起走上了修道之路，最终同成正果。既显示了佛光的普照，也符合民间喜闻的大团圆结局。

《梓潼宝卷》主要情节线索有两条。一是陈梓春的遭遇，陈梓春观灯——入龙宫结亲——高中状元——拒绝皇上招亲——被贬为水灵县令——赴任——被竹节山魔王掳掠，关入迷魂洞，构成宝卷上半部分的主要内容。另一条线索是其三子的修道经历。三位公主诞下三子——三子拜虚无老祖为师学法——获神力、法宝——下山问母亲关于父亲的下落——太白金星指点——到皇宫收服赖元精——到竹节山降魔救父。两条线索因其三子下山降妖、救父而统一了起来。最后合并为全家修道——证果显圣。

《地藏宝卷》中情节线索也分为两条。一条是金功善的经历，另一条则是其子金藏宝的修道经历。前者先写其为仲康王到雷音寺进香——回家休养。后者串联的情节单元为：六鸭道人下凡考察善行——报恩——托生——至昆仑山修道——证果受封。两条线索因为陀罗山的十个强盗叛乱而统一了起来。金功善奉命出征，陷身十绝阵。金藏宝下山救父，破十绝阵。之后，故事便以合家修道证果的单线索发展。

《东厨宝卷》分讲两个故事。其上半部分讲述东厨司命的前身陈氏老母的修道故事，但其中的大部分内容是关乎民间对天地万物的起源、人类诞生与文明发展等的认识与理解，与其修道并无多大关联。下半部分则讲述九龄灶君前身张大刚的故事。宝卷先为单线索发展，讲述张百万求子，财帛星、八败星下凡为张大刚、丁香。张大刚好打猎，入葛家花园，与丁香结为夫妻。张大刚、丁香婚后生活美满富足。太白金星化作算命先生下凡，使张大刚休了丁香。宝卷至此处分两条线索，一是丁香的遭遇，一是张大刚的经历。丁香离开张家，流浪到破窑，再嫁给范三郎。扫地扫出八缸金银,又过上富贵生活。张大刚后来又娶了吴氏。后者丑陋又不会持家,烧火引起火灾,烧尽家产和家人。只剩下张大刚一人乞讨为生。这两条线索因为丁香、范三郎夫妇做善事,广施斋粮而统一了起来。张大刚前去乞讨,与丁香相认。众人机缘凑巧,相继死去,一一受封为神灵。

《血汗衫记》中的主要线索则依据人物分为三条:张世登的遭遇,张世登妻儿的遭遇,张世云的遭遇。三条线索中第一、第二条线索因张玉童卖身救父,父子相会而获统一;第一、第三条线索,则由张世登出狱,与张世云在华山相会而被统一了起来。最终三条线索一起交会于张玉童得中状元,开审张世云被害一案的情节单元。

《十把穿金扇》中,主要情节线索分为两条:一是陶文灿的逃亡,一是陶文彬的逃亡。在其各自的逃亡过程中,安排了两人一次次巧遇姻缘和获得援助的情节单元,各自串联成一个情节链条。最后,这两条主线索汇聚于两人相聚,并与众妻团圆,兴兵复仇这一情节单元之中。

二 单线索的情节结构

靖江宝卷中情节结构为单线索的主要是《张四姐大闹东京》、《九殿卖药》、《七殿攻文》(《梅乐张姐》)、《报祖卷》(《李清卷》)等作品。如《张四姐大闹东京》中情节单元为:下凡,与崔文瑞结为夫妻——造屋——王灰狼陷害崔文瑞——杀王灰狼、救夫——大败县衙官兵——败包公派出的八校尉——打败穆桂英——包公查明张四姐身份——四姐向包公辩明冤屈——王母下凡——张四姐全家升天。这里,很明显,所有的情节都是围绕张四姐维护、经营其与崔文瑞的幸福生活而展开的。再如《九殿卖药》主要就是围绕卢功茂、霍氏夫妇两个人的医术高明与智慧超人而展开了有关情节的描述。

相对而言，靖江宝卷中单线索的作品情节相对简单，篇幅也较为短小。在这样的作品中，安排多条线索来分别展开叙述，也显多余。而多线索的作品大多属于情节曲折离奇，人物关系纷繁错杂的那种；在篇幅上，也多属于较为宏大的情形。

大致来看，靖江宝卷中的情节结构是以多线索为主的串珠式结构。这样的安排，一方面使得宝卷中的叙事脉络清晰，便于讲经者记忆内容，顺序敷演相关情节，保持故事讲述的整齐有序；另一方面，多线索的安排也使得整个故事曲折多变，波澜起伏。每一条线索都可以敷演出一段曲折动人、离奇生动的故事来，每一段故事中又包含一个个相对独立的惊心动魄、引人入胜的小故事。这些小故事大多紧紧围绕着相属的情节线索，来推动其向前发展，并对人物风貌作充分的刻画。

这样的结构便于讲经者作鸿篇巨制式的铺展，将故事往大处、曲折处开展下去；便于宝卷表现更多的人物经历和社会内容，拓展其塑造各种各样性格相异人物，反映复杂的人物情感或社会关系的艺术表现空间，使整个故事体现出一种恢宏的气势，具有社会百科画卷的意义。同时，多线索的合并，使得宝卷的讲述能百川归海。讲经者能够在铺展之后，及时地将故事的发展聚拢于一处，便于其控制整个的叙事进程和叙事节奏。特别是串珠式结构中一个又一个相对独立的故事的存在，给讲述者提供了细部雕刻的可能。使其能够集中精力，对人物和事件作细致的刻画，精雕细琢，塑造人物的个性，体现事件的微妙之处，展示其高明的叙事技巧。由此，来掀起一次又一次的情节高潮，充分调动现场的气氛，有效地控制整个叙事进程。

第二节　叙事时间与叙事角度

靖江宝卷在表演的过程中，由于其现场性导致的瞬间存在，要求讲经者必须要有条有理地向听众交代清楚整个故事的来龙去脉，其发生、演变与结果。任何对情节的隐藏或颠倒，在演出时，都有可能混淆听众对故事的了解，阻碍其对下面内容的进一步接受，从而削弱整个演出效果。

一　叙事时间

面对面的演出方式，要求靖江讲经者必须按照故事发展在时间上的自然顺序，从头至尾地叙述整个故事的流程，倒叙、插叙等手法，在其中一般不予采用。在叙述时间上，大多数的靖江宝卷作品都遵循了纵向顺叙的原则。

靖江宝卷中叙事结构为单一线索的作品，都为按时间顺序来叙述故事。如《张四姐大闹东京》，从张四姐下凡，与崔文瑞结为夫妻，到其与官兵争斗，最后全家升天，所有的情节单元都是按照时间先后来安排其叙述顺序的。《九殿卖药》也是如此。从卢功茂、霍氏夫妇叹穷，到卢功茂上街卖菜，再到夫妻开药店施医，吕洞宾下凡刁难霍氏，一直到最后夫妻二人修道归位，各个情节时间上的先后都是很明晰的。

如前所述，靖江宝卷的很多作品采用了多线索的叙事结构。但单条线索之内的情节单元一般都是按照时间顺序来进行排列与叙述的。即使是多条线索，叙述者也常常将其在时间上作先后的区分。如《三茅宝卷》中，先说到金福的修道故事，其一个又一个的小故事完全是按照时间先后来叙述。而第二条线索金乾、金宝二人的修道，在卷中主要是发生在金福到了终南山修道之后，两者时间上的先后是很明显的。《大圣宝卷》中，先写张长生的修道证圣，从张举山欺诈灾农到观音度张长生、张长生证圣，按时间顺序一一写来。第二条线索：鲇鱼精、铁索精、水母精出世、扰乱人间，则又发生在其证圣之后，接下来，才写到张长生一一降伏妖魔。时间上的顺序清晰可见。《香山观世音宝卷》主线是妙善公主的修道经历，其降生、修道、证果成为宝卷的情节主干，都是按时间先后讲来。两条副线：一是妙书、妙音的修道经历，一是妙庄王的受天谴得重病，时间上都发生在妙善证果之后。《梓潼宝卷》主要情节线索有两条。一是陈梓春的遭遇，从观灯到被竹节山魔王掳掠，关入迷魂洞，按时间顺序写来，构成宝卷上半部分的主要内容，在时间上也属于前段。二是宝卷下半部分，以其三子的修道经历为主。从三位公主诞下三子到其下山降魔救父，众多情节都发生在陈梓春被关入迷魂洞之后。

这里比较特殊的是《十把穿金扇》，宝卷主要有两条线索，即陶文灿、陶文彬兄弟两人各自的逃亡经历。这两条线索在时间上是并列的，同时展开。但每条线索之内的情节单元又是按照时间先后来安排与叙述的。实际上并未脱离纵向顺叙的原则。

靖江宝卷中由情节发展的自然顺序，来决定其叙述时的先后顺序。相邻的两个情节，后者或为前者之果，或为其顺承发展，这种直线、顺序的叙事时间模式在靖江宝卷中占主导地位，它有着史传传统的影响。从编年体到纪传体，在叙事上基本都采取了以时间为序的方式。但靖江宝卷毕竟主要流行于民间，正统文学的影响不是主要的，它最终还是由其讲唱艺术的身份所决定。以时间为序来叙事，有利于表演者清楚有序地展示故事全貌，予听众以完整印象。它符合说唱的实际状况和要求：听众注意力的集中有赖于对故事发展的清楚把握；叙述者需要随时调动听众兴趣，引导其思路。跳跃的、不连贯的叙事不仅不利于表演者自身的发挥，而且口语表达的稍纵即逝在展示两件时间顺序上不相连的事件时，也易使听众闻后忘前，在头脑中不能理顺故事的发展脉络，造成混乱。这些决定了靖江宝卷叙事上直线顺叙的特点。这一特点也为民间说唱文学所共同遵守。

二 叙事角度

与纵向顺序的叙事时间相一致，靖江宝卷在叙事角度上也属于全知全能的叙事。作为临场演出，宣讲者必须把握全局，采取适合临场演出、满足听众需用的叙事角度。靖江宝卷在此采用了第三人称全知全能的叙事角度。它可使叙事者独立于故事之外，以旁观者的姿态来洞察一切，通过人物行动来展现整个故事。在实际的演出过程中，这种全知全能的叙事角度的使用便于叙述者向听众交代故事的细微、关键处，并根据听众的反应，及时调整叙述，对人、事作出主观评价，引导听众的情绪和注意点。同时，也便于展示故事的全貌，对故事节奏作全局把握，控制表演进程。在靖江宝卷的演出中，表演者也是整个局面的主宰者，第三人称叙事与全知视角是一致的。

靖江宝卷作为口头文学，在演出中，听众几乎被剥夺想象的时间和机会，他所知道的就是叙述者所讲述、传达的。第三人称、全知全能的叙述角度在此成为必须。叙述者在宝卷中，君临一切，无所不在，无所不知，掌控着所有的人物、情节。这一角度的采用，使得叙述者凌驾于所有的人物和听众之上，知晓属于故事范围内的一切细节，将之都详尽地展示给听众。其突出的表现是对靖江宝卷中人物隐秘的心理和行为的揭示。

如《大圣宝卷》中说到，张天师前去降服鲇鱼精，观音菩萨担心他抢了自己徒弟的功劳：

> 大悲观音一算，知道张天师奉皇命捉妖。她想，论张天师的道术之高，降一个小小的鲇鱼妖精是不费吹灰之力。不过，鲇鱼妖精被张天师降伏，我徒裕缘僧人就失去创绩立

功,求得成宗皇帝敕封的时机!嗳,这一功不能让张天师抢去!①

观音对徒弟的偏袒属于其内心活动,不为他人所知。但叙述者知晓这一切,将它揭示出来之后,就为接下来观音阻挠张天师伏妖找到了恰当的理由,也为最终裕缘僧人的出场降妖埋下了伏笔。

相似的情形也在《张四姐大闹东京》中出现。卷中说到,张四姐下凡初见崔文瑞之后,回到天宫:

> 张四姐回到寝宫,浮想联翩,思绪万千,久久不能入眠。她想:竟是楼上有楼,天外有天。那些男耕女织的对对双双,活得多么逍遥。那个讨饭后生,长得多么俊俏!若是能有一天与他同锅合灶,同床共——
> 一个枕字不曾说出口,脸就红到耳后根。黄昏想到天大明,一夜总不曾闭眼睛。②

叙述者站在全知全能的立场,将张四姐的隐秘、纠缠的内心向听众作了揭示,也为下面言其再次下凡,寻找崔文瑞设定了理由与伏笔。

第三人称全知叙事情况下,叙述者是隐藏的,而又无所不在。靖江宝卷的叙述者通过视角的转换,由不同人物的所见所闻,所思所行,来展示故事的方方面面。这种视角流动构成全知叙事,在靖江宝卷中是普遍的。《香山观世音宝卷》中,说到西番红颜国用在石板上栽活五百棵枯松为借口,向兴林国寻衅挑

---

① 《中国靖江宝卷》上册,江苏文艺出版社,2007,第192页。
② 《中国靖江宝卷》上册,江苏文艺出版社,2007,第344页。

战。妙庄王让三公主妙善栽松，韦驮令众神助成其事：

> 三公主跪在地上哭泣祷告，宫娥彩女伏在地上求神。花园土地想：我们这么多神鬼动工，不能让宫娥彩女们见到，他们看见了会吓坏的。还是他的主意多，到袖管里摸呀摸，摸出一把睡魔虫，对她们鼻孔里一吹，她们就瞌睡蒙忪，头朝西脚朝东，一觉睡到东方泛红。妙善公主睁眼一看，一片松林，翠绿青青，念声："阿弥陀佛，神明保佑枯松栽活了。"宫女们醒过来一看，赶忙进宫去报："万岁，三公主竟有道功哩——
>
> 平：她诵一夜经，五百棵枯松绿荫荫。
>
> 满朝官员来到园中一看……①

宝卷中叙述各人情状，从三公主、宫娥彩女，到花园土地、满朝官员，将此场景相关的所有人物都纳入其叙述范围之中。通过视角的流动，来实现对事件的全景式的描绘。

全知全能叙事角度的采用，有的时候是将故事中的人物置于懵懂、不自觉的状况下，听众则因为叙述者的全盘告知，预先了解其中的来龙去脉，也以全知者的眼光看待人物的举止。而人物因为不了解而表现出来的一言一行，在知晓全局的听众那里，自然显得非常的愚笨、可笑。《十把穿金扇》中，陶文彬为了和王素珍厮守，假扮成丫鬟新来，却被王母看中，召为贴身丫鬟，要其陪睡：

> 陶文彬把门一关，牵好床铺，脱了鞋，就在太太脚头睡下。不到一刻工夫，陶文彬故意鼾声如雷，翻身打滚。二足一蹬，呼嗵一声，被窝翻身，把太太蹬了对里床一滚。太太

---

① 《中国靖江宝卷》上册，江苏文艺出版社，2007，第219页。

坐起来，把被窝扯扯好，叹道："我怎前世里作孽，买到你这个疯婆子！起来，替我死上楼去！"陶文彬假装不醒，故意格外打呼。太太没法，只好把他推醒："新来，快快醒来，替我上楼去睡——

只有小姐喜欢你，不要在经堂里吵神明。"

陶文彬说："太太，这深更半夜的，叫我再去吵小姐？留我在此过一宿，明天再走也不迟。""啊依喂，你这蛮囚——

如果留你到天明，我一夜总不得闭眼睛。"

"太太，我不去。""不去也得去！小姐喜欢你这便宜货，我不要你，你去吵她！"①

一方是故意作弄，惹对方不满厌烦；另一方却被蒙在鼓里，大为恼怒。两者间的对照，产生了奇妙的喜剧效果。

靖江宝卷为了适应表演的需要，采用了第三人称、全知全能的叙事模式。叙述者作为高于所有人物和听众的观察者与知情者，始终支配着故事的叙述进程。这样有利于其对叙事节奏的有效调整与对整个演出现场的有力掌控。同时，通过其对故事的全面展示，在叙述者的引导之下，现场的听众可以更为清晰地把握故事中人物关系、情节等要素，加强其对故事的了解与"把握"。最终，取得良好的演出效果。

但是靖江宝卷中也并非全都采用全知全能的叙事角度，宣唱者有的时候故意"放弃"对全局的把握，把自己的叙述角度与听众的认知统一起来，以"局外人"的身份来客观地叙述故事。这种叙述者与故事本身的疏离，有利于制造一种悬疑效果。叙述者只有在相关情节单元的最后，才会向听众揭示谜底。这在很大

---

① 《中国靖江宝卷》下册，江苏文艺出版社，2007，第773页。

程度上可以调动听众兴趣，增加情节的曲折性。《十把穿金扇》中，说到赵总兵之女在襄阳摆擂招亲，第一个上台的人"鼻直口方，身材魁梧"，听众听到此处，自然对他的打擂充满了期待。接下来却说道，他跳不上擂台，要人搭软梯再爬上去。听众不免怀疑。宝卷又通过赵巧云所想，"大概总有三分三，才敢上擂台"，来按捺下听众的怀疑，却让人更加好奇。是为第一转。接下来，赵巧云询问其姓名，上台之人初冷淡作答，但不告其名。后则"一言不答，只是直笔笔地站在那，一眼不眨，看住小姐"。让人无法了解其虚实，同时也更对其打擂充满期待。上台之人心里想"还是以智取为妙，突然身一躬，头一窜，一个黑狗钻裆向小姐下裆攻去"。听众当屏住呼吸，静待其下文。但没想到，赵巧云"身子一躬，还他一腿。只听轰通一声，那人跌了个四脚朝天"。其迅速瓦解，完全出乎听众的意料。是为第二转。听众在惊异之中，讲经者又说到此人口喊"没命"。赵巧云言，"呀呀呸，休出不吉之言，送你下去"。于是，抬脚将其挑落台下。此景吵闹中透露出丝丝笑意。听众不免将此人先前的表现和现在的结局作对比，疑惑连连。宝卷宣讲者至此，方揭开谜底：原来此人只不过是一个画师，读书不少。以为美女"樱桃小口，杨柳细腰，丝瓜颈项，柴枝粗的手爪。别说比武大擂，风也能把她吹倒"。已是轻敌，又见到赵巧云美貌。"一时心上冲动，不妨就上去试它一试。碰得巧也作兴赢得一个美姣"。原来之前的冷淡与神秘，都是因为其轻蔑与不能。听众至此恍然大悟，也哄堂大笑，对讲经者所说的"可这一试，回去养伤一月，药也吃掉两大蒲包"[①]，发出善意的哄笑。讲经者在这一情节中，善于制造悬疑，包袱抖开以后，让人出乎意料，忍俊不禁。

[①]《中国靖江宝卷》下册，江苏文艺出版社，2007，第833页。

第三节　个性化的人物形象

靖江宝卷中塑造了形形色色的人物形象。其类型正面的有书生、公主、神佛、忠臣等，反面的则有奸臣、后母、妖精等。宝卷另外还塑造了大量的底层人物的群像，包括安童、梅香、媒婆、接生婆、头匠、赌徒等等。这些人物形象大多性格突出，生动逼真。靖江宝卷在塑造这些人物形象时，调动各种艺术手段，显示了较为高超的艺术水准。

一　个性化的人物语言与动作

靖江宝卷中对人物的刻画，多通过其语言与动作来进行。宝卷在描写人物的语言、动作时，注意契合人物的主要性格与身份，并与具体的情景相结合。这样，一方面使得人物形象鲜活、生动起来，凸显其个性特征；同时也使得相关情节、场面更具曲折性与趣味，增强了艺术感染力，予现场听众如身临其境，感同身受。

如《张四姐大闹东京》中，说到包公派张龙、赵虎等八校尉去捉拿张四姐，双方对垒情景：

> 张四姐一看，来者不善，遂喝问："来者何人？请通报姓名，免做刀下无名之鬼！"王朝说："啊依喂，你倒是病人狠似郎中，我也不曾问你，你倒先吆喝起我们来了。告诉你，我们行不改名，坐不改姓，是开封府包大人门下八员大将，奉命来拿你归案！""呸！这就是包大人的不是了！论理，是我告他属下的瘟官木不仁。他贪赃枉法，硬害我丈夫崔文瑞是江洋大盗，应该由我告他赃官。论法，包大人应先惩枉法的贪官，后抚被害的良民。如今他竟良莠不分，惩罚

好人。为此,请你们速速回去复命,我张四姐恕不奉陪!"八个校尉"哗啦啦"一声,从腰中抽出八把刀剑,喝道:"泼贼快来就擒,不然就地正法,决不饶恕。"①

这里,人物的语言各自体现其形象特征。八校尉的气愤、斥责与吆喝,正见其耀武扬威,不可一世之态。而张四姐的有理有据,娓娓道来,又软中带硬,也可以让人想见其义正词严,凛然不惧之状。

同样是《张四姐大闹东京》中又讲到,佘太君领旨要捉拿张四姐,回府后与孙媳穆桂英商议此事:

> 佘老太君回到天波府,把孙媳穆桂英唤到面前:"儿呀,如今皇城郊域盗匪为患,危及皇城。圣天子命我杨家与包拯大人出兵招抚。这是对我杨、包二家忠臣的信任。我们应以社稷为重,安民为本,贯彻始终,为国尽力。不过我年事已高,包拯又是个文人。看来,交锋对垒还得你作主将出阵。不知爱儿有何见说?"

穆桂英一口答应之后,佘太君又言:

> "儿啊,你深知战场上的一切,万万不可麻痹轻敌。即使是拿捉几个盗匪也不能放松警惕!好,我年纪大的人喜欢唠叨几句。你快点兵配将去吧!"②

这里,佘老太君对国家的耿耿忠心,勇于承担重任,对捉拿之

---

① 《中国靖江宝卷》上册,江苏文艺出版社,2007,第356页。
② 《中国靖江宝卷》上册,江苏文艺出版社,2007,第357、358页。

事的谨慎与对穆桂英的殷殷关切,都溢于言表,表现得非常充分与生动。

《血汗衫记》中,说到沈氏误杀自己的亲生子张世云,反诬告张世登所杀。拿金银贿赂县令胡坤的夫人李爱珠:

> 李氏爱珠问:"沈氏,你说怎办?""太太,我这有点小意思,买茶不解渴,买酒喝不醉。请太太在老爷面前帮我诉诉苦,求求情。"李爱珠一看心上盘算,"沈氏奶奶,这些东西我若不收,你又不放心,还要说我不近人情。收下吧,又不知老爷可准状,官司可得赢?这样吧,我权且收下,等你官司打赢了再拿回去。"

李爱珠面对沈氏时的这番话,冠冕堂皇,又滴水不漏,把一个县令夫人久经此类场面后的驾轻就熟,娴于此道的嘴脸一下子刻画了出来。下面,又说到胡坤回府,发现金银,询问李氏:

> "嗳,爱珠,这东西从哪里来的?"李爱珠用手赶紧捂住老爷的嘴:"别响,别响,是告状的张沈氏拿来的。"

为恶者做贼心虚,生怕曝光的心理在此表现得十分生动。当胡坤拒绝受贿时,李氏直接训斥他:"老爷,你倒说得好听,我吃你的戤饭?哪一次拿钱,你不是总叫我出面?靠你那几个俸禄课儿,能吃几天,够吃几年?等你到了耳顺年,只好陪你吃黄连。"既揭胡坤的老底,又挖苦其穷酸。进一步威胁胡坤:"你真不准状假不准状?真不准状不要怪我,我刀也有,水也有,绳也有。冲碎锅子砸碎盆,吵得你牢饭祭不成。"① 寻死作活,刁

---

① 《中国靖江宝卷》上册,江苏文艺出版社,2007,第331页。

蛮至极。越是如此，越能显现其内心的贪财无耻。宝卷在这里，为我们生动勾勒出了一个贪婪成性、蛮横无理的官夫人形象。

《香山观世音宝卷》中，讲到妙庄王知悉两个驸马欲图篡位，要杀害为其治病的僧人，愤怒异常：

> 妙庄王闻奏，气得怒目圆睁，大骂皇后："我行不义，把一个孝顺女儿害死。你却纵容这等衣冠禽兽，终日骄奢淫逸，享我富贵，不思图报，反害我命，谋我江山。此等逆贼，不诛不足以警示后人！锦衣卫将军，速速拿住张、李二贼，立刻正法，奸党羽翼霍礼、小贼索答来处以凌迟碎剐！"①

妙庄王的懊悔与愤怒，通过他的言语都得到了充分展示。

《三茅宝卷》中，金宝逼迫王乾答应将女儿嫁入其家，王乾迫于其权势写下允帖：

> 媒婆跟手就把允帖摸出来交给老太师。老太师从头至尾，上下观看到底，站起身来对南门指了三指："王乾，王乾，你就这样胆小？竟被两个媒婆吓住了！我先前倒想说了试试看，你家肯末，顶好。不肯末，只好拉倒。这遭，允帖对我家一来，我倒是一定要去娶亲了。怎？我有了把柄了。就是请你的先生张天官来作证，我也不怕。"②

金宝从上到下，仔细观看允帖，是因为其不太相信事情会这么容易得到解决。待到确定以后，手指南门，其实就是王乾所在的方向。边指边言，正见其得意非凡之貌。而所说言辞又十分轻

---

① 《中国靖江宝卷》上册，江苏文艺出版社，2007，第247页。
② 《中国靖江宝卷》上册，江苏文艺出版社，2007，第17页。

佻粗鲁，其内心的欣喜与狂妄都显现于其中。正见其身居高位，一贯颐指气使之仗势欺人、轻狂无理的本色。

《三茅宝卷》中，写到王乾误以为金宝杀死儿子与媳妇，到京城告御状，两人相见于朝房：

> 王乾走进午朝门，看见金宝坐在朝房，脸一青胖，像个五殿阎王。王乾上前双膝一跪，叫声：老太师！
> 平：我们亲翁对亲翁，不是冤家对头星。
> 今朝皇上审御状，你要让我二三分。
> 金太师一看，怒从心头起，恶向胆边生。用脚一梗，王乾对旁边一滚。太师大骂：哪个是你亲翁？
> 平：既看亲翁情和面，何必告我见当今。①

这里，王乾一见到金宝，就不由自主地下跪，并且哀告两人还是亲家，乞求金宝宽待自己，其怯弱、畏惧之状甚为分明。而金宝从一开始的一脸怒气，到后来的脚踢与怒骂，都显示着其不可一世、居高临下的气势。

《香山观世音宝卷》中，说到妙庄王招来白雀寺长老尼僧，要她劝说即将入其寺的妙善放弃修道：

> 这长老尼僧贪功娄赏，荣禄熏心，当殿就胡说一通："万岁，人世间的男男女女，花花草草的事我经历得多哩！有行凶作恶者可劝他放下屠刀，立地成佛；有迷恋修行者可以劝她开戒还俗，嫁夫育子。三公主到我们寺里，只要贫僧略用心意，聊费口舌，那时火到猪头烂，功到自然成。不愁

---

① 《中国靖江宝卷》上册，江苏文艺出版社，2007，第82页。

她不顺水推舟，入京随流。"①

长老尼僧的贪图富贵，忘弃道心，利欲熏心，以及自矜其能，都跃然纸上。下言妙善到达白雀寺，尼僧们要劝说她放弃修道，"十多个尼僧一齐涌到懒梳亭，脸上笑眯眯，嘴上蛮客气，三千岁长，三千岁短，个个向她问寒问暖"②。也是落墨不多，却同样写活了白雀寺中尼僧的媚态与世俗。

《血汗衫记》中，又说到沈氏买通王老虎，去杀陆氏落单的儿子张玉童，张玉童哀求王老虎放过他：

> 你与我既无冤又无仇，为何要杀我的头？伯伯呀，人到难中须搭救，不能落井下石头。伯伯呀，你杀我一人还便罢，连我母亲也活不成。伯伯呀，你饶我一条残生命，日后我割肉烧香报你恩。③

其话语之凄惨哀怨，如在目前，感人肺腑，所以才引得王老汉"钢刀脱落地埃尘"，最后还赠银助其到杭州寻父。

靖江宝卷中的人物性格大多比较单一与稳定，大多数人物可以说和戏曲一样，是脸谱化了的。这当然主要也是为了适合临场宣演的需要，便于演员宣讲和听众接受。非如此不足以在宣讲中吸引听众的注意，帮助其抓住故事的主要脉络和主要人物关系。而个性化的人物语言和动作在这里，无疑成为保证这种单一与稳定的主要手段。

---

① 《中国靖江宝卷》上册，江苏文艺出版社，2007，第222页。
② 《中国靖江宝卷》上册，江苏文艺出版社，2007，第225页。
③ 《中国靖江宝卷》上册，江苏文艺出版社，2007，第32页。

二　细腻的情感刻画

靖江宝卷可谓善于把握人物细微的情感变化。在演出中,宣讲者将人物置身于激烈的矛盾冲突之中,通过对当下人物心理的细致入微的刻画,并与其语言、动作描写相结合,来展示其丰富复杂的情感世界,塑造个性分明的人物形象。

《血汗衫记》中,说到沈氏不见自己的亲生儿子张世云,怀疑他拿了吃用的东西去送给他的大嫂,于是一路气冲冲来到十里长堤:

　　陆氏看见婆婆到,连忙把讨饭棒拿出来,对门口一放,叫声:"婆婆,你来了哪?""哦,媳妇,在这里可好?""好啊,顿顿吃的百家饭,夜夜睡的金丝草,还有底高不好?""见我来算是对我诉苦?有北瓜饭吃还不好?街上人没得北瓜吃还到乡下去买呢!不要嫌好道丑,拿北瓜饭吃到老就算享福的了!我问你,世云可曾到你这里来?""他来做底高?""不好啦,这冤家到哪去了?他来了就说来了,不要哄我!若是哄骗了我,那我是不轻放你的!""婆婆,他来是来过,已回去了。""你这冤家怎哄得过我!他如是回去,在路上怎不曾碰见?陆氏,你不要嘻呀嘻,拿我儿子囝在你家里!"①

婆媳两人的对话中,各自的个性表露无遗,而其情感变化也十分细致、微妙。陆氏虽然被沈氏赶出家门,内心深怀不满与怨愤,但因为对方是婆婆,又感念小叔子的情义,所以只能隐忍不发,表面上显得十分平静、不卑不亢。将讨饭的东西摆在门口,

---

①《中国靖江宝卷》上册,江苏文艺出版社,2007,第319页。

一来是想遮掩小叔子来到的事实，二来则是表明自己眼前的处境，马上要出门乞讨，是不想与沈氏纠缠。"顿顿吃的百家饭，夜夜睡的金丝草"两句，则语带揶揄，委婉地传达出了她对婆婆沈氏的怨恨之情。"还有底高不好"的反问，间接地道明如此境遇，全是你沈氏的缘故。而她一开始之所以没有说出小叔子来过的事实，一是不想为后者添麻烦，二是对沈氏本无好感，不想告之。后来因为担心小叔子的下落，才终于告知沈氏。而沈氏在这一过程中，始终显示着咄咄逼人的气势。怀怨而来，见面的第一句话，"哦，媳妇，在这里可好"，居高临下，挖苦、轻蔑之意明显。而当媳妇委婉表示不满之后，沈氏马上斥责其"嫌好道丑"，要其安于现状。其无理、蛮横之态，令人发指。接下来，又进一步威胁陆氏，赶快告知张世云的下落。在得知其来过之后，又以断然的口气诬蔑陆氏将张世云藏起。其刻薄、霸道与凶狠的恶婆婆形象，借助其个性化的话语，跃然纸上。

《香山观世音宝卷》中，说到妙庄王病重，要亲生儿女的一双手眼作药引。皇后召唤次女妙音：

  妙音见母后有请，就想了，莫非父王要驾崩啦，唤我去商议让皇位让于谁的大事。嗳，平时她与驸马听歌观舞，寻欢作乐，不去内宫探病，今日听到唤她进宫，就两脚生风，赶快来见母后。妙音进门，脸上笑嘻嘻，心中好欢喜，说道："孩儿久违母教，不知父王龙体如何？实属为女不孝，望乞恕罪！"皇后说："二女，正是你父王毛病恶作，身患五百菠萝疔疮，须向你商借一两件药引，方能治愈。""母后，为父治病，要孩儿供献一点药引，这区区小事，何谈商借？只要孩儿有的，莫说是药引，就是要孩儿的肺腑，我也在所不惜。""孩儿，不要你的肺腑，只要你拿出一双手眼，给你父调药治病。我儿呀——

平:"你看一看母亲情一份,报一报父王养育恩。"

妙音听到要她舍出一双手眼为父治病,她回答很快哩:"格母后,江山可不要,手眼不能丢。人无一双手眼,活在世上还有何用?况且,你们也不是养我一人。三妹不在,还有大姐。大姐肯献,我也愿拿。一人拿一只,江山平半分。"妙音她——

平:嘴里回话脚下行,大步流星走出门。①

妙音在整个事件中的反应可谓曲折多变。一开始,妙音以为是与她商量让位之事,内心欣喜,于是迅速赶到宫中。为了取悦母后,又假意探问父王病情,表示孝心。在母亲提出要求之初,更是夸下海口,一意应承。一旦了解真实情形之后,则断然拒绝,并以大姐为推脱的借口。转眼之间,又迅速离去。真是来去匆匆。宝卷一一写来,转移腾挪间,将人物在此间的前后心思的细微变化非常巧妙地展示了出来,栩栩如生,如在眼前。

靖江宝卷写哀情也能契合人物当时当地的心情、感受,曲尽其妙,极为真切动人。《三茅宝卷》中,说到王慈贞出嫁,母亲陆氏内心不舍:

轿子要动身走了,陆氏夫人越想越难过,赶紧下楼。梅香说:"太太,你又下来做底高?""梅香呀,我下来望望轿子是对东侧的,还是对西斜的?"

"太太,对东侧怎讲?对西斜怎讲?""对东侧旺夫家,对西斜旺娘家。""太太,别难过,轿子平平正正,也不对东侧,也不对西斜,两头总发财。"

轿子才出门,陆氏一把背住王老爷的手说:"你倒望

---

① 《中国靖江宝卷》上册,江苏文艺出版社,2007,第246页。

望看：

　　平：轿子前头千盏火，轿子后面冷冰冰。

　　老爷呀，相府娶亲热闹得很，我王家怎没得送亲人？"

　　王老爷一看，当真的。随手揩揩眼泪，叫声："安童，你来唷！

　　滚：安童呀，小姐长到十八春，她是善良厚道人。

　　你在我家三五载，她从未高声对你们。

　　看在我的面子上，送送小姐女千金。"①

陆氏在女儿的轿子出门后，下楼说要观看轿子侧的方向，其实是舍不得女儿离去，想要最后看上几眼。但观看之后，见到女儿轿子后面冷冷清清的情形，反而勾起了更多的忧伤，悲从中来。而王乾此时也放下老爷的架子，转而哀求自家仆人看在其面子上为小姐送行。其内心的失落和哀恸正见于其满透着凄凉之味的言辞之中。

下说到，王乾告状赢了以后，用轿子载了金宝赔的千两白银回家乡。

不提金宝夫妇修道，再提王乾在路上行走多日，到了宾州南门极乐村。陆氏夫人听说老爷回来，连忙接到门前："老爷，御状可曾全胜全赢？""多谢夫人，御状总算告赢了。""可曾追到女儿女婿？""追到了，你看嗳，在后面轿子里。"陆氏夫人一看，轿子只有一顶，只当轿子里坐的女儿，就说："我倒不是怪你，怎不把小婿接回来？"老爷说："总接回来了。"陆氏说："你怎打小气算盘？八百个钱雇一顶轿，两顶轿子不过一千六百个钱。你总舍不得花，还让他

---

① 《中国靖江宝卷》上册，江苏文艺出版社，2007，第2页。

们一个坐轿子,一个步行?""夫人,你错了。他们小夫妻情愿一处坐,我怎好叫他们分开来!"

平:陆氏一听笑颜开,难得婿女一齐来。

随即来到轿子面前,叫声:"小姐下轿!"一次不作声,二次又叫:"慈贞,下轿!"仍无回音。三声小姐不答,四声小姐不应。陆氏说:"六载不曾接你回门,可是生我老娘的气啊?"陆氏扶住轿帘,安童抬到高厅,将轿帘一捞。安童将银子包袱重重地对台上一搁,陆氏夫人眼泪往下扑落索索。叫声:"老爷。

平:你进京不为婿女把冤伸,为几个课儿买路文。千两银子有何用?难买婿女后代根。"

当王乾说明告状前后经过以后,陆氏又言:

"既然如此,叫安童用秤来称,五百两银子供在上首作小婿,五百两银子供在下首作慈贞。午时供饭,早晚供粥,让我天天来哭。"①

陆氏一见到丈夫回来,便问告状输赢,这是对丈夫的关切。在知晓丈夫无恙之后,接下来则关心其女儿、女婿的下落。王乾不忍心说穿,而谎称女儿已跟随回来。陆氏满心欢喜,又心疼女儿、女婿没有一起回来。王乾不得已再次圆谎,陆氏喜笑颜开。下写陆氏唤女,四次唤轿,慈母殷殷关切之情宛在眼前,无限欢喜转成无限悲伤令人为之动容。而陆氏最后要以银代女,作哭供之用,其言近于痴,其情近乎愚,却把陆氏日思夜想,满怀期望,到现在则万分失落,难以自已的悲伤和无措,生动、传神地刻画了出来。

《血汗衫记》中,说到陆氏即将被处斩,临死泣诉:

---

① 《中国靖江宝卷》上册,江苏文艺出版社,2007,第5页。

第八章　靖江宝卷的叙事艺术　297

　　亲亲丈夫哎，你在杭州做买卖，怎想不到转家门？
　　亲夫哎，一夜夫妻百夜恩，百夜恩情似海深。
　　你如今朝来会会我，死到黄泉也甘心。
　　叔叔呀，你走时也不对我说一声，可是不愿进你娘的门？
　　可是到深山去修行？至今也不转家门。
　　叔叔呀，你早来三刻能会见，晏来只好看尸身。
　　玉童呀，你海角天涯去逃难，未知死来未知生。
　　我今要进枉死城，也见不到亲儿一个人。①

陆氏——以丈夫、小叔子、儿子为对象，作倾诉，表达自己内心的思念、眷恋和冤屈。其临死之前的哀感、凄凉模样，宛若眼前。

《报祖卷》中，说到李清被勾去魂魄，家中妻子、父母哭泣、哀伤之状，也是十分生动、感人：

　　刘氏小姐一把来背住，喊一声：
　　亲亲丈夫啊！你怎就站时说话站时走，阎王怎就能无情？
　　丈夫啊！黄泉路上等等我，等等我苦命一同行。
　　丈夫哎！你倒条心条肠归地府，丢下我苦命靠何人？
　　亲亲丈夫啊！我们不隔千山并万水，只隔无情板一层。
　　丈夫哎！万水千山也能会到亲姐妹面，这无情板上不能连。

妻子初失丈夫之时，内心的不舍、失落、悲伤、痛心，种种

---

①《中国靖江宝卷》上册，江苏文艺出版社，2007；第328页。

情感都表露在这一声声哀哭之中。宝卷下写李清父母的哭诉：

> 平：心肝呀！你刚才说话还像话八哥鸟，立时怎就不做声？
>
> 心肝啊！人家总说养儿防老，积谷防饥，我养儿做不到防身老，竹篮打水一场空。
>
> 心肝哎！你慢点走来慢点跑，把我带了通过溙（按：原文如此，当作"奈"）河桥。
>
> 心肝啊！养到你儿当块金，包包撮撮长成人。总说养儿防身老，枉吃辛苦到如今。
>
> 心肝啊！这叫黄叶不落青叶落，叫我想想果伤心。①

老父母对儿女的疼爱，以及老年丧儿，白发人送黑发人的撕心裂肺的哀恸和绝望，都充溢在其一言一语之中。

细腻的情感刻画是靖江宝卷塑造人物的重要手段，这种刻画通常与听众在生活中的遭遇和感受相连相通。人物在宝卷中成为听众的另一个"我"，宝卷的宣演因此成为听众情感、心理的一次公开的"宣泄"与"再现"。而哀情则因为其巨大的感染力，与人生的不如意与痛苦相伴随，对听众而言，更能打动其心灵，引发其深深的共鸣，因而一直也是靖江宝卷中着力渲染的部分。靖江宝卷在很大程度上，也因此使得其中的人物更加血肉丰满，更贴近听众的生活实际与心灵世界，最终能取得更为成功的演出效果。

三　诙谐幽默的叙事风格

叙事风格上的诙谐幽默也是靖江宝卷的一大特色。情节、人

---

① 陆爱华演唱本。

物言行的诙谐、滑稽,这是很多说唱形式的共同特点。它一方面可以赢得听众的欢笑,以此活跃现场气氛,调节叙事节奏,做到有张有弛;另一方面,它也是塑造人物形象、推动情节发展的重要手段。特别是在塑造某些特定类型的人物形象时,叙事风格上的诙谐幽默更为突出。

靖江宝卷中采用多种手段来实现其叙事过程中的诙谐幽默。这种诙谐幽默的叙事风格,有的是来源于人物本身性格的滑稽可笑,有的则是叙述者对情节或人物故意的夸张、扭曲等等。这些手段在不少情节场合中是糅合在一起的,构成了靖江宝卷强烈的喜剧效果。下试分别言之。

(一) 巧合

巧合是靖江宝卷制造诙谐幽默效果常用的手段之一。在靖江宝卷中,叙述者刻意安排人物的某种遭遇或关系,形成其或戏谑、或尴尬的可笑处境,营造热闹、可笑的气氛,来博取听众一笑。

如《十把穿金扇》中,说到陶文灿一日娶两妻,圆房之时左右为难,不知当去何处。宋金凤以为他要夜宿窦金平处,于是关了房门;窦金平又认为他要宿宋金凤处,也关上了门。结果,两头不着落。"陶文灿跑到东房,跑到东房,复又跑到西房。跑来跑去,跑了一夜"。最后只能苦叹,"归去来兮,田园将芜……家有两房,门虽设而常关。"[①]巧合与误解,让人物处于尴尬的关系之中,再加上最后的几句借用陶渊明《归去来兮辞》的文句,使得这一情节的滑稽、嬉闹的意味浓烈异常。

《七殿攻文》写观音菩萨赴张姐家的斋会,也是一次次地通过巧合,将人物置身于尴尬可笑的情景之中,使之颇具喜剧性。卷中言:

---

① 《中国靖江宝卷》下册,江苏文艺出版社,2007,第838页。

观音老母见快吃饭,就叫善才、龙女变作六个小孩坐在西边。自己变作老太婆,就说:"斋主呀,他们几人是斋僧布施?""嗯,你们头一代吗?等我家上会个吃饱了再说。"等了一会,只见锅底朝天。到了晚上,他们六个有坐到东面来,哪晓得发饭个从西面向东排,又没弄到吃。观音老母眼睛边呀边,又见吃得锅底见天。到了第二天吃中饭,观音老母把善才、龙女派到当中。斋主叫发饭个走两头发,当中又没发到。①

会本为观音而作。身为香主的观音屡次三番地改变其坐法,却都会碰到恰好错过他们的发饭方式,最终没有吃到一粒斋饭。这种出乎事主意料的巧合之中,趣味横生,令人忍俊不禁。

俗语言:"无巧不成书。"靖江宝卷中也是如此。巧合情节的设置,常常使人物处于尴尬、可笑的场景之中。卷中人物常因为事情的突然发生而不知所措,或者因为事情的发展超乎自己的想象、预料,希望落空,而沮丧、焦急。这样与当时人物表现出的非常笨拙,甚至愚蠢的言行举止相互映衬,使得人物与场景一样都具有强烈的喜剧意味。

(二) 对比

对比,也是靖江宝卷在营造喜剧氛围时经常采用的手段。通过两个以上人物在面对相同的事物时的不同反应、言行,来形成鲜明的对比,突出其中一方的愚笨、可笑,来形成其喜剧效果。

如《三茅宝卷》中写到,金福被玉清真人度去终南山修道,看守的四个安童第二天早上发现此事:

---

① 陆爱华演唱本。

第八章　靖江宝卷的叙事艺术　301

　　四个安童，到早上小雄鸡一啼，睡魔虫虫入泥，人醒过来了。"三少爷，东天上晓星了，起来念早经哦！"一望，哪有三少爷，六少爷总没得！枷锁脱在地上。安童喊："不好了哇，三少爷溜掉了呱，赶快去报！"有个安童说："去报哇！报呀报，皮鞭在那里跳哩！

　　平：说我们只晓得兴得慌来相得忙，没得心事管马房。"

　　有个安童问："这怎办？""怎么办？我们把脚底老太师看。"有个冒老九安童把鞋子一脱，袜子一拉，对肩头上一甩："走啊！""上哪去？""噫，你不说把脚底老太师看？""啊喂，这样要去吃门杠。""那到底怎办？""溜走哇！"①

一个预知了被责打的结果，一个懵懂无知；一个要报，一个要逃。聪明安童与冒失安童搭配在一起，之间的对话充满了谐趣，使这一情景热闹忙乱而滑稽可笑。

同样是《三茅宝卷》中，说到金宝将儿媳枷锁于马房，后元阳度之脱身修道：

　　第二天小雄鸡一啼，睡魔虫虫入泥，金相府马房里的梅香都醒过来了。有个梅香眼睛不曾睁，嘴里就开声："不好了，东天上晓星，三主母好起来诵早经啦！"另一个梅香说："吵底高嗓？三主母，六奶奶总没得了！"众梅香眼睛一翻，只见枷锁一堆。七嘴八舌，吵得不歇："这遭不得了啦！三主母又没得啰！你们赶紧去报！""去报？报呀报，三十门杠发跳。你挨打三十，我挨二十九，又痛又现丑。我们去说谎吧！""说底高谎？""啊，说上天的谎，入地的谎，

———————
①《中国靖江宝卷》上册，江苏文艺出版社，2007，第64页。

飞过海的谎。"有个梅香说:"我、我、我去说个脱节的谎。""好的,说谎说得脱节,打起来总不肯歇。"①

在闹哄哄的场景中,梅香们七嘴八舌商量对策,本身已是戏谑味十足。再加上梅香间机灵与憨厚的对比,使其喜剧色彩更加明显。

《梓潼宝卷》中,写陈梓春观灯一节,也颇多笑料。如:

(1)陈梓春又不曾看过灯,倒说起冒失鬼话来:"安童,你望望看,乡下人发呆,拿猪头背上街。恐怕乡下要馁,拿城里来用绳子穿住鼻子拖。"安童说:"少爷,若动冒失鬼手,不要开冒失鬼口,人家要笑的。那不是猪头,是猪八戒灯呀。猪八戒不提,灯闹起来不奇。猪八戒不拱,灯闹得不涌。"

(2)陈梓春哪肯不说冒失鬼话?"安童,你看,那个长毛绕狮狗,相住两个毛芋头。那条绕狮狗跳上趴下啃芋头。"安童说:"叫你不要说冒失鬼话。
平:相公呀!那不叫狗儿啃芋头,
是叫狮子衔花滚绣球。"②

下面又从安童角度言观灯印象:

安童说:"相公你望啊!那个灯上的人才罪过哩!一个后生家小伙站在河东,一个后生家姑娘站在河西。你对我

---

① 《中国靖江宝卷》上册,江苏文艺出版社,2007,第71~72页。
② 《中国靖江宝卷》上册,江苏文艺出版社,2007,第267页。

相，我对你相，像对夫妻一样，要想见面又不得见面。那个桥不好跑，当中少一截，你说怎得过？腾腾空一淘喜鹊倒飞过来呱，翅膀对翅膀张开来，接住得，变成一张桥，倒跑过来了。刚刚跑在一道，还没说到三句话，灯火一亮，喜鹊倒飞掉了。还是男的在东，女的在西。男的对女的望望又要哭，女的朝男的相相又伤心。男也哭，女也哭，眼睛哭得红笃笃，衣袖揩嘞湿漉漉。""安童，那个灯是什么名堂？叫牛郎会织女，一年一度鹊桥遇。"①

陌生者视角，将其情景陌生化，从不知者的视角来予以描绘。再通过知晓者之口来纠正、明言之。这种"歪解"与"正解"，"陌生"与"熟悉"之间的对照，十分滑稽可笑，形成了强烈的喜剧效果。

《十把穿金扇》中也是这样。卷中说到陶文彬为了和王素珍厮守，假扮成丫鬟新来，却被王母看中，召为贴身丫鬟，要其陪睡：

  陶文彬把门一关，牵好床铺，脱了鞋，就在太太脚头睡下。不到一刻工夫，陶文彬故意鼾声如雷，翻身打滚。二足一蹬，呼嗵一声，被窝翻身，把太太蹬了对里床一滚。太太坐起来，把被窝扯扯好，叹道："我怎前世里作孽，买到你这个疯婆子！起来，替我死上楼去！"陶文彬假装不醒，故意格外打呼。太太没法，只好把他推醒："新来，快快醒来，替我上楼去睡——
  只有小姐喜欢你，不要在经堂里吵神明。"
  陶文彬说："太太，这深更半夜的，叫我再去吵小姐？

---

① 《中国靖江宝卷》上册，江苏文艺出版社，2007，第269页。

留我在此过一宿，明天再走也不迟。""啊侬喂，你这蛮囚——

如果留你到天明，我一夜总不得闭眼睛。"

"太太，我不去。""不去也得去！小姐喜欢你这便宜货，我不要你，你去吵她！"①

一方是早做好了打算，故意作弄，装模作样，惹对方不满厌烦，以达到脱身的目的；另一方却被蒙在鼓里，大为恼怒。两者间的对照，产生了奇妙的喜剧效果。

对比手法的采用，通常是建立在人物间的明显的差异之上的。这种差异一般表现为机灵与愚笨的对比、了解内情与懵懂无知的对比。靖江宝卷中全知全能的叙事角度保证了听众对这种差异的预先知晓，因而听众在听闻具体情节时，能全盘掌握其中的人物与故事，了解其差异的具体表现，最终能群体感知其中的喜剧意味。

（三）误解

误解，在这里主要指卷中人物对另一方的言语或动作，不了解其真实，而错误地以为是另一种面貌。这种虚幻错误的认定与其真实本来面貌间相对照，也使得靖江宝卷充满了喜剧性。

靖江宝卷中用误解的方法来营造喜剧效果，比较常见的是用误听的方式。如《梓潼宝卷》中太白金星化成李梓春，将陈梓春骗到龙宫，龙王化作老人出迎：

老龙王说："陈梓春来了。"端张穿花椅，对十重门里一坐，手里那根拐杖，坐在那里哼哼唱唱："老夫今年八十

---

① 《中国靖江宝卷》下册，江苏文艺出版社，2007，第773页。

高，白发苍苍似银条。人人总说家豪富，旁人哪有我逍遥！早上好酒三斤半，腊肉火腿免心焦。哎，哈哈哈哈，哈！"

陈梓春一见就问："李世兄，他是你家哪个？"

"就是我的公公。""既是你的公公，你怎不见礼的？"

老星君弯腰一揖："外孙有礼。"老龙王装聋作哑："你是哪个？家住何方？"

陈梓春问李梓春："李世兄，这个老头子到底是你家哪一个？""我家公公。""既是你家公公，对你外孙怎不认识？""陈世兄，你听错了。你姓陈，我姓李，他不是问我是问你。"

"啊，问我？"陈梓春走上前去，彬彬有礼，一躬到底："晚生有礼，公公万福。请问公公多大年纪？"

龙王眼睛一暴，胡子一翘，拐杖一掼，甩出去几丈。"老夫喜欢吃花生，你怎问我可吃田鸡？""李世兄，你公公聋呱？""嗳，有点琴铃共——聋格。对年纪大的要说响点！"

"公公，我请问你，今年多大尊庚？""啊，木耳煨金针？你跑错了，南货店才有，我家没得。"

"李世兄，你家公公恐怕是钉底的——聋！""不要谈钉底，他是聋子耳朵当偏斜，你与他缠，照常也就缠上去的。"

"公公，我问你高寿？""糕厚，厚糕吃三块，薄糕吃双倍。"

"不，我问你多大岁数？""你管我对数不对数！"①

这里，龙王与陈梓春之间一番对话，全部是误听，两不对称，鸡同鸭讲。可谓一路下来笑料不断。同一宝卷中，接下来说到陈梓春在龙宫与太白金星、龙王等一起行酒令：

---

① 《中国靖江宝卷》上册，江苏文艺出版社，2007，第 277~278 页。

龙王一听，欢喜不过，说："好，我们再来一字分开、颜色相同的对联。"太白金星说："也请公公先来。"

龙王说："出字分开两座山，颜色相同锡共铅。一重山上出的锡，一重山上出的铅。"

太白金星说："轮到我了。吕字分开两个口，颜色相同茶共酒。一口多谢公公的茶，一口多谢公公的酒。"

陈梓春说："我也有。二字分开两个一，颜色相同龟同鳖。一个送茶是个龟，一个送酒是个鳖。"乌龟说："不好，认得我们的。"甲鱼拿头一凿，螺蛳壳对下一抛，现出了本来面目。乌龟站起来想溜，也现了原身，难看哩——

滚：丝瓜颈项伸呀伸，绿豆眼睛瞪呀瞪。背上总像扒油根。它和甲鱼比一比，不知哪是娘舅哪是甥！①

甲鱼和乌龟心虚，误以为陈梓春行酒令，说的就是自己两个。其被"点破"以后的惊慌失措和现出原形，都显得如此生动形象，趣味盎然，令人笑意盈盈。

《九殿卖药》中，说到吕洞宾来到卢家药铺，为霍氏美貌入迷，想入非非。霍氏斥骂他"油头小光棍"、"花痴失灵魂"。吕洞宾辩解，是因为昨天见的是男老板，今天见的是女主人，犹豫之下，多看了几眼。霍氏再斥骂之：

"啊，我当你是油头光棍，走错家门，上门相亲的呢？相亲末也不要相你的姑奶奶。昨天的男老板是姑奶奶的东君！""呀，犯了充军？一夜之间犯了什么罪就罚充军？""你把耳朵拉拉长，听听清，不是充军，是东家之东，夫君

---

① 《中国靖江宝卷》上册，江苏文艺出版社，2007，第280页。

之君,是你姑奶奶的夫君!"①

这里再次运用了误听来制造笑料。吕洞宾的贪色与死皮赖脸,和霍氏的义正词严、冷嘲热讽,两相对照,营造出了热闹、滑稽的气氛。

《七殿攻文》中的张姐则完全是一个滑稽、搞笑的青年女性形象。宝卷中也用误听来营造喜剧效果。如一开始的记述:

> 有一天张姐看见一班奶奶急急忙忙赶路,就问:"众位奶奶,你们上哪去呀?""噢,我们去修道。""呀,偷稻啊?我家麦然少啦得,可能也是你们偷呱!""不是的,我们去念佛。""哎,还是去做贼。我原要捉贼呢!""不嚆,张姐你不要和我们翻哎!我们去上会。""做会吗?你们过会做傦子啊?""格倒不会咦。""不会吗?我教你们几句哎:三朝雾密四朝霜,铺设花鞋进经堂。不为生死轮回苦,为了青菜豆腐汤。灶上出门瘪肚子风,晚上进门饱螳螂。"也有奶奶说:"倒蛮押韵。"也有奶奶说:"这是在打击我们。"张姐说了:'我再教你们一个:白发苍苍晒银条,有了今朝没明朝。白发苍苍晒银丝,今朝不死到几死?""噢,我们也会呱。"这遭一班奶奶就说,"我们昨天走到大街上,遇到一个女娇娘。罗裙打结分两边,化起纸来筷子拈。黄叶不落落青叶,白头发掉过来哭少年。"②

张姐初作误听状,一个劲地调侃一班奶奶。待对方醒悟之

---

① 《中国靖江宝卷》上册,江苏文艺出版社,2007,第372页。陆爱华演唱本与之相似,但更加详细。
② 陆爱华演唱本。

后,又假称要教其"做偈子",将对方尽力嘲笑了一番。而一班奶奶也不甘示弱,针锋相对,反过来也把张姐挖苦了一番。其场面笑料不断,充满了喜剧意味。下面说到张姐随一班奶奶到了做会之场,一个劲地插科打诨,搅乱会场,被斋主亲戚责问"是来烧香的还是来抄庙的"。张姐一气之下,扬言"观音菩萨,明年二月十九上我家去,我也做会咪"。结果二月十九一直拖到九月十九,才真的做会。这一过程本身就已经让人觉得好笑。

《大圣宝卷》中,说到张员外生子,吩咐梅香准备报喜之物:

> (张员外)又吩咐梅香烧毛米粥,随同喜蛋送到亲友邻里家报喜。梅香一听,眼睛发定。"员外,你叫我做事总是临渴掘井,早说要烧猫咪粥么,王奶奶家的竹节猫常在我厨房跑。只要拎起来一掼,拿皮一剥,肉一剥,烧它一锅猫咪粥多好呢!现在猫咪上了树,叫我怎捉得!""何苦何苦,你这个呆鬼。毛米粥哪是用猫狸肉烧的,是用冬春晚米碾碾数,放点莲心枣子肉,煨得粘笃笃,就叫毛米粥。"①

张员外吩咐梅香烧毛米粥,梅香却误听成为"烧猫咪粥",在表达不满之后,进而真的想要杀猫烧粥,令人嬉笑不已。卷中用张员外之口揭示正解,来进一步强化其喜剧色彩。

《血汗衫记》中,说到巡按张玉童派遣衙役前往捉拿王老汉,有言:

> 又命衙役将王老汉拿来。公差衙役四人来到王老汉茶店:"王老汉可在家?""在家,在家,有什么事?""巡按大人请

---

① 《中国靖江宝卷》上册,江苏文艺出版社,2007,第156页。

你去!"王老汉在忙着烧水沏茶,也不曾抬头看看是谁叫他,便随口答道:"哪个寻碗寻筷的大人?店内忙,走不开!"①

王老汉因为在忙着做事,而将"巡按"误听成"寻碗",其漫不经心与衙役的耀武扬威形成了奇妙的对照,使这一场景充满了戏谑的趣味。

以误听为主的误解的设置,使得听众再一次能以全知全能和居高临下的姿态来探观人物的举止与故事的发展。靖江宝卷中的人物的言行因此而显得十分可笑、笨拙,整个场景充满了趣味性。

(四)夸张

夸张是说唱艺术中常用的艺术手段,靖江宝卷中也是如此。通过那些出人意表,但又合乎当下情景,夸而有据的夸张,靖江宝卷常常营造出一种充满了喧闹,又充满了诙谐、滑稽意味的场景来。

如《血汗衫记》中,说到张玉童到杭州寻父,在街上唱莲花落乞讨,倾诉自家冤屈,感动路人围听:

  胖子轧得浑身汗,瘦子只喊骨头疼。
  癞子轧得浑身痒,癞屑子抓抓有半升。
  拐子轧得跳呀跳,十颠九倒路不平。
  驼子轧得透不出气,弯腰曲背总轧平。
  瞎子听听莲花经,眼睛睁勒像晓星。
  聋子听不清莲花落,扒扒耳朵问别人。
  哑子听了莲花经,呜噜呜噜要开声。
  道士轧掉道士巾,和尚露出光头顶。

---

① 《中国靖江宝卷》上册,江苏文艺出版社,2007,第335页。

癞子子轧得火冒冒，冒失鬼只当叉高灯。①

胖子、瘦子、癞子等如何云云，属于夸张。叙述者以此来极力烘托听众云集的热闹场面，说明张玉童唱莲花落的动听、感人。卷中更言驼子的背被轧平，聋子为了听清，要扒扒耳朵问别人，道士、和尚等方外之人为了听唱，竟然也四处乱挤，可谓夸张到了极点，也使得整个场景笼罩上了强烈的喜剧氛围。

《血汗衫记》中，说到郭员外收张玉童为养子，回到家中，妻妾们争要张玉童情形：

张玉童跟郭员外来到门口，他妻妾两三个抢勒从屋里跳出来："员外，太阳歪西好几丈，此刻才回来吃中饭？""唵，有事耽误了。""员外，你后面跟的老小哪来的？""哦，在街上买的，一个便宜儿子。""多少钱？""一千两银子。""哎哟，一千两银子也算便宜？""银子是不少，看看小伙的相貌，听听他的言语，就不算贵了。"第一个奶奶抢先说："别说一千两，两千两我总舍得。"她上前拍拍员外的肩头："员外，这个儿子就算我养的。"第三个奶奶跳出来："你养的？你也养得出他来？你人也比我矮一段呢，你养的？我养的！"②

妻妾们先是惊诧员外买儿花费过多，后来又争相夸赞张玉童的宝贵，为争养其而相互吵闹。宝卷中对她们的言语与举止都作了夸张式的处理，极写其反应的强烈，使得整个场景充满了滑稽、嬉闹的意味。

---

① 《中国靖江宝卷》上册，江苏文艺出版社，2007，第325页。
② 《中国靖江宝卷》上册，江苏文艺出版社，2007，第326页。

《大圣宝卷》中,讲到张长生被观音换上了愚昧心,陡然变得愚笨起来:

> 先生翻出一本长生开蒙读的《百家姓》,指在第一个赵字上说:"这读赵字,是宋太祖赵匡胤的赵。"长生说:"不是的,是隔壁赵老九的赵。"先生说:"好,就算是赵老九的赵!"①

张长生的愚笨与固执,先生的无可奈何,都是那样的滑稽与生动。下言,张员外要为其请新的老师,名叫万三,让张长生写请帖:

> 公子一听,眼睛一盯:"我父亲何苦啊!请上许多个死尸先生,不好少请点!十三也好,百三也好,一下子请上万三先生,我的手不写断了!"②

宝卷夸言其愚笨之状。好笑之余,也令人叹为观止。《九殿卖药》中,说到霍氏替癞子治癞疮,药到病除:

> 满头乌发黑茵茵,辫子拖到后背心。壁虎子忙来把媒做,织布娘子家去招亲。癞子一听笑颜开,挑起草担就上街。③

这里也是用夸张的手法来表现霍氏医术的高明,生动而逼

---

① 《中国靖江宝卷》上册,江苏文艺出版社,2007,第174页。
② 《中国靖江宝卷》上册,江苏文艺出版社,2007,第175页。
③ 《中国靖江宝卷》上册,江苏文艺出版社,2007,第374页。

真，充满了谐趣。

《七殿攻文》中，言观音带着善才、龙女下凡，化作老妇，在张姐的斋会上宣唱莲花落，自夸其神奇效果：

> 恐有残疾不要多心，瞎子听我唱莲花，丢了明杖就向家，茅草窝里拾针穿。癞子听我莲花经，头发出得赛乌云。十字街上走一走，辫子拖到半背心。读书人听我莲花经，读书不用打手心。小姐听我莲花经，掺花纳朵又聪明。聋子听我唱莲花，听见隔壁说鬼话。哑子听我唱莲花，跚东跳西搬闲话。驼子听我唱莲花，直腰直背上东沙。拐子听我唱莲花，拐棒一甩去推车。麻子听我唱莲花，不叫麻子叫钻花。书公子听我唱莲花，北京城里中探花。小姐们听我唱莲花，出帖子把到好人家。①

这里也是运用夸张手法，铺排各种人物听唱莲花以后的效果，来自赞其唱莲花的不同效果。铺排和夸张的结合，营造出了一种嬉闹、诙谐的情景。

《三茅宝卷》中王乾入京，饭店伙计夸耀自家饭店的舒适周到之后，又贬低对门饭店：

> 滚：斜对门的饭店屋子矮墩墩，
> 烟熏得眼睛不得睁，堂尘掸掸有半寸深。
> 筛子大的棉絮像硬衬，
> 臭虱、扁螂（指蟑螂）刷刷有半升。
> 客官到他店里去宿，咬得你一夜睡不成。②

---

① 陆爱华演唱本。
② 《中国靖江宝卷》上册，江苏文艺出版社，2007，第 11 页。

这里，伙计一路夸张下来，将对方饭店贬得一文不值，超乎常理，又令人忍俊不禁，想见其伶牙俐齿、能说会道之状。

靖江宝卷中有的时候的夸张，充满了民间的稚趣。如《梓潼宝卷》中说到，陈梓春观灯，与安童说失散：

你喊他，他喊你，陈梓春漏单没人理。"安童哎，我在这块！"高喊三声无人应，低喊三声没回音，他倒哭起来了。

平：安童，你好好陪我来看灯，怎不带我转家门？

安童，你天天上街弄头弄脑处处熟，你叫我怎认得回转聚贤村。

安童，你让我单身露宿冻坏嘞，深更半夜吓坏嘞。

堂前告诉我双父母，你四个奴才命难存。

陈梓春哭得眼泪巴嗒，把他一轧，"扑通"一个跟斗栽到墙脚。

平：陈梓春一阵哭来一阵滚，滚成潭来哭成坑。①

陈梓春已是成年男子，因为与安童失散后，先是自言自语，对不在目前的安童威胁连连。在毫无效果之后，居然哭得眼泪汪汪，甚至在地上打滚。其情状可以说出乎一般人的意料，但这种夸张却把富家子弟养尊处优、娇生惯养、任性使气的特点表现得十分充分、生动，令听众惊异之余，笑声连连。

《九殿卖药》中，说到卢功茂上街卖黄瓜不成，回来以后躲在被窝里生闷气，霍氏询问其是否辛苦或得病、丢失钱包，宝卷中言卢功茂居然"哇啦"一声哭起来：

---

① 《中国靖江宝卷》上册，江苏文艺出版社，2007，第272页。

霍氏说:"相公,你究竟哪里不舒适?可以对我讲来。"卢功茂这才从被窝里坐起来,揩揩眼泪,抹抹鼻涕,把黄瓜刮丁、城隍庙兴会、龙灯进城、人潮拥挤等情形说了一遍。①

卢功茂的做派与前面的陈梓春一样,显得如此的幼稚可笑。而听众也由此获得嘲笑卷中人物的机会,在心理上获得高其一等的愉悦。

《三茅宝卷》中,讲到金福与女青真人化身的牧童各自夸言其行事之快,也是充满了民间特有的质朴、天真之趣。

(金福问)"牧童兄,更远路程要走多少时间,才能回来?"牧童说:"快过你道人要走几年春,我走只要片时辰。我还有快个说把你听。我到中南山去斫草,红牛肚子吃饱回转,天还早。又到塘河洗个澡,又碾三石朋子八石稻,红牛不走加一鞭,又耕十二亩老沙田。""牧童老兄,你真快!不算快!往常也有快过。

挂:骑牛上如皋,点火烧眉毛。如皋来打转,眉毛不曾焦。"

"有更快。我还有快个。

骑牛上陕西,抓米来喂鸡。陕西来打转,鸡子不曾吃到米。

就更快。我还有快过。骑牛上杭城,水面落银针。杭城回家转,银针不曾沉。"②

---

① 赵松群演唱本。
② 赵松群演唱本。《中国靖江宝卷》之《三茅宝卷》上册,江苏文艺出版社,2007,第62~63页,文字稍异。

卷中，牧童言其赶路之快，一层层推进，夸张到了极点。天真之余，也充满了浓浓的稚趣与喜气。

作为靖江宝卷中常见的艺术手段，夸张的运用展示了宣演者丰富的想象力和高超的语言驾驭能力。宣演者通过夸张，强化了宝卷的诙谐、滑稽效果，有助于调节、活跃临场气氛，调动听众的兴趣。对于靖江宝卷而言，夸张的运用无疑具有重要的价值。

（五）其他

除了以上手段以外，悖谬也是靖江宝卷中常见的制造滑稽、诙谐效果的手段。利用人物或情节的违背情理之处，来凸显其荒谬性。这种荒谬性在靖江宝卷中构成了奇特的笑料。

有的是违背常理，故意制造滑稽、可笑的场面，来取悦听众，烘托出热闹、欢笑的气氛。如《血汗衫记》中，说到张员外请来媒婆，为大儿子张世登说亲：

（媒婆说）"啊，老本行。有、有、有，眼下就有三家。""哪三家？说给我听听中意不中意！""啊，东门外贝老员外家。""小姐人品怎样，底高腔调？""人呀，一丈多高，升箩口粗的腰。""媒婆，这个人就不用说了。长得像豆芽菜，长不郎当，多穿衣服像稻草金刚，少穿像鹭鸶青桩。

把她娶进门，要笑坏邻舍多少人！"

"第二个是哪家？""第二个是西门吴老员外家有一位千金。""人品怎样，底高景子？""人呀，凳脚能高，箩口粗的腰——

走起路来滚勒跑，就像滚个棉花包。"[1]

---

[1]《中国靖江宝卷》上册，江苏文艺出版社，2007，第306页。

在现实生活中，媒婆是不可能向对方描述其要推介的女子是如何如何丑陋的。宝卷这样做的目的，就是在制造笑料，营造出热闹的喜剧效果，以博听众一笑。悖谬的核心，在于其中事件本身的超乎常情常理。人物在这种不合情理的场景中，经常表现出愚笨、幼稚、尴尬的一面来。而这正是引听众发笑的原因所在。听众在一笑之余，也可以获得一种居高临下式的心理满足。

将多种手段综合在一起，来制造诙谐幽默的场景，也是靖江宝卷中常见的现象。它更为有效地保证了靖江宝卷对喜剧效果的追求。

如《三茅宝卷》中说到，王乾、陆氏夫妇受金福指点，决定修道，先遣散奴仆，各自赠予财物，将鸡鸭分给梅香。宝卷中写众梅香争捉鸡鸭，煞是热闹：

> 这边，一种梅香忙捉鸡，鸡子吆得篷篷飞，总要相提新母鸡。有个梅香手脚不慢，捉的鸡子还在窝里生蛋；有个梅香驼呀驼，捉住一对鹅；也有梅香鞋子一搭，捧住一只好籽鸭；一个拐子梅香跳呀跳，鸡鸭鹅儿一个总不曾捉得到。她就发火，赖在老爷家不走。①

这里，先将梅香中的机灵者与笨拙者作了对比，凸显后者的滑稽、可笑。下言陆氏将几担棉花赠与此丫鬟，教她将其纺成线来赚钱，有言"棉车生来十根楞，一根弦线串中心。摇两转来压一榫，锭子头上出黄金"。丫鬟听了以后的言说十分可笑：

> 拐子梅香说："主母太太，你给我一张切饼刀和一个小畚箕。""做底高？""锭子头上黄金多哩，我用刀出劲刮。""二

---

① 《中国靖江宝卷》上册，江苏文艺出版社，2007，第93页。

百五嗳，你到锭子头上刮煞得也刮不到黄金。你要翻哩。"①

锭子头上刮不到黄金，这属于生活常理。梅香的作为可谓荒唐至极。其悖谬性使得梅香的愚蠢与贪心，跃然纸上，十分滑稽可笑，令人忍俊不禁。下面言，王乾为梅香与安童配对成婚。安童、梅香相互间自我配对，王乾却将丑与美、愚笨与伶俐者相错配对，惹来一番口舌，也是趣味盎然，充满了喜剧意味。②

《十把穿金扇》中，说到陶文彬逃亡途中，与教书先生比诗来争吃唯一的一碗稀粥。陶文彬先讥讽了李先生的诗"全是狗屁不通，不堪入耳"：

> 陶文彬说："如吟出来不比你高，我叫花子决不吃你一口粥汤！你且听我吟来——
>
> 数米煮成粥一瓯，鼻风吹起两条沟。远看好似团圆镜，照见先生在里头。"
>
> 陶文彬吟罢："先生，你看如何？"先生这才说："三人行，必有我师焉！你花子真是才高学深，请你再念一遍，让我用笔记下，再请你吃粥。"③

陶文彬的诗作实在称不上佳篇，就算与前面先生作的诗相比，也不能说超出。只不过恰好应了眼前的景，又将先生挖苦了一番。诗歌的文辞通俗、诙谐，能够为现场听众提供笑料。而先生对陶文彬诗歌的称赞，使这种戏谑性又向前推进了一步。这一

---

① 《中国靖江宝卷》上册，江苏文艺出版社，2007，第93页。
② 《中国靖江宝卷》上册，江苏文艺出版社，2007，第93～94页。
③ 《中国靖江宝卷》下册，江苏文艺出版社，2007，第797页。

情景的最后又借用一句宋词，来与当前的情形构成怪异的关联，所谓"无可奈何花落去，紧一紧裤带去教学生"，则将其滑稽气氛推到了极点。

《十把穿金扇》中说到，陶文彬与康月娥私订终身，跟随康家戏班来到扬州。康月娥之父康凤要陶文彬跟着学唱戏，后者从之：

> 一夜之间，陶文彬竟把台词一一读熟，就是开口不大会唱。明日清早，康凤走过来问："你可会唱？"陶文彬说："一句不少，全都会唱。"康凤说："唱给我听。"陶文彬扯扯衣领，咳嗽两声，清清嗓子，"兮兮焉焉，焉焉兮兮"，哼了两声——
> 不像昆曲与秦腔，莺声朗朗哼文章。
> 康凤一听："这是唱的什么东西？"
> 不像和尚诵真经，不像道士拜大忏。
> 不上板来不上眼，可像巫婆泼火丹。

这里，陶文彬唱戏时的手足无措、无奈惊慌的情形，显得十分可笑与有趣。下面，说到陶文彬苦学唱戏，如厕时：

> 忽然想到康凤教唱的戏词，遂唱：
> "双脚踏金桥，两手撩蟒袍。"
> 没料刚唱两句，脚下板子一断，咕咙咚掉进茅坑。他连忙呼救：
> "急急逃来急急奔，一马陷进淤泥坑。有人救得我唐天子，他做君来我做臣。"
> 康凤听说邹文彬掉进茅坑，随即叫人把他拉上，骂道："你这该死的畜生，戏不学好，弄得满身是屎。拖回去，将他往死里打！"陶文彬一吓，戏词吓出来啦：

"自古忠臣不怕死（屎），怕死的不能算忠臣。"①

陶文彬上茅坑，却唱天子之词，所唱与所处之间有着奇妙的对比，一笑；巧合之下，跌落茅坑，事出意外，想见其狼狈不堪状，二笑；跌落之后，又唱"唐天子"云云，与其身份及目前相映成趣，三笑；获救以后，康凤要责打他，被吓得高唱"忠臣不怕死"之词，极不应景，四笑；惶恐之下，又将"死"唱成"屎"，与其遭遇巧妙契合，更是令人发噱。此处笑料连连，集中展示了宝卷宣讲者制造幽默场景，调动现场听众情绪的杰出才能。

再如《三茅宝卷》说到熊氏、桂氏二位妯娌听闻金福为修道而冷落妻子王氏，议论此事：

熊、桂二氏说："三婶婶，你不要哭，我们去劝劝他。"王氏说："他是不听劝的。"熊氏说："不是吹，三叔叔见我一到，就吓得笔挃笔——陡（抖）的。他在哪里？"王氏说："在西园木香棚。""哦，我们去。俗说，长哥为父，长嫂为母。他不依我，我就发火，背起来好打的。"桂氏说："你不要乱说，不是长哥为父，长嫂为母。是长哥为'扶'，长嫂为'磨'。就好比弟弟年纪小，父母亡故早，长哥要扶养他成人，长嫂要磨琢他读书，甚至还好磨他做活计。做嫂嫂的怎好撒野，背住小叔子打呢？"

平：叔嫂两个来打架，要笑坏府门里多少人！

熊氏说："那怎么办？"桂氏说："我看呢，小叔叔修道，我们去与他乱闹，吵得他心里发躁，他就陪三婶婶上楼了。"熊氏说："那我们要分三路包抄，各说各的理，劝三

---

① 《中国靖江宝卷》下册，江苏文艺出版社，2007，第829页。

叔回心转意。"

　　平："妯娌三个像阵风，一起奔向木香棚。①

　　熊氏、桂氏二位妯娌本身性格中就有着自高自大、不知深浅的可笑之处。而她们针对说服金福一事的争论，充满了戏谑之味。叙述者又是用歇后语，又是用对比的方式，来突出这一点。最后，又用比喻来夸张、突出三个人急不可耐、"胸有成竹"之状，使得其滑稽色彩更为明显。

　　同一宝卷中，说到金丞相因为金福不肯放弃修道，用枷锁将其囚禁于马房之中。四个安童将金福连枷带锁搋到马房门口：

　　安童就问了："少爷，你几时回心？""奴才，我要回心，不在高厅上回心，枷到马房就回心啦？"安童一听，浑身松劲。叫声：

　　平："少爷呀，你如三天不肯回心转意，就要活活搋死我安童四个人。"

　　三公子说："格末，你们丢手。等我一个人扛一歇工夫，你们出去相相再来搋可好？"四个安童相互瞄瞄眼睛，齐齐一丢，压得公子眉毛一皱，四个安童连忙又搋起来。心想：啊呀，这个骨尸怎这么重的？一个麻利安童说："你们三个搋住，我出去一下。"他到竹园里斫四根紫竹，把枝梢一秃，撑住枷锁四个角，上面再用链子横起来。这样下不卡肩头，上不顶上颚，搬点砖头衬呀衬，给三少爷当张凳。嗳，三少爷往下一坐，又开起心来了："安童，替我到怀里摸。""三少爷，摸底高？""把我的《三官经》摸出来，我要念哩！""啊呀，你到这种地步还念这个倒头经？""奴才，

────────────
① 《中国靖江宝卷》上册，江苏文艺出版社，2007，第44页。

锁得住我的手,锁不住我的口。我有口气总要念的。"安童替他从怀里摸出经书来,放在枷板上让他念。念到边,手不得上掀。三公子叫声:"安童来呀,快点替我掀经。"安童一听,连忙对外跑。三公子喊道:"奴才,快点替我掀经啊。""烧经烧经,我身边没得火,不去拿火怎烧得着?""奴才,哪个叫你用火烧?替我掀到那半边。""啊依喂,少爷,你是相府之子,读书识字。我家父母手里穷,沿小不曾开过蒙。"

平:人倒像个冲天棍,斗大的字识半升。"

三公子说:"格末,我做个关目,你总懂得的呢。我一遍念到头,用嘴一尖,你就替我掀到那半边。"安童说:"少爷,你念经倒有功劳,我掀经又没功劳。""安童,我也分点好处给你。"

平:功劳修到十分整,同你来个二八分。"①

安童受命看护金福。因后者的主人身份,又不敢得罪他。名为看护,其实是陪着金福一起受罪。心里虽然委屈,但又无可奈何。是为第一重可笑之处。安童为了让金福坐下来,绞尽脑汁,忙碌不已,其实是在为自己四个人减轻负担,是第二重可笑之处。金福要安童为其掀经,安童误听为要其烧经。两者对答,笑料百出。这是用误听来制造第三重可笑之处。最后,安童不满自己掀经无功劳,金福答应来个"二八分"。道出安童的小聪明和金福的憨厚。是为第四重可笑之处。宝卷在此重重构架,给整个场景营造了强烈的喜剧氛围。

《三茅宝卷》中说到众鬼奉阎王命去勾刘驸马的魂灵,被刘家家神阻挡,无奈去请土地帮忙:

---

① 《中国靖江宝卷》上册,江苏文艺出版社,2007,第53页。

正是那七谈八嚼，土地菩萨回来了。无常说："啊唷，八老爷回来了。"土地问："城里有公事到的？"无常说："是的。捉皇亲刘驸马。"土地连忙说："走，走，走！"无常说："唔，这倒稀奇。往常来末，讲讲说说大半天，还招待我们几袋烟。今朝怎像退鬼似的，不打等就赶了走？"土地说："不要提。我几次要找他的岔子呢。他有二亩六分六厘田，种在我这庙门前，年年世世哄骗我：'土地菩萨，你保我五谷丰登，我为你买猪头哩。'我不怕你们笑，就贪祭个猪头肉。我总保他棉花拾拾几滚包，棉秸挑不动挑担。啊唷，他早也思量不到，到大年三十深更半夜，才打发安童打盏灯笼买了三个钱肥拍肉，一块豆腐水落笃，一对笔杆烛。我还不曾动筷，安童嘴一吹，'拍秃'，说驸马拿回去照小麦。我有多恨！"①

这段文字可谓妙趣横生。土地为了吃个猪头肉，而尽力保佑刘驸马田地有好收成，已见其贪；又因为刘驸马的慢待，而一心要报复。一听说鬼使要勾驸马的魂灵，就迫不及待连说要走。是贪吃不成反生害意，更见其贪利与气量狭小。这与人间的贪图小利、斗气使狠的行径并无区别。土地在这里已经人间化、世俗化，有了人的欲望和缺点，也变得滑稽、可爱了起来。而刘驸马的吝啬在此段文字中，也被刻画得十分生动、诙谐。卷中下言土地带领众鬼去勾刘驸马的魂灵，来到刘驸马家门前，却又一次无门而人：

土地说："有办法，走陈家弄。"大家问："有多远？"土地说："这个地方你们总不认得？就是灰尘弄。东厨老爷

---

① 《中国靖江宝卷》上册，江苏文艺出版社，2007，第119页。

姓陈，从东厨老爷家烟囱里进去，他家没人管。"一般鬼使说："这真是土地老爷死儿子——绝庙（妙）的主意。"土地说："不好了，出了主意还挨你们骂，下次哪个肯帮你们忙？"①

这里鬼使口中说出的歇后语拿土地说事，又紧紧扣住了眼前的情景，既妥帖得当，又充满了谐趣。卷中接下来又说到鬼使待元阳走后，去勾刘驸马的魂魄：

元阳一走，一班鬼使来火。拿铁链子对前一套，拖起来就跑。哪晓得链子套错了，不曾套到驸马，是套着了土地。土地就喊："搞底高鬼？我不是刘驸马，我是当方。""啊，壮胖？暴病死的本来就不瘦。""不，我是土地。""啊，你上古溪，还早哩。先要到县主城隍身边过个堂，才解你上古溪。""不是的，我是把老爷。""啊，是八老爷，我们弄错了。"②

巧合和误解的综合运用，使得上面的场景中充满了滑稽意味。

《大圣宝卷》中，张员外去李清明家讨债。李清明躲了出去，其妻宦氏招待员外。卷中言：

话言未了，宦氏将芦帘卷好，连忙端一张哼不伦凳，大凳不像大凳，小凳不像小凳。一块板四个眼，只有三只脚。宦氏将凳倚住壁脚放下："员外请坐。"安童眼明手快，见

---

① 《中国靖江宝卷》上册，江苏文艺出版社，2007，第120页。
② 《中国靖江宝卷》上册，江苏文艺出版社，2007，第125页。

是一张独脚凳，连忙把凳子扶扶平。员外一手撩住湖州袍，一手摸着凳角，身子对下一落，"碰钉通"一个倒栽葱，磕得满身是泥。①

叙述者用了巧合与拟声，来突出张员外摔倒的狼狈可笑之状。同卷下文又言，宦氏说待儿子长大后，读书做官，再还张员外的债。张员外转而嘲笑宦氏家六个儿子不得成器：

张举山听了呵呵大笑："宦氏，你慢慢说，当心下颌巴说掉下来。你也不看看他们是何等的相貌？箸笼头尖的，戴不住乌纱帽；塌肩膀歪的，穿不上蟒袍；穿盘脚斜的，蹬不住乌靴，不得上朝，看看也不是做官的胚料！真正要做官呗，让我来封——"
平：大郎长不郎当做烟杆，二郎漆黑黑塌做煨罐，
三郎四郎骨瘦伶仃做豆腐干，
五郎矮矮个子做纱筒管，
六郎要是想做官，城隍庙里做判官。②

这里，主要是采用了夸张和拟物相结合的手法，来表现张举山对宦氏的嘲笑。一方面突出了张举山的刻薄、骄妄，另一方面在客观上其文字也谐趣横生，在戏谑中，可以引来听众善意的嬉笑。

靖江宝卷在营造诙谐、滑稽的气氛时，多种艺术手段综合运用，有利于宣演者从各角度来刻画人物，渲染喜剧色彩；同时，它也更充分地展示了宣演者高超的艺术技巧。对于靖江宝卷演出

---

① 《中国靖江宝卷》上册，江苏文艺出版社，2007，第144页。
② 《中国靖江宝卷》上册，江苏文艺出版社，2007，第146页。

过程中的临场效果的加强，具有突出的意义。

从以上论述中，我们大致可以看到，靖江宝卷中的诙谐、滑稽效果的营造，常常和其对人物的嘲笑、调侃相关联。在靖江宝卷中其调笑的人物类型化倾向突出，主要集中在几类人物上。一是员外。作为民间富人的代表，这类人物除了财大气粗之外，在宝卷中往往还具有吝啬、狡诈、刻薄等等特点。虽然能横行一时，却又常常搬起石头砸自己的脚，自作孽，自受罪。如《大圣宝卷》中的张举山员外。第二则是书生。靖江宝卷中的书生常常是养尊处优，不谙世事。在与人交往、独立面对难事之时，往往表现出懦弱、迂腐，甚而幼稚、无赖的习性来。如《九殿卖药》中的卢功茂、《梓潼宝卷》中的陈梓春、《十把穿金扇》中的陶文彬，都或多或少有着以上的特征。还有一类则是奴仆，包括安童和梅香。他们在宝卷中大多具有好吃懒做、贪图小利、自作聪明、喧闹诈唬等等特征。在靖江宝卷中，这类人物常常成为活跃气氛的笑料制造者。应该说，比之于君主与官员，以上这些人物都是民间在日常生活中能经常接触到的，有着相当程度的熟悉和了解。靖江宝卷对他们的嘲弄，除了其本身确实存在的群体缺陷以外，在很大程度上也是迎合了普通民众超越其上的心理优越感。民间通过宝卷，对这些自己以外的社会阶层实现着批判和戏弄。

四 形象化的描写

和其他说唱文学形式一样，"说法现身"的本质和临场宣演的特殊性决定了靖江宝卷在描述人物与事件之时，必须抓住其主要特征，用形象化的语言来绘出其鲜明、"真实"的图像来，以令听众能轻而易举地了解、把握宣演者要传达给他们的事物的印象，能与宣演者的叙事节奏保持一致，顺利地进入下文的演与听之中。

（一）典型特征

靖江宝卷中，宣演者善于从其生活经验出发，抓住事物的本质特征，对其进行准确、到位的描绘。虽着墨不多，但其刻画出的形象却十分生动、真实，人物的本质和事件的关键都得到了鲜明的展示。

如《三茅宝卷》中，说到王乾到了广南任太守，暗自私访，见到各色人物，也是寥寥几笔，而其形象逼真鲜活。如其中写赌徒一节：

>（王乾）遇到一淘油头恶光棍。这班油头恶光棍，帽子三七欠，鞋子拖脚上，膝馒头上长鬼脸，哼哼唱唱抽老烟。要么台子一搀，来摸"十八张"。通夜点火，满屋乌烟，赌呀赌，输得伤心，就偷"九饼"。①

宝卷抓住赌徒在外形上的主要特征以及其典型的生活场景，寥寥数语，即将其不事生计，浪荡胡为，沉溺赌博的形象，生动地展示了出来。

同样也是《三茅宝卷》中说到，玉清真人度金福去终南山修道，为了坚定其道心，于是中途降雪来考验他：

>金三公子直奔北方而行。他走过一里又一里，行了一程又一程。只觉衣衫单薄，疲乏难忍。玉清真人故意同他作难，用丝棉在手中一搓，仙气一呵，顿时天上黄澄澄，乌昏昏，北风呼号，大雪纷飞。三公子冻得牙齿敲当当，浑身像

---

① 《中国靖江宝卷》上册，江苏文艺出版社，2007，第26页。赵松群演唱本文字稍异。

筛糠。①

"黄澄澄"、"乌昏昏"两语,非常准确地道出了大雪纷飞之时,天昏地暗之状。而言金福挨冻"牙齿敲当当,浑身像筛糠",极为生动真实,令人感同身受,想见大雪之际,天地间寒冷难耐情形。

《大圣宝卷》中,说到张员外去李清明家讨债,后者躲了出去,留下其妻宦氏。宦氏向张员外感叹自家儿郎成群,贫穷不堪状:

宦氏对门口一站,放开嗓子就喊:"大郎、二郎、三郎、四郎……你们出来给员外望望。"员外只见茅草堆里拱呀拱,"霍落霍落"对外像倒芋头种。一个个拖鞋的答,眼屎邋遢——
平:大郎没衣兜,二郎缺衣袖,三郎少领口,
四郎穿件巴山虎,五郎穿条马龙头,
六郎身上没纽扣,裸头赤脚像毛猴。②

宝卷在这里也是抓住人物的典型特征,通过其狼狈、邋遢的穿着,将旧时穷人家潦倒不堪的情形非常生动地展现了出来。

靖江宝卷从对生活、人物的细致观察入手,善于抓住所要描写对象的主要特征,来加以重点的刻画,使其形象栩栩如生,听众如晤其面,能一下子就了解对象的面貌,并与故事的发展保持一致。

(二) 夸张

靖江宝卷在对事物作描绘的具体过程中,也经常采用夸张的手法,将事物的某一特征加以强化、突出,以塑造出异常醒目的

---

① 《中国靖江宝卷》上册,江苏文艺出版社,2007,第59页。
② 《中国靖江宝卷》上册,江苏文艺出版社,2007,第145页。

艺术形象,加深其在听众心目中的印象。此类情形,在靖江宝卷中可以说是多有存在。

如《血汗衫记》中,媒人向张员外夸言陆家小姐的能干:

> 小姐生来又聪明,绣花纳朵件件精。
> 绣起龙来龙摆尾,绣起凤来凤能鸣。
> 天上能绣日月星,地上能绣百花名。
> 也会绣皇帝坐龙廷。
> 说起小姐会绣花,绣个乡下姑娘拾棉花。
> 棉花弹弹变成花,锭子头上出细纱。
> 一个眼眨花,绣个馋嘴偷西瓜。

又言其"烧煮烹调"精熟:

> 小姐生勒指头尖,擀起面来像丝线。
> 煮到锅里团团转,吃到嘴里软如棉。
> 小姐生勒手段强,做起烧饼照见天。
> 苍蝇捵(按:原文如此,当作"馋")它溜溜转,蜢瞎子衔了飞上天。
> 她算盘打得的答响,减减加来加加减。
> 一手写来一手算,做你家管账的大娘娘。①

媒婆的两次夸赞,都是采用了夸张的手法,像"绣起龙来龙摆尾,绣起凤来凤能鸣"、"煮到锅里团团转,吃到嘴里软如棉"、"苍蝇捵它溜溜转,蜢瞎子衔了飞上天",生动活泼,而又充满生活气息,让人一下子就可以想象出陆家小姐绣艺和厨技的

---

① 《中国靖江宝卷》上册,江苏文艺出版社,2007,第306页。

高超不凡,并因其生活化的语言,而产生深深的亲切感,融洽了宣演者与听众间的情感交流。

再有,《血汗衫记》中,说到张世登到杭州贩卖红花草,装上船后,恰好遇上恶劣天气:

> 天上乌沉沉,乌云下面白云跟。
> 三个雷阵四个闪,狂风暴雨下凡尘。
> 磨子吹勒调烧饼,石砺吹了舞流星。
> 大树吹勒连根倒,草积吹了仰翻身。①

这里用夸张的语言,说到磨子、石砺、大树、草积随风摆布,四处飘荡,生动地描绘出了一派狂风骤雨、飞沙走石的景象。《三茅宝卷》中,也有类似的语句。② 两者都主要是采用了夸张的手法,对风之猛烈、浩大作出了生动、形象的描绘。

《张四姐大闹东京》中,讲到包公听闻八校尉被张四姐打败,异常愤怒。卷中言其"气得眉毛根根竖,怒目圆睁像晓星"③,这里,寥寥数语,也是采用夸张的手法,生动而逼真地刻画出了包公盛怒的模样。

作为靖江宝卷中常用的一种艺术手法,夸张不仅被用来营造诙谐、滑稽的喜剧效果,同时也经常被用来刻画具体的形象。这种夸张往往与民间的生活实际结合在一起,在塑造生动形象的同时,也表现出强烈的民间属性,促进了听众与宝卷宣演者之间的现场交流。

(三) 比喻

比喻,在靖江宝卷中也甚为常见。宝卷宣唱者常常采用生活

---

① 《中国靖江宝卷》上册,江苏文艺出版社,2007,第313页。
② 《中国靖江宝卷》上册,江苏文艺出版社,2007,第128页。
③ 《中国靖江宝卷》上册,江苏文艺出版社,2007,第357页。

中的事物来喻其所要描绘的事物，生动形象，而又事半功倍，简捷明了。

如《三茅宝卷》中，说到金丞相为劝转金福不要修道，装病上朝以求告病还家之状，非常生动：

> 这遭，老太师扶住金大夫的肩头，金大夫抱住老太师的夹肘——
> 单：金大夫将父亲歪歪斜斜扶上金銮殿，
> 他脚一蹬，手一松，
> 金丞相一个跟跄跌倒在殿中。
> 万岁问："卿家，你后面何人？""万岁呀，是我的父亲。""老爱卿，抬头见我。"
> 平：丞相抬头把眼睁，万岁连连叫几声。
> 万岁，我现在头疼如同千刀砍，腹痛好似万箭穿。耳目昏花不得过，四肢无力欠精神。万岁呀，我热起来如同炉中火，冷起来好似水生冰。万岁呀，我毛病上身就如此重，不晓得可有命残生！
> 金丞相是朝纲耳目大臣，万岁见他病到如此样子，倒也十分心疼。
> 平：爱卿呀，你三天之前还面如三月桃花红喷喷，今朝怎像九月菊花又遭霜？爱卿呀，现在你是心肺不适，还是脾肾不宁，快告诉于寡人得知情。①

卷中采用了一连串的比喻，来形容金丞相"病重"的模样。这些比喻都是普通听众所能了解的、感知的。"千刀砍"、"万箭穿"、"炉中火"、"水生冰"之语，简捷明了，让人感同身受，

---

① 《中国靖江宝卷》上册，江苏文艺出版社，2007，第50页。

想知金丞相疾病之重。而"三月桃花红喷喷""九月菊花又遭霜",两相对比,形象感极强,金丞相病恹恹的模样呼之欲出。

同一宝卷中,说到王乾家梅香形容报恩寺和尚:

挂:报恩寺里霉和尚,头发不剃像罪犯。
脸上不洗像黑炭,眼睛睁得像油盏。一天到晚关灶上,肚子吃得像炮仗。
没得一副好经担,不要请他吃素饭。①

这里,梅香用了一连串生活中的事物来形容报恩寺和尚的狼狈情形,生动贴切,而又十分诙谐、滑稽,饶有生活情趣。同时,也不由令人想见梅香的伶牙俐齿、俏皮调笑的模样。

《三茅宝卷》中,皇帝梦见美女,醒来要纳其入宫:

众朝臣心里总觉纳不得,但不敢开口进言。只有金大夫对皇上忠心耿耿,跟手奏本——
平:万岁呀,梦里的美女好姿容,醒来原是一场空。
这如同灯草撞铜钟,皂纸上面画乌龙。
灯草撞钟钟不响,皂纸上画龙无影踪。②

这里,灯草撞铜钟,皂纸上画乌龙,两事被金丞相用来比喻皇上对梦中美女的思求,可谓明白、贴切。

《大圣宝卷》中,说到水氏即将生子,两个丫鬟去请稳婆来到:

---

① 《中国靖江宝卷》上册,江苏文艺出版社,2007,第86页。
② 《中国靖江宝卷》上册,江苏文艺出版社,2007,第95页。

三个人上了路，卞氏奶奶两手像牵钻，两脚像捣蒜，一步要抵一步半。跑得又快，三双脚板在路上"笃笃笃笃"像切菜。①

　　牵钻、捣蒜、切菜，都是听众生活中常见常做的事情。宝卷以此作喻，生动又贴切，听众的脑海中一下子就可以浮现出稳婆与丫鬟三人一路匆匆行来，步子细碎而紧凑的情形。
　　《九殿卖药》中，说到霍氏要上街卖菜，卢功茂想要阻止：

　　卢功茂对霍氏看看，从她头上相到脚上："嗨嗨，你是吃了灯草灰，放的轻飘屁。也不看看你是什么身子？一双金莲脚，一步踏三踏。身像马蜂腰，哪经重担压！不要说挑菜上街，就是空身跑路也要挨风刮倒哩！"②

　　卢功茂的说辞虽然有粗俗之嫌，但其中的比喻却十分生动形象，将霍氏的柔弱、苗条描绘得异常分明、突出。
　　《血汗衫记》中，张昌员外病重，宝卷形容其状，有言：

　　眼发暗来头发昏，寒寒热热病上身。
　　一刻寒来一刻热，寒寒热热分不清。
　　热来如临钢炭火，冷来如同身抱冰。
　　头疼好像乱刀砍，心烦犹如万箭穿。③

---

① 《中国靖江宝卷》上册，江苏文艺出版社，2007，第153页。
② 《中国靖江宝卷》上册，江苏文艺出版社，2007，第368页。赵松群演唱本无与之相似的文字。
③ 《中国靖江宝卷》上册，江苏文艺出版社，2007，第309页。

这里，用炭火、寒冰、刀箭等生活中的事物来作比，生动、准确地表现了张员外病入膏肓之状。

《张四姐大闹东京》中，说到王灰狼垂涎张四姐的美貌，有言：

> 就这么一见，王灰狼目不转睛，盯紧了张四姐的背影：
> 窈窕之身瓜子脸，上风走过下风香。
> 四姐犹如鲜鱼碰上了红头蝇，灰狼就三月芥菜起邪心。①

宝卷中用鲜鱼碰上了红头蝇、三月芥菜起邪心两个比喻，非常贴切地描绘出了王灰狼对张四姐的觊觎之心。同一宝卷中，又说到张四姐到王灰狼家报仇：

> 张四姐执指对楼上一指："王灰狼你不要逃，姑奶奶上楼来了！"
> 一个旋风快如飞，可像黄鹰扑小鸡。
> 抓住他的头一挤，挤勒头朝里；用劲一拍，头往颈里一缩。
> 眼不眨，气不伸，不哼不响丧残生。
> 这下，吓得王灰狼的大太太、二太太、三丑怪，一个个叩头到底，像鸡子拾米。②

"旋风快如飞"、"黄鹰扑小鸡"，极写张四姐的神武，一气呵成，痛快淋漓，令人想见其英武不凡；"鸡子拾米"，则写王

---

① 《中国靖江宝卷》上册，江苏文艺出版社，2007，第349页。
② 《中国靖江宝卷》上册，江苏文艺出版社，2007，第353页。

家诸人不断叩头求饶状,生动形象,如在目前。

靖江宝卷中言女子容貌,也多用比喻手法。如《报祖卷》中,媒人向李员外赞美刘家女儿美貌:

> 平:提到刘家女千金,百里挑一无比伦。一像月里嫦娥样,二像西施再复生。果像昭君再出世,更比那贵妃胜三分。小姐头发赛乌云,脸吗像银盘。眼睛骨落各落像水晶,三寸金莲像水红菱。从你面前行一行,只当南海里活观音。①

《十把穿金扇》写王素珍、方翠莲寻夫,路过九华山,山上大王见两人美貌:

> 头上梳得美人髻,横插金钗是凤头。
> 柳叶眉,樱桃口,如笔勾画。
> 杏子眼,银盆脸,粉白悠悠。
> 态窈窕穿锦绣,素白鞋子钉铜扣。②

两处对女子美貌的描绘,都是用了生活中的事物来比喻。乌云、银盘、水晶、水红菱、柳叶、樱桃、杏子等,都令人听其名而想见其状,进而想象出女子的美貌来。可谓自然贴切,形象生动。

靖江宝卷中采用比喻之处,还有很多。如《香山观世音宝卷》中,说到三公主来到磨坊里,"生铁碓臼、熟铁碓跳,半爿头是磨绑在碓跳上,像一只石狮伏在上面。走上去用脚使劲往下

---

① 陆爱华演唱本。
② 《中国靖江宝卷》下册,江苏文艺出版社,2007,第825页。

一踩，碓跳动也不动，似有千斤能重"①，用石狮子来比喻磨盘，道出其沉重、巨大之状。《地藏宝卷》言金功善作元帅，领兵征讨，"红旗一总像把火，黑旗一总像乌云"，"营盘扎得像水桶，水泄不漏半毫分"②，也是极生动地展现了其行军的气势与威严。《血汗衫记》中，言蒋氏病重，"蒋氏毛病犹如雨天驮草步步重，井底淘沙渐渐深"③，两个比喻涉及农村日常生活，为听众熟悉，非常生动地反映出了蒋氏病患日益沉重的情形。

很明显，靖江宝卷中的比喻手法主要是采用听众生活中的熟悉的事物来设喻，这样一则很容易地可以勾起听众的联想，化抽象为具体、直观，使其描绘的对象栩栩如生，如在目前。再则，它也可以拉近听众与故事的距离，使其生出强烈的亲切感。这对于临场气氛的活跃、融洽而言，无疑具有重要的意义。

总而言之，靖江宝卷中采用了多种艺术手法，塑造了众多生动、真切的艺术形象。这是靖江宝卷在当地之所以长盛不衰，拥有强大的艺术魅力的主要原因之一。

五 靖江宝卷人物形象举例

靖江宝卷中塑造了形形色色的人物形象，大多个性突出，血肉丰满。因为宝卷的演唱者与听众都属于底层社会，因而其塑造最成功、最真实的人物形象往往是与其同一社会阶层的。即使不是，也往往揉进了底层特有的价值判断与喜怒哀乐。这里择其要者作一粗浅的说明。

（一）仆人

靖江宝卷中刻画得成功的形象有一类，即底层的仆人——安

---

① 《中国靖江宝卷》上册，江苏文艺出版社，2007，第227页。
② 赵松群演唱本。
③ 《中国靖江宝卷》上册，江苏文艺出版社，2007，第303页。

童、梅香。如《三茅宝卷》中,说到金相府家的梅香清早起来后,便为自夸:

  金相府的梅香,真是扁担戳城门——三年会说话,个个会做偈子的。早上起来,一个梅香说——
  念:金相府里我第一,脸上不洗像黑漆,眼睛睁得像玉碟,说起话来像霹雳。
  第二个梅香说——
  挂:金相府里我出奇,叫我专门管放鸡。
  鸡子赶它竹园里,鸭子赶它阴沟里。
  狗子赶它场新里,一竹子打它脖里叽。
  平:再把黄鼠狼请出来,叫它竹园里看小鸡。
  第三个梅香说——
  挂:天光光来地光光,笤帚声来独柄装,
  刷了前厅并后房,还要替三少爷扫马房。①

第一个丫鬟的言语,生动地刻画了其懒惰又硬气的性格;第二个则见其能说会道与善于取巧;第三个则为清扫丫鬟的口吻。人物的情态在此惟妙惟肖,跃然纸上。下面说,梅香将金福失踪报告其妻王慈贞,王氏担心祸及自己,犹豫未敢禀告公婆:

  有个聪明的梅香连忙跑去一把背住:"不格,三主母,我家老太师当朝一品宰相,不会冤枉人的。你去总归要去,太师要审问你末,你要笃行之,慎言之,明辨之,知之为知之,不知为不知。我家老太师不见得就吃掉你呀!"②

---

① 《中国靖江宝卷》上册,江苏文艺出版社,2007,第64页。
② 《中国靖江宝卷》上册,江苏文艺出版社,2007,第65页。

丫鬟的聪明伶俐、善于体贴，与其掉书袋状，都是栩栩如生。

（二）神佛

靖江宝卷中的神佛也是其着墨甚多，并形象突出的一类。这些神佛大多已经人间化，具有人类的喜怒哀乐，丰富的情感。宝卷在描绘这些神佛时常常是妙趣横生。如《大圣宝卷》中，说到铁拐李因坐骑仙鹤被张长生射伤，误了佛祖的蟠桃盛会：

> 佛祖见拐李迟到，就开他的玩笑："你到底是人短脚拐跑不快，迟来了两个时辰。"铁拐李气闷闷不作声。佛祖说："生我的气啦，生气的下次不要来。"铁拐李受了冤枉气，眼泪滴滴答答往下滴。①

这里的佛祖像是个风趣的家长，而铁拐李则像个受了委屈，又无人慰解的孩童。其情景充满了人间的趣味。

《张四姐大闹东京》中，说到张四姐下凡，见过崔文瑞之后，一心向往，难以静心：

> 张四姐回到寝宫，浮想联翩，思绪万千，久久不能入眠。她想：竟是楼上有楼，天外有天。那些男耕女织的对对双双，活得多么逍遥。那个讨饭后生，长得多么俊俏！若是能有一天与他同锅合灶，同床共——
>
> 一个枕字不曾说出口，脸就红到耳后根。黄昏想到天大明，一夜总不曾闭眼睛。②

---

① 《中国靖江宝卷》上册，江苏文艺出版社，2007，第177页。
② 《中国靖江宝卷》上册，江苏文艺出版社，2007，第344页。

其无限憧憬又羞涩的情形正是人间女子春心萌动,芳心大乱,为情爱所缠扰、折磨的典型写照。

《张四姐大闹东京》中,又讲到王母娘娘下凡,要带着张四姐回到天庭,张四姐一开始不肯,有言:

> 我到东土已三载,看惯了山也秀来水也清。
> 父慈子孝兄弟敬,男耕女织相互亲。
> 人间处处是春色,丢不开凡间好光景。①

吸引张四姐,让她眷恋,以至于不愿回到天庭的正是人间浓浓的情爱。所以接下来张四姐一定要王母娘娘允许将崔家母子和家宅一起搬上天,才愿意回去,显示出对人间真情的万分看重。其回到天庭后,玉皇大帝最初也要处置张四姐:

> 哎,玉皇大帝也像天下父母的心一样,听到孩子在外面惹了祸,恨不得一刀要把她剁煞得;等到孩子到了面前,吓得两滴眼泪往下一挂,又赶紧抱到怀里:"不要哭,再哭我当真要打呱!"玉皇大帝见四女跪在面前,两滴眼泪一抛,怒气也就消了一半。②

玉皇未见面时对张四姐非常生气、不满,见面时又不免被其眼泪软化,露出慈爱模样。这正是人间恨铁不成钢,对待儿女表面严厉,内心疼爱的严父形象。王母娘娘最后还要玉帝答应崔文瑞与张四姐继续在天庭做夫妻,并教导玉皇,"皇儿,这样做也是人之常情","水有源树有根,神仙也要有子孙。如果老王不

---

① 《中国靖江宝卷》上册,江苏文艺出版社,2007,第 362 页。
② 《中国靖江宝卷》上册,江苏文艺出版社,2007,第 363 页。

成婚，哪有小王治乾坤"①。诙谐之中，透露出浓浓的人间气息来。

观音菩萨在靖江宝卷中与太白金星一样，是经常出现的一位神灵。她在靖江宝卷中的表现，除了其神通与慈悲以外，还有她对徒弟的尽心回护，有的时候不免有护短之嫌。如《大圣宝卷》中，普贤下凡，要收张长生为徒。观音菩萨想自己做张长生的师傅，又不好点破。于是普贤首次下凡，观音先让善才变作蛮汉、推车汉为难之，后更亲自下凡，化作讨饭婆，将普贤阻挠到了半夜，使之无功而返。鲇鱼精在高邮为祸人间，张天师本可以收服。观音生怕他抢了自己徒弟的功劳，于是亲自将鲇鱼精踩入青沙底，使张天师找不到他。最后，只能由证果以后的张长生来立此功劳。与此相似的情节也出现在《梓潼宝卷》中。太白金星为了让三元兄弟来收服赖元精，也采取了相似的做法。神佛有的时候也争一些人间的闲气。

神佛也像凡人一样喜欢占一些小便宜，得了凡人的许诺以后，则为其奔忙出力。

《报祖卷》中，写到李员外去东岳庙烧香求子，许下为东岳大帝造庙宇和重塑金身的大愿。宝卷写道，东岳大帝从天上转回，一闻见香味，就问小鬼烧香何人，次问是否许愿。而小鬼也是满心欢喜，把李员外许的宏愿夸赞了一番。东岳大帝随即上天，向玉帝要求为李员外送子，连玉帝也奇怪他刚刚离去又赶了回来。玉帝指出李家上代作孽太多，所以无子。东岳大帝忙上前为之苦苦哀求，言其今世功德当有所报。玉帝报之以无星宿可下凡托生。宝卷下言东岳大帝之急切状：

东岳大帝急得又朝前一跪，眼泪纷纷：

---

① 《中国靖江宝卷》上册，江苏文艺出版社，2007，第363页。

平：玉帝呀，你不送后代根，弟子再不下凡尘。
你不送他后代根，跪死你面前不起身。

宝卷中，借拈香童子所想，将东岳大帝嘲笑了一番，"东岳大帝为了别家子孙，竟然哭了起来。关你什么事？那哭哭啼啼，还不肯起来，真正发笑"①。东岳大帝两次下跪，后来又连哭闹带威胁，近乎小儿的要赖，其行为十分可笑，而其所求表面上是为李家有子孙，其实是为了自己的庙宇和金身。东岳大帝到后来，又第三次下跪，向玉帝请求为拈香童子将要托生的李家儿子增寿。李员外许愿的驱动力可见一斑。所以，也就有了后来因为李员外忘记还愿，东岳大帝一怒之下，勾去了李清的魂魄。而李清又在其父母决定还愿以后，重新恢复了知觉。这里，造庙与塑金身一直是东岳大帝行为的最终推动力。东岳大帝在这里正如同一个为利益奔劳，为之喜，为之忧的世俗之人。如此，正见宝卷中神佛的世俗化特色。

神佛有的作为则近乎人间的劣性。《张四姐大闹东京》中，火德星君三次火烧崔文瑞家，第一次是奉玉皇大帝之命，第二、第三次则是因为崔家始终没有敬奉他，恼怒而报复之。其第二次放火时自言：

崔文瑞、崔文瑞，你好无道理。你可知我火光老爷有搭包哩？不管哪一家失火，烧着了总要敬我，烧不着也要敬我。我烧了你旧屋，你造起了新房，不先敬我，反而先敬财神菩萨。真是只想发财，不图太平！好，我登你家不走，再来放火，看你敬不敬我！②

---

① 陆爱华演唱本。
② 《中国靖江宝卷》上册，江苏文艺出版社，2007，第341页。

火德星君作为高高在上的尊神，在这里展示的完全是自得蛮横，斗气使狠，恼羞成怒，心胸窄小的凡人形象。《大圣宝卷》中，说到龙王因为韦林县百姓求雨不成，慢待其神像，向玉帝告状。玉帝打发水德星君下凡，降下水荒三年。宝卷言龙王之反应，"龙王一听，浑身来劲，竟要到天庭奏本。个玉主叫我下凡去报复报复他们，多落他点啊！龙王带了风婆雨士、雷公雷婆、闪电娘娘下凡"①。和世俗之挟气斗狠，睚眦必报，并无区别。神灵的超脱、慈悲不复见之。

靖江宝卷中的神佛形象，其实质大多是披着神通外衣的世俗之人。是按照世人的脾性、模样，来描绘其想象中的神佛。惟其如此，才能引起听众对这一些形象的关注与喜爱，才能增加宝卷叙述的生动性与吸引力。

---

① 陆爱华演唱本。《中国靖江宝卷》之《大圣宝卷》上册，无此情节。后者言玉帝因为韦林县百姓不敬惜粮食，降下三年水灾以示惩戒。

第九章　靖江宝卷的民间世界

　　靖江宝卷作为一种流行于民间的说唱形式，其生命力源自民间。民间的生活实际、风俗人情，都是靖江宝卷着力要表达的内容。通过那些富有生活气息的情节与场景，掺和着大量的民间故事传说、歌谣、谚语，靖江宝卷集中展示了民间生活的方方面面、诸种细节。因而，在一定程度上，靖江宝卷可以视为当地民间生存状态和精神世界的一种"写真"。民间的吃、住、行诸般行事，喜、怒、哀、乐诸种情感，都见之于靖江宝卷之中。而靖江讲经与做会的紧密结合，又使得靖江宝卷带有强烈的宗教信仰属性，对旧时靖江民间的宗教信仰有着充分的反映。这一切都导致了靖江宝卷中存在着一个纷繁多样、特色鲜明的民间世界。下择其要，简言之。

第一节　生活风俗

　　对旧时靖江民间生活风俗的记述、描绘，是靖江宝卷的重要内容，这也是其民间身份的重要标志。靖江宝卷对民间生活风俗的反映，涉及了各个方面。举凡旧时靖江民间的生活点滴、风物礼俗，在靖江宝卷中都有所反映。这里，只能选择其中屡被提及、较为重要的习俗，来加以罗列和陈述。

　　靖江宝卷中言及的民间生活风俗主要集中在节庆、喜丧、百业、建造、饮食等几个方面。下面分别列举几种。

一 节日

节日是民间一年中最重要的日子之一，民间重要的礼仪、祭祀活动常举行于此时。节日中，那些在家居、祠堂或寺观进行的群体性活动，是民间维系家族、群体关系，传承传统伦理道德观念与信仰的重要方式。同时，节日也常常是民间心灵释放的主要方式，它常常伴随着众多的歌舞戏乐表演。民间对情感宣泄和娱乐自我的要求，通常在节日中获得集中的满足。因而，节日具有丰富的社会文化内涵，可以在很大程度上反映出一个民族、一处地方的生活实际与心灵追求。靖江宝卷中即存在着大量的关于民间节日生活的描述，从中可以了解靖江一地的独特的民情风俗。

《大圣宝卷》中，对民间节日风俗多有描述。如卷中说到张员外请王先生来教张长生，有言：

> 真是人生苦海，不得一时闲。眼睛一眨，就忙到腊月廿四夜。到了廿四夜中过点，刺秸棚搭在野场边，赤豆饭供到佛前面，点一对白烛烧炷香，低下头来祷告天：灶王老爷你上天好话多说点，丑事瞒住点。
> 平：多求五谷并猪羊，三十夜接你回来过新年。
> 腊月三十这一天，冬青柏枝封屋檐。贴上门对糊喜笺，囤子打到野场边，儿女共分守岁钱。
> 挂：一夜连双岁，五更分二年。穿红又着绿，老少贺新年。
> 初一敬天地，初五接财神，初七望参星，月半看龙灯。
> 平：正月十三灯兴起，十八日子落花灯。到了正月二十日，员外想到接先生。①

---

① 《中国靖江宝卷》上册，江苏文艺出版社，2007，第164页。

这里，从腊月二十四说到正月半，涉及了岁末年初的多个重要节日，包括腊月二十四的送灶神、除夕守岁、正月十五元宵节，都在其中。虽只是片言只语，从中也可以了解旧时靖江民间的节日风俗的大概。如送灶神时用青竹、柏枝、芝麻秸秆扎成送神的轿子，俗称剌秸棚。家家户户都要煮赤豆饭以供奉灶神；正月初七晚，民间观看参星在月亮的哪一边，以卜年岁吉凶等，都有着强烈的地方色彩。

《张四姐大闹东京》中也有类似的记述，卷中言：

> 崔家的新房是腊月廿三完工。到了廿四晚夜点，剌秸棚搭到野场边，小豆饭供在灶神前。
>
> 今夜送他上西天，卅夜接他回来过新年。
>
> 格呗，按照风俗是廿四送灶，廿五发酵，廿六蒸馒头，廿七炒蚕豆，廿八炒花生，廿九掸堂尘，卅夜吃馄饨，年初一敬财神。
>
> 囡子打到野场边，拿菩萨接下来过新年。①

与前引《大圣宝卷》所言，多有相似。但《张四姐大闹东京》主要侧重于过年，将腊月廿四到次年年初一，靖江民间过年前后的生活习俗都罗列了出来。送灶，蒸馒头，炒蚕豆，炒花生，掸堂尘，吃馄饨，敬财神，其中很多风俗在靖江民间今天仍有保存。对于听众而言，这说的就是他们自己的生活，其亲切感是不言而喻的。

《梓潼宝卷》中，说到光明王改年号逍遥，又令天下于正月十五前后兴灯。宝卷用了大量的篇幅来写陈梓春观灯经历，按照方位分别铺写了北草场、西门、南门、东门、孔庙各处的灯市。

---

① 《中国靖江宝卷》上册，江苏文艺出版社，2007，第341页。

如写北草场的灯市：

平：平安吉庆金狮子，万福来朝太平灯。五色绸缎高搭彩，笙箫细乐闹盈盈。工匠扎出巧花灯，庆贺皇上万年春。

十：舞彩灯，搭彩台，彩虹灿烂。彩牌上，写大字，大放光明。上写着，各州府，花灯齐出。庆天子，贺万岁，国泰民安。①

这是先泛泛而言灯市的热闹、辉煌情景。下则一一做细致的铺写。如其中说到西门平台彩灯，有杨家八将、刘关张结义、诸葛亮火烧赤壁、牛郎织女等等名目。如表现火烧赤壁的彩灯：

十：平台上，孔明师，可真厉害。借东风，来助阵，放火烧营。满营中，都是火。烧得那，曹孟德，无处逃奔。②

民间彩灯的情形在此得到了如实的记录。《梓潼宝卷》接下来还讲到了南门外杜家村的灯，"把自己种的稻粱麦菽，瓜茄瓠子，蔬菜等类农用物件，布机棉车，推车抬轿，统统扎成灯"。宝卷对此详作描述，趣味生动：

滚：只见丫里丫杈木杈灯，噼噼啪啪连枷灯。一摇一摆棉车灯，一摇一踏绞车灯。咯吱咯吱轿子灯，手捧书本相公灯。摇摇摆摆小姐灯，里面点火亮锃锃。

棉花长嘞三尺高，开嘞田里白天天。弯下腰来篮篮满，拾得一朝又一朝。稻子生来黄爽爽，珍珠米儿壳中藏。粮食

---

① 《中国靖江宝卷》上册，江苏文艺出版社，2007，第267页。
② 《中国靖江宝卷》上册，江苏文艺出版社，2007，第268页。

之中它为首,杂谷类里它称皇。

粟子生来叶儿尖,成熟只要八十天。平时烧粥煮饭吃,作起糖来蜜样甜。荞麦生来三角仓,长在田里过霜降。寒冬腊月没事做,咸菜熬油疙丁汤。

芦稷生来紫悠悠,长在田里乱点头。米子磨糊做团吃,茵儿也好扎筶帚。豇豆灯儿绿沉沉,沟头岸脚坟边上腾。烧粥煮饭多好吃,七月半洗沙裹馄饨。

浑身长丁黄瓜灯,浑身长筋丝瓜灯。吊着颈茄子灯,蓬里挂着瓠子灯,瓜茄瓠子总扎成灯。

看灯人儿实在多,高子看灯长拖把,矮子看灯矮婆婆,瞎子看灯摸呀摸,哑子看灯笑呵呵,聋子只喊听不见,扒扒耳朵问别个。癞子在旁边说大话,我肚里花头比别人多。[①]

这里,写灯与写粮食、蔬菜结合在一起,对各种作物和蔬菜的性状、用途作了细致的描述,对农村的生活实际作了真实的展示,透露出浓郁的农家气息。而其中对高子、矮子、瞎子、哑子、聋子、癞子等各色人看灯时情形的描绘,诙谐幽默,更活泼泼地展示了民间的俏皮、机智。

《十把穿金扇》中,说到陶文灿、陶文彬兄弟两人与群雄到登州观灯,也有大量关于灯市的描绘。如:

中间挂的四戏灯,扎的是平台走线,一拉一亮,真正像样。
夏桀王,戏妹喜,难巢同死。
商纣王,戏妲己,赴宴鹿台。
汉吕布,戏貂蝉,凤仪亭内。

---

① 《中国靖江宝卷》上册,江苏文艺出版社,2007,第270~271页。

鲁秋胡，戏内妻，返国还乡。①

其情形与《梓潼宝卷》多有相似之处，又未如后者叙述得详细与生动。这里不再赘语之。

靖江宝卷中关于灯市的文字，有些则带有明显的戏谑的味道，类于游戏文字。前举《梓潼宝卷》中说到的诸色看灯人即已有此趣味。它突出地渲染了民间灯市热闹欢乐的情景，透露出了民间生动活泼的特点。如《梓潼宝卷》中说到各种各样以虫子为形象的彩灯：

十：蜻蜓灯，飞蛾灯，飞来飞去。
蚊子灯，飞过来，会丢冷针。
蜢子灯，细个子，轻烟缭绕。
牛虻灯，一出门，钢钻随身。
织布娘，十八岁，雪白粉嫩。
壁虎子，做媒人，螳螂招亲。
算命虫，排八字，七子坐命。
合过婚，算过命，好去成亲。
蟑螂虫，灶蜥子，忙把酒办。
蜈蚰虫，忙上灶，慢斯囫吞。
蓑衣虫，爬得快，帮搬台凳。
蟋蟀虫，跳出来，接待新人。
刺毛虫，摆銮驾，穿红着绿。
尖嘴灯，在树上，鼓乐吹笙。
知了灯，叫起来，喇叭涨号。
蜜蜂灯，搓团圆，蜜甘鲜甜。

---

① 《中国靖江宝卷》下册，江苏文艺出版社，2007，第887页。

蜘蛛灯，扛漏筛，真正好看。
豆独灯，拿缆把，僵气腾腾。
蚯蚓灯，做轿杠，绵软的笃。
萤火虫，打灯笼，雪亮锃锃。
小娘子，在房中，咽声啼哭。
放屁虫，放三炮，轿子动身。

挂：蜢子喊苍蝇，我们是连襟，他们也难得，我们来送亲。①

这里说到了二十多种昆虫，一一描写其主要特征，并且都把它们拟人化了，让它们在婚礼中充当相关的角色，语言风趣而生动，铺排出一个热烘烘、喜气洋洋的场景来。这与传统小卷《螳螂宝卷》可以说是十分相似。其内容与灯市并无多大关联，旨在显示讲经者的口才与增加趣味而已，调动现场听众的兴趣。至于该宝卷接下来说到的"六重门里灯"，其属于文字游戏的情形则更为明显。卷中言：

滚：灯上有六六三十六个纸媒头，六六三十六个药线头，六六三十六个炮仗头，六六三十六座大高楼，内有六六三十六瓶陈菜油，六六三十六个老麻猴，外有六六三十六棵垂杨柳，上头歇了六六三十六只大斑鸠，点着六六三十六个媒纸头，烧到六六三十六个药线头，"通，叭"，倒掉六六三十六座大高楼，倒断六六三十六棵垂杨柳，飞掉六六三十六只大斑鸠，泼掉六六三十六瓶陈菜油，吓死六六三十六个老麻猴。②

---

① 《中国靖江宝卷》上册，江苏文艺出版社，2007，第276~277页。
② 《中国靖江宝卷》上册，江苏文艺出版社，2007，第277页。

这段文字近乎绕口令,宣演者从头唱到尾,一气呵成,以展示其说唱技艺的高超、娴熟,引得听众赞赏、喝彩。但其完全只在有趣而已,其内容已经与灯市全无关联。

民间灯市中的其他习俗在靖江宝卷中也有反映。如灯市中常有的猜灯谜一事,《梓潼宝卷》中便对此有所记述。卷中说到陈梓春逛灯市:

> 香亭上有副对联,陈梓春开口就念:凤立丹山迎晓日,龙腾沧海听春雷。加灯谜四句:
> 平:多年庙门永不开,蜘蛛结网等虫来。
> 红娘怀胎身有孕,霜打石榴崩开来。
> "安童,多年庙门永不开,哪个庙堂造了多年总不开?门不开,关嘞那——关公。蜘蛛结网等虫来,蜘蛛结网张在屋角里等虫飞上去——网(猛)张飞。红娘怀胎身有孕,红娘怀胎肚子里——有子。霜打石榴崩开来,石榴里子长崩来来——子路(露)。"①

四个灯谜,谜面和谜底配合巧妙而有趣,充分体现了民间的智慧与活泼。这可以看成是对民间灯谜的一次真实记录。

《九殿卖药》中,说到四月初一,八殿平等王圣诞,当地城隍庙做庙会,"这天城隍庙前广场上人多哩。打卦相面,杂货小店,卖香卖烛,瓜茄果菜,样样有卖。人来人往,熙熙攘攘,热闹非常"。"四乡八镇的狮子、龙灯队来城隍庙参会。人跟灯跑,涌起来如潮"②。旧时靖江当地城隍庙庙会的热闹、欢乐情景,

---

① 《中国靖江宝卷》上册,江苏文艺出版社,2007,第269页。
② 《中国靖江宝卷》上册,江苏文艺出版社,2007,第367页。赵松群演唱本无此描绘。

在这里得到了一定程度的展示。

靖江宝卷中对民间节日风俗的描绘,在赢得听众深深的共鸣、活跃现场气氛的同时,也为我们展示了一幅幅洋溢着浓烈的生活情趣和民间气息的风俗画卷,为我们提供了解民间生活世界的活生生的重要依据。

二 喜丧

喜丧是民间生活中的重要内容。围绕着喜丧之事,民间形成了一系列的习俗、仪式,体现着民间的伦理道德观念与信仰。靖江宝卷中对此也多有反映。

(一) 婚礼

婚姻为人生大事。于古人而言,其意义除了男女和谐之外,主要在于它关系到家族的传承和兴旺。作为其宣成仪式的婚礼自然具有非凡的重要性。旧时靖江民间的婚礼习俗,在靖江宝卷中也多有言及。

靖江宝卷中所描述男女成婚过程,基本上还是遵循了传统礼俗,古之纳采、问名、纳吉、纳徵、请期、亲迎六礼在宝卷中,都有所反映。如《三茅宝卷》中对金福与王慈贞的婚礼过程的描绘,即罗列叙述了排八字、请媒人、拿帖子、议婚、送定亲礼、哭送新娘、发送嫁妆、迎亲送亲等环节。

具体而言,如纳吉之礼,定亲之前,男方需要占卜,以确定双方是否适宜。靖江宝卷中有所谓"合婚"之俗,其实质即是纳吉。《血汗衫记》中言,男方收到女方的书有生辰八字的庚帖后,"只要拿庚帖押在香炉脚下看三天,这三天不起风,不下雨,锅瓢碗盏,不受损伤,再请瞽目先生来合过婚,算过命,亲事就好定下来的"[①]《报祖卷》中,说到媒人说合李清和刘员外

---

① 《中国靖江宝卷》上册,江苏文艺出版社,2007,第307页。

的独女,刘员外也言,"我把年庚八字开给你,叫他家请瞽目先生合个婚,如好用才能谈亲事"①。其接下来的合婚方式与《血汗衫记》相似。

合婚通过之后,即可以定亲。之后,由男方家长选定成亲吉日,即请期。《血汗衫记》中张员外为儿子张世登娶亲,与媒婆商议成婚的日子,媒婆言:

"背后头喊人——后朝(招)。明天'红沙',后天'庚申',庚申、庚申,办事不要问先生。"员外一听,不大相信,随时翻开通书万年历一查,后朝真是个好日。②

则旧时婚日的选定,都以黄道吉日为佳,民间还多参考通书万年历。《十把穿金扇》卷中也讲到,王玉花与陶文彬成婚之前,王天官要"扳开通书万年历,择个良辰九月初九重阳节"③。

男方在婚日之前,预先请好相关的仪仗。如《血汗衫记》中言,张员外"打发安童请了锣铳鼓手,旗伞执事,备了红灯喜轿"④。

吉日来临,男方前去迎亲,婚礼正式展开。对此,靖江宝卷中有着非常细致的描述。其中有些细节,正是靖江当地风俗的真实反映,见于旧时靖江地区的民间婚礼之中。

《三茅宝卷》⑤、《报祖卷》中,对婚礼的进行描绘得十分细致、详尽。两者所言大同小异。这里以《报祖卷》为例,简单描述之。《报祖卷》中,讲到李家迎亲仪仗:

---

① 陆爱华演唱本。
② 《中国靖江宝卷》上册,江苏文艺出版社,2007,第307页。
③ 《中国靖江宝卷》下册,江苏文艺出版社,2007,第802页。
④ 《中国靖江宝卷》上册,江苏文艺出版社,2007,第07页。
⑤ 《中国靖江宝卷》上册,江苏文艺出版社,2007,第18~19页。

十：前锣铳，后鼓手，喇叭涨号。
有笙箫，和细乐，不得绝声。
青道旗，黄道旗，遮天蔽日。
掩云伞，百脚旗，八面威风。
平：香亭一座前引路，四角红灯耀眼明。
漏筛叉起高高举，上插狼牙箭三根。
福星高照当中贴，又挂四盏状元灯。
十：催亲官，骑白马，催亲结事。
有纱灯，和信灯，前面开路。
白：那天李家安童、梅香也有所改装。
平：安童身上披红纱，梅香头上戴金花。
三十六盏天灯高高挂，七十二盏杨柳雪花灯。
挂：大红轿衣衬燕青，珍珠玛瑙亮晶晶。
轿帘上面绣龙凤，五光十色耀眼睛。
轿子生来四角平，轿子顶上放光明。
三寸须头四面挂，六尺红绫锁轿门。
平：大明红烛用一对，还用一对老寿星。①

从迎亲的装饰——鼓乐、旗伞、灯笼、轿子，到迎亲人员——迎亲官、安童、梅香，一一说来，旧时靖江民间婚礼的热闹、隆重的情形历历在目。《三茅宝卷》中也有类似的描写，但更为繁琐。因为其迎亲者为金太师家，带上了更多的官家色彩。

迎亲之家在轿子中事先置有"行礼"，送与嫁女一方。《三茅宝卷》、《报祖卷》所记相同：

挂：你家小姐二九十八春，镇轿米有斗六升。掸草衣裙

---

① 陆爱华演唱本。

还娘席，富贵猪头发两门。
　　平：拥轿被来踏轿鞋，千年旺盆取过来。①

卷下虽未明言其中各物的用途，但有些是可想而知的，如踏轿鞋应该是新娘上轿时所穿。《十把穿金扇》中，还说到了蒋赛花将出嫁时的梳洗打扮：

　　蒋赛花将身坐上美人椅，面对青铜明镜挽乌云。三把梳成美人髻，凤头金钗插一根。芙蓉面上加宫粉，朱点红唇牙如银。耳饰八宝点翡翠，柳叶眉毛画丹青。
　　姑娘一对秋波眼，铜铃深处含真情。
　　穿一件，上盖衣，锁金夹袄。
　　束一条，乌绫缎，百褶浪裙。
　　裹脚套，用的是，绵绸绘彩。
　　足下蹬，水红菱，锦绣花鞋。
　　走一步来摆三摆，赛过观音下莲台。②

这里，反映了旧时民间女子出嫁时的妆容与服饰。
新娘离家前，要请老，即请老祖宗。《三茅宝卷》中说到王慈贞出嫁，父母伤悲：

　　平：老爷叫声安童呀，你到高厅上去烧香点烛请个老。让我家小姐别过祖，金相府才好退家亲。③

---

① 《三茅宝卷》，《中国靖江宝卷》上册，江苏文艺出版社，2007，第19页。陆爱华演唱本文字相同。
② 《中国靖江宝卷》下册，江苏文艺出版社，2007，第784页。
③ 《中国靖江宝卷》上册，江苏文艺出版社，2007，第20页。

请老即请老祖宗。"退家亲"为靖江当地的嫁娶风俗之一,即请退女家跟来的祖先的魂灵。请老的目的是为了向老祖宗告知出嫁之事,得其护祐,并为到了夫家后的退家亲做准备。

新娘出嫁,要由自己的兄弟抱上轿子。如果没有兄弟,就只好由父亲代替。《三茅宝卷》中的王慈贞、《报祖卷》中的刘小姐都是独生女,都是由其父亲抱上轿子。如《报祖卷》中的描写:

> 刘员外更加伤心起来了:
> 平:心肝呀,你苦更比我命苦,苦瓜结得瓜藤上。我家没有香烟后,小姐没有抱轿人。
> 小姐呀,为父今朝来抱轿,你要包涵二三分。
> 白:话言未了,脚夫等人轿子已掌过来。刘员外狠狠心肠,咬紧牙关,走到小姐身前,夹腰一抱,把小姐抱上了花花轿。①

新娘上了轿以后,在离开娘家门之前,还有一系列的礼俗。《三茅宝卷》、《报祖卷》中对此都有描述,并基本相似。如《报祖卷》中所言:

> 轿夫抬了在场上转了几圈就走。众位,过去人家嫁女儿,小姐上轿后,为底高轿子要在场上转?这是旧社会的风俗。如果轿子不在场上转几圈,小姐要赖娘家的。所以,轿子在场上转几圈末,
> 平:转得小姐头发昏,把娘撂到脚后跟。
> 轿子正在场上转。员外叫安童把小姐梳头洗脸水,对轿

---

① 陆爱华演唱本。

脚上一倒：

　　平：嫁出去的女泼出的水，莫管娘家半毫分。轿子抬了动身走，哭坏了夫妻两个人。①

转轿子与泼水的习俗，都在表示新娘与娘家关系的断绝，要求新娘一心依从夫家，反映出古代社会男尊女卑、三从四德等观念的影响。

新娘轿子离开娘家，娘家之人还要观看其轿子是"对东侧，还是对西侧"，有"对东侧旺夫家，对西斜富娘家"的说法。娘家还要派人一路"押轿送亲"。《报祖卷》、《三茅宝卷》中，两位新娘因为是独生女，最后员外只能让安童、梅香来送亲。送亲还有一番规矩，《三茅宝卷》中，送亲的安童言：

　　我们送亲不要跟轿子后面跳，要在轿子前面慢慢跑，叫押轿送亲。如果我们在轿子后面跳呀跳的，轿夫跑得又速，小姐就要晕轿。我们在轿子前面跑得慢，老爷家猪头才煨得烂。②

宝卷在这里基本上勾勒出了旧时靖江民间婚礼过程中女子一方的主要礼俗活动。

新娘的轿子到达夫家，夫家要回礼给女家，"红绿米来红绿团，七枝团圆退家亲"。之后新娘出轿，"轿子到高厅，搀亲娘娘笑盈盈。掀开红绿轿，搀出女千金"（《报祖卷》）③。搀亲娘娘扶出新娘后，新郎新娘结拜天地。《报祖卷》言：

---

① 陆爱华演唱本。
② 《中国靖江宝卷》上册，江苏文艺出版社，2007，第22页。
③ 陆爱华演唱本。

> 八拜天来八拜地,又拜父母养育恩。夫妻拜过和合地,送到洞房去安身。①

《三茅宝卷》所言则更为详细:

> 高厅上摆开八仙桌,设供天地纸马,掌起通宵蜡烛。小夫妻俩手搀手,八拜天,八拜地,八拜虚空过往神,再拜夫妻同到老,又拜父母养育恩。②

赵松群演唱本《梓潼花灯宝卷》中,说到龙王三女与陈梓春成婚日情景,也言:

> 龙王一想,天机不可泄漏,赶紧吩咐姐妹三个,梳洗打扮。八仙台上设供天地纸马,掌起通宵蜡烛。姐妹三个搀住陈梓春,八拜天八拜地,再拜堂上二双亲。

则结婚之日,新郎新娘拜堂,需要拜过天、地、诸神,再拜堂上父母,然后夫妻对拜,再入洞房。《十把穿金扇》中则言"七盏明灯超北斗,一对红烛照南星。先拜家堂和神祖,后拜天官二大人"③,则其中还须告拜祖先。

夫妻拜堂之后,便是闹洞房。《十把穿金扇》中言:

> 淮安地方的风俗,跟黄河上下、大江南北差不多。新婚

---

① 陆爱华演唱本。
② 《中国靖江宝卷》上册,江苏文艺出版社,2007,第23页。
③ 《靖江宝卷·草卷选本》,内部资料,2003,第236页。《中国靖江宝卷》同本无此文字。

之期,三日之内无分长幼尊卑,都可闹新房的。喜娘搀新人入房,后面跟着一众家童、奴婢,还有家将人等,都来凑热闹,讨喜糖喜果,还要新郎新娘吟诗作对。①

这正是民间闹洞房的习俗。至此,可以说,靖江宝卷已经为我们展示了旧时民间结亲成婚的整个过程,可谓生动的民间婚俗画。

(二) 生育

生儿育女和结婚一样,也是人生中的大事。在某种程度上,其意义甚至要超过后者。围绕着它,也有一系列的礼仪、习俗,是为庆生礼。旧时民间诞育儿女之后的庆祝礼俗,在靖江宝卷中也多有记述。

如《大圣宝卷》中,说到张员外家生子,梅香夜请稳婆卞氏奶奶来接生。从诸人对话中,可以知晓旧时稳婆接生,一般人家的谢仪是二斤黄糖。而张员外家则奉上了"包头丝带四色礼,上下衣裳做到底,十两银子干执礼,还加两斗陈饭米"②。生子以后,主家要烧毛米粥,"是用冬春晚米碾碾数,放点莲心枣子肉,煨得粘笃笃"③,煮喜蛋,向亲友、邻里报喜。喜蛋之数,生女成双,生男逢单。报喜先从婴儿的外公家起。外公家要做好洗换棉袄与"探毛衫",即初生婴儿穿的贴身衬衣,并且要"拿毛米粥桶一洗,装进二斗饭米,作为回礼。又在喜蛋篮里加上五十个鸭蛋","意在压住贵子,图个吉兆"④。婴儿生下第三天,家中举行祭祖、庆贺活动,俗谓"烧三朝"。婴儿要洗澡,之后

---

① 《靖江宝卷·草卷选本》,内部资料,2003,第236页。《中国靖江宝卷》同本无此文字。
② 《中国靖江宝卷》上册,江苏文艺出版社,2007,第154页。
③ 《中国靖江宝卷》上册,江苏文艺出版社,2007,第156页。
④ 《中国靖江宝卷》上册,江苏文艺出版社,2007,第157页。

穿上外公家做好的"探毛衫"。婴儿满月之日，亲友、邻里带上礼物，前来贺喜，主家要准备酒菜招待，并且要馈赠喜蛋。婴儿满月之日，要剃头。剃头师傅其时要说"鸽子"，即吉利话。还要主家"拿一把代（大）斧（富）和一杆秤，包两包稳子（麦芒）搬一口镇（蒸笼）"，以讨吉兆，谓"大斧是占代代富，秤杆是卜秤秤余，镇住公子长命根，稳稳当当长成人"。外公家此日还要送来"满月衣裳，提篮杠箱，首饰项链，重重厚礼"[①]。满月当天，要抱婴儿过桥、坝，"过一下桥、坝，长大了跑桥过坝才不怕"。过时还要丢买路钱，因为"钱丢得多，官官长大了胆就大"[②]。

婴儿在抚养过程中，如果受惊，则要"抓把泥土压住惊"[③]。如果有夜夜啼哭不已的情形，属于民间所谓的"夜哭郎"。《大圣宝卷》中言及了治疗方法：

  老家佣说："员外，不是受了惊吓，这叫犯'夜啼郎'毛病。凡是刚出生的小囡，都有夜啼不休毛病的。""这可有什么办法？""有的，用梅红纸条写上：

    挂：天皇皇地皇皇，我家有个夜啼郎，走路君子念一遍，一觉睡到大天光。

  员外，多写点，贴在桥头大路边，大众一念，公子一觉睡到天大亮。"[④]

这样的习俗，虽无科学依据，但它们不仅流传于现在的靖江

[①] 《中国靖江宝卷》上册，江苏文艺出版社，2007，第160页。
[②] 《中国靖江宝卷》上册，江苏文艺出版社，2007，第162页。
[③] 《大圣宝卷》，《中国靖江宝卷》上册，江苏文艺出版社，2007，第162页。
[④] 《大圣宝卷》，《中国靖江宝卷》上册，江苏文艺出版社，2007，第163页。

农村，在苏南的很多乡村间也时有所见。

（三）丧礼

死亡是人生的终点。丧礼是所有人生礼仪中最为隆重的一种。在传统社会中，丧礼的进行除了表达对逝者的敬重、怀念，传递孝顺之思以外，还有着确立嫡长子地位，保持家族血统的意义。民间的丧礼中这两者的意味似乎要淡薄一些，而更多的与鬼神、地狱等事物交缠在一起，体现着强烈的趋吉避凶与果报轮回观念。靖江宝卷中的情形也是如此。

如《东厨宝卷》中，说到张员外去世，张大刚与母亲治办丧事：

> 母子相商，买上等沙方棺木一口，替老员外收尸入敛，供在高厅。
> 平：三尺麻布当门挂，高厅改作孝堂门。大刚身穿麻衣孝，做个磕头礼拜人。又请僧道作追荐，超度父亲早超升。
> 诸事完毕，将父亲棺木送入坟堂为安。栽松植柏，犹如老龙脱壳。①

则举办丧事之时，主家需要当门悬挂三尺麻布，需要请僧道做法事超度亡者。之后，死者入土为安，坟周还要种植松柏。这些都是古已有之的民间丧葬礼俗。

《血汗衫记》中也有类似的描述，卷中说到蒋氏去世以后：

> 员外吩咐安童买一口沙方棺木，将蒋氏收尸入殓，世登成服戴孝。
> 前厅门上挂麻布，高厅改作孝堂门。诸亲六眷来吊唁，

---

① 赵松群演唱本。

世登作磕头礼拜人。守孝不知红日落,思亲常望白云飞。
　　守灵七天,棺木送到坟堂,入土为安,栽松植柏。①

　　其情形与《东厨宝卷》中所语,基本一致。是为民间习俗的真实反映。

　　《三茅宝卷》中,说到刘驸马死后,公主哀悼,吩咐奴仆处置:

　　平:我要将驸马的尸体放家七天又七夜,表表夫妻结发情。梅香呀,你替驸马头脚上边点盏火,好让他亮亮堂堂往前行。安童呀,你也替他供碗倒头饭,白钱纸盖脸遮死神。给他左手浮棉饼七个,右手桃木棒一根。②

　　头脚两边点上灯,是为了照亮死者的地府之路。《报祖卷》中说到李清将死,也让妻子"头边点盏火,脚头点盏灯",其原因是因为"恐怕阴间地府暗沉沉,前后点起照明灯"③。倒头饭、白钱纸盖脸,现在苏南一带的农村仍然有存在。浮棉饼、桃木棒,是为了死者能安然经过地府中的恶狗村。《香山观世音宝卷》中,说到妙善死后来到了恶狗村,青衣童子指明逃过恶狗撕咬的方法:

　　阳日之间老了人,用干面、丝棉或者头发拌在一起,煎上七只打狗饼,穿在紫槿条上给死者握在手里。来到恶狗村时,向每个犬儿投一只饼,让它们去争食。这遭,头发、丝

---

① 《中国靖江宝卷》上册,江苏文艺出版社,2007,第303页。
② 《中国靖江宝卷》上册,江苏文艺出版社,2007,第125页。
③ 陆爱华演唱本。

棉对牙缝里一塞，恶狗只顾用爪到牙缝里折，就顾不到吃人格。①

同样的说法，陆爱华演唱本《报祖卷》中说到李清游历地府也言及之。这是旧时靖江地区乡间行于丧礼中的一种普遍的信仰与习俗。

《三茅宝卷》中，说到金三公子与安童出游，有言：

公子说："安童，你看啊，要得俏，常穿三分孝。这个女子啊，浑身雪白，在那乱滚乱哭，不知她为点底高？""少爷，看样子，她是死了丈夫，在丈夫坟上化银锭纸锞，所以要悲泪啼哭。

挂：这叫三月寡妇过'清明'，啼啼哭哭到坟亭。罗裙打结来化纸，逢'社'先要上新坟。"②

这又说的是旧时民间上坟的习俗。除了清明之外，社日也要行其事。上坟者哭泣致哀的同时，还要焚烧银锭纸锞以追荐逝者。

靖江宝卷作为生存于民间的说唱形式，用朴素的语言记录了民间生活的方方面面，其中也为我们勾勒了民间喜丧之事的大致过程与相关风俗，犹如一幅幅风格稚拙而生动的风情画，是为了解、研讨民间礼俗的重要资料。

三　百业

靖江宝卷中，对旧时民间的各行各业也有着众多的反映，从

---

① 《中国靖江宝卷》上册，江苏文艺出版社，2007，第237~238页。
② 《中国靖江宝卷》上册，江苏文艺出版社，2007，第32页。

中正可以了解旧时三百六十行的劳作实际与生活状况。

作为靖江宝卷中最长的作品的《三茅宝卷》中，即记录了很多旧时民间的风俗习惯，特别是其中关于民间各色店铺、行业的描写，为听众展开了一幅热闹详尽、生动逼真的市井生活画卷。宝卷中讲到，王乾入京，见到京城热闹情形，作者写街上各色店铺有言：

> 滚：石灰店里雪雪白，乌煤行里暗通通。米麦行里摆斗斛，银匠店里口吹风。皮匠店里忙不住，手拿锥子口衔鬃。茶店门口碗叠碗，酒店门口盅叠盅。铁匠店里兴兴烘，丝弦店里乒乒崩。饭店门口摆胡葱，混堂门口挂灯笼。遇到一班好世兄，解开罗带拍拍胸。你洗澡来我会东，混堂里洗澡不伤风。①

卷中写到的各色店铺有十一种之多，并用非常简练的语言概括了各自的特点。《十把穿金扇》中，陶文灿等四杰偷入京城，暗访自己家人也写到了京城各色店铺，其情形与之相似，② 不再赘语。《三茅宝卷》中还说到王乾投宿，来到张都司饭店门口，伙计出迎：

> 伙计把筷子对围腰里一插，抹桌布对肩头上一搭，灯笼对夹肘里一夹，脚对户槛上一踏，说几句招徕生意的俏皮话：
>
> 念：不欺三尺子，义取四方财。生意滔滔涨，财源滚滚来。

---

① 《中国靖江宝卷》上册，江苏文艺出版社，2007，第10页。
② 《中国靖江宝卷》下册，江苏文艺出版社，2007，第885页。

滚：外面明不明来昏不昏，可有生意买卖人？辛辛苦苦上皇城，歇宿小舍饭店门。小店买买最公正，老少不欺半毫分。暂到我家住一宿，一本万利转家门。如有求官取职人，整整衣冠宽宽身。福星高照天官赐，高官厚禄受皇恩。①

旧时店铺伙计能说会道、热情招揽顾客的情形如在眼前。同样是《三茅宝卷》中，说到金乾、金坤二人为重修东灵寺，自断一臂，向各色人物化缘。前后为木匠店老板、木行老板、砖瓦石灰行老板、米行老板、油作坊老板、面店老板、烧饼店老板、豆腐店老板、赶考童子、上学公子、高楼小姐、种田老爹、盲眼先生。两人一起为以上诸人求忏悔，其唱词大多对诸人的身份、职业有所介绍。如其中关于种田老爹、盲眼先生的唱词：

滚：种田老爹发善心，拿出铜钱斋道人。布施重修东灵寺，韦陀菩萨有感应。保佑你种田田出谷，养猪猪发禄。"回头青"上莠小麦，"癞宝草"根长萝卜。丝瓜不长筋，黄瓜不长钉。豇豆长得像竹节鞭，茄子结得像油瓶。种它一园扁白菜，一棵称称有七八斤。

滚：盲人先生发善心，也将铜钱斋道人。布施重修东灵寺，韦陀菩萨有感应。保佑你，"报君子"一敲叮呀叮，穿街过巷来算命。东家请你来排八字，西家请你合婚姻。修修来生做好事，眼睛睁得像晓星。②

这里，所言都与相关人物的生活实际关联起来，或言其生活

---

① 《中国靖江宝卷》上册，江苏文艺出版社，2007，第11页。
② 《中国靖江宝卷》上册，江苏文艺出版社，2007，第109页。

中最关切的事物，或道其主要的生活状况。听众都可以由此想见旧时三百六十行，各色人等的生活状况、职业特点。

四 演艺

民间演艺作为百姓日常主要的娱乐方式之一，流行于乡村市镇，极受欢迎。靖江宝卷中，也有很多处描绘了民间演艺的情景。如《三茅宝卷》中，说到金福出游，至宾州城内所见：

> 挂：十字街上行人多，挤挤攘攘推不走。
> 老者倚杖街边过，少者孩提背上驮。
> 这边敲锣做把戏，那边喊看武少林。
> 东边敲板来相面，西边渔鼓唱道情。①

这里，寥寥几笔，已道出旧时街市热闹非凡、百戏杂陈的景象。所涉及的民间演艺有：把戏（杂技、马戏）、武少林、道情等。

《张四姐大闹东京》中，说到张四姐因为思慕崔文瑞而下凡，来到汴梁，见到民间百戏之状，有言：

> 四姐到城西，看见花子敲锣做把戏。
> 山羊耕地猴扶犁，狗子踏碓舂粟米。
> 黄鼠狼抓米喂小鸡。
> 四姐到城南，看到公子小姐舞花船。
> 男的扮吕布，女的扮貂蝉。
> 莺声琅琅唱小曲，调调都唱《喜团圆》。②

---

① 《中国靖江宝卷》上册，江苏文艺出版社，2007，第33页。
② 《中国靖江宝卷》上册，江苏文艺出版社，2007，第344页。

这里,则主要言及了民间的马戏与舞花船。宝卷虽着墨不多,但已概括出两者的主要情状。听众听音知形,自然地在头脑中浮现出相关演艺活动的演出情形。

《十把穿金扇》中,说到康凤的戏班到襄阳唱戏,开锣第一天:

> 这时,后台早已供设好老郎祖师神像,焚香掌烛,敬神开锣。锣鼓声中,一人扮了加官,先跳《天官赐福》,后唱《郭子仪贺寿》等开场吉戏。①

老郎,是元、明时说话艺人对本行前辈的尊称。这里应该指的是戏剧行当自认的祖师爷。由以上这几句话来看,可以知晓旧时戏班开演之前,需要焚香敬奉祖师。开演后,先要表演一两出吉庆意味强烈的小戏,所谓"开场吉戏",然后才转入正戏的演出。

靖江讲经有的宝卷作品中,还穿插了别的说唱艺术形式。如《血汗衫记》中说到张玉童孤身到杭州访父,流落街头,唱莲花落情形:

> 玉童讨个没趣,就去把破碗儿捡在手里,用筷子一敲,"叮叮当,当当叮",心想起来好悲伤。
> 玉童就把莲花唱,敲起碗儿答答腔。
> "弟子也把莲花唱,两旁善人也帮我答答腔。
> 金花起,银花落,(和:金腌花,银腌花,莲花落!)
> 莲花落里听根由。(和:嗨嗨活菩萨!)
> 若要问我的名和姓,(编者原注:以下一起一落全剧的

---

① 《中国靖江宝卷》下册,江苏文艺出版社,2007,第862页。

和声与上同）
不是无名少姓人。
高山上点灯明头大，井底栽花根又深。
家住东京洛阳县，城北三里积谷村。
祖父张昌是名姓，祖母蒋氏称院君。
……
我也不是长讨饭，是个离乡落难人。
我进来到杭州地，遇上多少好心人。
也有人家把五十，也有舍我一百文。
有人送我饭和菜，也有帮我寻父亲。"①

《七殿攻文》中，说到张姐做观音会，观音菩萨和善才、龙女下凡来接受其供拜，却受冷遇，藏了一肚子气。离去之时，也有唱莲花落一事：

这遭，观音就唱起莲花动身走。观音老母把莲花唱，善才龙女就和莲花。

小学生来唱莲花曲，和佛善人和莲花。金花起来银花落，莲花底下说根情。若要问我名和姓，不是无名小姓人。高山点灯毫光远，井底栽花根底深。家住东洲新令国，午朝门里是家乡。父亲庄皇为天子，母亲保得皇后身。……梅乐张姐做个会，功劳没得半毫分。柱长一付铜铃眼，有眼无珠不识人。冬天哪有荷花落，雪天哪有桂花香？莲花不必唱多端，略表几句散散心。②

---

① 《中国靖江宝卷》上册，江苏文艺出版社，2007，第324页至325页。
② 陆爱华演唱本。

将两者结合起来，正可以了解民间莲花落这一曲艺形式的大致面貌：它主要由一人主唱，并且有人帮腔和声。其伴奏主要为竹板按拍，《血汗衫记》中为用筷子敲大破碗片。

《十把穿金扇》中，还说到了卖糖者的吆喝。其文言：

> 陶文灿站立桥上，朝下一看，但见一群人围在那里，喧喧闹闹。细细一看，原来是众人围观一副糖担。只见卖糖的汉子从糖担上拿起一只镗锣、一片竹板，敲锣卖糖，他道：
> 小锣子一打响当当，听我唱段梨膏糖。梨膏糖，生姜糖，敬请诸位尝一尝。尝到甜的是甘草味，尝到辣的是姜糖。太公当年吃了梨膏糖，八十三岁遇文王。刘备吃了梨膏糖，生个阿斗做小皇。关公吃了梨膏糖，战鼓三通斩蔡阳。张飞吃了梨膏糖，喝断霸陵桥下一大梁。孔明吃了梨膏糖，三气周瑜芦花荡。甘罗吃了梨膏糖，十二岁拜相伴君王。众位呀，卖糖的嗓子唱得像破沙锅，买的少来看的多。①

这段唱词有声有色，唱的都是民间耳熟能详的戏曲、小说中的人物。从中可以了解旧时民间小生意者招揽观众，推销货物的典型情景。

靖江宝卷中保存的大量有关民间演艺实际的记述，一方面可以让我们了解一个丰富多彩、充满歌乐欢乐的民间世界；另外一方面，它也为我们进一步研究民间演艺状况提供了重要的资料。

五 医药

除了以上几类风俗以外，靖江宝卷中还保存了很多流行于民

---

① 《中国靖江宝卷》下册，江苏文艺出版社，2007，第842页。

间的中医知识与药方,颇为引人注目。

如《三茅宝卷》中,说到郑大先生为刘驸马治病,多次言及民间药方,如下面两则:

> 平:头疼肚痛请到我,我来替你开药方。
> 挂:川芎治头疼,肚痛用砂仁。紫苏能发汗,补药用人参。
> 平:牙痛毛病请到我,我来替你点药名。
> 挂:金铃果子一点红,长在草上像灯笼。人家说它没用处,拌和冰片治牙虫。①

这里说到了一些民间关于医药的常识与偏方。类似的情形如《地藏宝卷》中,说到佛祖化身僧人,为仲康王之母看病:

> 我再配几种药,一吃就可根除:
> 挂:当归补虚气,薄荷又代凉。胸闷用寿柏,顺气广木香。
> 川芎治头痛,肚痛用沙仁,橄榄去心火,补药用人参。
> 国母将二服药剂吃完成,毛病没得半毫分。②

其内容与《三茅宝卷》多有接近。再如《血汗衫记》中言及红花草之药用价值,言"籽可榨油用,花红入药名。主治妇女病,祛瘀又调经"③,也是属于常识性的内容。

靖江宝卷中言医药者,以《九殿卖药》为最多。此宝卷中

---

① 《中国靖江宝卷》上册,江苏文艺出版社,2007,第122页。
② 赵松群演唱本。
③ 《中国靖江宝卷》上册,江苏文艺出版社,2007,第299页。

说到卢功茂为人治病，记录了大量的中医药知识。如以下几例：

（1）挂：你要眼药方，空清共牛黄。荠粉与细末，一点千里光。
（2）挂：川芎治头痛，肚痛用砂仁。紫苏能发汗，补药用人参。
（3）平：肚里疼毛病请到我，我来帮你点药名。
挂：花椒共胡椒，红糖共生姜。再用两支葱，医好你个肚里痛。①

卷中此类文字所在皆是，不一一列举。《九殿卖药》在很大程度上可以说是靖江民间医药知识与经验的集中展示。

靖江宝卷中这些有关中医药的话语，一方面保存了民间的中医药知识，另一方面则客观上有向听众传授医药经验的作用。其中也有一些药方属于荒诞、不科学的。如《三茅宝卷》中，郑大先生治疟疾的方子：

平：乌珠用七只，桃条用三根。白钱纸用七张半，"三日子"（按：靖江当地称疟疾）好了休作声。②

治疟疾至于用到白钱纸，其荒诞性一望即知。《九殿卖药》中说到治痒疮时有言：

----
① 以上诸条文字皆据赵松群演唱本。《中国靖江宝卷》之《九殿卖药》上册，江苏文艺出版社，2007，第369～370页，也有类似文字。
② 《中国靖江宝卷》上册，江苏文艺出版社，2007，第122页。赵松群演唱本《九殿卖药》中也言及此药方，言"乌竹用七根，桃条用七根。白钱纸三卷，好勒甭做声"。

挂：川椒共胡椒，山楂共硫黄。鸡毛身上扫，医好你格脓窝烂痒疮。①

用鸡毛扫身以图治愈痒疮，其荒谬一如前例。但不可否认，这些在旧时民间是被视为"有效"的药方的。

六　风物传说

对一方景物与风俗的起源的"说明"，通常是民间文学（说唱文学）中的一项重要内容。这是其民间性和地域性的主要表现之一。靖江宝卷也不例外，其中存在着大量的以靖江本地为中心的地方风物传说，以此来"解释"某地风物的来由，追溯其源头。

靖江宝卷中存在比较多的首先是关于地方景物由来的传说。如《三茅宝卷》中，说到玉帝赐元阳三兄弟每人一黄鹤为坐骑，让其下凡巡山显圣：

仙鹤腾云展翅，一飞飞到通州泰兴，对下一站，只地对下一陷。"啊依喂，不好！这地方不是我们蹲的，土地太松。"

平：泰兴地方站一站，留下一座小茅山。

依还跨鹤腾云，飞到我们靖江孤山。孤山三十六丈高，对下一站，陷下去十八丈。

平：孤山上面蹲一蹲，留下一座三茅峰。

年年有个三月三，善男信女上孤山。

孤山地方不好登，飞过大江到秦望山。

---

① 赵松群演唱本。《中国靖江宝卷》之《九殿卖药》无类似文字。

秦望山上蹲一蹲，留下一个歇脚墩。①

这里交代了小茅山的来历，靖江孤山十八丈的原因，以及秦望山的歇脚墩的来历，都将它们与三茅真君联系了起来。宝卷下面又说到，茅山上的印缺一只角，那是因为当初皇帝得到陈式金献的三枚金印，一颗"天子万年"，自己执掌；一颗"灵宝大法师"，归张天师；一颗"三茅应化真君"，因为皇帝不信，随手抛给要印的妖精，却错抛了"天子万年"的金印。皇帝只好将余下的一颗印上的"应化真君"几个字磨掉，刻上"天子万年"，印出来的却是"应化三茅"。皇帝怒起，挥剑斩去一个角。所以茅山烧香，"打到一个缺角印"②。

还是《三茅宝卷》中，说到无锡惠山上的东岳菩萨不在正殿，却站在天井里受香火。这是因为当初他是泗州大圣的舅舅，安身于惠山，无人进香。心里焦急，下山去看望外甥，才出山门，就听见外甥来了。"他不好意思对里跑，就脸朝外对后退"。退到天井里，被两个夫人用香头"对他脚上一抛，他的脚像挨钉钉在那里拔不出来了"③。于是才有了在天井里受香火的结果。

《大圣宝卷》中，说到泗州大圣要去通州显圣，一路上便多此类传说。如其中说到大圣经过如皋的桑果河，张班、鲁班正在河上造桥。大圣要过桥，施之以法术，来对抗二人的神力。后来这座桥便被命名为力法桥。④ 而鲁班因为有眼不识大圣，懊恼之下，插瞎了自己的一只眼，所以才有木匠的独眼弹线。

《梓潼宝卷》卷末则"解释"了天下三十六盐场的来历，言

---

① 《中国靖江宝卷》上册，江苏文艺出版社，2007，第 130~131 页。
② 《中国靖江宝卷》上册，江苏文艺出版社，2007，第 132 页。
③ 《中国靖江宝卷》上册，江苏文艺出版社，2007，第 133 页。
④ 《中国靖江宝卷》上册，江苏文艺出版社，2007，第 196 页。

其为梓潼帝君下凡显圣,离开天庭时,念及人间无盐,从天庭顺手抓了一把。四大天王发觉追讨,梓潼帝君慌忙挥向人间,落地成为三十六盐场。四大天王发现他手上还有盐粒,顺手抓住其肩膀一捺,结果将其一只手弄断。所以文昌寺里梓潼帝君的手总是拢在一起,是为怕难为情。①

除了有关各地的景物传说以外,靖江宝卷中还存在着很多关于各地风俗的"说明"。如关于民间梁脚的由来,《三茅宝卷》中,说到鲁班、张班为三茅造庙宇,最后一根正桁短了二分。两人没法,"就拿大斧柄对下一压",才有了梁脚。②

靖江当地团花马纸(即纸马)的来历,在宝卷中也有说法。《三茅宝卷》中说到,陈樵夫献宝,却被皇帝杀了头。玉帝将其封尊为"滚冬瓜菩萨":

> 纸马店里刷马纸,是菩萨总刷到过。就只个陈樵夫刷不到相。他没头没脑,到哪块刷到相,这就刷到一个团花。
> 也就过笃留古迹,团花马纸留传到如今。③

按照宝卷的说法,当地团花马纸的起源是因为最初为滚冬瓜菩萨陈樵夫刷纸马,因其无头,因而只能刷一个团花。后遂流传至今。

民间土地庙堂只有一人一手高。《三茅宝卷》中说到其原因在于,当初元阳(三茅真君)来到丹阳句容山。半山土地勾龙讨要庙宇,以射箭来定其高度。元阳用手拍箭,使箭丈把高即落

---

① 《中国靖江宝卷》上册,江苏文艺出版社,2007,第297页。
② 《中国靖江宝卷》上册,江苏文艺出版社,2007,第131页。
③ 赵松群演唱本。

下，所以才有土地庙堂的高度。① 《血汗衫记》中，则是张世登被玉皇封了当方土地，向儿子郭玉童要庙宇住。张世登也是骑马射箭定庙堂的高度，结果马跑过快，匆忙之下，箭也射得只有一人一手高。②

《大圣宝卷》中交代通州（南通）一带民间龙灯十三节的来历，是因为泗州大圣至通州显圣，路过唐家村，发现有陈、马二姓的祖坟葬在活龙地上，担心以后两家都出皇帝，天下大乱。于是托梦给地方官开凿三十里河道，把活龙地改掉。又让民夫将千百把钢锹插在河里，到半夜，"老龙翻身，斩成十三段"③。所以当地民间龙灯为十三节。

该卷中又言，徐州旧俗只迎春不打春（按：旧时州县于立春日鞭土牛以祈丰年，称为打春）的习俗，是因为泗州大圣将妖精化身的一块条石压于当地城南迎春桥下，许诺等到徐州打了春，就放它出来。当地人为了不让妖精翻身，于是就不再打春。④ 旧时南京城不打五更，是因为明代当地有猪子精作乱，拱倒城墙，朱元璋向沈万山借聚宝盆埋入城墙下降妖。因为答应了敲五更鼓时送还，怕沈万山追讨，于是传旨从此南京城不打五更。⑤

靖江宝卷通过传说的方式，为各地的景物、风俗找到了"来历"，从而将宝卷中的人物、故事与听众的生活实际直接联系了起来。它增加了宝卷宣演的趣味性，拉近了与听众之间的距离。同时，神佛观念与信仰也由此得到进一步的推广与深化，融入听众的生活之中。

---

① 《中国靖江宝卷》上册，江苏文艺出版社，2007，第131页。
② 《中国靖江宝卷》上册，江苏文艺出版社，2007，第338页。
③ 《中国靖江宝卷》上册，江苏文艺出版社，2007，第196页。
④ 《中国靖江宝卷》上册，江苏文艺出版社，2007，第200页。
⑤ 《中国靖江宝卷》上册，江苏文艺出版社，2007，第201页。

七 其他

除了以上几个主要的方面以外，靖江宝卷还对民间生活的其他方面作了细致而生动的展示。如对于旧时民间服饰的描绘。《三茅宝卷》说到金福游春时打扮：

> 头戴逍遥公子巾，身穿鹦哥绿海青。
> 腰里束条丝罗带，粉底乌靴簇簇新。
> 手里拿把白纸扇，文质彬彬个念书人。①

这是说的旧时书生的装扮。《香山观世音宝卷》说到妙善要入白雀寺修行，两个姐姐妙书、妙音为之缝制绣花鞋、丝巾：

> 挂：大红面料配燕青，胡绿紫兰桃花芯。
> 月白丝线单锁口，满邦花鞋簇簇新。
> 挂：乌丝包头缝一件，上遮青丝下披肩。②

旧时女子的服饰在此也可窥见一斑。《十把穿金扇》中，说到了蒋赛花将出嫁时的梳洗打扮，有言：

> 蒋赛花将身坐上美人椅，面对青铜明镜挽乌云。三把梳成美人髻，凤头金钗插一根。芙蓉面上加宫粉，朱点红唇牙如银。耳饰八宝点翡翠，柳叶眉毛画丹青。
> 姑娘一对秋波眼，铜铃深处含真情。
> 穿一件，上盖衣，锁金夹袄。

---

① 《中国靖江宝卷》上册，江苏文艺出版社，2007，第31~32页。
② 《中国靖江宝卷》上册，江苏文艺出版社，2007，第223页。

> 束一条，乌绫缎，百褶浪裙。
> 裹脚套，用的是，绵绸绘彩。
> 足下蹬，水红菱，锦绣花鞋。
> 走一步来摆三摆，赛过观音下莲台。①

这里描绘的是旧时民间女子出嫁时的妆容与服饰。

靖江宝卷中，如《张四姐大闹东京》中，还涉及了对旧时民间救火设置的记述。该宝卷说到崔文瑞家失火后，众乡邻议论：

> 一个老者是庄上主事的头面人物，是民众中的自然领袖，他说："不论崔家是天火烧的，还是他火烛不小心，自己惹火烧的，总怪我们提防天灾人祸的警觉性不高。我们应该把庄上公用的太平搭、太平箱、水龙头和水枪查看一遍。坏的修修好，锈的擦擦亮。下次再逢哪家失火，只要听到报警的锣声一响，随时就可上场救火。"②

> 等到火苗透天，冒出滚滚浓烟，庄上人才看到崔家失火。聪明人先寻铜锣，鸣乱锣报救火信号。
> 咣咣咣咣不绝声，惊动南庄北村救火人。
> 这遭，提水桶，背水瓢，扛火搭，带火钺，人声嗓闹，总往崔家大院跑。③

旧时民间的救火多依靠邻里相助，庄上平时备有太平搭、太

---

① 《中国靖江宝卷》下册，江苏文艺出版社，2007，第784页。
② 《中国靖江宝卷》上册，江苏文艺出版社，2007，第340~341页。
③ 《中国靖江宝卷》上册，江苏文艺出版社，2007，第341页。

平箱、水龙头和水枪等救火工具。一旦火灾发生,则有人敲锣报警,于是众人一齐动手前往救火。宝卷中此处的记载可谓详细完备。

第二节 精神世界——劝善文

靖江宝卷反映的民间的精神世界丰富多彩,蕴含深厚,涉及民间精神生活的诸多方面,表现着底层民众的思想、情感与心理诉求。这里,主要就宝卷中比较突出的几个方面来进行论述。

一 劝善——民间伦理道德观念

靖江宝卷的讲唱者时时自觉地标明其劝善的价值与目标。大多数的靖江宝卷中贯串着"善有善报,恶有恶报"的因果模式与为善修道,终成正果的情节框架。其终篇多为好人有好报,恶人受恶报的大团圆结局。

靖江宝卷开篇皆有"某某宝卷劝善"之语。讲经者以劝善、教化世俗为主要职责之一。如《血汗衫记》开篇中言,"面对善人讲经典,劝善降福免三灾","是宝卷必是劝人行善"。"宝卷是部劝善文,字字句句劝善人"[1]。末又言"写下一部某某卷,留在民间劝善人"[2]。《三茅宝卷》中亦言"《三茅宝卷》,一部劝善书"[3]。《张四姐大闹东京》开讲有言:

仙是凡人塑,人是天赐成。

---

[1] 《中国靖江宝卷》上册,江苏文艺出版社,2007,第299页。
[2] 《中国靖江宝卷》上册,江苏文艺出版社,2007,第338页。
[3] 《中国靖江宝卷》上册,江苏文艺出版社,2007,第3页。

> 人仰天赐福，仙慕凡间人。
> 开讲一部《月宫卷》，
> 表一表仙与凡人闹纷争。
> 世人之间有善恶，善恶之人两边分。
> 善人往往遭磨难，十磨九难大器成。
> 恶人总有恶来报，作恶没有好收成。[①]

善恶之间的截然对立，以及其相应的必然结果，是靖江宝卷在精神层面所强调的核心内容之一。《香山观世音宝卷》开篇言：

> 宝卷初展开，劝人要行善。
> 积德前程远，存仁后步宽。
> 平：众位呀，宝卷是部劝世文，
> 忠孝二字劝善人。[②]

在宣扬劝善之后，更明确地指出了行善的意义与其劝善的主要内容。如此种种，反映的都是宝卷的创制者自主地承担起了劝人行善，教化世俗的责任。

靖江宝卷中所宣扬的理想社会是"国正天心顺，官清民乐安，妻贤夫过少，子孝父心宽"，"父慈子孝弟把兄敬，家家安乐户安宁"，"天子多英明，端坐在龙亭，八方多清净，处处罢刀兵。三阳初开泰，六合正同春。风调并雨顺，五谷和丰登"[③]。为了实现这一目的，于众人而言，必须有善心善行来保证之。于

[①] 《中国靖江宝卷》上册，江苏文艺出版社，2007，第339页。
[②] 《中国靖江宝卷》上册，江苏文艺出版社，2007，第203页。
[③] 赵松群演唱本。

宝卷本身而言，则需要很好地承担、完成其劝善的职能。

靖江宝卷中的劝善体现着民间的伦理道德观念，其以善有善报，恶有恶报观念为支撑，核心内容仍然是儒家传统的忠孝观念，糅合了民间的修道观。《九殿卖药》中，吕洞宾刁难卢功茂，出千两黄金要顺气汤、消毒丸、和气子、养命丹、长生草、不死方、归家子、义沉香等八味药。霍氏答言：

> 平：你家父母有气慢慢劝解是顺气汤，兄弟和合叫消毒丸。
> 妯娌和睦叫和气子，田中五谷叫养命丹。
> 生男育女是长生草，茶店里说合道理叫不死方。
> 送老归山归家子，当年黄氏女不肯重婚改嫁叫义成香。①

这可以看做是民间道德伦理观念的又一次展示。而靖江宝卷所宣扬的众善之中，最为突出的乃是孝道观念。

（一）善之核心内容——孝道

孝道，是儒家学说的核心之一，也是传统伦理道德观念的基石。作为立身之本的孝，是传统社会对个体的最为基本的、最起码的要求，获得了全社会从上到下的肯定与尊崇。靖江宝卷也通过一个个动人的故事，自觉地宣扬着孝道，劝导着听众在日常生活中对孝的信奉与贯彻。

靖江讲经在宣讲圣卷时，常有"三友四恩"一节。"四恩"的最后一项即是"报报父母养育恩"。以《大圣宝卷》为例，其中着力宣扬了父母养育子女的恩德，劝告世人要尽心孝顺自己的父母。其言曰：

---

① 赵松群演唱本。《中国靖江宝卷》之《九殿卖药》上册，江苏文艺出版社，2007，第373页，其中也有类似文字，但少了"不死方"、"归家子"两项。

有人要说，父母养我小，我养他老，还有哪里不曾报到？总不见得去驮驮、抱抱他呢？我们要晓得，父母怀你十个月孕，吃尽千辛万苦，三年哺乳又吃了不少苦。从尺把长忙到长大成人，的确吃了不少苦头。

父母为养育子女，费尽心思，吃尽苦头，所以为人子女者，于情于理，都应该孝顺自己的双亲。卷中还从反面进一步宣扬了奉持孝道的重要性，对世人不敬父母的典型情形作了描述，特别是批评了儿子娶了媳妇以后，听从媳妇之言，冷淡父母的作为，所谓"妻子房中甜如蜜，母亲房内冷如冰"。所以世人孝敬自己的父母，"敬父赛敬灵山佛，敬母赛敬活观音。为人不把父母敬，不要到灵山了心愿"，"想起了，父母恩，杀身男报。劝大众，莫忤逆孝顺双亲"①。

其谆谆教诲之状十分突出。

《延寿宝卷》中，金本中本来注定九岁去世，但因为割己心疗救自己的双亲，阎王为之奏上天庭，延寿十年。宝卷中言：

平：本中九岁行孝道，为救双亲割自身。为人总要行孝道，皇天不负孝心人。

挂：经堂许多人，说话甚聪明，念佛与看经。一点孝心全不起，何必办修行！

万恶淫为首，百善孝为先。为人若忤逆，不值半分毫。

平：为人且肯行孝道，虚空神明总知闻。②

---

① 以上文字出自陆爱华演唱本。《中国靖江宝卷》之《大圣宝卷》开篇无相似文字。
② 赵松群演唱本。

孝道为世人立身之本，不孝之人不但为世俗唾弃，而且也得不到神灵保佑。即使修道，若无孝心，也是无丝毫意义。而行孝者，不仅受世人赞美，而且会得到神灵的保佑，最终如金本中一样获得善报。宝卷在此，郑重向听众宣扬了履行孝道的意义和重要性。至于《地藏宝卷》中，太后生病，仲康王为之焦急万分，召集文武与太医商治，自言"不将母后毛病来医好，我情愿不坐九龙亭"①。仲康王为了实践孝道，连皇位、国家都可以抛弃。从中也可以体会到靖江宝卷对孝道的坚持与宣扬。

　　靖江宝卷中对孝道的宣扬可谓不遗余力，苦口婆心。还是在《延寿宝卷》中，宝卷树立了金本中这一善人、孝子的典范。金本中九岁割心救治双亲，死了以后，阎君感叹难得，并修表上奏玉主。玉主为其加寿十年。②《香山观世音宝卷》中，言妙庄王要妙善在石板上栽活五百棵枯松。妙善无奈答应，内心感叹，"罢，罢，罢！顺父母之言呼为大孝，逆父母之言是获罪于天"③。众善之中，孝道为最。行持孝道，不仅在当世受到世人的肯定与夸赞，而且还有神灵护佑，如《延寿宝卷》中的金本中一样，可以消灾祛病，享福延年，获得善报。这是靖江宝卷举出奉持孝道的结果、好处，来进一步劝诱听众来信奉之。

　　靖江宝卷的很多作品将孝道与修道合而为一，指出行孝与修道的本质一致性，从而在更深广的层面上要求世俗对孝道的奉持。如《地藏宝卷》中，西天佛祖下凡，变作僧人点化金藏宝，言说世事无常，修道为要之理：

　　　　平：朝中多少忠良将，最后尸骨伴土泥。世上多少豪富

---

① 赵松群演唱本。
② 赵松群演唱本。
③ 《中国靖江宝卷》上册，江苏文艺出版社，2007，第217页。

客,难免空手一命亡。

如果吃素修道修成正果,与天地同寿,日月同庚。

平:一来免到轮回苦,二来报到父母恩,三来可免终身罪,四来可以度众生。

金藏宝皈依佛祖,辞母修道,向母亲言,"做官不能超九族,吃素倒能度先灵","等我吃素成正果,再度父母坐莲台"。后其父金功善领兵征讨陀罗山的十强盗,被围危急,正是得道后的金藏宝前去解救。最后金藏宝又替全家脱去凡胎,"满家眷等脚踏莲花,跟随地藏而去"①。可以说是完成了其最初修道时所言的"报到父母恩"。《香山观世音宝卷》中也言:

挂:父母生我受苦辛,为人须报养育恩。

妙善她,修身养老图济世,舍身捐躯尽孝行。②

卷中所言,仍然是将孝道视为为人之根本,并将修道与行孝统一了起来。在这一方面,《香山观世音宝卷》可谓作了很好的展示。

《东厨宝卷》中有言:

奉劝经堂里男共女,敬重父母二双亲。灶前烧火偏身坐,脚脚不踏地狱门。时常烧香并念佛,一年四季保太平。③

修道与孝敬共同保证了现世的平安与死后的无忧。《三茅宝

---

① 赵松群演唱本。
② 《中国靖江宝卷》上册,江苏文艺出版社,2007,第249页。
③ 赵松群演唱本。

卷》中，说到三清寺的当家师父向金福宣讲修持《三官经》的意义：

> 少爷，你还不知！父母健在诵《三官经》，可以加添阳寿得长生；如果父母亡故诵《三官经》，地府赎罪早超生。
> 平：免得生死轮回苦，报得父母养育恩。①

同样的话，金福在面对母亲责问其修道时，又重复了一遍。其决定修道时发誓时也有言，"为上报父母，下免轮回，情愿舍妻弃读，吃苦修行"②。而《香山观世音宝卷》中，妙善自愿修道，向其妙庄王言也是"修道是免轮回苦，报答父母养育恩"③。这样，修道，对个人而言，可以免除生死轮回；于其父母而言，则可以报答养育之恩，更好地实践孝道。靖江宝卷中，进一步推演，把这种孝道扩展到了亲情。修道者常常不仅超脱自己，最终还要使自己的全家都超脱、证道。正如《香山观世音宝卷》中，妙善去白雀寺修行之前，辞别父母、姐姐时所言，"且等来日功成就，再来济度众亲人"④，"等我修道成正果，度我皇姐坐莲台"⑤。《地藏宝卷》中，地藏能仁虽修成正果，脱凡入圣，见到自己的母亲，"地藏跪倒尘埃地，母亲连叫二三声。母子相见多欢乐，如同拾到宝和珍"⑥。佛道在此似乎向孝道作了妥协。靖江宝卷中这种将行孝与修道联系起来的情形，拓展了孝道的内涵，使得孝道超越了世俗领域，在宗教信仰的领域，也获得了肯

---

① 《中国靖江宝卷》上册，江苏文艺出版社，2007，第35页。
② 《中国靖江宝卷》上册，江苏文艺出版社，2007，第35页。
③ 《中国靖江宝卷》上册，江苏文艺出版社，2007，第215页。
④ 《中国靖江宝卷》上册，江苏文艺出版社，2007，第23页。
⑤ 《中国靖江宝卷》上册，江苏文艺出版社，2007，第224页。
⑥ 赵松群演唱本。

定与遵循，从而进一步推动了孝道、孝行在民间的流行，使之更加稳定地成为民间伦理道德观念的核心部分。

（二）日常行善标准

围绕以孝道为中心的民间伦理道德观念，除了孝顺自己的父母长辈以外，靖江宝卷还针对个体的社会归属，提出了一系列的日常行为标准，为世俗行善提供了具体可行的准则与方式。如《大圣宝卷》中，张员外无子，老安童劝告张员外广做善事：

> 挂：欲修儿女福，须舍四方财，惊动虚空佛，儿女天送来。
> 平：一年四季做好事，广开贫苦方便门。
> 从此张员外大做好事，善结良缘。初一月半斋僧道，逢三遇七济贫民；哪里路坏挑泥补，哪里桥坏请匠修；天阴落雨赠雨伞，乌星黑夜点路灯。
> 平：门口张挂斋僧榜，救济无依无靠人。①

《东厨宝卷》中，张员外夫妇也因为膝下无子，而做善事以积德。宝卷中言其善行为：

> 门口挂了斋僧榜，救济些贫苦落难人。初一月半斋僧道，逢三遇七济贫人。鳏寡孤独无人养，送他钱粮过光阴。天阴落雨送人钉鞋伞，黑夜暗星点路灯。②

《张四姐大闹东京》中，说到崔员外、赵氏夫妻"积德善修行"：

---

① 《中国靖江宝卷》上册，江苏文艺出版社，2007，第151页。
② 赵松群演唱本。

门前乞丐施粥饭，邻里贫困送金银，阴天过客施雨伞，桥梁毁坏他铺平，寺庙倒塌助缘分，神像损坏他装金。①

《报祖卷》中，讲到李员外夫妻为求子，行善积德，"大做好事，广行方便"。其情形为：

大路坏了担土修，桥坏板抽板换木头。天阴落雨送人家钉鞋伞，黑夜暗星点路灯。十七八岁小光棍，送他银子做营生。三岁孩童没父母，带到家里长成人。②

可以看出，诸宝卷中所主张的善行，包括了方便众人，救济贫困，斋僧敬道，造桥铺路，修庙塑像，热心公益等。
《血汗衫记》中，蒋氏对张员外言，"积德就是修身，修身就是积德呢！前世不修今身苦，今生不修害子孙。这叫公修公德，婆修婆德，各修各德，修到功劳无人分得"，"欲修儿孙福，须舍四方财。为人积阴德，子孙天送来"③。这里将积德与修身等同，强调对他人、公共利益的关注与付出。其具体作为是：

初一月半斋僧道，逢三遇七济贫民。雨天施舍钉鞋伞，黑夜暗星点路灯。路不平来挑泥补，桥板损坏去换新。十七八岁小光棍，送他本钱做营生。
襁褓孩童丧父母，送他育婴堂里长成人。④

---

① 《中国靖江宝卷》上册，江苏文艺出版社，2007，第339页。
② 陆爱华演唱本。
③ 《中国靖江宝卷》上册，江苏文艺出版社，2007，第301页。
④ 《中国靖江宝卷》上册，江苏文艺出版社，2007，第301页。

所言与前面的诸宝卷基本一致,都在强调对贫弱者的关爱、扶持,与对公益事业的热心襄助。这基本上可以视为靖江宝卷中所主张的善行的最普遍的标准。扶危济困,舍财济世,热心公益,敬神助佛,可以概括其善行的主要内容。

以上主要说的是个人修为中对公的一面,就其于私的方面,靖江宝卷中有陈说。如《三茅宝卷》中,说到王乾一意修道,之前遣散家仆,并训诫之。有言:

> 安童,你们回去末,心地要善,"六品"要良。
> 平:遇事要说公道话,不可尖刁坏良心。
> 王老爷又把众安童喊过来——
> 挂:你们大家听我言,春天要勤辛苦力摇摇棉,
> 夏天要起早带晚种好田,
> 寒冬腊月要领着儿女早点眠,
> 不要上街下乡赌铜钱,弄成一个败家子,
> 沿门乞讨站街檐。
> 种田要锄草,读书要赶考。
> 开店要起早,养鸡莫养鸟。
> 节俭又勤劳,日脚自会步步高。①

王乾对安童的这一番教导,大致也在教人处世要讲良心,勿违背公道。日常则要勤劳肯干,不要沾染恶习。如此生活才会一步步地改观。

此外,民间还主张吃素食斋,避免杀生。尽管其在现实中很难被大部分人遵循,但它也是善行的标准之一。《三茅宝卷》中,更将吃素与吃荤的不同后果拈出来,作了比较。卷中言:

---

① 《中国靖江宝卷》上册,江苏文艺出版社,2007,第92页。

  挂：夫吃素来妻吃荤，鸳鸯荷花两条根。
  一支升到天堂里，一支埋入地狱门。①

  宝卷用天堂、地狱之别，来劝导世人对吃素的奉持。
  靖江宝卷中这种善行的日常标准是存在着男女之别的。对于女子，特别是出嫁了的女子，靖江宝卷则设置了更多更严格的行为准则。很多的靖江宝卷作品着力塑造了"好媳妇"的形象，由此来宣扬传统社会对女性的道德与行为的基本要求。
  《东厨宝卷》中，说到东厨司命向玉主禀告人间情形，分别拈举了好媳妇与恶媳妇的作为。好媳妇为"孝顺公婆称第一，香房敬重丈夫身，厨房里面勤打扫，一年四季把香焚"。恶媳妇则是"常在灶前骂公婆，香房里面欺丈夫。厨房里面常不扫，灶上污秽了不成。看见僧道不布施，立时脸上一丧帮"②。这里，两相对照，孝顺与勤劳与否，成为衡量媳妇是否贤惠的主要标准。
  一家之中，媳妇的好坏常常决定了该家庭的幸福安宁或烦扰不幸。《延寿宝卷》中说到金本中娶妻刘氏，刘氏贤惠之状，有言：

  刘氏小姐大贤大德，堂前敬重公婆，香房尊敬丈夫。
  平：早起打水婆洗脸，夜里挽婆晋床门。婆拿媳妇当个亲生女，媳妇将婆当母亲。一家和睦多欢乐，争吵没得半毫分。③

---

① 《中国靖江宝卷》上册，江苏文艺出版社，2007，第38页。
② 赵松群演唱本。
③ 赵松群演唱本。

此宝卷中进一步指出，好媳妇孝顺、勤劳之行对家庭和睦、幸福的意义所在。《三茅宝卷》中，王慈贞出嫁之前，其母陆氏向其交代了到夫家后需要注意的事项，则更为细致地传达了民间认为的好媳妇的标准作为：

> 挂：陆氏将言说，小姐听分明。
> 你到人家为媳妇，里里外外要照顾。堂前敬重你公婆，香房里敬重你丈夫。
> 公婆在说话，别把嘴去岔，遇事要忍耐，抵不得沿小在娘家。
> 未暗先点烛，五更听鸡鸣，闲话要少说，多言惹是非。
> 夫妻要和睦，妯娌莫相争。邻舍相处好，遇事让三分。
> 劝善终有福，挑祸两无功，人无千日好，花无百年红。
> 说话要轻声，穿衣要齐整。吃饭要斯文，跑路要沉稳。
> 坐凳要端正，堂前有外客，厨房莫高声。①

此宝卷中，针对女子来到夫家后所面临的不同对象与关系，一一指明其应当有的正确的行为、举止，甚至详细到了其日常的穿着、言谈。可以说是至为详尽。《报祖卷》中，说到刘夫人教导要出嫁的女儿，其言与此基本相似。该卷说到刘氏婚后，"夫妻合得像姊妹，争吵没有半毫分"，"早昏热水婆净面，晚搀婆婆上牙床。婆把媳妇当做亲身女，媳妇孝婆赛母亲"②，也是将家庭幸福与好媳妇直接挂联了起来。

可以看到，孝顺在好媳妇的所有特征中无疑是最重要的。在此基础上，一个好媳妇的第二重要品格则是勤劳。综合诸宝卷所

---

① 《中国靖江宝卷》上册，江苏文艺出版社，2007，第21页。
② 陆爱华演唱本。

言，其中的好媳妇形象大致不离孝顺、勤劳、忍耐、温柔、端庄等，为中国传统女性所具有的美德。

靖江宝卷在主张众多善行的同时，又提出了很多的道德行为禁忌。这样正反两个方面相结合，更为全面、充分地来规范世俗日常的道德追求与具体言行。

如《三茅宝卷》中，金福要出门春游，母亲再三叮嘱其在外注意事项，有言"要懂得瓜田不纳履，李下不整冠。叔嫂不亲授，长幼不比肩"[1]，是在劝人在外要行为端正，避免嫌疑；在家则要严守长幼男女之别，从中也可以看出民间的道德观念与行为规范。

上面的例子中涉及的行为禁忌尚比较笼统。靖江宝卷中更多的是细致具体的行为禁忌。如《三茅宝卷》中，王乾赴任广南太守后，张贴告示于四城门，禁止百姓做诸等事项，正可以视为民间行为禁忌的一次真实展示。文告言：

> 本郡太守为安民正风，兴利除弊，特规定男子不准酗酒，女子不准抹脂；帽子不准三七欠，鞋子不准拖脚上。有田种田，有店开店；不准开场聚赌，不准掳掠妇女。男安正业，女守本分。不准明娼暗妓，不准为非作盗。特此周知，违者必究！[2]

这是要求民间行为端正、公平无欺，对男女各自要遵循的行为准则都作出了相关的规定。

《三茅宝卷》中借金福母亲之口也言，"好男不游春，好女不

---

[1]《中国靖江宝卷》上册，江苏文艺出版社，2007，第31页。
[2]《中国靖江宝卷》上册，江苏文艺出版社，2007，第26~27页。

看灯","男子游春是风流子,女子看灯要花心"①。这是反对男女游春、观灯,显得古板。还有是要求珍惜粮食,不能抛撒在地,任人践踏。《大圣宝卷》中,说到韦林县百姓因为遇上丰年,将粮食满地抛散,人畜乱踏,致"一股冤气搅到九霄"。玉主认为,"百姓好无道理,作惜(按:方言,浪费义)五谷,该当何罪",遂遣旱德星君下凡,降下旱荒三年,"等他们受罪,才晓五谷当宝贝"②。陆满祥演唱,吴根元、姚富培搜集整理的《大圣宝卷》中也有类似的表述:

> 灾民拿粮食借到手,对自己的儿女说了:"儿呀,要拿粮食当宝贝哩。生的捡起来烧烧熟,熟的捡起来放嘴里吃下去。"
> 平:敬惜五谷敬重天,敬重字纸敬圣贤。为人不把五谷敬,世上才要遭荒年。③

《梓潼宝卷》中,说到逍遥王诏令天下,非时兴灯,有言:

> 平:元麦嫩天天,大麦几寸高。
> 大人看灯前头走,小人看灯后头跟。
> 还有多少姑娘小姐们,
> 遇到十七八岁的油头小光棍。
> 明明大路他不走,嘻嘻哈哈半田里蹲。
> 大麦青青踩断了秆,小麦踩伤了根。

---

① 《中国靖江宝卷》上册,江苏文艺出版社,2007,第31页。
② 陆爱华演唱本。
③ 《中国靖江宝卷》上册,江苏文艺出版社,2007,第140页。

孽障怍得海洋深。①

宝卷下言，玉帝因此大怒，要派"一目五"星宿临凡，降灾人间。敬惜五谷与字纸，都是民间古已有之的行为准则。这些行为准则以禁忌的形式表现出来，得到了进一步的强化、突出。

还有些行为禁忌事关民间的宗教信仰。如《大圣宝卷》开篇所宣的"三友四恩"中"报报日月照临恩"部分，言太阳小名为日头，愚蠢妇女呼其小名，惹得太阳不满，到昆仑山修道不出云云。② 这里交代了民间关于太阳的禁忌。

对待神明，应当敬重，不能懈怠、不恭。《大圣宝卷》中，韦林县百姓因为天旱，向龙王求雨不得，转而将龙王之像丢弃路边，任太阳暴晒。龙王怨恨，向玉主诉冤。玉帝大怒，派遣水德星君下凡，降下三年水荒。卷中言：

> 平：侮辱神明该何罪？侮辱神明罪不轻。侮辱神明犯了法，世上还要遭荒年。③

这里，用所谓的恶报警诫着世俗要敬重神明，不能有侮辱、不敬的行为发生。否则，就会招致无穷的灾祸。这是又一种赏善罚恶了。

民间爱屋及乌，对待佛道两教的经书也是至为虔诚恭敬。《报祖卷》中，李清要读《华严经》，太子庙的当家和尚告之，"秽污手拿不得，污眼看不得，污口读不得"。李清在"洗了手，

---

① 《中国靖江宝卷》上册，江苏文艺出版社，2007，第263页。
② 陆爱华演唱本。
③ 陆爱华演唱本。

净过面,漱过口"之后,才接受其经。①

靖江宝卷中的道德行为禁忌与靖江宝卷中那些从正面提出的道德行为标准一起,大多指向旧时民间日常生活中经常发生,对其生活有重要影响的事情。它们从正反两个方面要求、规范着民间的世俗生活。宝卷对它们不厌其烦地一一宣说,俨然起着一种民间道德教科书的作用。

二 修道观

在旧时民间,修道是为人行善的重要表现,也是积累功德,获得福报的主要途径之一。靖江宝卷中多有劝人修道之语,并直接将修道与行善、行孝联系、等同起来。

修道的目的就世俗百姓而言,是为了免除灾病,延年益寿,并求得来世的善报。如《香山观世音宝卷》中,妙善劝导白雀寺尼僧,有言"前生不修今生苦,今生不修罪孽深。欲要修得儿孙福,修得来世好前程"。"前世不修今生苦,今生不修枉为人。师姐呀,你就一心一意修办道,莫到来世再受苦辛"②。《东厨宝卷》中有言:

> 奉劝经堂里男共女,敬重父母二双亲。灶前烧火偏身坐,脚脚不踏地狱门。时常烧香并念佛,一年四季保太平。③

在这里,修道与孝敬共同保证了现世的平安与死后的无忧。对现世人生苦难的规避,以及对死后地狱轮回之苦的担忧,

---

① 陆爱华演唱本。
② 《中国靖江宝卷》上册,江苏文艺出版社,2007,第225页。
③ 赵松群演唱本。

始终是民间修道的主要推动力。而生时的平安幸福、死后的安宁无虞与来世的幸福，也往往成为民间修道所祈求的主要目标。《香山观世音宝卷》中说到妙善劝告自己的两位姐姐修道，有言：

> 妙善说："依小妹之见，人生富贵荣华，如春霜朝露，转眼不见。比如做皇帝的是至尊无上，谁不想万年长寿？哪知废兴存亡，不时而变，自三皇至今，不知更换了几朝几代？当日之福威，今何在哉？格末，世上最亲不过是父母、夫妻、兄弟朋友，一旦大限来时，你说顾得顾不得？最爱莫过是田地、房产、财宝，一旦无常，你说守得守不得？小妹今日不愿富贵夫妇之乐，只愿寻个干净名山去修行。倘一日修得出头，成个善人，那时腾身化极，翘足南溟，昂首东海，转眼西归。上则度得父母超升天道，中则求得人间脱离苦难寒贫，下则化得凶神恶煞不再残害黎民，则小妹之心愿足矣。不知二位姐姐意下如何？"①

这可以说是对旧时民间修道的原因和目的的一次极为详尽的说明。因为人生短促，世间种种荣华富贵、恩爱欢情，都不免无常，不值得依靠与留恋。所以只有修道，可以让人超越人生的无常、短促，求得永久。并且修道还可以度脱父母、众生，为人世带来安宁幸福。

所以《三茅宝卷》中，金福劝告妻子王氏，"修道要乘小来修，老来修道气吼吼。等你想到要修道，阎王要出票来勾"，"修道要趁早，莫等腰驼背曲了，念佛也念不动，手戳拐杖不能

---

① 《中国靖江宝卷》上册，江苏文艺出版社，2007，第211页。

跑"①。修道要趁早,只有早修行,才能早得福报与正果。当人生终途之时,才不会有后悔莫及,恐惧不已的情形出现。

在靖江宝卷中,修道也就是修善。《延寿宝卷》中,说到金本中在朝伴驾,赏善罚恶,公平正直,孝顺父母,扶贫济困,万民安乐。

> 挂:心正身后修,圣人来流传。甭到别去(按:原文如此,当作"处")求,先把良心修。早点劝人修,善本是根由。佛祖说分明,四句真妙诀,指点善心人。②

这里,直接把修道与修良心等同了起来,指出善是修道的根由,修善就是修道。只有心正行善,才能成就其道业。

在此基础上,靖江宝卷进而将修道与行善之中的行孝挂联了起来。如前所言,靖江宝卷的很多作品将孝道与修道合而为一,指出行孝与修道的本质一致性,从而在更深广的层面上要求着世俗对孝道的奉持。《三茅宝卷》中,三清寺当家师向金福告言诵《三官经》功用,有言,"如果父母健在,《三官经》可以加添延寿注长生。如果父母亡故,诵《三官经》,地府赎罪早超生","免到生死轮回苦,报到父母养育恩"。《报祖卷》中,说到四月初八释迦佛圣诞,李清去太子庙烧香,自言"我也去太子庙烧烧香,报答父母养育恩"。下文太子庙的当家和尚向李清宣扬"花念真经"(按:当为《华严经》)的用处,言"这用处很大。父母在,诵此经,可增福添寿,父母不在,诵此经,地府里赎罪超生"。所言与《三茅宝卷》相似。诵经修道在这里都成为民间超脱父母,报答父母养育之恩的有效途径。

---

① 《中国靖江宝卷》上册,江苏文艺出版社,2007,第37~38页。
② 赵松群演唱本。

在靖江宝卷中，修道是温暖的，其最终的结局是修道者功德圆满，得成正果之后，重回人间，度脱自己的全家。靖江宝卷中的修道者最后都要带其父母、家人修行成道，免受轮回、世间之苦，其修道方能称为圆满。所以《香山观世音宝卷》中，妙善去白雀寺修行之前，辞别父母、姐姐时有言：

平：拜一拜皇后生身母，报报当年养育恩。
再拜姐姐人两个，抚养好姑侄续春秋。
我今远去白雀寺，伏望二姐孝双亲。
借重再拜双父母，休将孩儿挂在心。
且等来日功成就，再来济度众亲人。①

妙善入寺修道之前，不忘父母的养育之恩与姐妹之情，更将修道与孝亲直接联系了起来，故下文，她又言"等我修道成正果，度我皇姐坐莲台"②。《三茅宝卷》中，三官大帝一次次地要求金福度其父母、兄长、妻子即是此理。金福也承其教，先度妻子，后度兄长、父母。《地藏宝卷》中，金藏宝皈依佛祖，辞母修道，向母亲言，"做官不能超九族，吃素倒能度先灵"，"等我吃素成正果，再度父母坐莲台"。后其父金功善领兵征讨陀罗山的十强盗，被围危急，正是得道后的金藏宝前去解救。最后金藏宝又替全家脱去凡胎，"满家眷等脚踏莲花，跟随地藏而去"。可以说是完成了其最初修道时所言的"报到父母恩"③。

在靖江宝卷中，行善、孝道与修道合而为一。宝卷以众多的说辞，将修道的功德、福报引向了修道者以外的亲人、家庭，将

---

① 《中国靖江宝卷》上册，江苏文艺出版社，2007，第223页。
② 《中国靖江宝卷》上册，江苏文艺出版社，2007，第224页。
③ 赵松群演唱本。

修道与家庭的安宁幸福联系了起来,体现出了中国传统伦理道德观念中孝亲重家的特色。这种融合拓展了善的内涵,使善在世俗与宗教信仰两大领域都得到了肯定与贯彻,从而进一步坚固了世俗向善修道之心,推动着相关观念与行为在民间的被遵奉与流行,也更好地实现了靖江宝卷劝善的职能。

三 宗教信仰:现实性与功利性

民间的宗教信仰具有强烈的实用性和功利性。很难将之归入佛教或道教,只有有用的、与生活相关联的神佛、菩萨,才是民间的信仰对象。因而,民间的宗教信仰有着明显的杂糅的特点。靖江宝卷中所反映出来的民间的宗教信仰的情形也大致属于此类。

民间教派信仰立足点主要在此岸以自身和家庭为中心的现实人生,现实性是其重要特征。它并不视人生为苦海,寻求心灵的解脱。正是人世间的不足与不幸,催动着民众对宗教的热忱信仰。其信仰的主要目的正是要规避不幸,弥补不足。从行旅征役,到疾病灾祸、怀胎诞育,人世种种都成为宗教信仰的目标。消除现实的不幸,希求利益的满足,成为民间信仰宗教的直接起因。民众通过对佛、道诸神的崇敬与取悦,祈求人生幸福。后者成为其趋利避害,达到幸福的保障。维系两者间关系的纽带不是精神的痛苦与焦虑,而是人世的不足与不幸。因而,民间的宗教信仰常常显现出现实性与功利性相融的突出特征。靖江宝卷中所反映出来的当地民间的宗教信仰在这一点上也未能例外。

靖江宝卷中的圣卷作品开篇例有说宝卷免灾得福的套语。如《报祖卷》开篇言,"报祖宝卷初展开,拜请拈香童子降灵来。两旁善人帮和佛,能消八难免三灾"[①]。《地藏宝卷》开篇中也有

---

① 陆爱华演唱本。

言,"地藏宝卷初展开,六鸭道人。二旁善人帮念佛,能消八难免三灾"①。在此,民间之神佛崇拜其目的直接而简单,正在消灾灭罪,增福趋利。

《梓潼宝卷》中,交代众人敬奉梓潼真君的原因:

> 人家惯宝宝,要寄梓潼个名,因为他在迷魂洞十八载不死,命牢;没男个到他面前敬他求子,因他龙宫上岸,和三位公主执指三指,总有怀孕随身,说明他子息旺;老百姓敬他,因为他为老百姓吃盐,断拉只手,所以男男女女、老老少少都要敬他。②

显然,民间敬奉梓潼真君的原因主要有三个:一是因为他命硬,二是因为他子息旺,三是因为他为百姓吃盐而受罪。这三个原因除了最后一点以外,都与百姓在生活中的需求和期望直接关联。老百姓通过对梓潼真君的敬奉,来祈求自己的平安幸运与子孙昌盛。

《东厨宝卷》中言民间十二月廿四日祭灶情形,有言:

> 今朝廿四夜晚头点,案上点烛又烧香。合家老少拜龙天,欢欢喜喜将我送上天。伏望我主发慈悲,多赐五谷并稻粱。保佑她家增福禄,一年四季总平安。

这些话虽然出自东厨司命之口,却道出了民间敬奉灶君的原因正在祈福免灾,指向着现实人生。同一宝卷末也言:

---

① 赵松群演唱本。
② 赵松群演唱本。

凡间多少贤良女,敬重父母上大人。灶前烧火偏身坐,天天烧香敬灶神。厨中清净勤打扫,灶王菩萨喜欢心。保佑五谷仓仓满,一年四季总太平。种田人家敬灶王,田禾茂盛五谷丰。生意人家敬灶王,一本万利享荣华。年轻小姐敬灶神,把个丈夫像财神。读书公子敬灶王,科考必定状元郎。老老少少敬灶王,福也增来寿也长。[1]

这里,更将从贤良女到种田人家、生意人家、年轻小姐、读书公子,各色人等敬信灶神所获得的不同福报一一列出,至为详细。其功利色彩也一目了然。

在靖江宝卷中,民众对神佛的敬奉常常与生活中某一具体的欲求联系起来。如《报祖卷》中,说到李员外为求子,想要去烧香许愿。安童为之推荐了东岳庙。原因是"东岳大帝很灵。求子得子,求财得财,求功名得富贵,求富贵显荣华"。同样是《报祖卷》中,玉主告言东岳大帝,"你庙宇不好,只要在凡间显圣,自有人来帮你修的"。在这里,人神关系似乎成了一种礼尚往来的对等关系。民众敬拜、祭奉神灵,神灵则回报以福祐。祭奉与福祐有时还直接对应起来。如《报祖卷》中,李员外夫妇向东岳大帝祈求生子,员外许下"大香大烛"。院君则认为,"员外他也太小气。神明送我们一子后代根,你就许个大香大烛",并进一步许愿,"你且送我们一子香烟后,独修东岳庙堂门。大菩萨身上换袍套,小菩萨身上总装金。屋上总盖琉璃瓦,根根柱子总雕花"[2]。其之所以认为员外小气,很显然是因为在其心目中所许之愿与所求之事是有着一种对等的,成正比例的关系在其间的。所求之事越大,对于神灵的奉祭当然也越要贵重。

---

[1] 赵松群演唱本。
[2] 陆爱华演唱本。

而"事实"显然也是如此的。东岳大帝正因为李员外夫妇所许的愿至大,而为之奔走天庭,极力满足两人的祈求。这种对等关系在冥府信仰中表现得更为明显。下文将予以论述。

靖江民间神佛信仰的现实性与功利性特点,在仪式卷《铺堂妙典》中表现得最为集中与明显。该宝卷亦称《铺堂宝卷》,宣讲于民间专为老年女性作的"延生明路会"之"铺堂"仪式之中。该宝卷一一敬奉各个神灵,宣扬其神通,表达恭敬祈福之意。其神灵依次为东厨司命、床公床婆、门栏神、钟馗、宅神、太岁、井栏将军、路神、桥神、土地、城隍、日宫月府(按:即日神、月神)、丰都大帝、东岳大帝、地藏、十殿慈王、关帝、文昌梓潼、天地、三官大帝、文殊老母、普贤老母、观音圣母、世尊等。① 以上神灵基本上可以分为俗神、道教神灵、佛教神灵三类。俗神都与百姓的世俗生活相关,渗透日常之中。民间对他们的信仰都落实到生活中的具体事项之中,祈求相应的平安或福祐。为此目的,民间在日常生活之中也有着相关的行为规范与禁忌。

如东厨司命主管厨灶,宝卷中言,"玉皇大帝封神职,火龙太子管厨门。四季厨中七字(按:七字指柴米油盐酱醋茶)足,火星落地保太平",民间对他的敬奉,是希望厨灶之中四季平安,特别是不要招惹火灾。为此,百姓需要做的是,"柴米油盐要爱惜,不能浪费半毫分。灶下烧火偏身坐,灶上炊具要轻声。厨房里面勤打扫,合家老少保平安"。床公、床婆则主夫妻和睦、生育儿女,"床公床婆最为尊,男和女合保长生。保佑夫妇多和睦,生男育女貌端正"。相应的,百姓回报神灵的是,"不论荤素都好敬,烧香点烛敬床神。无荤无素无香烛,上床下床拜

---

① 赵松群演唱本。

拜床"。只有这样,才能"男女不生灾和难,小儿不生夜啼郎"①。

民间教派信仰的现实性与功利性决定了它在神谱上的杂糅性。只要是于民间生活有用、有利的,都可以成为其崇拜、信仰的对象,而不必问其出处。因而,在民间教派信仰中,佛教、道教的神灵与民间俗神常常混于一处,平起并坐,共同接受民众的崇信和膜拜。靖江宝卷中的神灵谱系也是这样,通常是不同宗教、类别的神灵出现于同一宝卷之中,成为被一起歌赞、崇奉的对象。

如《三茅宝卷》中,说到金福游春来到三清寺。三清寺本为道教寺观,其中却多佛教因素。如其中说到金福一到庙门口,便见对联一副,上书"禅门深似海,佛法大如天"。天井里的对联为"参礼黄金相,皈依大法王"。金福在天井里跪拜,小道士取笑他,谓"天井里又没得过菩萨"。老道士训斥小道士,又言"人有上中下三等。下等之人见佛不拜,中等之人见佛才拜,上等之人望空而拜","公子算到上等人,望空调拜佛世尊"。进了大殿,则见韦陀菩萨朝北。当家师请金福叙谈,也是"接到禅堂,香茶一杯"。金福向当家师问起大殿上三尊神像是谁,也称之为"这三个菩萨"。当家师称三人"拼得吃苦,总修勒成佛作祖"。这里,佛道两教糅合在一起,共同构成所谓修道的主要内容。

《血汗衫记》中,张员外行善修道,感动百姓为其烧香念佛。玉皇大帝知晓,遂遣福德星下凡投胎,已是佛道相融。而护送福德星下凡的打弹张仙、送子娘娘,又属于民间信奉的俗神。卷中说到陆氏与张玉童母子两人受到老虎逼迫,解救其难的乃是幽冥教主地藏王菩萨。张世云离家出走,又是太白金星作法将其

---

① 以上引文出自赵松群演唱本《铺堂妙典》。

送到华山,成就其与华山公主的姻缘。宝卷说到最后,张世云、华山公主夫妇二人一起到华盖山念佛修道,张世登受玉皇大帝封为土地,授其职能有"下管地狱上通天"[①]。其中的宗教信仰也是显现出杂糅、混同的特征来。

靖江宝卷中所反映出来的民间教派信仰有着与现实人生的密切交融。它与民间的日常生活、心灵吁求直接关联,体现着鲜明的现实性、功利性、杂糅性特征。这正是民间世界质朴、现实的一面。它与文士阶层在宗教信仰方面的高雅精深、追求心灵解脱等特征相对照。在一定程度上来看,正是这样的特征将民间世界与文士世界区分了开来,是为民间精神的标志性事物。

第三节 冥府信仰

靖江宝卷中,作为精神层面的内容,最突出的便是其中的冥府信仰。作为因果报应与轮回观念的物化象征的冥府在民间的信仰中渊源已久,并一直占有着非常重要的地位。冥府的存在对古代的民间社会发生着强大的影响力,是民众精神生活的重要内容之一。大部分的靖江宝卷作品中,都可以看到冥府信仰的存在,特别是在圣卷中,表现得更为突出。冥府信仰也集中体现着民间在宗教信仰方面融合儒、佛、道三家,指向现实等等主要特征。

一 冥府的基本情形

靖江宝卷的大部分作品都或多或少地涉及了冥府信仰。而如《三茅宝卷》、《大圣宝卷》、《香山观世音宝卷》、《地藏宝卷》等作品,则更有对冥府世界的细致的专门描写,透露出了更多民

---

① 《中国靖江宝卷》上册,江苏文艺出版社,2007,第337页。

间冥府信仰的信息。下面择其要,试分别论述之。

(一)《香山观世音宝卷》

《香山观世音宝卷》中,说到妙善被父亲妙庄王处死之后,魂灵来到地府。地府阎君因其为善人,打发青衣童子引路。第一站是鬼门关。过鬼门关要交过关钱,没有的可以向曹官菩萨借用,到来世再还。若在世未还前世借曹官菩萨的钱,此时经过鬼门关,有钱的就要还清,没钱的曹官菩萨就将其赶入剥衣亭,剥衣吊打。所谓"人死三七到鬼门关,欠债的过关难上难。有钱还清陈欠债,无钱吊打剥衣亭"①。妙善替他们念《金刚经》,使之获超生。以下妙善每过一处,都有此种诵经情景的发生。

第二站来到孟婆庄,有孟婆娘子卖茶汤。妙善口渴欲喝,童子劝阻,言其实为迷魂汤,"如若喝了迷魂汤,认不得家乡在何方"②。

妙善第三站则来到了恶狗村。"七只犬儿驴能大,张牙舞爪要吃人。阳日之间人吃犬,阴司地狱犬吃人"。恶犬见到妙善摇头摆尾,十分亲热。童子言这是因为妙善是善心人,"善人到了恶狗村,摇头摆尾接善人。恶人到了恶狗村,一口拖去囫囵吞"③。善和恶在这里有着截然不同的境遇。善者安泰,恶者多难。青衣童子在此也指明了逃过恶狗村的方法:

> 阳日之间老了人,用干面、丝棉或者头发拌在一起,煎上七只打狗饼,穿在紫槿条上给死者握在手里。来到恶狗村时,向每个犬儿投一只饼,让它们去争食。这遭,头发、丝棉

---

① 《中国靖江宝卷》上册,江苏文艺出版社,2007,第237页。
② 《中国靖江宝卷》上册,江苏文艺出版社,2007,第237页。
③ 《中国靖江宝卷》上册,江苏文艺出版社,2007,第237页。

对牙缝里一塞,恶狗只顾用爪到牙缝里拆,就顾不到吃人格。①

同样的说法,《报祖卷》中说到李清游历地府,至恶狗村时,也为青衣童子言说。它可以说明,这是旧时靖江地区乡间的一种普遍的信仰与习俗。

妙善在念了《金刚经》,超脱恶狗村众鬼之后,又来到了滑油山。童子说其缘由:

> 平:有些女子梳头好抹油,抹得前面淌来后面流。苍蝇走上打滑塌,蚊虫在上翻跟斗。梳下乱发塞进锅膛内,烧得气味瘟尸臭。如今来到这座门,罚他滑油山上扦跟斗。②

人间女子抹发油过多,又乱烧头发,命终以后要受滑油山之罚。看起来似乎可笑,但这正是民间冥府信仰的常态,是将人世间的每一种具体的恶行恶德与冥间的各种刑罚一一对应起来。

童子接下来带着妙善到了望乡台,并告诉她望乡台的情形:

> 平:这叫,五七到了望乡台,望望家乡可作斋。亲戚朋友可追悼,男女老少可悲哀?小鬼见到有财发,好好把他搀下来。也有人家不做斋,亲戚朋友不送纸来。小鬼看看没财发,一棍子打他跌下来。③

望乡台在冥府信仰之中,一般是作为鬼魂最后回望自己的家乡,怀念亲人的处所。在此宝卷中,其性质发生了改变,成为检

---

① 《中国靖江宝卷》上册,江苏文艺出版社,2007,第 237~238 页。
② 《中国靖江宝卷》上册,江苏文艺出版社,2007,第 238 页。
③ 《中国靖江宝卷》上册,江苏文艺出版社,2007,第 238 页。

验生者对亡者的追悼、祭祀的场所。它的存在，是在提醒死者的亲戚为其作斋送纸钱。

妙善到达的第六站是破钱山，是"一座高大的钱山"。青衣童子告诉妙善，阴间之鬼有清明、七月半、冬至节三节，俗语所谓的"早烧清明晚烧冬，七月半馄饨等不到中（午）"。而人间烧纸不诚心，未烧彻底属于破钱，阴间就不能用，"化纸不好掊，掊碎了祖宗拿去不成用"，"烧钱化纸心要诚，莫把纸钱掊分身。破碎纸钱到地府里不成用，只好摺上破钱堆"[1]。这是在教导听众烧纸钱时要虔诚专心。

接下来，青衣童子又带着妙善来到了第七站奈河桥。宝卷中形容此处的凶险之状：

> 奈河桥是一寸三分阔，三丈六尺高。两头铜钉钉，中间滑油浇。罪鬼对上跑，桥身"格格"摇。若是想后退，马叉要倒背。

如此凶险，妙善担心过不去。童子安慰，"只要念一遍金刚经，金童玉女来迎善人"。果然，"公主走上奈河桥，风不吹来桥不摇。金童引幡来护送，玉女搀她过金桥"[2]。

妙善第八站到了枉死城，向青衣童子询问其状况。后者向妙善公主说明枉死城所住何人：

> 里面住的不是达官贵人，是关押寿诞未满而枉死的鬼魂。这些罪鬼在阳日之间有卖官鬻爵，为匪做盗，犯充军杀头的；有嫖娼为妓，吸毒染病而死的；有男女之间喜新厌

---

[1]《中国靖江宝卷》上册，江苏文艺出版社，2007，第238页。
[2]《中国靖江宝卷》上册，江苏文艺出版社，2007，第239页。

旧，夫妇不和，憋气而投河上吊的；也有生性好斗，互相残杀而死的。这些死鬼寿诞未满，枉赴黄泉，统通关押在枉死城里。但得超度，才可投生。①

妙善又一次念经，超度了城中诸鬼，包括之前被妙庄王放火烧死的白雀寺五百尼僧。

妙善后来到森罗宝殿，阎罗天子让童子再领她观看十王殿。宝卷中铺叙其游历所见：

  挂：皇姑游看第一殿，刀山剑树地狱门。罪鬼对上撂，破肚又穿心。

  妙善游观到二殿，油锅地狱门。罪鬼对下撂，油锅里翻滚。

  皇姑游观第三殿，寒冰地狱门。你在阳间做盗贼，寒冰地狱做罪人。

  妙善游观到四殿，拔舌地狱门。你在阳间搬是非，阴司地狱拔舌根。

  皇姑游观第五殿，血湖奈河地狱门。奈河桥上男囚犯，血湖池里女罪人。

  皇姑游看第六殿，变成地狱门。阳日之间赖人债，阴司地狱变畜生。

  皇姑游看到七殿，碓磨地狱门。阳日之间打生灵，犯舂犯磨碎分身。

  皇姑游看到八殿，锯解地狱门。阳日之间不平心，锯解地狱两分身。

  妙善来到九殿门，火坑铜柱治罪人。阳日之间放野火，

---

① 《中国靖江宝卷》上册，江苏文艺出版社，2007，第239页。

火坑铜柱化灰尘。

　　皇姑游观第十殿,黑暗地狱门。阳间吹灭佛前灯,阴司地府暗沉沉。来到此间问你罪,黑暗地狱眼难睁。①

　　这里每一种地狱基本上都对应着一种人世间的罪过。有些罪过本身似乎是微不足道的,譬如"不平心"、"放野火"之类,但在这里却要承受可怕的地狱刑罚。只能说这更多的是反映着民间的道德与信仰标准。宝卷在此再一次强调了诵念佛经的功用。妙善让十殿阎君将十八重地狱一切冤鬼放出来听经,诵完真经以后,"陡然地狱化作天堂,刑具化作莲花,冤家债主一应尽得解脱"②。

　　最后,十王因为怕妙善会超度尽地狱鬼魂,于是派二十四对童男童女,手执长幡宝盖将其护送过奈河,妙善经孟婆庄喝还魂汤还了阳,结束了她的地府之旅。

　　《香山观世音宝卷》在记述妙善的地府之旅时,一一道清了每一个地方的凶险与其对应的人世间的罪恶,有的还提供了超脱的方法。但其最可靠的、最有效的解脱方法,则是为善修佛。妙善正是因为其本属善人,在阴间的一个个难关之前,凭借念诵真经,一次次地安然度过,受到礼遇,而且还连带超度了众多的鬼魂。这样,在强调为善有好报以外,此宝卷还强调了佛(佛经)的解脱功德。即为听众警告了作恶的在地府的报应,也为其指明了避免和解脱的方法——为善修道。

　　《七殿攻文》中,说到张姐因为慢待观音,并非真心做会敬佛,被观音奏与玉主:

　　　　观音老母上天奏与玉主。玉主叫阎王把梅乐张姐用马车

---

① 《中国靖江宝卷》上册,江苏文艺出版社,2007,第239~240页。
② 《中国靖江宝卷》上册,江苏文艺出版社,2007,第240页。

倒去。阎君问她,在阳日之间做底高?梅乐张姐说:"我在阳间吃素修行。"阎王就吩咐小鬼把她带孽镜台一照:"噢,你是个恶汉子、打僧骂道之人!"立即就把她打入碓磨地狱:

  把她肉,下碓磕,磕成肉酱。将骨头,磨碎了,风里飘扬。

  阎王罚她变成化生类:嘴里虫。你又不是吹鼓手,为何嗓子像铜钟?

  梅乐张姐罚你变,叫你变个刺毛虫。你又不是开绸缎店,为何身穿多罗绒?

  梅乐张姐罚你变,罚你变个萤火虫。你又不是抬轿汉,为何天天打灯笼?①

这里人死之后,魂灵进入地狱,要经过孽镜台的照勘,展示其生前的善恶,并承受相应的地狱惩罚。张姐则因为其"打僧骂道",被罚入碓磨地狱,最后又被轮回转作化生类。这里面的核心机制即是佛教基本的果报轮回观念。

(二)《报祖卷》②

《报祖卷》中,说到李清到了廿七岁时,阎王派两个青衣童子来勾他入地府。李清向两个童子哀求,"请去与阎君商议,到别的地方拣同名同姓捉一个。我叫安童上街,多买点金银锞锭灼化你们"。是希冀以金银贿赂两个童子,来躲过其死。但遭到了青衣童子的断然拒绝,"如果阎君爱了财,整国府哪有棺材对外抬"。李清又说自己是"八府的才子,还有功名未就",希望能获得宽限。童子报以"阎王面前挂铁牌,哪问你举人和秀才",

---

① 陆爱华演唱本。
② 此处《报祖卷》为陆爱华演唱本,下不再注明。

"阎王注定三更死,哪肯容情到五更"。这里体现出了以阎王为代表的地府公平无私的特点。

《报祖卷》下言李清入地府以后的经历。最初是"只见乌压压,黑沉沉,面东看不见面西人"。李清因为在世时多做善事,便有两个青衣童子引路。在他们的带领下,李清先来到了孟婆庄。卷中描述孟婆庄情形,"到了孟婆庄,看见孟婆奶奶卖茶汤。她个生意格外忙,牛头马面帮跑堂"。李清口渴要喝水,童子告诉那是迷魂汤,"如果你喝得迷魂汤,不知家乡在何方"。

第二站则是恶狗村,"只见七个犬驴能大,跳上爬下要吃人"。童子告言,"在阳日之间,人吃犬。到阴间地府犬吃人。在阳间吃它四两,阴间要还它半斤"。

第三站是破钱山。童子告知,这是阳间人烧化纸钱,没有烧尽,匆忙拨出门外,"横一撇来竖一撇,撒坏纸钱好多张。阎王家里不好用,所以堆成破钱山"。

第四站则是剥衣亭。童子言,这是投胎鬼向曹官菩萨借路费,到了人间后却忘记烧纸钱偿还。所以,"人死到了鬼门关,在世不曾曹官还,有钱就将钱来把,无钱吊打剥衣裳"。

第五站是望乡台。"人死五七就上望乡台,望望亲戚果扎纸来。有钱就将钱来把,无钱打他栽下来"。

第六站是枉死城。童子告诉李清,"个许多鬼是阳寿未满,在阳日山间和婆奶奶淘气,与丈夫打架。这遭心高气硬,好呱,我吃药水让你。也有吊死的,也有投河死的,也有用刀戳煞的"。李清至此,为众鬼念《华严经》,后者获得超生。

宝卷接下来写李清游十殿地狱:

> 挂:李清游一殿,刀山地狱门。抬头看二殿,濩汤地狱煮馄饨。
>
> 李清游三殿,寒冰地狱门。抬头看四殿,说谎拔舌根。

李清游五殿，血湖奈河地狱门。抬头看六殿，赖债变中性。

李清游七殿，碓磨地狱门。抬头看八殿，锯解两分身。

李清游九殿，火坑地狱门。抬头看十殿，转轮地狱暗沉沉。

最后，李清见到阎君。后者告知，因李清阳世为善人，地府只是请他来，而非捉拿。并让李清咬破手指，在其白鸾衫上抄下十殿阎君的生日，以还阳后供世人祭拜：

挂：二月初一日，秦广王圣旦生。欲免刀山苦，定光王佛称。

三月初一日，楚江王圣旦生。欲免濩汤地狱苦，药师琉璃光佛称。

二月初八日，宋帝大王圣旦生。欲免寒冰苦，贤劫千佛称。

二月十八日，五官大王圣旦生。欲免拔舌苦，阿弥陀佛称。

正月初八日，阎罗大王圣旦生。欲免血湖奈河苦，本尊地藏王称。

三月初八日，变成大王圣旦生。欲免变畜苦，大势至菩萨称。

三月廿七日，太山大王圣旦生。欲免碓磨苦，救苦救难观世音称。

四月初一日，平等大王圣旦生。欲免锯解苦，卢舍那佛称。

四月初八日，都市大王圣旦生。要免火坑铜柱苦，药王药上菩萨称。

四月十七日,转轮大王圣旦生。要免黑暗苦,释迦牟尼古佛称。

这里,一一介绍十殿阎王的生辰,并将之与各种地狱一一对应,指出了念佛名解脱的方法,为民间的冥府信仰提供了指导。

《报祖卷》通过李清在地府的游历,向听众展示了地府的"实景"。地府的一视同仁和地狱的凶险异常,都警示着听众在人世的作为需要拒恶从善,修道助人,以修得在地府的无罪无灾。为善修佛,在此成为免除地狱之苦的确实可行的途径。而李清正因为阅历了冥府之苦,还阳后散尽家财,一心吃素修道,"房子改成三宝殿,装金塑佛办修行。吃素修道三年整,功劳却有海能深"。最终得到升天,被玉皇大帝封为"十王菩萨"。

(四)《大圣宝卷》

《大圣宝卷》中的情形与《报祖卷》有相似之处。卷中言,张长生一心打猎,残害生灵,而无信修道。观音为了点化他,设立了四重地狱,"东门设刀山,南门设火坑,北门奈河桥,西门油锅滚"①。张长生在地狱中游历,见到各个地狱的惨烈之状。如刀山剑林地狱:

十:上刀山,刀千万,犹如春笋。爬上去,剑穿心,鲜血淋淋。

挂:长生到东门,刀剑地狱门。你在阳间杀生灵,破肚又穿心。②

---

① 《中国靖江宝卷》上册,江苏文艺出版社,2007,第185页。
② 《中国靖江宝卷》上册,江苏文艺出版社,2007,第186页。

再如火坑地狱：

> 十：上火坑，如炭盆，皮焦肉烂。野狗村，拖了去，囫囵生吞。
>
> 挂：打生到南门，火坑地狱门。你在阳间放野火，如今火坑焚自身。①

其刑罚之惨烈血腥，触目惊心。宝卷中接下去，还写到了西门油锅地狱、北门奈河桥，情形大致相似。并一一有鬼使指出，此等地狱正为张长生所设。张长生因而恐惧痛哭：

> 平：我要早听僧人话，免到阴司做罪人。早知地府有千重狱，我出娘胎就修行。我今愿解杀生孽，又没师父领头人。②

最终张长生心生悔意，放下屠刀，皈依了观音，向善修道。

（五）《地藏宝卷》③

在关乎冥府信仰方面，《地藏宝卷》是所有靖江宝卷作品中最为特殊的一部。虽然其故事的重心是在讲金藏宝的修道经历，但最后指向的正是阴间地府以及其主持者地藏菩萨、十殿阎王的来历。

宝卷中说到金藏宝修行三年，得成正果，佛祖封其为"地藏能仁"。地藏带三件佛宝下山，山下收复泥吼为坐骑。到了京城，化作僧人，揭下皇榜。地藏来到陀罗山，用三件佛宝破了十

---

① 《中国靖江宝卷》上册，江苏文艺出版社，2007，第186页。
② 《中国靖江宝卷》上册，江苏文艺出版社，2007，第187页。
③ 此处的《地藏宝卷》为赵松群演唱本。下文不再注明。

绝连环阵，救出父亲与众人，命十个强盗修道，并劝父母和十八位总兵一起修道。

三年后，陀罗山十个强盗已修行功满。地藏带众人到流沙河脱去凡胎，来到西天。佛祖封地藏为幽冥教主，去九华山享受香火。十个强盗造恶太多，上天无份，封为十殿慈王，去阴山背后造地狱。当初其父金功善去西天拜佛，路上冻死的三千士兵也转成三千阴兵，护卫地府。十八总兵入幽冥，封为十八尊狱官。十殿阎王各带三百阴兵，因为不知如何造地狱，便将当初的十绝连环阵改作十殿地狱：一殿秦广王萧大力造刀山剑树地狱；二殿初江王曹二彪造镬汤地狱；三殿宋帝王黄三寒造寒冰地狱；四殿忤官王徐四野造拔舌地狱；五殿阎罗王包铁面造血湖奈河地狱；六殿变成王蔡六怪造变畜地狱；七殿泰山王何碓磨造碓磨地狱；八殿平等王阮八郎造锯解地狱；九殿都市王薛九虎造火坑铜柱地狱；十殿轮转王夏十满造黑暗地狱。又造鬼门关、恶犬村、称称亭、孟婆庄、望乡台、滑油山。

地狱造好之后，十殿慈王迎接幽冥教主地藏能仁观览十殿地狱。宝卷中照例铺写了十殿地狱之情状：

> 挂：地藏观看到一殿，刀山剑树地狱门。如果罪鬼朝上撂，破肚又穿心。
>
> 地藏观看到二殿，濩汤地狱门。阳日之间煮鱼虾，濩汤地狱化灰尘。
>
> 地藏观看到三殿，寒冰地狱门。头顶冰来脚踏雪，冷水又浇身。
>
> 地藏观看到四殿，拔舌地狱门。阳日之间好说谎，拔舌地狱拔舌根。
>
> 地藏观看到五殿，血湖奈河地狱门。奈河桥上男子汉，血湖池里女罪人。

地藏观看到六殿,变畜地狱门。阳日之间赖人债,变畜地狱变中牲。

地藏观看到七殿,碓磨地狱门。阳日之间打牲灵,碓磨地狱碎纷纷。

地藏观看到八殿,锯解地狱门。阳日之间用勒大斗并小称,锯解地狱两分身。

地藏观看到九殿,火坑铜柱地狱门。阳日之间放野火,火坑地狱化灰尘。

地藏观看到十殿,黑暗地狱门。阳日之间打碎佛前灯,黑暗地狱暗沉沉。

地藏菩萨又派十八狱官各掌一狱,分二十四司,命令牛头马面、三千阴兵各处把守。

《地藏宝卷》在这里,解决了冥府地狱从何而来的源头问题,为民间冥府信仰的信持提供了稳固的心理基础,使得民间的冥府信仰更为完备。

以上的靖江宝卷作品集合在一起,为我们勾勒、呈现了民间冥府信仰的基本轮廓:人死后,魂灵进入地府,其大致线路为鬼门关(剥衣亭)——孟婆庄——恶狗村——滑油山——望乡台——破钱山——奈河桥——枉死城——十殿地狱。十殿阎王依次为一殿秦广王、二殿楚江王、三殿宋帝大王、四殿五官大王、五殿阎罗大王、六殿变成大王、七殿太山大王、八殿平等大王、九殿都市大王、十殿转轮大王,各自掌管刀山剑树地狱、油锅地狱、寒冰地狱、拔舌地狱、血湖奈河地狱、变成地狱、碓磨地狱、锯解地狱、火坑铜柱地狱、黑暗地狱。其中十殿以前的路程,不同的靖江宝卷作品在先后顺序上或有出入。十殿对应的地狱也或有不同,但都为基本相似,大同小异。这里,宝卷中的冥府比照着人间的形式,建立起了庞大而有效的官僚机构和运行机制。

二 冥府的运行机制

在靖江宝卷中，冥府的存在与运行有着一套完整严密、行之有效的内在机制。后者保障着冥府的有效运行，构造了冥府阴森、惨烈而又公平、庄严的整体形象。

（一）赏罚机制

冥府有着严格的赏罚机制。赏善罚恶是冥府的主要职责之一。阴间的种种险恶的地狱刑罚都是为有罪行恶之人而设，并通常一一对应其具体的罪过。阳世的行善修道之人死后进入阴间，处处都可以逢凶化吉。或凭借其原有的善行，或借助其诵经念佛，地狱的凶险不能损害其丝毫发肤。并且其修道诵经之举常常还具有莫大的功德，能延及其他人，超脱地狱中的冤鬼幽魂。《香山观世音宝卷》中的妙善、《报祖卷》中的李清魂入冥府之后，都是因为其在阳间时行善积德，而避免了冥府的种种刑罚、痛苦。

而阳世间的为恶不善者进入地府，则会根据其个人的作孽大小，相应地承受各种各样的地狱刑罚，陷入到无穷无尽的黑暗与难以忍受的痛苦之中。其在人世间的一切财富、权势在此都不能抵消其犯下的罪过。以上所举诸宝卷中都一一铺陈了地狱之苦，并强调了人间财富、权势在冥府的无意义。

为恶不善者进入地府后，如果要解脱，只有两种方式可行。一是其在阳世的亲人为其建斋做会，忏悔追福；一是有修道者的魂灵入地府之后，诵经念佛，可以泽被之。但无论如何，这两种情况都只能使其避免永远地沉沦于地狱，而不能一开始就消除其以业而必得的地府报应。就好像旧时充军的杀威棒一样，有恶业在身的魂灵进入地府，是免不了相应的惩罚的。所以支撑起地府赏善罚恶的运行机制的，其实正是佛教的果报轮回观念。《报祖卷》中李清有言,"阳间作底高孽,阴间造底高罪"①。众人依其在阳间造下的因,在阴间承受相应的果,并决定其轮回的去处。好人得好报,恶人得恶报。

赏善罚恶机制的存在,保证了冥府在世俗心目中的巨大威慑力。这是冥府信仰在民间能存在、发展的基石。而其铁面无私的公平机制则进一步保障了它的确凿无误的运行,是冥府信仰成为民间心理宣泄、平衡方式的重要原因。

(二) 公平机制

冥府的公平正直、铁面无私,是其有效地行使其赏善罚恶职能的外在保障。对于世俗而言,冥府的公正无私首先表现在死亡作为人生结局的必然性上。上至君王贵族,下至庶民百姓,是人皆有死时,无人得免。大限一至,地府自然差鬼使来勾人魂魄入冥。而进入冥府之后,所有的权势与财富都丧失了其在人间的意义与作用。众生至此而平等,各按其生时所为,承受各自相应的果报。

《香山观世音宝卷》中,妙庄王说要用人间的兵马阻止鬼使上门,妙善即言"刀枪剑戟吓得住鬼,将军府里怎死人"②。与被人情世故扰乱的阳间相比,冥府的无私和铁面是如此的突出。

前面言及的《报祖卷》中,李清将死,一次次地向阎王派来勾他入地府的两个青衣童子乞求留命。初向两个童子行贿,"我叫安童上街,多买点金银锞锭灼化你们"。青衣童子断然拒绝,"如果阎君爱了财,整国府哪有棺材对外抬"。后又言自己是"八府的才子,还有功名未就",童子报以"阎王面前挂铁牌,哪问你举人和秀才","阎王注定三更死,哪肯容情到五更"③。

《香山观世音宝卷》中,妙善也向父亲妙庄王宣说,"阎王

---

① 陆爱华演唱本。
② 《中国靖江宝卷》上册,江苏文艺出版社,2007,第215页。
③ 陆爱华演唱本。

本是铁面君,只要人来不要银。银锭纸锞买到命,纸箔店里怎老人";"阎君面前挂铁牌,不论你官员宰相共秀才。不怕你咬金嚼铁的男子汉,更不怕我描龙绣凤的女裙钗"①。阳间一切人等,不论贫富,毋言贵贱,上至皇帝公主,下至乡民田夫,都不免一死。死了以后,都要根据他们在阳世的所作所为,接受地府的公正审判,承受相应的刑罚或福祐。

人世间的权势和财富在冥间丧失了它们原来的威力和功用,善和恶是决定魂灵在冥间遭遇的唯一的决定性的标准。从这一层意义上来说,地府是恶人的受刑台,善人往生福地的中转站。这种公平正义保证下的赏善罚恶,平息着贫穷受苦者的怨气和痛苦,为他们指引了一个光明的"未来";同时,也向作恶者预示了其黑暗的、痛苦的结局,对他们的心灵与行为有着一定的警示和约束作用。

三 意义

对冥府世界的深信不疑,在旧时的民众那里常常是促使他们行善修道的主要动力之一。在靖江宝卷中,对冥府的畏惧,或地府之旅,也常常是主人公发心崇善修道的契机,启示着人物最终走向证果归位的结局。《三茅宝卷》中,金福诵读《三官经》,向其父告言读经的目的:

> 平:父亲呀,我念经不是去赶考,为的是和阎王攀交情。身后不受轮回苦,及早吃素苦修行。②

金福在这里明确道出了地府的存在是其修道的主要原因。对

---

① 《中国靖江宝卷》上册,江苏文艺出版社,2007,第215页。
② 《中国靖江宝卷》上册,江苏文艺出版社,2007,第52页。

未来的地狱之苦的恐惧和追求免除，是人物从善修道的主要推动力。

《三茅宝卷》中的刘驸马一开始屡次折磨前来化缘的金家三兄弟，后来正是因为元阳让阎王将其真魂勾入地府，刘驸马因为畏惧，而猛然悔悟，在地府皈依了元阳。还阳之后，遂一心修道，最终获得正果。《大圣宝卷》中的张长生也是因为亲历四重地狱，而恐惧忏悔，发心修道，以至于能忍受拔除头发之痛而一心皈依佛道。《报祖卷》中的李清也是在亲身游观地府以后，而专心修道的。"吃素修道三年整，功劳却有海能深"①。最终得到升天，被玉皇大帝封为"十王菩萨"。

因为对冥府信仰的宣扬，靖江宝卷作为民间的道德、行为的教科书的功能更为突出。它通过赏罚机制和其公平性，指明了民间不同的道德、行为在冥间招致的不同的果报。由此来警诫世俗行善积德，趋向正途，避免为非作恶，造下罪孽。如《香山观世音宝卷》中言，"善人到了恶狗村，摇头摆尾接善人。恶人到了恶狗村，一口拖去囫囵吞"②；奈河桥虽然凶险，但"只要念一遍金刚经，金童玉女来迎善人"③。妙善后来到森罗宝殿，阎罗天子让童子再领她观看十王殿。宝卷中铺叙各处地狱，也将其与人间罪恶——对应。如言"你在阳间做盗贼，寒冰地狱做罪人"，"你在阳间搬是非，阴司地狱拔舌根"，"阳日之间赖人债，阴司地狱变畜生"，"阳日之间不平心，锯解地狱两分身"，"阳日之间放野火，火坑铜柱化灰尘"等等，④ 人世间的每一件恶行罪孽，冥府中都安排了相应的地

---

① 陆爱华演唱本。
② 《中国靖江宝卷》上册，江苏文艺出版社，2007，第237页。
③ 《中国靖江宝卷》上册，江苏文艺出版社，2007，第239页。
④ 《中国靖江宝卷》上册，江苏文艺出版社，2007，第240页。

狱刑罚。有些罪过本身似乎是微不足道的,譬如"不平心"、"放野火"之类,但在这里却要承受可怕的地狱刑罚。只能说这更多的是反映着民间的道德与信仰标准。《地藏宝卷》中也是如此,其中的十殿地狱与人间罪恶一一对应,并与《香山观世音宝卷》多有相同。如卷中也言,"阳日之间赖人债,变畜地狱变中牲","阳日之间打牲灵,碓磨地狱碎纷纷","阳日之间放野火,火坑地狱化灰尘"等等。[①] 如上所述,靖江宝卷将人间具体的行为与冥府的处罚一一对应起来,有着教导世俗趋善戒恶的意义,可以说在一定程度上使得宝卷成为民间的道德、行为的指南、教科书。

以上这些方面,在靖江以外的宝卷中也有体现。其实,它们正是旧时民间冥府信仰的普遍性的内容。靖江宝卷中所反映的冥府信仰也有一些内容是属于靖江当地特有的,表现出鲜明的地方特色,有的已成为地方风俗的一部分。如《地藏宝卷》中关于地府世界的建立,以及《报祖卷》中十殿阎王的生日,在靖江以外的宝卷中并不存在,属于靖江的"地方特产"。而其中关于在地府解难的某些做法,其实已成为旧时当地丧礼中的一种习俗。如过恶狗村时,《香山观世音宝卷》、《报祖卷》中都提到要避免遭恶狗扑咬,生者需要为亡者用干面、丝棉或者头发拌在一起,煎上七只打狗饼,穿在紫槿条上给死者握在手里。这样做的目的是为了死者到恶狗村时,投饼于恶狗。恶狗争食时,头发、丝棉塞牙,便无暇咬人。这在旧时正是靖江乡间的一种丧葬习俗。

死亡是每一个生灵都要面对的结局,对死亡的恐惧也始终是绝大多数人内心深处消除不去的隐忧。死后的世界到底是什么?人在死后究竟会有什么样的遭遇?这是大多数生者都可能有的困

---

① 赵松群演唱本。

惑和忧伤。科学和道德在一定时期内还不足以驱除民众这种对死亡的集体性的疑惑和畏惧。而冥府世界的存在成为旧时民间对死亡和死后一切情形的理想化的想象与构造。宝卷中的冥府世界是冰冷、黑暗、残酷的，充满了各种各样的地狱与刑罚，痛苦、呻吟之声不绝于耳。与充满温情和享乐的人间世界相比，好像是一种异样的、对立的存在物，但其实质却是人世间的延续。支撑冥府世界的核心理念正是佛教因果轮回观念。灵魂在地府所有的遭遇，都是他在阳间所为的对应的报答。

为善者在地府得好报，步步安顺无忧；为恶者在地府得恶报，处处受到折磨，两者间有着强烈的对比。宝卷通过地府中善人和恶人截然不同的境遇，来突出善恶的不可调和的对立，表达民间对善恶的鲜明的价值判断。

从这意义上来说，冥府只不过是人间的一面镜子，或者说是最终审判庭。为善者在冥府承受善报，或升天上，或转世为好人；为恶者则或堕入地狱，接受各自的刑罚，或转生虫兽禽鱼。而冥府的铁面无私、公平正直保证了这种赏善罚恶机制的有效运行，同时也给在世的受辱者、为善者，提供了光明的结局和精神上的慰藉。正如《报祖卷》中李清所言的"阳间作底高孽，阴间造底高罪"[①]。佛教的因果报应观念通过冥府、地狱得到了完美的验证和演示。地府的严酷与凶险在让听众心惊神骇，万分恐惧之时，无疑也具有强烈的警示作用。它促使着听众对照自己的行为，为了未来的"必然"的地狱之旅，而修正自己的不当或错误的言行，使自己避免惨痛的地狱刑罚和轮回之报。它是在法律和道德之外，凭借其作为信仰的巨大影响力，深入民众的心灵，通过潜移默化的影响，将做善事、做好人转化成民间内在的、本能的要求。在客观上，这种民间的信仰规范、约束着百姓

[①] 陆爱华演唱本。

的日常行为，对推动百姓趋善除恶有着重要的意义。这种作用是法律和道德所不能取代的。尽管它在实质上是虚幻的，但当它一旦成为信仰，并开始发挥其实际的作用后，便具有重要的价值。它从心灵的层面上，影响着、改变着普通民众的精神世界和日常生活，使之趋于美好、善良、平静和幸福。宝卷对冥府信仰的展示和推动，对于疏解民众的生存压力和诫恶扬善，其实都具有重要的积极意义。

民间的冥府信仰除了是民众道德、行为的约束者与训导者以外，它还可以对民间的居家礼俗起到具体的指导作用。如前言《香山观世音宝卷》中关于过恶狗村、破钱山的记述，即警示着世间之人在哀悼亡者时的一些具体的做法，要做打狗饼，要烧透纸钱；关于滑油山的记述，则要求女子不要过于装扮，要妥善对待自己掉落的头发等等。这些落实于现实生活的说法，在一定程度上可以视之为民众日常行为的教科书。

第四节　其他

除了以上内容以外，靖江宝卷对民间精神世界的其他方面也多有反映。

一　爱情观

靖江宝卷中反映的旧时民间的婚姻形式主要有两种。一种是明媒正娶，讲究父母之命，媒妁之言，门当户对。这属于传统的内容，不赘言。另一种则是男女之间的自由结合。与前者比较，后者更具民间形态。它讲究的是一见钟情，热烈而真挚，不顾一切，冲荡礼法与门第等级，反映了民间对真挚爱情的向往与歌赞。

《东厨宝卷》中，葛丁香与张大刚初次相遇，是"一见如故，相互对望"。丁香主动询问张大刚来历，两人互通姓名之后，丁香提出"相公你即速回家，禀告你母亲央媒说合，早成花烛"①。民间爱情的真挚、直率，特别是青年女子对美好爱情、婚姻的热烈渴望与大胆追求，都表现于此。宝卷在此为我们提供了一种民间状态的爱情、婚姻形式。它与传统的父母之命，媒妁之言的婚姻，有着迥然的区别。

《张四姐大闹东京》中，身为仙女的张四姐下凡，却一眼看中了身为乞丐的崔文瑞。卷中说她对崔文瑞是"顿生怜爱之心"②。这种爱情来得没来由，没准备，惟其如此，才见其真诚与热烈。宝卷中写其回到天宫以后，思念崔文瑞，想象与他结成夫妻，同床共枕，"一个枕字不曾说出口，脸就红到耳后根。黄昏想到天大明，一夜总不曾闭眼睛"。更见其爱情的真挚与美好。接下来，张四姐下凡，主动向崔文瑞表示"若不嫌我人品丑，愿将青春托终生"③。在崔文瑞因为家贫而委婉拒绝之后，张四姐又进一步表明自己对爱情的真诚：

> 公子，这你不用怕。是人总有一块地一块天，一双手脚一副肩。你也不是无能汉，我也不是懒惰人——
> 天边也饿不死无眼雁，省吃苦做过光阴。④

在真诚之后，又有着对未来的美好憧憬。如此种种，都体现着民间心目中理想爱情的天真、热烈之态。对崔文瑞的爱恋与主动追求即是。

---

① 赵松群演唱本。
② 《中国靖江宝卷》上册，江苏文艺出版社，2007，第343页。
③ 《中国靖江宝卷》上册，江苏文艺出版社，2007，第344页。
④ 《中国靖江宝卷》上册，江苏文艺出版社，2007，第345页。

《十把穿金扇》中也多有之。卷中，王素珍贵为王天官之女，见到落难的陶文彬，一眼就看出其身份，却也对他一见钟情，自愿许配。王玉花则为吏部尚书王寿的女儿，陶文彬逃亡途中到其家中作二位公子的伴读，王玉花也是没来由地对他一见钟情。宝卷中言其"偷眼向陶文彬一望，王玉花浑身打了一个寒惊，果然这位公子生得美不可言"，"王玉花越看越想看，心像猫抓少章程"，"王玉花一见陶文彬就如痴如醉，恨不能立时要叫他上楼相会，才称她意"①。其痴迷和沉醉正见爱得单纯、热烈，无杂质。

二 恩仇观

靖江宝卷中所反映的民间的恩仇观是典型的恩仇必报的模式。这是由民间质朴的思维方式和生活实际所决定的。除此以外，恩仇必报也与因果报应的观念有着极深的渊源。正因为世人的境遇皆受因果报应支配，所以施予他人恩德，即是种下善果，当得善报；与他人结下仇怨的，自然即是种下恶果，当受其恶报。因为以上原因，此种恩仇必报观念在民间极受推崇，可以说是其主流观念之一。《十把穿金扇》最后有言：

> 恩仇必报，善恶分明，悲欢离合，讲完一部忠孝节义宝卷。正是善恶到头终有报，只争来早与来迟。②

这里，反映的正是民间恩仇必报的观念，以及其与因果报应观念之间相辅相成的关系。恩仇必报在一定程度上，是与因果报应相吻合的。

---

① 《中国靖江宝卷》下册，江苏文艺出版社，2007，第801页。
② 《中国靖江宝卷》下册，江苏文艺出版社，2007，第904页。

靖江宝卷的众多作品中，人物的行为常常受此种恩仇观的支配或推动。《三茅宝卷》中，王乾正是因为将女儿嫁给金宝的三公子，才被举荐为太守。《十把穿金扇》中陶文灿入京祭祀被杀的亲人，投宿客店。店主翁昆虽然认出陶文灿，却因为当初失手伤人，获陶彦山搭救，平日里即摆设其牌位以供养，至此更冒着生命危险收留陶文灿，并为之安排了祭品。其感恩酬报之心突出。《血汗衫记》中，张玉童考中状元，作了七省巡按之后，将祸害其父母的沈氏、张宝解送京城，最后处了斩；又将枉法的县令胡坤处斩。当初沈氏买通王老虎杀张玉童，王老虎却放过了后者。这次，张玉童干脆让他做了洛阳知县。当初在牢中善待其母的牢头禁子，也是"赐你银子三百两，带回家去孝双亲"①。这样，仇人一一惩处，恩人则一一报答，典型地体现了民间有恩报恩，有仇报仇的观念。

在靖江宝卷中，恩仇必报的观念不仅影响于世俗、百姓，同时也对神鬼发生着作用。连神鬼也不能免受其支配。如《张四姐大闹东京》，卷中崔祝明、赵氏夫妇因为广施善缘，"汴梁百姓人称赞，惊动玉帝得知情。玉主对他有感应，打发东斗文曲星。赵氏腹中去降生，传接崔家后代根"②。玉帝后又因为崔文瑞富贵指日可待，担心其迷失本心，故降下火灾。火德星君因为崔家不敬，又连降三次火灾。王灰狼因为贪张四姐美色，而陷害崔文瑞，终招杀身之祸。崔文瑞最终因为是东斗文曲星下凡，功成果满，得反本归原。

《地藏宝卷》中，六鸭道人托生金功善家，是因为他当初受佛祖差遣，到人间探查金功善作为，偷吃了金家的三粒稻谷。

---

① 《中国靖江宝卷》上册，江苏文艺出版社，第336页。
② 《中国靖江宝卷》上册，江苏文艺出版社，第339页。

"三次变牛不曾还到债,罪孽更加又加深"①。屡次报答不成,最后只能投生其家,来偿还所欠。

《梓潼宝卷》中,东海龙王三位龙女青莲、翠莲、白莲,化为鲤鱼,前往杭州西湖游玩。因贪看风景,延误归期,被渔翁捕获。已经修炼了十七世的卢道人为孝母而买得此三条鲤鱼,认其为龙种,送归东海。龙女为报恩,因而结下宿世姻缘。后卢道人投胎为陈梓春,与三位龙女演成一段姻缘。这里有恩必报与因果报应,两种观念紧密地融合在一起,不可分开。

《延寿宝卷》说到,金本中年满十九,本应魂归地府。阎王派三曹带三个饿鬼前去察看。金本中出游,看到三个饿鬼化成的马在吃张寡妇家的麦子,于是命安童牵入自家田中。又看到三曹在树下睡觉,便脱下自己的衣服盖在其身上。待三人醒来,又邀请其去自己家中吃中饭。三曹即为之禀告玉主,为金本中延寿十年。②

靖江宝卷的民间属性决定了其中的恩仇观必然反映民间的标准和喜好,这是其民间性的又一种体现。

三 现代内容

民间说唱形式在宣演的时候,往往与当前的时代密切地关联起来,因而会时不时地穿插描写、表现一些当代的事物,反映出当前社会特有的一些观念、意识来。靖江宝卷中也存在着此类现象。

如《大圣宝卷》,其开篇宣讲的是"三友四恩",至其第三恩"皇皇水土恩"时,宣演者有言:

---

① 赵松群演唱本。
② 赵松群演唱本。

有些人要说,我们种了国家田,交了公粮,交了国税,还有哪些地方不曾报到?我们要晓得,国家收缴公粮、国税,不是自己上腰的。国家有几十万部队,日夜守在边防前线。

平:如果外国来侵略,朝中它有百万兵。

所以我们交公粮、国税,要积极交清。不要用种种借口来拒绝粮税。①

这里所言颇具现代性。宣演者可以说是在借宝卷,来劝听众及时、主动地交纳公粮。其言语也全是生活之语,朴素无华,如说家常,却句句在理,打动人心。其宣传效果比之于某些呆板的说教,要更具说服力。这也可以说是宣卷者主人翁意识、时代意识的一种反映。

《地藏宝卷》中,说到仲康王封金功善为元帅,点五万人马、百员战将,征讨陀罗山的十位强盗,有言:

只见元帅到背拔一面令字旗,手中一挥,三军儿郎对前一百步。真是步调一致,鸦雀无声,并不挥乱半点。立正,稍息,原地不动,毕恭毕正。大众一听,不大相信。这么多人马,怎干整齐法?众位有所不知:兵权掌到手,谁敢不低头?指山山让路,唤水水断流。②

此处言金元帅调动三军,至于有"立正,稍息,原地不动"之语。显然这是宣演者将现代生活中的语言搬入到了其中。虽然有违背历史真实之嫌,但却拉近了所讲故事与听众间的距离,使前者变得亲切了起来。与之相类似的,如《十把穿金扇》中,

---

① 陆爱华演唱本。《中国靖江宝卷》之《大圣宝卷》中无与之相似文字。
② 赵松群演唱本。

说到乌月红被蒋赛花擒住,押到陶文灿帐下。陶文灿意欲其归降,乃言,"替她松绑,不要虐待俘虏"①。这也是典型的现代语言。

《血汗衫记》卷末也有言:

> 现在土地分产到户,土地菩萨的神通更加广大。学文化,讲科学,施化肥,喷农药。人人总说土地好,只长庄稼不长草。瓜果蔬菜样样有,一年四季吃不了。
> 吃不完上街卖,多余钞票进口袋。
> 口袋鼓得没处装,风风当当上银行。②

这里将宝卷与现实联系得更为紧密,土地菩萨依其所言,在当前的农村生活中发挥着更大的作用。但就其实际表述而言,宣讲者在这里与其说是在赞神,不如说是在夸扬当今农村生活的富足美满。听众由其说辞,可以体会到其内心对目前生活的满足与喜悦之情,并产生深深的共鸣。

---

① 《中国靖江宝卷》下册,江苏文艺出版社,第875页。
② 《中国靖江宝卷》上册,江苏文艺出版社,第338页。

参 考 文 献

清·阮元校刻《十三经注疏》，北京，中华书局，1980

晋·葛洪撰《神仙传》，《文渊阁四库全书》第一零五一册，上海，上海古籍出版社，1987

宋·李昉等撰《太平广记》，北京，中华书局，1961

元·脱脱等撰《宋史》，北京，中华书局，1977

清·张廷玉等撰《明史》，北京，中华书局，1974

《清史资料》第三辑，北京，中华书局，1982

明·郑若曾：《江南经略》，《文渊阁四库全书》第七二八册，上海，上海古籍出版社，1987

清·叶滋森等修、褚翔等纂《靖江县志》，台北，成文出版社有限公司，1993

《江南通志》，《文渊阁四库全书》第五零九册，上海，上海古籍出版社，1987

靖江县地方志编纂委员会编《靖江县志》，南京，江苏人民出版社，1992

宋·释赞宁撰《宋高僧传》，《大正新修大藏经》第五十卷

唐·段成式著、方南生点校《酉阳杂俎》，北京，中华书局，1981

清·郭庆藩辑，王孝鱼整理《庄子集释》，北京，中华书局，1961

清·翟灏撰《通俗编》，据清乾隆十六年翟氏无不宜斋刻本影印，《续修四库全书》第一九四册，上海，上海古籍出版社，2002

何宁撰《淮南子集释》，北京，中华书局，1998

王明：《抱朴子内篇校释》，北京，中华书局，1986，第2版

〔日本〕安居香山、中村璋八编《重修纬书集成》，日本明德出版社

明·吴承恩著、华阳洞天主人校《西游记》，日本内阁文库藏明万历年间清白堂杨闽斋刊本，收入刘世德等主编《古本小说丛刊》第三六辑，北京，中华书局，1990

明清善本小说丛刊初编《新刻绣像批评金瓶梅》第10辑，台北，天一出版社，1980

明·佚名撰《梼杌闲评》，收入《古本小说集成》编委会编《古本小说集成》，上海，上海古籍出版社，1990

明·清水道人编次、李延沛整理《禅真逸史》，哈尔滨，黑龙江人民出版社，1986

明·陆人龙著、申孟校点《型世言》，上海，上海古籍出版社，2001

清·艾衲居士编《豆棚闲话》，中国国家图书馆分馆藏翰海楼刊本，《古本小说集成》第三辑第十一册，上海，上海古籍出版社，1991

《金瓶梅续书三种》，济南，齐鲁书社，1988

黄征、张涌泉：《敦煌变文校注》，北京，中华书局，1997

《目连救母出离地狱生天宝卷》，元宣光三年脱脱氏抄本，郑振铎旧藏，中国国家图书馆现藏

《猛将宝卷》，清康熙二年黄友梅抄本，中国社会科学院文学研究所资料室藏

《销释金刚科仪》，明嘉靖七年刊本，尚膳太监张俊等印造，

收入王见川、林万传主编《明清民间宗教经卷文献》第1册，台北，新文丰出版公司，1999

宋·释宗镜述，明·释觉莲重集《销释金刚科仪会要注解》，《卍续藏经》第九十二册，台北，新文丰出版公司，1995

清雍正七年合校本《叹世无为卷》，收入《明清民间宗教经卷文献》第一册

民国辛酉年孟夏新刻《泰山东岳十王宝卷》，收入《明清民间宗教经卷文献》第七册

吴根元、姚富培主编《靖江宝卷·圣卷选本》，内部资料，2002

吴根元、姚富培主编《靖江宝卷·草卷选本》，内部资料，2003

尤红主编《中国靖江宝卷》，南京，江苏文艺出版社，2007

刘振宇主编《靖江讲经》（DVD），北京，中国国际广播音像出版社，2006

王见川、林万传主编《明清民间宗教文献》（一～十二），台北，新文丰出版公司，1999

郑振铎：《中国俗文学史》，商务印书馆，上海，上海书店1984年影印，1938

〔日本〕泽田瑞穗：《增补宝卷研究》，东京，国书刊行会，1975

关德栋《曲艺论集》，上海，上海古籍出版社，1983

薛宝琨、鲍振培：《中国说唱艺术史论》，花山文艺出版社，1990

倪钟之：《中国曲艺史》，沈阳，春风文艺出版社，1991

扬州曲艺志编委会编《扬州曲艺志》，南京，江苏文艺出版社，1993

车锡伦：《俗文学丛考》，台北，学海出版社，1995

吴同瑞等编《中国俗文学概论》，北京，北京大学出版社，1997

车锡伦：《中国宝卷研究论集》，台北，学海出版社，1997
陆永峰：《敦煌变文研究》，成都，巴蜀书社，2000
车锡伦撰《中国宝卷总目》，北京燕山出版社，2000
车锡伦：《信仰教化娱乐——中国宝卷研究及其他》，台北，学生书局，2002
姜昆、倪钟之主编《中国曲艺通史》，北京，人民文学出版社，2005
姜昆、戴宏森主编《中国曲艺概论》，北京，人民文学出版社，2005
中国民间文艺研究会资料室主编《中国歌谣资料》第一集，北京，作家出版社，1959
郑志明：《无生老母信仰溯源》，台北，文史哲出版社，1985
杜斗城：《敦煌本〈佛说十王经〉校录研究》，兰州，甘肃教育出版社，1989
马西沙、韩秉方：《中国民间宗教史》，上海，上海人民出版社，1992
上海民间文艺家协会编《中国民间文化研究》第6辑《民间文学研究》，上海，学林出版社，1992
乌丙安：《中国民间信仰》，上海，上海人民出版社，1995
马书田：《中国民间诸神》，北京，团结出版社，1997
徐小跃：《罗教·佛教·禅学——罗教与〈五部六册〉揭秘》，南京，江苏人民出版社，1999
王尔敏：《明清时代庶民文化生活》，长沙，岳麓书社，2002
谭松林主编《中国秘密社会》（一~七卷），福州，福建人

民出版社，2002

《小笠原宫崎两博士华甲纪念史学论集》，日本龙谷大学史学会，1966

《日本学者研究中国史论著选译》第七卷《思想宗教》，北京，中华书局，1993

〔美〕阿兰·邓迪斯编《西方神话学论文选》，韩金戈等译，上海，上海文艺出版社，1994

王正婷：《变文与宝卷关系之研究》，台北中正大学中文所硕士论文，1998

方梅：《吴方言区的民间宣卷和宝卷与民间信仰》，扬州师范学院中文系硕士论文，1991

李世瑜：《江浙诸省的宣卷》，《文学遗产增刊》第7辑，北京，中华书局，1959

周绍良：《记明代新兴宗教的几本宝卷》，载《中国文化》（香港）第3期，1990年2月

段宝林、吴根元、缪柄林：《活着的宝卷》，《汉声》1991年8期

后 记

一

我对江苏靖江做会讲经和宝卷的调查研究，已经断断续续进行了二十年。按照我研究中国宝卷的总体计划，靖江做会讲经是我田野调查的重点，准备按照田野作业的科学规范，写出一部描述靖江做会讲经历史和现状的调查报告，同时结合中国宝卷在不同时期、不同地区的发展，对靖江宝卷的特色做介绍。但是，其间曾多次向各有关方面提出呼吁和申请，始终没有得到回应和支持，因此，只能在业余利用各种方便自费进行这项调查研究。尽管积累了大量原始资料和宝卷文本，却只能发表一篇简单的综合报告，后来又对其中的两个仪式"醮殿"和"破血湖"发表了专题报告。①

2005年，扬州大学启动编纂《扬泰文化丛书》的计划，文学院陆永峰博士提出的《靖江宝卷研究》入选。陆先生毕业于四川大学，他的博士论文《敦煌变文研究》（巴蜀书社，2000）

---

① 综合报告《江苏靖江的"做会讲经"》修改后收入拙著《中国宝卷研究论集》，台北，学海出版社，1997；《江苏靖江农村做会讲经的"醮殿"仪式（调查报告）》、《江苏靖江农村做会讲经的"破血湖"仪式（调查报告）》，均与侯艳珠合作，修订后收入拙著《信仰教化娱乐——中国宝卷研究及其他》，台北，学生书局，2002。

是这一领域研究的新硕果，显示了扎实、深厚的功底；继续进行中国宝卷的研究，是水到渠成的事。因此，他来扬州大学工作后，我们便经常一道切磋和交流研究心得。他研究靖江宝卷，如果从田野调查做起，那将是一项耗时费力的事；那时即使内部印刷的靖江宝卷文本也极少。扬州大学文学院的领导建议我们合作。经过我们协商，确定分工合作的研究计划：《靖江宝卷研究》着重于宝卷文本的研究，由陆先生执笔；《江苏靖江的做会讲经》（调查报告）由我执笔。

现在贡献在读者面前的这部《靖江宝卷研究》，其中融进了我的"调查报告"和其他文章中的一些论述，对有些问题我们也交换了意见，但其整体的理论建构和理论阐释，都是陆永峰先生的创作。陆先生在本书初稿完成后让我修订，我所做的主要也是对靖江做会讲经的叙述和个别靖江宝卷与各地宝卷关系方面的修订。蒙陆先生不弃，将我署名于后，深感惭愧！期望我们能进一步合作，继续完成江苏靖江做会讲经田野调查的计划。

二

1985年，北京大学段宝林教授带领中文系学习"民间文学"课的同学第二次来扬州地区实习采风，他向我介绍了在靖江发现"做会讲经"和宝卷的信息，此后又将收有靖江讲经采风资料的《扬州采风录》（油印本）和发表他与友人合作介绍靖江讲经文章的《北大民俗》（内刊）送给我。1987年，段教授再次带学生来扬州，承担靖江讲经调查的研究生事前到我处请教，我向他们提出调查的要点和注意事项。他们采风归来，又到我处谈了调查的收获。那时我已经对江南吴方言区部分地区的"做会宣卷"做了调查，同时进行宝卷文献的整理。我感到靖江的做会讲经同江南的做会宣卷多有不同；同时，也隐约感到它同明清民间教派可能有某种联系。这是研究中国宝卷不可回避，在当时又是十分敏感的问题。于是,我决定亲自去做调查。

1987年暑假我到靖江,依靠扬州师院中文系毕业的几位同学开始调查。在靖江中学任教的盛春宗老师参与最多,他利用学生家长的关系,同一些佛头取得联系。我们实地考察了老佛头张巧生先生(已逝)等人的做会讲经。先后调查的佛头有十几位(年龄最高的已九十多岁,其中包括一位女佛头)及众多熟悉做会讲经的农民。由于民众顾虑较大,当时被调查者的情况都没有做记录。通过实地考察,特别是看到抄本《庚申卷》中出现"无生老母"的说法,我便向当地有关部门了解:"做会讲经"同现代靖江地区的民间教团有没有组织关系?得到否定的答复,我们的调查便放手进行下去。

按照我拟出的提纲,盛春宗老师整理了搜集到的材料,经我整理成文,即在1987年底江苏省民间文艺家协会的学术年会上联名发表。其时,我也参与"牵头"上海社科院文学研究所姜彬教授主持的"两省一市"(江苏、浙江和上海市)民间文学协作项目"吴越地区民间文学与儒释道巫关系的考察和研究"(国家社科项目),这一课题计划在江浙地区做一系列的田野调查。当时我对靖江做会讲经有许多问题还不清楚,姜先生鼓励我继续调查下去。考虑盛春宗老师有独自进行研究的想法,下边的调查我便独自进行。1988年我又去靖江多次,得到许多朋友和学生的支持,重新写出了调查报告。姜彬先生加了"按语",作为上述课题的第一篇田野调查报告,在他主编的《民间文艺集刊》(上海,1988年第三期)上发表。1991年8月,段宝林教授同吴根元、缪炳林先生合作的《活着的宝卷》在台湾的《汉声》杂志上发表。[①] 这样,靖江的做会讲经便引起了海内外学界的重视。

先是,前辈关德栋教授介绍俄国(当时是"苏联")著名汉

---

① 《汉声》,台北,1991年第8期。

学家李福清（Б·Л·Рифтин）博士来扬州访问。他介绍了苏联科学院东方研究所研究中国宝卷的学者司徒罗娃（Э·С·Стулова）副博士，我将上述调查报告和几篇已发表的宝卷研究论文请他转交。司徒罗娃很快寄来她的论文《苏联科学院东方研究所列宁格勒分所收藏宝卷述评》[①]。她已经将明代黄天教的《普明如来无为了义宝卷》翻译成俄语同她的研究成果一起出版，[②] 准备接下来翻译该所收藏的孤本《佛说崇祯爷宾天十忠臣尽节宝卷》（清初刊本），为此要来北京大学进修。1989 年由她在北大的指导教师段宝林教授陪同来扬州，我们"笔谈"了两个晚上，解决了她翻译《崇祯宝卷》中的一些疑难问题。她想去考察靖江做会讲经，我没有经费，不能陪同。时任扬州市民间文艺家协会的曹永森先生陪同他们去了。1992 年根据"中美文化交流计划"来华的美国俄亥俄州大学青年学者马克·本德尔先生（Mark Bender）与复旦老同学、苏州大学的孙景尧教授合作，准备把中国弹词翻译、介绍到美国去。他们几次来扬州调查扬州弦词（弹词），也想到靖江看一看做会讲经。我同靖江文化局的朋友联系，得到"欢迎前往"的答复。在苏州大学进修的日本东京学艺大学铃木健之副教授也希望参加，于是我们一道去靖江考察了三天。此后，1996 年我陪同日本外国语大学地域文化研究科的"高级进修生"（博士研究生）大部理惠女士（她的博士论文准备研究中国明代的黄天教），1997 年陪同日本东海大学的浅井纪教授（中国社科院世界宗教研究所访问学者，由该所马西沙、韩秉方教授介绍和陪同前来）到靖江。这些学者，由我引荐，都得到了靖江市政府和文化局的热情接待。我也得以

[①] 俄文，载《东方文献·历史语言学研究年刊（1976～1977）》，莫斯科，Наука，1984。

[②] 《东方文献丛书》第五十六种，莫斯科，科学出版社，1979。

"叼光",顺便在朋友或学生家中住下来,继续进行调查。据后来我得到的信息,除了铃木健之副教授之外,他们都没有发表介绍靖江讲经的文章。大概因为那样"走马观花"式的考察,不可能进行深入的研究。而司徒罗娃没有完成《崇祯宝卷》的翻译工作便去世,这部对于研究明清之际社会动乱有重大历史文献价值的民间教派宝卷,便锁为"秘籍",世人难得一见了!

除了陪同外国学者前往外,我几乎每年都自费去靖江调查,先后同许多佛头建立了深厚的友谊,尤其是孤山镇的赵松群先生和西来镇的陆爱华先生。我希望看到的"会",他们会来电邀请我前往;我去靖江,大都吃住在他们和请他们做会的"斋主"家。靖江籍的几位扬州师院中文系学生,也结合课业同我一道调查,先后有薛艳红(现靖江某中学教师)、侯艳珠(现靖江职工大学教师)等。特别是侯艳珠同学,毕业以后又连续数年陪同我调查,我们合作完成了"醮殿"、"破血湖"两个仪式的调查报告,她还记录整理了"延生明路会"全过程的仪式。2000年以前,我已经实地考察过大部分的"会"。有些"会"(如"延生明路会")不止看过一次;同时拟出《江苏靖江做会讲经(调查报告)》的大纲。这个报告没有写出来,因为靠业余和自费,许多问题难以圆满解决。比如:

(一)许多做会的科仪文本,虽然录了音,因为我不懂靖江方言,没有整理出来。

(二)有些"会"没有看到。比如"地母会",每年只在农历八月初十做一次。有位佛头曾邀请我去看,并可提供《地母卷》文本。可惜因事不能脱身,错过机会。

(三)靖江东、西沙的做会讲经有差别。我多年所考察的做会,局限于东沙各乡镇。直到1997年在侯艳珠同学家(靖江长里乡),她的一位祖辈(妇女)始向我介绍了西沙做会与东沙的不同。在没有详细调查清楚西沙做会讲经的情况以前,不可能对靖江做会讲经写出完整的报告。

我想写出的靖江做会讲经的报告,是摆脱各种功利目的之干扰,严格按照科学规范,尽量复原民间做会讲经原生态的报告。依二十年来的经验,这样做会遇到各种各样的困难。

三

对靖江做会讲经的历史发展,本书已做了简要的论述。根据我多年对做会讲经调查研究的认识,就几个问题做补充说明。

(一)靖江宝卷口头演唱和"文本"问题

靖江佛头做会演唱宝卷(不论圣卷、小卷和科仪卷)都已摆脱"照本宣扬"的形式而口头演唱,这与各地现存的民间宣卷(念卷)比较,是一突出的特征。但是,在调查之初我便发现,佛头们都有宝卷文本。比如,1988年我发表的报告中引用的《庚申卷》,便来自老佛头张巧生先生的抄本。据我们当时了解,他有"两箱子"宝卷。为此我曾专门到张先生家拜访,提出可以提供给他一些其他地区的宝卷文本。张先生对是否收藏宝卷文本不置可否,对赠送他宝卷,则婉言表示:年纪老了(那时他已经七十多岁),不想再演唱新的宝卷了。

从宝卷的历史发展来看,不论早期的佛教宝卷和明清的民间教派宝卷,最初都有文本,并以抄传和刊布宝卷为"功德"。明清民间教派人士每到一地区"开荒布道",也常常利用当地的民间传说编写宝卷,作为贴近各地民众的布道宣传工具,比如现存山西介休地区的《空王古佛宝卷》和甘肃河西地区的《平天仙姑宝卷》。

靖江地区有一传说:一位读书人科举失意,归而写作宝卷讲经。这个传说文献无证,但在靖江宝卷中,常常引用《四书》和《诗经》的一些熟语成句"掉书袋",这种现象在各个时期、各地区的宝卷中,都极少见。因此,历史上曾有读书人介入靖江宝卷文本的编写,是可能的。

我认为靖江讲经的"圣卷"和"科仪卷",最初都是有文本的。因此,靖江宝卷被信徒视为"经典",采用了佛教"讲经"一语,作为演唱宝卷的名称。靖江讲经在什么时候摆脱"照本宣扬"而口头演唱,难以确定。口头演唱会使文本发生变异,我在1988年发表的报告中曾提出:"靖江讲经摆脱了这一束缚,这就使讲经艺人的演唱有了较大的自由。他们可以发挥自己的艺术才能,提高讲经艺术的表现能力,广泛吸取民间文化的养料,丰富宝卷的内容。"① 各位佛头传抄的"圣卷"和"科仪"宝卷文本,内容相同,而文字有差异,就是这个原因。

靖江佛头们收藏的宝卷文本,有的是师徒传授,一代一代传承下来;有的则是佛头们记录的。比如佛头赵松群先生,在师从张巧生学艺的过程中,便将张巧生讲唱的近三十种圣卷和科仪卷记录下来。佛头陆爱华先生的妻子蔡龙秀(如皋人,高中文化),从夫学唱讲经,也记录了许多宝卷文本(或文本片段)。当代文艺工作者记录整理和改编的靖江宝卷文本,或据佛头演唱,或据传抄本,都已收录在《中国靖江宝卷》(江苏文艺出版社,2007)一书中。比较起来,佛头们传抄、记录的宝卷文本,更多保留了做会讲经的原生态,所以本书在分析靖江宝卷的内容时,使用了许多佛头演唱记录和抄传本。

靖江宝卷中众多的"小卷",都是讲经艺人根据书面的唱本、通俗小说改编的(见下文)。这类小卷最初由讲经艺人口头改编演唱,经过听众的考验,受欢迎的,成为保留书目;听众不爱听的,便被淘汰了。讲经艺人将那些受群众欢迎的小卷记录下来,便形成文本,比如赵松群先生便记录有小卷《上八美》、《下八美》②。

---

① 《中国宝卷研究论集》,台北,学海出版社,1997,第149页。
② 改编自弹词《八美图》,这是一部流传极广的弹词,今存清嘉庆以下至民国年间的刻本、石印本数十种。

（二）靖江宝卷的形成和发展

在探讨中国宝卷的渊源和形成问题时，我提出宝卷渊源于唐五代佛教的俗讲（它们的文本，即包含在广义的"变文"中），形成于宋元时期；其演唱形式来自佛教的科仪，其内容受佛教净土信仰和民间佛教禅、净结合的宗教文化背景的影响。[①] 按照宝卷发展和流传的规律，宋元以来至明代初年，江南一带应当流传佛教宝卷。明代嘉靖、万历以后，由于大量民间教派传入江南，这一地区也盛行民间教派的宣卷活动，这可以从现存清代官方查禁民间教派的档案文献得到证明。[②]

在我辑佚出的明代正德以前近30种佛教宝卷中，[③] 靖江宝卷中的同名和题材相同的宝卷，只有《香山观音宝卷》、《地藏宝卷》和讲唱目连救母故事的《血湖卷》等。[④]《血湖卷》依附的"破血湖"仪式，接近明代弘阳教的血湖信仰，[⑤] 从内容和形式都难以说明它是来自早期佛教的《目连救母出离地狱生天宝卷》。描述妙善公主自割手眼救父成道为观世音菩萨传说的《香山宝卷》，产生于明代前期。[⑥] 明代以来，这一传说故事以戏曲（传奇和地方戏）、说唱艺术的各种体裁（包括宝卷）和通俗小说、唱本在各地广泛传播。靖江讲经的这部宝卷是来自早期的佛

[①] 参见拙文《中国宝卷的渊源》《中国宝卷的形成及其演唱形态》，载《信仰 教化 娱乐——中国宝卷研究及其他》，台北，学生书局，2002。
[②] 参见拙著《中国宝卷总目》（北京燕山出版社，2000）附录八：《"清政府查办"邪教"档案载民间宗教经卷目"》。
[③] 见《明代的佛教宝卷》，载《民俗研究》，济南，2005年第1期。按：所载是本文的删节稿。详见将出版的拙著《中国宝卷研究》第二编第三章《明代的佛教宝卷》。
[④] 《中国靖江宝卷》收《目连救母宝卷》一种，王国良搜集整理。卷末附言："此卷据在靖江流传多年的上海宏大善书局藏版整理"。按：此卷应为民国11年（1922）上海宏大善书局石印本。
[⑤] 参见拙文《靖江做会讲经的"破血湖"仪式》。
[⑥] 见拙文《明代的佛教宝卷》。

教宝卷,或由其他途径传入,尚待细致的比较研究。地藏菩萨是汉传佛教的四大菩萨之一,靖江佛头做"地藏会",尽管沿袭了农历七月三十日地藏王菩萨"诞辰"的会期,但演唱的《地藏宝卷》,与中国佛教地藏菩萨没有关系。靖江做会讲经最普及的"会"是"三茅会""大圣会"和相应的《三茅卷》《大圣卷》。它们赞颂的"神主"—"佛"—"道",这是"三教合一"的民间信仰和民间教派信仰的特征,不可能纳入佛教宝卷的系统。

从现存的靖江做会讲经的部分科仪卷和圣卷文本来看,它们含有明代民间教派信仰的积淀。我在1988年发表的调查报告中曾提出,"它的最初发展与罗教的传播有关"。20年来,我个人的调查和最近出版的《中国靖江宝卷》提供的资料,对上述推论,尚难作出定论。以正德四年(1509)刊布罗梦鸿编《五部六册》为标志形成的罗教(无为教),其最初的传播,是在北直(河北)及周边的山东、河南地区。罗教南传,与大运河上的漕运水手大量加入这一教派有关。南传的渠道是大运河,时间是明嘉靖年间(1522~1565)。靖江远离大运河,不可能直接传入。南传后的罗教又分成许多教派,以罗祖"再世"标榜的"二祖"殷继南(1527~1582),改教名为"龙华会",他的信徒称"无极正派";"三祖"姚文宇(1578~1646)再度改革,即所谓"灵山正派"。[①] 清代初年,姚文宇的"灵山正派"又改名为"老官斋教"(简称"斋教"),再改为"大乘教"。明代中叶以后出现的民间教派大都产生于北方,万历以后许多教派也传到南方。比如由黄天教衍生出来的长生教,同罗教关系密切的还源教

[①] 见清康熙二十一年(1682)"灵山正派嗣法耻眷"普浩辑刊的《三祖行脚因由宝卷》。这部宝卷分为《山东初度》《缙云舟传》《庆元三复》三部分,分别介绍"灵山正派"遵奉的三位"祖师"(罗梦鸿、殷继南、姚文宇)的宗教活动。

等。它们都以"无生老母"为最高神圣，编写属于本教派的宝卷，也奉《五部六册》为经典。总之，明代嘉靖、万历年间，流传于江南的民间教派，"经非一经，教非一门"。[①] 靖江宝卷所提供的民间教派信仰资料，只出现在部分科仪卷（如《庚申卷》、《传（篆）香科》）和圣卷（如《地母卷》《先天东厨宝卷》）中。单凭这些资料，现在很难确定它是属于什么教派。

靖江地区在明成化七年（1471）设县以前，其文化发展属于"化外"之地。来自江南的移民，在生老病死、节日喜庆等民俗活动中有仪式化的活动，在这些仪式化的活动中有说说唱唱，这是可以肯定的。这些说说唱唱是否是宝卷？则难确定。因此，现在只能这样推论：在明代嘉靖、万历年间，某一信仰"无生老母"的民间教派传入靖江。这个教派的人士，整合靖江原住民非佛非道的民间信仰和活动仪式，搜集当地民间传说，编成仪式卷和唱颂神佛故事的宝卷演唱，并加入其教义的宣传。这就是靖江宝卷中最初的一批"科仪卷"和"圣卷"。有些圣卷中偶尔出现的"祖师"（如出现在《三茅卷》中的"小元祖师"）之类的人物，则与这个教派有关。

从现存靖江的各种圣卷内容来考察，它们并非一时形成的。比如《大圣卷》，它的神主是佛教高僧泗州大圣。这位高僧的祖庙是苏北大运河与淮河交汇处的泗州普光王寺。清康熙年间普光王寺与泗州城（临淮）一起陷入洪泽湖。此后，南通（通州）狼山的聚圣寺成了泗州大圣的香火院。《大圣宝卷》尽管采用了许多江淮地区的民间神话传说，编织了这位佛教高僧的身世故事，但是卷中看不出任何有关普光王寺的民间记忆；而泗州大圣

[①] 见《朱批奏折》，清乾隆十三年十一月二十四日江西巡抚开泰奏折。转引自马西沙、韩秉方《中国民间宗教史》，上海人民出版社，1992，第340页。
按：关于明代嘉靖万历后江南民间教派的活动，亦可参见上述著作。

"登山显圣"是在"通州狼山";民众在家中做"大圣会",是因为"欲到通州狼山进香还愿,无奈山遥路远"。这说明《大圣卷》可能出现在清康熙年间泗州普光王寺陆沉以后。

(三)靖江宝卷"小卷"的出现

早期佛教宝卷中的文学故事宝卷,讲唱的都是佛教传说;明代民间教派改编了少量俗文学故事宝卷,主要是为了宣传其教义,即改编者标榜的"外凡内圣"。大量改编俗文学传统故事和通俗小说故事娱乐听众,是清及近现代南北各地的民间宝卷。我认为靖江讲经出现"小卷",是清末和近现代的事,主要根据各种唱本和通俗小说改编。东沙佛头陆爱华先生以唱小卷闻名,他的名片背后宣示的"服务总旨"中说:"歌颂民族英雄,去恶扬善,……主讲古典小说50余本,形象生动,引人入胜,任君挑选"。他曾向我讲过一个关于"小卷"的传说:

> 明朝嘉靖年间,靖江有一个和尚俗名范汉三,不守佛门清规,被师父赶出佛门。迫于生计,拜苏南一位说书人为师学说书。听师父讲了三年《双珠凤》,没有登台。一天,师父讲到"送花上楼"一节,对范说:"我要去会一个朋友,这段书你接下去讲吧。"他师父是有意考察范汉三的书艺,便悄悄在书场对面住下观察,见每天到书场听书的人没有减少,反而增多。二十天后,师父问范汉三:"这些天你讲到什么地方了?"范说:"文必正还没有走上楼。"师父问:"你怎么讲的?"范说:"文必正送花上楼,见楼梯两边雕刻许多戏文故事,一幅幅看上去,还没有看完。"师父知道范汉三的书艺已经超过自己,就把靖江这方地面让给范汉三了。后来,范汉三把做和尚时学的做会法事同说书结合起来,又讲经又说书,就成了现在做会讲经这个样子。(1996年8月记录)

《双珠凤》是清代苏州弹词的传统曲目。现存最早的文本，是有清同治二年（1863）署为"海上一叶主人"序的静雅书屋刊本《南词雅调绣像双珠凤全传》。弹词界传说最早演唱这本弹词的是咸丰同治年间的女弹词演员陈碧仙。① 在苏州宝卷中也改编、传唱同名宝卷，现存清同治二年（1863）以下 20 余种传抄本和民国年间的石印本。② 这个传说中的主要情节单元是"上楼送花，观图演唱"，它本是对演唱苏州弹词的夸张描述，业师赵景深教授 1955 年在讲授《民间文学》课时讲过。陆爱华改编、传述这个传说说明，靖江讲经的小卷受了苏州弹词的影响。从收入《中国靖江宝卷》中的 18 部小卷考察，也说明这一问题：《十把穿金扇》《独角麒麟豹》《彩云球》《白鹤图》《回龙传》《八美图》《九美图》《香莲帕》《文武香球》等 9 部小卷改编自弹词，占了该书所收小卷的二分之一。③ 靖江讲经艺人不可能通过与弹词艺人的交流引进这些书目，他们改编的依据是唱本，而这些弹词唱本基本上都是清同治、光绪以后，特别是民国年间才大量流通的。比如《十把穿金扇》是据民国 11 年（1922）周辑庵编撰的同名弹词唱本改编。④ 其他几部小卷，如《五女兴唐》《罗通扫北》《薛刚反唐》《五虎平西》《刘公案》《狸猫换太子》等则改编自通俗小说。这些通俗小说大量流行的时间，与上述弹词的唱本差不多。《牙痕记》《和合记》亦见近现代流通的鼓词或七言唱本。

　　苏州宝卷大量改编弹词书目是清同治年间江苏巡抚丁日昌通

---

① 以上见周良《弹词经眼录》，南京，江苏文艺出版社，1996，第 38 页。
② 参见拙著《中国宝卷总目》，北京燕山出版社，2000，第 259～260 页。
③ 《中国靖江宝卷》所收小卷《寿字帕》，按其内容和命名方式，也来自弹词，出处待查。
④ 上海樊记书局出版石印本，四卷十六回。

令查禁"淫词小说"（大部分是弹词）之后。①《五女兴唐》《罗通扫北》之类的宝卷出现在北方民间宝卷中，见于现代甘肃的河西宝卷。在封闭的民间文化环境中发展的靖江做会讲经，不可能超越自身的局限，更早地引进这类题材。

2007年8月，我去拜访靖江西沙佛头王国良先生，他向我介绍，靖江"西沙"做会讲经与"东沙"不同之点，最主要的是不唱小卷。西沙的做会讲经保留了靖江做会讲经较为原始的状态。我所接触到的靖江东沙的一些老佛头，仍在改编、创作小卷。我曾将新出版的标点本弹词《天雨花》②送给一位佛头，他视为珍贵的"礼物"。

（四）靖江的"做会讲经"与常熟的"做会讲经"

我在1988年发表的报告中提出："根据它（靖江做会讲经）用吴方言演唱的特点，它是由江南传入的。"清及近现代，在江浙吴方言区普遍流传着民间宣卷和宝卷，影响较大的有两部分：一是太湖流域的民间宣卷，以苏州地区为中心；一是浙江宁波、绍兴地区的民间宣卷。清咸丰、同治以后，它们随着大量移民流入上海，被分别定名为"苏州宣卷"和"四明宣卷"。宣卷在苏州的北部主要流传于常熟地区。

常熟地处江苏省东南部长江下游南岸，其地在靖江对岸的东面，是一个延续数千年的历史文化名城。西晋分吴县虞乡置海虞县。南朝梁大同六年（540）海虞县析置常熟县，隋朝时海虞县又并入常熟县。直到1961年，常熟北部的十几个乡镇和长江南岸逐渐扩大形成的沙洲，设沙州县，即今张家港市。常熟宣卷和宝卷的流传区域，包括今常熟各乡镇，西面相邻的江阴县部分地区，

---

① 参见拙文《清代吴方言区的民间宣卷和宝卷》，载《信仰教化娱乐——中国宝卷研究及其他》，台北，学生书局，2002。
② 清陶贞怀著，江巨荣标点《天雨花》，郑州，中州古籍出版社，1984。

及从原常熟县划出的张家港市南部各乡镇。① 常熟宝卷属苏州宝卷系统，但它有地方特色，这种特色又同靖江做会讲经相似。现据我初步调查所得材料，将它同靖江的做会讲经做简单的比较。

首先，在这一地区流行的民间做会宣卷也称作"做会讲经"。我在一些文章中提出"宣卷"又称"讲经"，许多研究者沿袭此说。需要说明的是，当代演唱宝卷称作"讲经"，就目前已知的材料，只在这两个地区出现。

据我所见常熟地区两位讲经先生传抄和演唱宝卷文本约160余种。其中也有"神卷"（"圣卷"）和"凡卷"（"小卷"，有人称作"闲卷"等）以及用于做会的各种科仪卷之分。常熟宝卷中的神卷约60余种（许多是颂扬民间信仰的地方神道故事宝卷），其中的《香山宝卷》（又称《观音宝卷》）、《地母宝卷》、《东岳宝卷》、《玉皇宝卷》等，与靖江相应圣卷卷名相同，题材（故事）也相同；《灶皇宝卷》与靖江《先天东厨宝卷》题材相同。有些神卷的题材，如张四姐大闹东京，在常熟是《仙姑宝卷》（又名《财神宝卷》），在靖江则编为《月宫宝卷》（亦名《张四姐大闹东京》）；② 陈子（梓）春的故事，在常熟是《三官宝卷》，靖江是《梓潼宝卷》。尽管它们的故事情节、详略都有不同，但它们之间应有联系，是可以肯定的。

常熟做会讲经也为老年人做"预修"的免罪仪式，如"醮（缴）血湖"，唱《血湖宝卷》。但与靖江"只做延生，不做往生"不同，讲经先生做荐度亡人的法事是常规的业务。其中演唱的

---

① 现在该地区的宝卷，已被命名为"河阳宝卷"，并强调它"独立"的发展系统。笔者曾在该地区调查，见拙文《江苏张家港港口镇的做会讲经（调查报告）》，收入《信仰教化娱乐——中国宝卷研究及其他》，台北，学生书局，2002。

② 这一故事来自北方的鼓词，在甘肃河西宝卷和山西发现的民间宝卷中，数量很多。一般称作《张四姐大闹东京宝卷》、《摇钱树宝卷》等。

《十王宝卷》，则同靖江做会"醮殿"演唱的《十王卷》相似，特别是每过一"殿"，都要穿插与此殿有关的一个故事（十个故事与靖江有所不同），格局一样。靖江西沙佛头王国良搜集整理的《十王卷》，仍保留这一格局；① 东沙做会讲经一般晚饭后讲"小卷"，后半夜始做"醮殿"和"破血湖"仪式。按照民间的信仰，醮殿必须在天亮以前结束，将"请"来的十殿阎王和地府诸神"送"回。时间紧，一般只在"七殿"和"九殿"讲唱《七殿攻文》（又称《梅乐张姐》）和《九殿卖药》两个故事。②

常熟宝卷中有三部特殊的宝卷，都是在荐度亡人的法会上演唱，即《大乘无为归空指路宝卷》（简称《指路宝卷》）、《还源地狱宝卷》（简称《地狱宝卷》）、《目莲救母地狱宝卷》。这几部宝卷为靖江所无。《指路宝卷》与罗教或其派下的教派有关；《还源地狱宝卷》即明末还源教的《销释明证地狱宝卷》，现存的传抄本中，有的还保留原卷二十四品的形式。《目莲救母地狱宝卷》上卷分为十九品，述目莲到各地狱寻母故事。这种分品演唱的形式，是明代教派宝卷的基本形式；其内容则可追溯到早期的佛教宝卷《目连救母出离地狱生天宝卷》。

以上的比较说明，靖江的做会讲经同常熟地区的做会讲经既有联系，又有差别。其中的差别，是由于最初传入的民间教派不同而形成，抑或在历史发展中产生？这需要做进一步的探讨。

车锡伦
2008 年 4 月 14 日于江苏扬州寒斋

---

① 见《中国靖江宝卷》，江苏文艺出版社，2007。
② 参见拙文《江苏靖江做会讲经的"醮殿"仪式》。按：《中国靖江宝卷》中收入的《药王宝卷》即《九殿卖药》，搜集整理者改称作《药王宝卷》，根据不详。据我调查，靖江不做"药王会"。

·扬泰文库·审美文化系列·
靖江宝卷研究

著　　者／陆永峰　车锡伦

出 版 人／谢寿光
总 编 辑／邹东涛
出 版 者／社会科学文献出版社
地　　址／北京市东城区先晓胡同10号
邮政编码／100005
网　　址／http://www.ssap.com.cn
网站支持／(010) 65269967
责任部门／社会科学图书事业部 (010) 65595789
电子信箱／shekebu@ssap.cn
项目负责／王　绯
责任编辑／李兰生
责任校对／肖　玉
责任印制／岳　阳

总 经 销／社会科学文献出版社发行部
(010) 65139961　65139963
经　　销／各地书店
读者服务／市场部 (010) 65285539
排　　版／北京鑫联必升文化发展有限公司
印　　刷／三河市尚艺印装有限公司

开　　本／889×1194毫米　1/32
印　　张／14.25
字　　数／357千字
版　　次／2008年9月第1版
印　　次／2008年9月第1次印刷

书　　号／ISBN 978-7-5097-0244-4/B·0011
定　　价／35.00元

本书如有破损、缺页、装订错误，
请与本社市场部联系更换

版权所有　翻印必究